Rizzoli

Jørn Lier Horst

Il giudizio del passato

Traduzione di Eva Valvo e Claudia Valeria Letizia

Rizzoli

Pubblicato per

Rizzoli

da Mondadori Libri S.p.A.

ISBN 978-88-17-17776-4

Titolo originale dell'opera:
BLINDGANG

Prima edizione: marzo 2024

Realizzazione editoriale: Fabio Trevisiol
e Grand Publishing Hotel con Irene Artibani

Il giudizio del passato

1

Passò due volte con l'auto davanti alla grande villa bianca. Alla terza ci si fermò di fronte.

Era una dimora imponente con il tetto a mezzo padiglione, cinta da una siepe e uno steccato bianco e circondata da alberi antichi dalle ampie chiome. Le finestre all'inglese lasciavano vedere solo il buio all'interno.

Era più grande di quanto ricordasse, fondamentalmente troppo grande per lei.

Non tornava in quella villa da diciannove anni. All'epoca aveva giurato a se stessa che non ci avrebbe mai più messo piede; ora stava per andarci a vivere.

Prese la busta dal sedile accanto e la scrollò per far uscire la chiave. Sulla targhetta di plastica l'avvocato aveva scritto da un lato il nome del nonno – FRANK MANDT – e dall'altro l'indirizzo: JOHAN OHLSENS GATE, STAVERN.

Continuava ad assillarla il pensiero che anche lui aveva tenuto in mano quella chiave. Che era andato in giro tenendola in tasca, che ci aveva giocherellato, che l'aveva stretta nel pugno.

Non le piaceva pensare a lui come al «nonno», non usava quella parola. Per lei era «il Vecchio». Anche se l'ultima volta che l'aveva visto non poteva avere più di una cinquantina d'anni, se lo ricordava così, come un uomo anziano: grande e robusto, con due occhi scuri infossati, folti capelli grigi e un paio di baffetti bianchi.

Una delle ultime volte era stata anni prima, durante la festa nazionale del 17 maggio. Era passata davanti alla villa con il corteo dei bambini e il Vecchio era lì, nella veranda a vetri, che osservava la sfilata a labbra strette, con l'occhio torvo e le mani dietro la schiena. Lei gli aveva fatto un cenno di saluto, ma lui si era girato ed era rientrato in casa.

Posò la chiave e guardò di nuovo la villa; anche in una calda giornata di luglio come quella, le pareva emanasse gelo.

Un lamento dal seggiolino la fece voltare.

«Maja, piccina, ti sei svegliata?» disse alla figlia con un sorriso, allungandosi verso di lei. «Siamo arrivate.»

La bambina fece qualche gorgoglio e sbatté le palpebre sorridente. Per fortuna non somigliava al padre: gli occhi e i capelli scuri li aveva presi da lei.

«E le fossette» aggiunse a voce alta, solleticandola sotto il mento per farle spuntare. Sì, se la sarebbero cavata, loro due. Prima erano sempre state lei e la mamma; adesso erano lei e la figlia.

Tornata al volante, inserì la marcia, si spostò sul retro e andò a fermarsi davanti al garage. Recuperò la chiave, scese dall'auto e prese la piccola dal sedile posteriore.

Le colonne e gli ornamenti davano un'aria sontuosa all'entrata; cent'anni prima le ville le facevano così.

La chiave s'infilò nella serratura e la fece scattare senza problemi. Contrariamente a quel che si aspettava, l'interno odorava di fresco e pulito.

L'avvocato aveva fatto come gli aveva chiesto: mobili, soprammobili e qualsiasi altro oggetto erano stati portati via. Via tutto ciò che poteva richiamarle dei ricordi.

Entrò in cucina e da lì passò in soggiorno; il rumore dei suoi passi riverberava sulle pareti nude. La luce del sole filtrava pallida dalle finestre, spandendosi sul pavimento.

Può diventare una casa accogliente, si disse guardando il piccolo parco dall'altro lato della strada. La grande villa poteva davvero rappresentare il felice inizio di una nuova vita.

L'ampia scala che saliva al primo piano scricchiolava. Spostò Maja sull'altro fianco e andò di sopra, in quella che era stata la camera della madre; rimase lì qualche istante, di fatto senza alcuna emozione, poi controllò l'ora. Le dieci meno un quarto. I traslocatori sarebbero arrivati da un momento all'altro.

Si affrettò a finire il giro delle stanze, tornò da basso e ispezionò il resto della casa.

Davanti alla porta del seminterrato indugiò un attimo, poi aprì; accese la luce e scese qualche gradino della scala consunta.

Lo avevano trovato lì sotto, un giorno di gennaio; probabilmente era caduto più o meno dal punto in cui adesso si trovava lei. Sul cemento grigio chiaro del pavimento si scorgeva un'ombra più scura. Avevano calcolato che era rimasto lì per tre giorni, prima che un amico facesse la scoperta.

Pur essendo la sua unica parente in vita, lei non aveva partecipato né ai preparativi per il funerale né alla cerimonia. In quel momento non aveva badato al fatto che era la sola erede di quella villa milionaria e dei soldi sul conto; alla notizia, il suo primo pensiero era stato che non voleva nulla. Non ne voleva sapere niente del denaro sporco di Frank Mandt. Poi, però, si era detta: *Perché no?* Rifiutare sarebbe stato da stupidi.

Scese nel seminterrato con la figlia. Là sotto l'aria era più pesante, si sentiva un tanfo come di frutta andata a male o di fiori rimasti troppo nel vaso.

Tra i vari locali c'erano un bagno con sauna e quella che sembrava una palestra con la spalliera montata alla parete.

La cassaforte era nel locale in fondo. L'avvocato l'aveva avvisata che non l'avevano portata via: non solo era grossa e pesante, ma era stata anche fissata al pavimento con dei bulloni interni. Quelli che si erano occupati dello sgombero avevano sperato di scovare la chiave, ma sembrava sparita. E lei si fidava di quelle persone: in un armadietto della cucina avevano scoperto una busta con quasi trentamila corone, che le avevano lasciato. Certo, in giro per casa potevano anche aver trovato altri soldi di cui avevano taciuto, ma lei era sicura che la chiave non fosse saltata fuori, e che quindi non avessero nemmeno aperto la cassaforte.

Ci passò sopra una mano ed ebbe un brivido al contatto con l'acciaio freddo. Poi si accovacciò e provò a guardare dentro, spostando da un lato la piastrina metallica che proteggeva la toppa.

Il fatto che la chiave fosse sparita la irritava; la cassaforte era piazzata in mezzo alla stanza e occupava parecchio spazio: se a un certo punto avesse voluto arredare quell'area sarebbe stato complicato.

Da fuori arrivò lo strombazzare di un clacson. Lei controllò l'ora: le dieci. I traslocatori erano puntuali. Uscì ad accoglierli. Mentre quelli facevano manovra con il camion, andò a prendere nel bagagliaio della macchina la targa che aveva fatto fare a Oslo e l'appese a un chiodo accanto alla porta d'ingresso.

SOFIE E MAJA LUND.

Una donna sbirciò da dietro le tendine a quadretti della cucina della casa accanto. Sofie le fece un gesto di saluto. La donna non ricambiò.

2

William Wisting osservava dalla porta la donna addormentata nel suo letto. Tra le stecche della veneziana filtravano sottili fasci di luce che le si allungavano sul viso, senza disturbare il suo sonno profondo.

Erano più di due anni che lavorava con Christine Thiis. Quindici anni meno di lui e due figli adolescenti, dopo il divorzio Christine aveva lasciato un lavoro ben retribuito – avvocata a Oslo – e si era trasferita a Larvik con i ragazzi.

Con lei si lavorava bene; era una donna dinamica e intraprendente che puntava a ottenere risultati, e aveva un talento nel prendere le decisioni giuste al momento giusto.

Tra loro parlavano sempre e solo di lavoro; lei si intratteneva di rado sulla sua vita privata. Ai convegni, terminati gli impegni professionali se ne tornava sempre a casa o si ritirava in camera. Se a fine turno qualcuno proponeva di andare a prendere una birra, non si univa mai, né aveva mai partecipato a una cena natalizia tra colleghi. Da qui la sua sorpresa quando Christine aveva accettato l'invito alla festa.

Da qualche lieve smorfia del viso di lei, Wisting capì che aveva avvertito la sua presenza. Senza far rumore richiuse la porta e scese in soggiorno. Christine aveva bisogno di una bella dormita. Quando Nils Hammer l'aveva accompagnata a letto, si era già scolata quasi del tutto la seconda bottiglia di vino. Gli altri erano rimasti finché non era spuntato il giorno e i primi uccelli avevano attaccato a cinguettare.

Una mosca zampettava sulla parete interna di un bicchiere lasciato sul tavolo; un ronzio, e annegò nel poco vino sul fondo.

Wisting si avvicinò al divano, ripiegò il plaid con cui si era coperto per dormire e sprimacciò i cuscini. Portò i bicchieri in cucina, riempì la lavastoviglie e restò a guardare dalla finestra la casa marrone sulla curva, dov'era andata ad abitare Line.

Era contento di averla vicina, malgrado il disagio che provava pensando al motivo che l'aveva spinta a tornare da Oslo a Stavern. Anche il fatto che avesse comprato proprio quella casa gli metteva addosso un certo malessere: aveva come la sensazione che la morte si fosse insediata tra quelle mura. Fino a otto mesi prima ci abitava un certo Viggo Hansen, che era stato trovato morto su una poltrona del soggiorno; era rimasto lì quasi quattro mesi senza che nessuno del vicinato sospettasse nulla.

Ma a quanto pareva il pensiero del cadavere non preoccupava Line. In fondo era proprio da lei reagire così: Line era una donna pragmatica che non si lasciava spaventare. In più la casa era stata un affare; date le circostanze, l'avevano venduta sottoprezzo. Quando il giorno prima Wisting aveva fatto un salto lì, aveva trovato l'ambiente molto cambiato. Avevano tolto e buttato via tutto. Cucina, bagno e una camera erano già pronti, e adesso stavano rifacendo il soggiorno.

Il cellulare squillò da qualche parte. Lo vide sul tavolo da pranzo, ma non fece in tempo a rispondere.

Era Suzanne. Il numero ce l'aveva ancora in rubrica. Non parlava con lei da mesi e si accorse che leggere il suo nome gli faceva un certo effetto. Per un periodo erano stati molto legati; Suzanne si era trasferita a casa sua e la relazione era durata qualche anno, finché lei non aveva deciso di andare avanti senza di lui. La nostalgia lo tormentava ancora. Non come la nostalgia che provava per Ingrid, la madre di Line e del suo gemello Thomas, che se n'era andata per sempre. Suzanne non stava poi tanto lontano: gestiva una galleria d'arte con bar annesso a Stavern e abitava nell'appartamento sopra l'attività.

Il telefono squillò di nuovo, facendolo trasalire. Era Suzanne che riprovava.

«Ciao» rispose, rendendosi conto di avere la gola secca.

«Ciao» salutò lei. «Sono Suzanne.»

«Ciao» ripeté Wisting, deglutendo. «Come va?»

«Sei a casa?» chiese lei senza rispondere.

Wisting si guardò intorno. Qualcuno aveva rovesciato una ciotola di noccioline; sulla moquette c'erano gli strati di carta igienica con cui Espen Mortensen aveva tentato di assorbire la birra rovesciata, e sotto una sedia c'era la borsa di Christine Thiis, il contenuto mezzo sparso sul pavimento.

«Perché?» domandò.

«Devo parlarti di una cosa, e non mi va di discuterne al telefono. Riguarda il caso Hummel.»

«Il caso Hummel?» ripeté Wisting, pur sapendo perfettamente di cosa si trattava.

Jens Hummel era un tassista sparito insieme alla sua vettura la notte di venerdì 6 gennaio. L'ultimo ad averlo visto era un cliente che aveva lasciato all'una e ventitré di notte davanti all'hotel Grand di Storgata, a Larvik. Da allora erano passati più di sei mesi e il caso era ancora un mistero.

«Potrei fare un salto da te in mattinata, prima che il bar cominci a riempirsi» gli propose Suzanne.

Al piano di sopra Wisting udì dei passi. Christine Thiis doveva essersi svegliata.

«Sto uscendo» si affrettò a dire. «Potrei passare io da te.»

«Ci riesci prima dell'una?»

Lui controllò l'ora e provò a calcolare quanto tempo fosse passato dall'ultimo bicchiere.

«Dovrei farcela tra un'ora» le rispose, e dal modo in cui Suzanne lo ringraziò capì che stava sorridendo.

Dal bagno al primo piano arrivò un rumore di acqua corrente.

Wisting tornò in cucina, prese due tazze dall'armadietto e un paio di capsule per la macchina del caffè. La scala scricchiolò, e Christine Thiis fece il suo ingresso in cucina mentre un filo di vapore saliva con un brontolio sommesso dalla macchina.

«Ciao» salutò con voce roca. I capelli castani erano ancora spettinati, ma si vedeva che aveva tentato di sistemarli un po'. «Scusa, non...»

Wisting la interruppe. «Caffè?»

Lei annuì. «Magari...»

Si sedettero al tavolo l'uno di fronte all'altra.

«Scusa» ripeté lei, «non mi era mai successo... Di solito torno a casa.» Bevve un sorso di caffè e si schiarì la voce. «O meglio, di solito non esco. Non sono abituata a bere.»

«Vuol dire che ne avevi bisogno» disse Wisting. Si vedeva che era a disagio a indossare i vestiti con cui aveva dormito. «Evidentemente dovevi rilassarti» riprese, «staccare la spina e non pensare né ai figli né al lavoro.»

«Però sarei dovuta tornare a casa.»

«Be', non che là avessi qualcosa da fare» le disse Wisting con un sorriso. Mentre stringeva la tazza fra le mani si rese conto di quanto fosse piacevole avere qualcuno con cui sedersi in cucina. «Poi posso riaccompagnarti» le propose.

Lei scosse la testa. «Prendo un taxi.»

Con un gesto, lui le fece capire che non era un disturbo. «Tanto devo uscire comunque. È saltato fuori qualcosa su Hummel.»

Ogni traccia di imbarazzo sparì dallo sguardo di lei, che si fece penetrante.

«Jens Hummel? Ma se abbiamo riesaminato il caso la settimana scorsa e deciso di sospendere le indagini... C'è qualche novità?»

«Ancora non lo so. Devo incontrare una persona che me ne vuole parlare.»

Christine Thiis si sporse in avanti. «Non è vero quello che hanno scritto i giornali: noi abbiamo fatto tutto quello che potevamo.»

Wisting distolse lo sguardo. Christine si riferiva a un articolo della settimana prima. La misteriosa scomparsa aveva fatto notizia già a gennaio, ma senza coinvolgere l'opinione pubblica più di tanto. Jens Hummel non aveva parenti stretti che potessero sollecitare polizia e stampa a darsi da fare: solo una nonna era rimasta a piangerlo. Quando i media si erano di nuovo interessati del caso, Wisting, che conduceva le indagini, si era prestato nella speranza che venisse fuori qualche pista nuova. Non era detto che il fattore tempo ostacolasse il lavoro degli investigatori; anzi, voci e dicerie potevano diffondersi e magari raggiungere le orecchie di qualcuno disposto a fare quattro chiacchiere con loro. In simili circostanze una rinnovata attenzione mediatica poteva dare impulso alle indagini.

Ma quando il caso era riapprodato sulle pagine dei giornali era prevalso un atteggiamento negativo, verso la polizia in generale e verso Wisting in particolare. Nessuno diceva cos'altro avrebbero potuto fare in concreto, ma l'impressione era comunque che avessero lavorato male, dimostrando scarso interesse per la vicenda. L'insuccesso delle indagini parlava da sé: non erano riusciti nemmeno a trovare la macchina di Hummel. Le recenti statistiche sui primi sei mesi dell'anno, da cui risultava che i controlli erano aumentati di quasi il venti per cento rispetto all'anno precedente, erano servite solo a farli incolpare di valutazioni errate e priorità sconclusionate. Le simpatie dell'opinione pubblica non andavano alla polizia, alle prese con un caso difficile, ma alla nonna che aveva perso il suo unico nipote.

Wisting era abituato alle critiche, che di solito gli scivolavano addosso; stavolta, però, le aveva vissute in maniera un po' diversa, perché continuavano a ricordargli il fallimento. E fin da subito il caso Hummel gli aveva messo addosso una certa inquietudine, una sensazione di inadeguatezza assillante.

«"Sparito senza lasciare tracce": sarà anche una frase fatta, ma riassume perfettamente la situazione» proseguì Christine Thiis. «Fra traffico telefonico, passaggi ai caselli, tassametro e computer di bordo, dovrebbe pur esserci qualcosa in grado di dire che fine hanno fatto lui e il taxi. E invece, niente.»

Wisting annuì. Le indagini sul caso Hummel gli sembravano fatte di giornate senza senso. Erano riusciti a ricostruire con notevole accuratezza le ventiquattr'ore precedenti la scomparsa dell'uomo, ma nulla indicava dove potesse trovarsi. Al contempo avevano cercato di farsi un'idea di chi fosse, e ne era venuto fuori un quadro composito. Jens

Hummel, trentaquattrenne, viveva da solo. All'inizio aveva svolto una serie di lavori occasionali; poi, a venticinque anni, aveva cominciato a guidare taxi. Intorno ai trenta aveva ottenuto la licenza e una vettura sua. In quella decina d'anni si era creato un'ampia rete di contatti con gente di ogni tipo; avevano parlato con la maggior parte di quelle persone, ma nessuna di loro aveva saputo gettare luce sull'accaduto.

I casi di scomparsa erano sempre complicati; non solo perché mancava un luogo del delitto, ma anche per la difficoltà di tenere insieme le fila di un'indagine così ramificata.

Wisting e Christine Thiis, ognuno con la sua tazza di caffè in mano, continuarono a esaminare alcune delle ipotesi più interessanti. Una era che dietro la scomparsa ci fosse un regolamento di conti legato allo spaccio di stupefacenti: girava voce che Hummel fosse un corriere locale e che si servisse del taxi per trasportare la droga. Si diceva inoltre che, per un certo periodo, avesse portato in auto delle prostitute; un'informazione che aveva in effetti trovato conferma nel corso delle indagini, però quella pista non li aveva condotti a nulla.

Wisting guardò l'ora. Doveva muoversi.

In macchina il discorso si spostò su altri argomenti: l'estate, i programmi per le ferie.

«Io non vado da nessuna parte» disse Christine. «Tu?»

«Ho promesso a Line di aiutarla con la casa. Lei dice che sono bravo a mettere la carta da parati.»

Christine sorrise con aria pensierosa.

«I ragazzi vanno un mese dal padre. Sarà strano restare da sola tutto quel tempo.»

Wisting accostò al marciapiede e si fermò davanti a casa di lei.

«Grazie del passaggio. E scusa ancora se ieri sera non ce l'ho fatta a tornare.»

«Ma figurati» la rassicurò lui.

«Chiamami, mi raccomando» lo esortò Christine, posandogli una mano sul braccio.

Lui incrociò il suo sguardo.

Lei sbatté le palpebre, poi ritirò la mano. «Dovesse saltare fuori qualcosa, intendo. Su cos'è successo a Jens Hummel.»

3

Quel giorno faceva un caldo afoso. Non tirava un alito di vento. Wisting trovò un parcheggio libero davanti al molo del vaporetto e scese dall'auto. C'erano due ragazzini che pescavano sulla banchina, mentre i gabbiani volteggiavano indolenti sulle loro teste.

Le strade erano insolitamente affollate; di quando in quando Wisting salutava qualche conoscente con un cenno del capo.

I tavolini all'aperto della Pace dorata erano quasi tutti occupati. Entrò e rimase fermo un istante, per abituare gli occhi alla penombra del locale. Suzanne, seduta in fondo, lo salutò con la mano. Indossava un abito estivo bianco e aveva i capelli neri raccolti in una coda di cavallo.

Wisting ricambiò con un cenno del capo e la raggiunse. Suzanne si alzò per abbracciarlo, con un sorriso che le fece spuntare qualche grinza agli angoli degli occhi.

«Prendi qualcosa?» gli chiese lanciando un'occhiata al bar. «Un caffè?»

Lui sentiva la testa pesante. «Un'acqua minerale» rispose roco.

Suzanne sparì dietro il bancone e tornò con una bottiglia e un bicchiere pieno di ghiaccio.

«Non sapevo a chi altro rivolgermi» disse, sedendosi.

Wisting si riempì il bicchiere. «Volevi parlarmi di Jens Hummel?»

«Non so se è importante, ma ultimamente viene un tizio la sera. Si siede al bar a leggere i giornali e non dice granché, ma ho capito che è appena tornato a Stavern dopo un periodo all'estero.» Suzanne spostò una busta bianca posata sul tavolo, poi aggiunse: «La settimana scorsa hai detto al giornale che volevate archiviare il caso Hummel».

«Sospendere le indagini» la corresse Wisting.

«Che differenza c'è?»

Lui fece spallucce.

«A ogni modo» proseguì Suzanne, «nell'articolo che riassumeva la vicenda c'era una foto del taxi di Jens Hummel.»

Wisting annuì. Non era la prima volta che gli veniva ricordata quella strategia mediatica, risultata fallimentare.

«Era una sera tranquilla, per cui ho avuto il tempo di notare che lui, leggendo, aveva fatto un'espressione strana.»

«In che senso?»

Suzanne abbassò la voce, anche se lì vicino non c'era nessuno che potesse sentirli.

«Sembrava turbato» spiegò. «Prima si è guardato intorno, poi ha continuato a leggere. Dopodiché è uscito dal locale, è rimasto un po' fuori quindi è tornato dentro a finire l'articolo.»

Wisting sorseggiò l'acqua.

«Mi sono avvicinata per prendere i bicchieri vuoti» continuò Suzanne. «E a quel punto mi ha detto una cosa strana.»

«Cioè?»

«Io ho fatto un commento generico sull'articolo, tipo che era un caso particolare. Allora lui mi ha guardata e ha detto: "È nel fienile".»

«È nel fienile?» le fece eco Wisting.

Suzanne annuì.

«Non ho fatto in tempo a chiedere spiegazioni, che lui ha indicato la foto del taxi e ha aggiunto: "Un giorno l'ho trovato lì". Poi ha piegato il giornale e se n'è andato, portandoselo appresso.»

«Di che fienile parlava?» chiese Wisting, ma senza aspettarsi davvero una risposta.

«So solo quello che ti ho appena detto. Ma ci ho pensato a lungo, e alla fine ho deciso di chiamarti. Quell'uomo sa qualcosa.»

Wisting lanciò un'occhiata agli altri clienti del locale.

«È più tornato?»

Suzanne scosse il capo.

«C'era qualcuno con lui?» chiese Wisting, cercando qualche particolare che potesse svelare l'identità dell'uomo.

«No. Ho chiesto agli altri clienti, ma non lo conosce nessuno.»

Wisting proseguì con una serie di domande sull'aspetto fisico e altri dettagli: com'era vestito, con che accento parlava, se avesse segni particolari...

Suzanne giocherellò con la busta sul tavolo, poi la aprì e ne tirò fuori un foglietto.

«Quella sera ha pagato con la carta. Ho controllato la cassa e sono risalita alla transazione: suppongo che possiate usare il numero per scoprire chi è» disse, infilando il foglietto di nuovo nella busta.

Wisting la prese con un sorriso: il suo contenuto poteva imprimere una svolta al caso Hummel. Tra gli inquirenti erano circolate varie teorie su che fine avesse fatto l'automobile: secondo alcuni, l'uomo l'aveva usata per lasciare la città, spontaneamente; secondo altri, qualcuno l'aveva spinta in una scarpata, oppure c'era finita in seguito a un incidente. Wisting era convinto che fosse nascosta in qualche garage e che Jens Hummel fosse stato ucciso.

Le volanti della polizia avevano battuto tutte le stradine del distretto e un elicottero aveva perlustrato un'area ancora più vasta; i subacquei avevano scandagliato il porto ed era stato ispezionato anche il parcheggio coperto. Tutto invano. A quel punto, non era impensabile che l'auto fosse nascosta in qualche fienile.

Suzanne si alzò.

«Il lavoro mi aspetta» disse. «Come sta Line?»

«Bene» rispose Wisting. «Molto bene, credo.»

Suzanne parve sul punto di aggiungere qualcosa, ma alla fine lasciò stare e Wisting gliene fu grato. Era difficile parlare di ciò che era successo alla figlia.

«Tanti auguri per tutto» disse Suzanne, prima di allontanarsi verso il bar. «E salutala da parte mia.»

Wisting annuì. «Se quel tizio si rifà vivo, chiamami» le disse.

Poi, ancora seduto al tavolo, aprì la busta e tirò fuori il foglietto. I numeri sulla stampa del POS non gli dicevano nulla. Wisting sapeva che, per risalire alla persona dietro quelle cifre, bisognava chiedere informazioni al circuito della carta di pagamento. Era da tanto che aspettava una svolta nel caso Hummel, e adesso avrebbe dovuto attendere ancora fino a lunedì.

4

Lunedì mattina Wisting entrò in centrale alle sette meno un quarto. Aveva macchie di vernice bianca sulle mani, perché la sera prima aveva aiutato Line a pitturare dei pannelli di pino.

Si diresse verso l'area della sezione investigativa, salutando con un cenno gli agenti chini stancamente sui computer a scrivere gli ultimi verbali della notte.

Mentre aspettava i colleghi, ne approfittò per rileggere da capo il fascicolo Hummel, cercando intanto di grattarsi via la vernice dalle mani.

Wisting era perfettamente consapevole che ogni nuova informazione poteva fargli vedere il caso da una prospettiva inedita; un aspetto che prima era sembrato insignificante poteva diventare fondamentale alla luce di una nuova ipotesi. Così scartabellò il faldone alla ricerca di qualche elemento inspiegato, di qualche coincidenza che potesse celare collegamenti essenziali.

Sicuramente saltavano all'occhio i tragitti lunghi: Jens Hummel guidava per ore fino a Kristiansand oppure a Oslo almeno una volta alla settimana. Certo, poteva benissimo essere un caso; in fin dei conti, era solo una questione di statistica. A rendere particolari quelle corse, però, era che non venivano prenotate tramite la centrale e che erano pagate in contanti. Con i colleghi, Hummel scherzava dicendo che accompagnava una vecchia ricca dai parenti nel Sørlandet, ma nessuno l'aveva mai vista e la polizia non era riuscita a rintracciarla.

Neanche stavolta Wisting trovò appigli. Cercò persino «fienile» nel registro delle segnalazioni, ma senza risultati significativi.

La porta del suo ufficio era aperta, e ogni volta che si avvicinava qualcuno Wisting si metteva in ascolto. Alle otto meno dieci riconobbe i passi strascicati di Nils Hammer, diretto verso il proprio ufficio in fondo al corridoio. Hammer era diventato bravo a scovare e seguire le tracce elettroniche, fondamentalmente perché aveva una buona capacità di adattamento. Adesso c'erano possibilità e metodi investigativi che agli inizi della loro carriera in polizia non esistevano, ma ormai erano diventati determinanti.

Wisting si alzò dalla scrivania e lo raggiunse. Il robusto collega stava inserendo la password per entrare nel sistema e sorseggiava un caffè preso alla macchinetta della postazione all'ingresso. Gli mise davanti la stampa del POS.

«Quanto potresti metterci a scoprire chi ha pagato con questa carta?» domandò.

Hammer posò il bicchiere di plastica, prese il foglietto e gli diede una rapida occhiata.

«Quanta fretta hai?» chiese.

«Il tizio potrebbe sapere dove si trova Jens Hummel» rispose Wisting.

Nils Hammer si raddrizzò sulla sedia. «Dammi un paio d'ore» disse, vuotando il bicchiere in un sorso.

Wisting si voltò per tornare nel suo ufficio.

«Ah, ma poi con lei com'è andata?» gli domandò Hammer.

«Lei chi?» domandò a sua volta Wisting, pensando che si riferisse a Line.

«La nostra procuratrice» spiegò Hammer con un sorrisetto. «È collassata proprio.»

«È andata bene» lo rassicurò Wisting. «Probabilmente aveva bisogno di una bella sbronza.»

Tornò alla sua scrivania sorridendo tra sé al pensiero della colazione del giorno prima con Christine Thiis. Lì lo aspettavano i compiti di routine, e cominciò scartabellando denunce e verbali del weekend. Sembrava che la quiete estiva influisse anche sul tasso di criminalità: a parte qualche rissa nei locali, qualche caso di guida in stato di ebbrezza e l'incendio di una barca, c'era poco da segnalare.

Era quasi arrivato in fondo alla pila di documenti quando Christine Thiis si affacciò nel suo ufficio.

«Grazie ancora di avermi accompagnata a casa» gli disse, con un sorriso un po' imbarazzato.

Wisting si schermì con un gesto.

«Hai scoperto qualcosa sul caso Hummel?» domandò Christine, mettendosi a sedere.

«Vedremo.»

Poi le riferì del POS, e di come l'ignoto titolare della carta aveva reagito all'articolo sul giornale, ma senza fare il nome di Suzanne. Non che questa gli avesse chiesto di essere tenuta fuori dal caso; ma siccome Wisting non aveva detto a Christine chi doveva incontrare quel giorno, non vedeva motivi per farlo adesso.

Lei si alzò. «Hai una macchia bianca, qui» gli disse, indicando la guancia.

Wisting si toccò il viso.

«Vernice» spiegò, mostrandole le mani. «Probabilmente continuerò ad avere macchie addosso per qualche settimana.»

Lei sorrise di nuovo e se ne andò chiudendosi la porta alle spalle.

Wisting tornò ai suoi appunti. Meno di due ore dopo, la porta si riaprì e Hammer entrò con dei fogli stampati in mano.

«La carta appartiene a un certo Aron Heisel» disse, mettendosi a sedere e allungandogli un documento che confermava l'affermazione.

Wisting diede una scorsa al foglio: oltre al numero del conto era riportata la data di nascita dell'uomo – aveva quarantotto anni – ma non l'indirizzo.

«E chi sarebbe questo Aron Heisel?» domandò al collega, lanciando un'occhiata alle carte che teneva in grembo.

Hammer gli mostrò due immagini prese dall'archivio della polizia, un ritratto frontale e uno di profilo. Era una versione più giovane dell'uomo descritto da Suzanne: spalle strette, naso schiacciato, occhi grigi leggermente infossati, incisivi appena distanziati.

A Wisting bastò un cenno del capo per chiedere come mai la polizia avesse quelle foto segnaletiche.

«Nel 1997 ha subito una condanna quale principale imputato nel processo istruito dopo la scoperta di una grossa distilleria illegale nei pressi di Drammen; nel 2002 è stato arrestato di nuovo, e condannato, per contrabbando di alcolici; infine, tre anni fa era indiziato per un altro caso analogo nell'Østfold, ma è stato assolto.»

«Adesso dove si trova?»

«L'ultimo domicilio noto è in Spagna, nei pressi di Marbella.»

Wisting annuì. Conosceva la città; c'era stato una volta per una trasferta di servizio insieme a Torunn Borg.

«Al momento, però, è qui» proseguì Hammer, allungandogli un fitto elenco di transazioni. «La carta è stata usata in varie località in Spagna» proseguì, scorrendo l'elenco con l'indice. «L'ultima volta il 12 luglio, all'aeroporto di Malaga. Dopodiché, come vedi, è venuto in Norvegia.»

Wisting studiò il foglio socchiudendo gli occhi. La carta era stata usata il giorno precedente al Rema 1000 di Holmejordet, un supermercato sullo stradone di accesso a Stavern. Ci passava spesso anche lui, per fare un po' di spesa al ritorno dal lavoro.

Wisting cercò gli occhiali, ma non li trovò e continuò a studiare l'elenco strizzando gli occhi. C'erano un acquisto da un rivenditore di materiali edili, un pasto in un ristorante nella zona del porto, una grossa cifra spesa in una catena di elettrodomestici e varie visite alla Pace dorata, da Suzanne. Fatta eccezione per l'ultima volta, Heisel aveva sempre pagato intorno a mezzanotte e la transazione successiva era sempre a favore della Vestfold Taxi.

Wisting alzò lo sguardo e si sentì addosso una certa eccitazione.

«Lo possiamo beccare» disse, indicando una corsa in taxi segnata sul foglio. «Qualcuno l'ha portato a casa.»

5

Hammer ci mise tre ore per trovare un tassista che si ricordasse di Aron Heisel. I primi due con cui parlò non ricordavano né lui né la corsa, il terzo invece lo riconobbe dalla foto e riferì di averlo prelevato per due sere di seguito e di averlo lasciato tutte e due le volte dalle parti di Huken. Lui e Wisting partirono quindi dalla centrale, e in una decina di minuti arrivarono a destinazione.

Per Wisting, Huken era sempre stato semplicemente il nome di una città sulla carta stradale, lungo la regionale interna che portava a Helgeroa. Avvicinandosi alla meta cominciò a rallentare, mentre Hammer si sporgeva a osservare meglio i dintorni. Da entrambi i lati della strada crescevano alte piante di patata. Arrivarono prima a una casa che sembrava costruita abbastanza di recente in una vecchia proprietà agricola; nel giardino c'erano dei bambini che saltavano su un tappeto elastico, mentre due ragazzi più grandi provavano ad accendere uno scooter. Sulla strada si affacciava una vecchia officina, o forse era un garage per camion; più indietro, alcuni piccoli fabbricati rossi. Ma niente fienili.

«Prosegui» fece Hammer.

Oltrepassarono un recinto con alcuni cavalli che pascolavano; un tizio su una scala a pioli stava ripitturando la stalla. Su uno spiazzo videro un trattore con uno spaccalegna accanto a una catasta di ciocchi; più avanti, il sole si rifletteva su ciò che restava dei vetri di una vecchia serra. All'altezza di una piazzola con un baracchino per la raccolta dei bidoni del latte e il cartello blu di una fermata dell'autobus, Hammer puntò un dito. «Qui» disse, «il tassista l'ha lasciato qui.»

Al di là di un muretto a secco correva una stradina che andava verso il bosco, quasi nascosta dall'erba incolta.

Wisting svoltò. Uno stormo di uccelli si alzò da un albero frondoso, simile a uno sciame d'insetti. L'auto procedeva lenta, ballonzolando tra buche e ciuffi d'erba. Sulla sinistra la stradina era fiancheggiata da un ampio fosso pieno d'acqua stagnante, coperta di una melma verde acido che solo qua e là lasciava intravedere tratti d'acqua nera.

Il bosco intorno a loro s'infittì, poi il paesaggio tornò ad aprirsi. La stradina terminava in corrispondenza di una piccola fattoria dismessa. In fondo, ai margini del bosco, c'era un fienile fatiscente; dal tetto mancava metà delle tegole, e l'intero fabbricato faceva pensare a un cadavere mezzo spolpato dagli avvoltoi.

Wisting fermò la macchina davanti alla casa. Fra questa e il fienile c'erano due capanni con il tetto di lamiera ondulata; tutt'intorno crescevano rose canine e piante di digitale rossa a grappoli. Smontò e chiuse la portiera, mentre Hammer lasciò aperta la sua. Si udiva solo il ronzio estivo degli insetti che svolazzavano sopra l'erba alta.

Un tempo la casa doveva essere stata intonacata di bianco; adesso era grigia e sembrava abbandonata. Agli angoli pendevano monconi dei tubi pluviali; le finestre erano prive di tendine e al posto di un vetro rotto era stato messo un ritaglio di compensato.

Wisting bussò alla porta e subito dopo, senza aspettare, si avvicinò alla prima finestra per scrutare all'interno, facendosi schermo con le mani. Una cucina celeste. Piatti, tazze e bicchieri accatastati nel lavello; buste di plastica, bottiglie vuote e cartoni di pizza sul ripiano. Da uno dei cartoni una fila di formiche saliva fino alla modanatura del soffitto. Sul tavolo, accanto a una tazza, c'era un giornale.

«Nessuno in casa?» chiese Hammer alle sue spalle.

«No, però qualcuno ci abita» rispose Wisting. Bussò con le nocche sul vetro, chiamando, poi tornò alla porta e abbassò la maniglia. «Chiusa a chiave» constatò. Allora si diresse verso il fienile decrepito. «Vediamo se almeno lì si riesce a entrare.»

Facendosi largo tra l'erba alta raggiunsero la doppia porta centrale, serrata con una tavola messa di traverso. Hammer spostò la tavola con il piede e aprì uno spiraglio, ma i battenti erano bloccati dall'interno con un catenaccio.

Più avanti c'era un'altra porta, anch'essa chiusa, con una finestrella all'inglese su ciascun lato; il mastice era perlopiù secco e sgretolato, ma una serie di punti metallici piegati tenevano i vetri fissati al telaio.

«Non possiamo andarcene senza aver prima controllato qui dentro» disse Hammer saggiando il telaio con le dita.

Wisting era d'accordo. Aspettò in silenzio che il collega andasse a prendere un raschiaghiaccio in macchina. Facendo leva con quello per sollevare i punti metallici, in breve Hammer riuscì a togliere un vetro; ficcò la mano all'interno e sganciò i fermi.

Mentre Wisting teneva alzata la finestrella, Hammer si puntellò sul telaio e s'infilò dentro. Wisting lo sentì strusciare contro la parete e piombare a terra; il collega imprecò, poi andò a tirare il catenaccio e aprì la porta. Lui la spalancò e osservò il grande locale all'interno. L'odore di fieno secco lo investì come un'onda. Dalle fessure tra le assi filtravano strisce di luce; a poco a poco gli occhi si abituarono alla semioscurità e lo stanzone prese forma. Due porte su uno dei lati corti; alla loro sinistra c'erano un rimorchio a due assi e quattro ruote, dietro il rimorchio una catasta di balle di fieno e delle taniche bianche sistemate su un pallet. Alle pareti erano appesi forconi, badili, rastrelli, una falce e altri arnesi, mentre nell'angolo opposto erano stati ammucchiati vari attrezzi per trattore e vecchi bidoni da latte. In mezzo al locale c'era un'auto coperta con un telo grigio che scendeva fin quasi al pavimento.

Wisting si avvicinò. I suoi piedi sollevarono nuvolette di polvere che gli fecero prudere il naso.

Quando Hammer tirò su il telo, si trovarono di fronte una Volvo V60 nera con l'insegna dei taxi sul tettuccio. Numero di targa Z1086. La vettura di Jens Hummel.

Wisting si chinò sul parabrezza e sbirciò dentro senza toccare niente.

L'auto era vuota.

Lasciò vagare lo sguardo nell'abitacolo: la chiave era inserita nell'accensione; nella console centrale c'era una bottiglia mezza vuota di Coca-Cola, sul sedile del passeggero un paio di guanti di pelle e un pacchetto di plastica con un avanzo di baguette secco e ammuffito.

Hammer tolse il telo completamente e andò ad aprire il bagagliaio.

«Niente, vuoto» lo informò tornando.

Continuarono a studiare l'auto da una distanza di un paio di metri. Wisting sentì dentro di sé un formicolio che ben conosceva: quella scoperta riapriva il caso Hummel. Tirò fuori il telefono per chiamare Mortensen e far esaminare autovettura e fienile alla Scientifica. Dopodiché bisognava organizzare le ricerche. Visto che non c'era traccia di lui nel taxi, era poco probabile che Hummel fosse nel fienile; ma le ricerche sarebbero comunque partite dal podere. Bisognava setacciare torrenti e ruscelli, burroni, cave di ghiaia e pozzi asciutti. Tutti posti plausibili in cui far sparire un cadavere.

Ma Wisting non fece in tempo a comporre il numero che il telefono squillò. Era Suzanne.

Rispose pronunciando il proprio nome, e si rese subito conto di quanto suonasse asciutto e distaccato.

«È qui» bisbigliò Suzanne. «Il tizio che ha detto dov'era il taxi di Jens Hummel è qui al bar.»

6

Line indietreggiò un poco e si scostò i capelli dalla fronte con il dorso della mano, osservando il soffitto del soggiorno. La superficie, verniciata di fresco, luccicava. La stanza pareva più grande ora che era dipinta di bianco, pensò, lanciando un'occhiata ai pannelli di pino giallobruni in corridoio. Quelli potevano aspettare fino all'indomani: adesso si meritava una pausa.

Lavò i pennelli, mise via gli attrezzi per imbiancare e si tolse la tuta bianca da lavoro.

Il padre le aveva promesso di verniciare il soffitto nel pomeriggio e si sarebbe arrabbiato scoprendo che ci aveva già pensato da sola. Be', forse non proprio arrabbiato, ma di sicuro non avrebbe apprezzato, viste le sue condizioni. Lei però non vedeva l'ora di finire; e, comunque, la vernice non conteneva sostanze volatili né solventi che fossero nocivi alla salute.

La mano le andò automaticamente al pancione. Ormai era di quasi otto mesi. Quella creatura le aveva cambiato l'esistenza ancor prima di nascere. Aveva perso interesse per la vita nella grande città ed era tornata nel luogo tranquillo e familiare in cui era cresciuta, lasciando un lavoro da giornalista che, per quanto interessante, aveva ritmi troppo serrati e aspettative troppo alte per una madre con un bebè. Forse, se avesse avuto qualcuno con cui condividere quella responsabilità, sarebbe stato diverso; però non ce l'aveva.

Aprì il frigo, prese una bottiglia che aveva riempito di acqua del rubinetto e si piazzò a bere sulla soglia del soggiorno. Visto che ormai aveva iniziato, sarebbe servita un'altra mano alle modanature intorno alle finestre; ma potevano aspettare.

L'ambiente era molto cambiato rispetto a quando aveva comprato la casa; eppure, con ogni probabilità, non si sarebbe mai del tutto liberata dal ricordo dell'uomo trovato morto proprio in quella stanza, seduto su una poltrona. Non solo: nella storia della casa c'era anche un uomo che si era impiccato in cantina alla fine degli anni Sessanta, poco dopo che era stata costruita.

A quel pensiero rabbrividì e si portò di nuovo la mano alla pancia, con fare protettivo. Non si era ancora abituata ad averla così grossa, ma era stata fortunata: non era ingrassata più di tanto e si sentiva in gran forma. In quel momento aveva un po' di mal di schiena, ma più che altro per la fatica di tinteggiare. Per il resto era energica come non mai.

Rimise l'acqua nel frigorifero e andò in bagno. Non era pentita di aver speso un po' di soldi per fare sgomberare la casa prima di trasferirsi. Aveva fatto un affare comprandola a un prezzo stracciato, e dalla vendita dell'appartamento di Oslo aveva ricavato un budget ragguardevole.

Si svestì e studiò il pancione da varie angolature. Non era mai stato così teso: quando la creatura si muoveva, si vedeva tutto. Ridendo, poggiò il palmo su una piccola protuberanza dura. Che fosse la sua mano? O il piede?

Al parto preferiva non pensarci. Mancavano quattro settimane e lei aveva già paura. Qualcosa aveva letto sull'argomento, ma non sapeva a quanto potesse servire. L'avrebbe presa come veniva, pensò, guardandosi il viso. Aveva due macchie bianche sulla guancia destra e una sul collo. Le grattò via e si sciacquò le mani, poi entrò nella doccia.

Mezz'ora dopo era in macchina, diretta in centro. Non era semplice trovare vestiti che le stessero bene, con quella pancia che continuava a crescere. In genere se la cavava con i pantaloni della tuta o un camicione; stavolta, però, si era messa un abito comodo dai colori chiari, con l'annodatura alta e la gonna ampia.

Gran parte delle stradine del centro era stata pedonalizzata per la stagione estiva e il traffico scorreva lento. Normalmente lasciava l'auto in qualche traversa meno trafficata, ma quel giorno dovette ricorrere al parcheggio a pagamento allestito nel vecchio campo da tennis.

Sperava di trovare un tavolo alla Pace dorata, oppure in un altro caffè che offriva il servizio all'aperto, ma prima voleva passare dal negozietto di casalinghi all'angolo tra Skippergata e Verftsgata, dove c'era sempre una bella atmosfera. Ogni volta che ci entrava, le venivano nuove idee su come arredare la casa; e poi, oltre ai raffinati articoli per interni, avevano anche vestiti e gioielli.

Come al solito, le strade brulicavano di gente. Si fermò a guardare una bancarella di gioielli artigianali, ma prima che il commerciante potesse rivolgerle la parola si rimise in cammino.

Entrò nel negozietto di casalinghi togliendosi gli occhiali da sole. C'era folla anche lì dentro, ma l'aria era fresca. Gli scaffali erano zeppi di oggetti interessanti: candele profumate, specchi, cornici, orologi, scatole decorative, vasi, quadri, cuscini, tappeti, tazze, vassoi, lampade, bacheche, attaccapanni, cartelli, portacandele, cassette di legno, pentole, secchi e mobiletti.

Era stufa della moda nostalgica dei mobili che dovevano sembrare vecchi e logori, cercava uno stile più moderno ed essenziale; ma ci teneva anche a dare un tocco personale alla casa. Aveva intenzione di appendere le proprie foto alle pareti. Con la macchina fotografica ci sapeva fare, anzi, si sentiva tanto fotografa quanto giornalista e non vedeva l'ora di allestirsi uno studio nel seminterrato; se l'immaginava semplice e rustico, con le lampade arrugginite, gli schedari consunti e i suoi pezzi pubblicati in prima pagina messi in cornice e appesi alle pareti grigie.

Si fermò davanti a un moderno orologio da muro con i numeri romani, e stava per controllare l'etichetta con il prezzo quando qualcuno la urtò.

«Scusa!» Una donna della sua età, con una bambina in braccio e gli occhiali da sole sulla testa, le toccò delicatamente il pancione. «Tutto bene?»

Line annuì sorridendo, poi allungò di nuovo la mano verso l'orologio, ma riportò lo sguardo sulla donna. La sua faccia aveva qualcosa di familiare.

«Sei Line?» le domandò quella. «Line Wisting?»

Lei confermò con un sorriso, poi la osservò perplessa nel tentativo di capire chi fosse.

«Sono Sofie, andavamo insieme alle elementari» l'aiutò l'altra. «Non è così strano che non ti ricordi di me, io però ho letto di te sul giornale. O meglio, ho letto tante delle cose che hai scritto.»

Line mise a fuoco viso e nome.

«Sofie Mandt» disse. «Ti sei trasferita qui in sesta, o giù di lì.»

«In quinta» la corresse la donna. «Ora però mi chiamo

Lund. E lei è Maja.» Sofie solleticò la figlia sotto il mento, scatenando una risata gorgogliante e un sorrisone con le fossette.

«Sei sposata?» le domandò Line accarezzando i capelli alla piccola.

«No, Lund è il cognome da nubile di mia nonna» spiegò Sofie. «Siamo solo io e Maja.»

Line sentì l'impulso di dirle che anche lei era sola, ma alla fine si trattenne. «Siete venute in vacanza?» le chiese invece.

Sofie scosse il capo. «Mi sono appena trasferita.»

«Anch'io!» esclamò Line. «Ho vissuto cinque anni a Oslo, ma a un certo punto non ne potevo più. Mi sono comprata una casa a Varden, nella via in cui abitavo da piccola» disse toccandosi il pancione. «La sto sistemando proprio in questi giorni.»

Sofie le guardò la pancia. «Quando ti scade il termine?»

«Alla fine di agosto» rispose Line. Poi rivolse l'attenzione alla bambina. «Lei quanti mesi ha?»

«Ha fatto un anno a maggio» spiegò Sofie. Mise a terra la piccola, che fece qualche passo incerto e poi si aggrappò alla gamba della mamma.

«Dove abitate?» chiese Line.

«In centro» replicò Sofie, indicando la direzione con un cenno del capo.

Line si chinò a chiacchierare un po' con Maja. Quando si era trasferita a Oslo aveva pian piano perso i contatti con le vecchie amicizie, e ne aveva strette di nuove tra i colleghi. Sapeva che ci avrebbe messo del tempo per crearsi una nuova cerchia, ma quell'incontro poteva essere un buon inizio.

«Ci prendiamo un caffè?»

Sofie non rispose subito. Stava studiando un piccolo cartello decorativo su cui c'era scritto che vivere era come andare in bicicletta: per mantenersi in equilibrio bisognava continuare a muoversi.

«Volentieri» disse infine, posando il cartello.

Line sorrise e, prima di uscire, controllò il prezzo dell'orologio: quasi milleduecento corone. Probabilmente, se non l'avessero venduto prima, alla fine dell'estate l'avrebbe trovato a metà prezzo.

Alla Pace dorata una giovane coppia si alzò da un tavolino e Line e Sofie poterono sedersi. Al tavolo accanto un uomo con un berretto salutò con un cenno del capo e si spostò per fare spazio al passeggino di Maja. Line entrò a ordinare. Dietro il bancone c'era Suzanne, ma fu una giovane cameriera a prendere l'ordinazione. Line uscì con due caffellatte e due fette di torta. Con Sofie parlarono del più e del meno: il tempo, il caldo, la folla di turisti, i vecchi compagni di classe.

«Com'è che sei tornata?» s'informò Line a un certo punto.

Sofie, che era arrivata a metà del caffellatte, rimase con il bicchiere a mezz'aria.

«Ho ereditato una casa» rispose. «Da mio nonno. E poi era un momento buono per trasferirsi, per cominciare una nuova vita.»

«Chi era tuo nonno?» le chiese Line, ma intuì subito di aver toccato un nervo scoperto.

«Frank Mandt» disse Sofie. «Non avevo molti contatti con lui. È morto lo scorso inverno.»

Line sapeva chi era. Come quasi tutti a Stavern.

«E tu?» proseguì Sofie, dirottando altrove la conversazione. «Perché sei tornata?»

«Perché sono rimasta incinta» spiegò Line. «La vita che facevo a Oslo ruotava intorno al lavoro per "VG" e ai colleghi della redazione. A parte quello, non avevo legami con la città. E poi preferisco fare crescere la bambina qui.»

Sofie le guardò il pancione.

«Quindi aspetti una femmina?»

Line annuì pensando al corpicino che portava dentro. Se era vero ciò che aveva letto, la bimba adesso doveva aver superato i quaranta centimetri e i due chili e mezzo.

«E il padre?» domandò Sofie.

«È una storia lunga» sorrise Line. «Ma quando ho saputo di essere incinta avevamo già chiuso.»

«Poco male» commentò Sofie. «Quello di Maja stava ancora con me, ma nel frattempo se la faceva con delle altre. Senza di lui sto meglio.»

«Per me è stato diverso» raccontò Line. «L'ho conosciuto per via del lavoro. Un poliziotto americano, venuto qui sotto Natale per seguire un caso.»

Sofie scoppiò a ridere e indicò il pancione. «Quindi questo sarebbe il risultato di una botta e via?»

Rise anche Line, e sentì che le faceva bene. «No, non è stata una notte sola» aggiunse. «È durata un paio di settimane.»

«E sei andata avanti con la gravidanza lo stesso?»

«Ho ventinove anni» rispose Line. «E non è una figlia indesiderata.»

«L'americano lo sa? Siete rimasti in contatto?»

«Sì, certo, ci sentiamo via internet. Si è addirittura offerto di trasferirsi qui per starci vicino, ma non sarebbe giusto. Fa un lavoro importante, lì dov'è.»

Nella strada pedonale arrivò un'automobile e la gente, contrariata, dovette spostarsi. Line posò il bicchiere e osservò la vettura che si accostava al marciapiede opposto. Dall'auto scese un uomo che si fermò a guardarle. Era suo padre.

7

Wisting attese che Hammer scendesse dalla macchina, poi fece per attraversare la strada. Ebbe appena il tempo di notare Line, seduta a un tavolino della Pace dorata, che dal tavolo accanto si alzò un tizio: si tirò giù la visiera del berretto, spinse un passeggino di lato e si allontanò svelto dal bar.

Non erano riusciti a vederlo in faccia, ma altezza, età e spalle strette corrispondevano alla descrizione. Evidentemente Aron Heisel aveva capito che erano della polizia: quel modo di guardarsi intorno registrando ogni particolare li tradiva, se non altro agli occhi di uno che stava sul chi vive.

«Ehi!» gli gridò Wisting. «Aspetta un attimo!»

Quello accelerò il passo e puntò verso una moto parcheggiata, con il casco appeso al manubrio. Ma quando Wisting lo chiamò di nuovo, l'uomo parve cambiare idea e si mise a correre in un'altra direzione.

«Fermo, polizia!» gridò Wisting inseguendolo.

Mentre i passanti si giravano a guardarlo, l'uomo si gettò un'occhiata alle spalle e continuò a correre scansando dei ragazzini. Wisting gli stava alle calcagna. La camicia gli si era sfilata dai pantaloni e svolazzava intorno ai fianchi.

L'uomo lasciò Dronningens gate, imboccò la prima traversa a destra e, svoltato l'angolo, scomparve tra la folla. Wisting credette di averlo perso, ma un attimo dopo scorse il berretto e la felpa bianca e riprese l'inseguimento facendosi largo tra la gente. L'altro avanzava irruento tra pedoni e famigliole con bambini; a un certo punto inciampò sulle rotelle di una biciclettina, cadde a terra, ma in un attimo si tirò su e proseguì la fuga.

All'incrocio successivo svoltò a destra e si mise a correre in direzione dei moli, poi all'improvviso tagliò a sinistra e si lanciò in un'area giochi. Mentre si gettava un'altra occhiata alle spalle, inciampò di nuovo. Stavolta Wisting lo raggiunse e, davanti a un chiosco di *vaffel*, lo afferrò per un braccio, ma quello si divincolò con tale foga che lo mandò a sbattere con la testa contro un lampione. L'investigatore sentì una scossa attraversargli il corpo da capo a piedi e un rivoletto di sangue cominciò a colargli su una guancia. L'uomo, intanto, si era dato di nuovo alla fuga lungo il molo.

All'improvviso Wisting vide Nils Hammer – arrivato da chissà dove – piombare sul fuggiasco, che nell'impatto rotolò a terra e finì in acqua. Poco ci mancò che non cadesse anche Hammer, ma all'ultimo momento riprese l'equilibrio e restò, indenne, sul molo.

Vari clienti del vicino ristorante si alzarono dai tavoli all'aperto per vedere cosa succedeva. In un primo momento il fuggiasco sembrò volersi allontanare a nuoto, ma alla fine, rassegnato, riacchiappò il berretto che galleggiava sul pelo dell'acqua e con tre bracciate riguadagnò la riva, dove i due investigatori lo issarono all'asciutto.

«Aron Heisel?» gli chiese Wisting.

Quello annuì, tutto gocciolante, piegato avanti con le mani sulle ginocchia.

«Perché sei scappato?» domandò Hammer.

Heisel fece un gran sospiro, ma non rispose.

«Dobbiamo fare due chiacchiere a proposito di Jens Hummel e del suo taxi» spiegò Wisting.

«Un giorno l'ho trovato lì» disse Heisel, scoraggiato. «Non so altro. Un giorno l'ho trovato lì e basta.»

Nel frattempo arrivò un furgone della polizia; Hammer fece cenno al mezzo di avvicinarsi e ai curiosi di spostarsi.

«Portatelo al comando e procurategli degli abiti asciutti» disse Wisting agli agenti.

«Io non ho fatto niente di male» protestò Heisel.

«Non direi» ribatté lui toccandosi una tempia, e ritrovandosi le dita sporche di sangue. L'ematoma causato dalla botta contro il lampione era già bello gonfio.

Un agente in divisa aprì i portelloni del furgone e fece salire Heisel a bordo.

«Lasciamolo un po' per conto suo» fece Hammer.

Wisting annuì. Far aspettare il sospettato li avrebbe avvantaggiati al momento dell'interrogatorio.

«Voglio tornare al fienile» disse Wisting, seguendo con lo sguardo gli agenti che chiudevano i portelloni alle spalle di Heisel. «Secondo me, il taxi ci darà più informazioni di quello lì.»

8

Line posò il bicchiere vuoto del caffellatte.

Maja si era agitata, non voleva più stare nel passeggino e non sembrava tranquillizzarsi nemmeno in braccio alla madre: continuava a dimenarsi come un'anguilla. Poi cominciò a frignare.

«È stanca» disse Sofie. «Devo tornare a casa e farla riposare. Ti va di venire?»

Line lanciò un'occhiata nella direzione in cui erano spariti suo padre e Nils Hammer: a quanto pareva, non sarebbero tornati tanto presto alla macchina. Quella sera, a casa, avrebbe chiesto al padre cos'era successo.

«Volentieri» rispose tornando a guardare Sofie, che rimise Maja nel passeggino e si fece strada tra i tavoli e le sedie.

Non ci vollero più di cinque minuti per arrivare a destinazione. Casa Mandt si trovava nei pressi del cosiddetto Pumpeparken, il parco con le vecchie pompe in mezzo alle betulle, dove in passato si andava a prendere l'acqua, a lavare i panni e a sentire le ultime notizie. In quel momento un fotografo stava facendo un servizio a una coppia di sposi.

L'ingresso principale dell'abitazione era sul retro. Sofie aprì, prese in braccio Maja dal passeggino e Line le seguì. L'interno odorava di sapone di potassio e il parquet bianco brillante era verniciato di fresco; addossati alle pareti c'erano scatoloni pieni di oggetti non ancora sistemati.

«C'è ancora tanta roba da mettere a posto» disse Sofie, togliendosi le scarpe. Fece accomodare Line in soggiorno e aprì la portafinestra che si affacciava sulla veranda a vetri dal lato del parco. «Torno subito» disse poi, scomparendo in cucina con la bambina in braccio. «Fa' come se fossi a casa tua.»

Line si guardò intorno e provò una punta d'invidia. Quella casa era più grande, più luminosa e più ariosa della sua, e il soffitto alto con le grosse travi le conferiva un bell'aspetto signorile. I mobili vissuti che Sofie aveva portato da Oslo non si armonizzavano con il resto, né bastavano a riempire la stanza.

L'altra tornò dalla cucina. Aveva dato il biberon a Maja, che si era acquietata.

«Che bella questa casa» disse Line, lasciando vagare lo sguardo ancora una volta nell'ampio soggiorno.

«Vieni su» propose Sofie. «Così, mentre metto Maja a letto, vedi le altre stanze.»

Le scale erano consumate e scricchiolanti. Di sopra l'aria era più calda e pesante. Sofie entrò nella prima stanza a sinistra, aprì una finestra e sistemò la figlia in un lettino con le sponde addossato alla parete. La piccola scalciò un istante, poi si dedicò totalmente al biberon che la mamma le aveva riscaldato.

Sofie chiuse piano la porta e mostrò il resto della casa a Line. Le stanze erano ampie e in gran parte vuote; pavimento a larghe assi di pino, carta da parati sbiadita alle pareti e finestre all'inglese con ampi davanzali interni.

«In settimana verranno gli operai a dare un'occhiata» spiegò Sofie. «Voglio ritinteggiare il soffitto e sostituire la carta da parati, ma per il resto non c'è molto da fare.»

Line indicò una porta socchiusa.

«Sì, devo anche dare una sistemata al bagno» disse Sofie, aprendo la porta su una stanza con un water dalla tavoletta nera, una vecchia e gigantesca vasca e un lavello spaccato, con macchie di ruggine intorno allo scarico nel punto in cui gocciolava il rubinetto. Non c'erano finestre e la carta fiorata si era staccata dalle pareti per via dell'umidità.

«Un lavorone» commentò Line.

«Ho ereditato anche un po' di soldi» sorrise Sofie. «E poi non ho fretta. Nel seminterrato c'è un bagno praticamente nuovo.»

«C'è anche un seminterrato?»

Sofie annuì e si diresse verso le scale.

«Grande e desolato» spiegò. «A parte una vecchia cassaforte di cui non riesco a sbarazzarmi.»

«Come mai?»

Stavano passando davanti alla cameretta della bambina e Sofie abbassò la voce. «È troppo grande» bisbigliò. «Sembra quasi che l'abbiano piazzata lì prima di costruire il resto della casa.»

«E perché vorresti sbarazzartene?» domandò Line, seguendola giù per le scale. «Una cassaforte può sempre tornare utile.»

«È chiusa» rispose Sofie «e io non ho la chiave.»

«Quindi non sai nemmeno cosa c'è dentro?»

L'altra si voltò a guardarla. «Non ne ho la minima idea» rispose. «Vieni, ti faccio vedere.»

Aprì la porta e accese la luce. La corrente fredda che risalì di colpo dal seminterrato sollevò alcune carte posate su una cassettiera nel corridoio.

Line scese per prima. Al piano di sotto c'era lo stesso odore forte e un po' indistinto che si sentiva nel seminterrato di casa sua; un odore simile a quello di vestiti umidi dimenticati in qualche angolo. Sbirciò nelle stanze su entrambi i lati del corridoio, rabbrividendo per il freddo che impregnava le pareti.

La cassaforte si trovava nell'ambiente in fondo. Il sole penetrava obliquo da una finestra in alto, illuminando il pavimento. La mano sul pancione, Line si fermò nel punto in cui la luce colpiva il muro nudo.

La cassaforte era davvero enorme; sarebbe passata a malapena dalla porta, per non parlare delle scale. Line si avvicinò e spostò il coperchietto metallico che copriva la toppa.

«L'hai cercata?» domandò, gettandosi uno sguardo intorno.

Sofie scosse il capo. «Io no, ma quando ho fatto sgomberare la casa l'hanno cercata gli operai e non hanno trovato niente.»

«Però dev'essere qui da qualche parte» obiettò Line.

Continuando a guardarsi intorno notò un tubo dell'acqua che correva lungo il soffitto. Si allungò sulle punte dei piedi per passarci sopra la mano, ma il tentativo non diede frutti. In cima alla parete che dava sull'esterno c'era una griglia di ventilazione, ma era troppo in alto per guardarci dentro, così infilò le dita tra le stecche tastando alla cieca. Trovò solo bioccoli di polvere. Ridendo, si scusò con Sofie per essersi presa la libertà di frugare in quel modo.

«Sono troppo curiosa» le disse. «Secondo te cosa può esserci nella cassaforte?»

«Mah, sarà vuota» rispose Sofie dopo un attimo di silenzio.

«Potresti farla scassinare, di sicuro un fabbro ci riuscirebbe. Ne conosco uno che se ne intende.»

«Non sono sicura di voler sapere cosa c'è dentro. Sempre se c'è qualcosa...» disse Sofie, avvicinandosi alla porta.

«In ogni caso, non sarebbe niente di buono. È un segreto che il Vecchio si è portato nella tomba, e va bene così.»

«Com'è morto?» domandò Line, seguendola.

«È caduto» rispose Sofie, fermandosi davanti a una macchia scura sul cemento. «Da qui» disse, indicando la scala che saliva al pianterreno. «È caduto, è morto, ed è rimasto lì per giorni prima che lo trovassero.»

Line si soffermò un istante a osservare la scala ripida.

«Ti sembra strano?» le chiese Sofie. «Che mi sia venuta voglia di vivere qui?»

Line scosse il capo.

«Anche a casa mia è morta una persona» replicò. «Anzi, due» aggiunse, pensando al padre di Viggo Hansen che si era impiccato nel seminterrato quasi cinquant'anni addietro.

Sofie fece una risatina incerta, ma poi, quando scoppiò a ridere anche Line, la sua risata si fece sonora e calorosa.

«In realtà non mi riferivo tanto al fatto che sia morto qui» spiegò Sofie salendo di sopra, «quanto a tutto il male che ha procurato da vivo.»

Line la seguì, sentendo montare l'interesse. C'era una storia da raccontare, lì.

Si era messa in congedo da «VG», ma a dirla tutta non aveva intenzione di tornare; contava piuttosto di sfruttare quel periodo per finire di scrivere il libro che aveva iniziato qualche anno prima. Il suo progetto a lungo termine era di guadagnarsi da vivere come freelance, da autrice. Ciò che amava di più della scrittura era la possibilità di raccontare una bella storia; adesso ne aveva appena individuata una, ma per il momento si trattenne dal fare ulteriori domande.

Mentre Sofie prendeva dei bicchieri in cucina lei aspettò in soggiorno, dov'era stata montata una grossa libreria; ma gran parte dei libri era ancora negli scatoloni contrassegnati con le lettere dell'alfabeto. Gli scrittori dalla A alla E erano già stati sistemati sugli scaffali, gli altri erano ancora in attesa.

«Sediamoci fuori» propose Sofie, portando due bicchieri e una brocca di tè freddo. Uscirono sul piccolo spiazzo in ombra sul retro della casa, al riparo dai rumori e dagli sguardi altrui, dove un alto cespuglio di rose rosse rampicanti ricopriva il muro.

Sofie riempì i bicchieri.

«Cos'ha fatto di male tuo nonno?» s'informò Line, bevendo un sorso di tè come per sviare l'attenzione e smorzare l'impatto di quella domanda diretta.

«Avrai sentito parlare di lui, no?» le chiese Sofie, mettendosi comoda.

Line annuì. «Vendeva alcolici» rispose. «Di contrabbando.»

«Non solo quello» disse Sofie, facendosi seria. «Ha ucciso mia madre.»

La frase rimase come sospesa a mezz'aria. Line si bloccò con il bicchiere in mano, senza avere il coraggio di chiedere chiarimenti.

Sofie si schiarì la gola, poi continuò. «Mi sono trasferita qui da bambina perché mia madre era finita in prigione» disse. «Ha scontato lei una colpa del Vecchio.»

Line posò il bicchiere. Lei e Sofie si erano appena ritrovate dopo anni, eppure sentiva che erano già molto vicine.

«Raccontami.»

Sofie incrociò le braccia e chinò lo sguardo, come chiedendosi da dove iniziare. Line intuì che non era un argomento di cui parlava volentieri, ma sapeva anche che chi tace da tempo può sentire un enorme bisogno di confidarsi.

«Lo chiamavano Re dei trafficanti» esordì Sofie con un improvviso sguardo di collera. «Come se quello che faceva fosse nobile e onorevole.» Scosse il capo rassegnata e proseguì. «Aveva iniziato l'attività negli anni Sessanta. All'epoca lavorava come scaricatore di porto, comprava bottiglie a buon mercato dall'equipaggio delle navi che arrivavano da Rotterdam, Bremerhaven e altri porti europei e le rivendeva a prezzo maggiorato, ma pur sempre a meno del monopolio di Stato. Poi le bottiglie diventarono casse, finché a un certo punto non si mise a gestire spedizioni tutte sue, assoldando dei pescherecci per trasportare grossi carichi di alcolici e sigarette attraverso lo Skagerrak. All'epoca era sposato da poco, quindi i soldi facevano comodo. Mia madre è nata nel 1964 e la nonna è morta poco dopo, quindi in un certo senso mamma è nata e cresciuta in quel contesto. Dopo un po' il Vecchio ha cominciato a importare merce anche via terra, con camion che arrivavano dalle distillerie spagnole e consegnavano nei magazzini di tutto l'Østlandet.»

«E non l'hanno mai beccato?»

«Lui, no. A volte fermavano i camion alla frontiera. Lui ci rimetteva qualche carico, ma se la cavava sempre. Poi si è messo a trafficare altro, anzitutto hashish, che rispetto alle bottiglie di acquavite e altri alcolici era più facile da nascondere, occupava meno spazio e garantiva più profitti.»

Line aveva sentito voci in merito.

«A tua madre cos'è successo?» domandò.

«Mamma mi ha cresciuta da sola. Mio padre per me è solo un nome, non l'ho mai incontrato e non so nemmeno dove sia adesso. Non ho idea di come si siano conosciuti, non ne abbiamo mai parlato. Quando è morta avevo appena dieci anni.» Sofie si allungò a cogliere una rosa dal muro. «Una sera d'estate, un sabato» proseguì, staccando un petalo, «volevamo andare alla fiera di Skien. Ci andavamo spesso. C'erano le giostre, e spettacoli di artisti famosi...»

Line annuì. Tanti anni prima c'era stata anche lei.

«Abitavamo in un appartamentino in fondo alla strada» continuò Sofie, indicando la direzione con lo sguardo. «Mamma aveva una vecchia Opel scassata, che quel giorno non voleva proprio partire. Così siamo venute qui per prendere in prestito una delle macchine del Vecchio, come avevamo fatto tante volte. Lui non c'era, ma la sua Volvo era parcheggiata fuori. Mamma ha preso la chiave e gli ha lasciato un biglietto.» Sofie cambiò posizione, facendo scricchiolare la sedia. I capelli scuri le ricaddero sul viso e lei li scostò con un sorriso incerto. «A Porsgrunn, nella zona di Vallermyrene, ci ha fermate la polizia» continuò. «Non so perché. Forse è stato un caso, forse tenevano d'occhio il Vecchio e gli avevano schedato le macchine, fatto sta che una volante ci ha seguite e ha acceso il lampeggiante. Mamma ha accostato e quelli ci hanno fatto un sacco di domande, poi si sono messi a controllare l'interno dell'auto. Sotto il mio sedile c'erano tre chili di hashish e un chilo di anfetamine.»

«Lei però non poteva saperlo!» esclamò Line, incredula.

«Le hanno dato cinque anni. Hanno considerato come aggravanti il fatto che non volesse collaborare e che avesse una bambina con sé.»

«Ma non ha spiegato come stavano le cose? Che aveva semplicemente preso in prestito la macchina?»

«Sì, ma il Vecchio ha negato tutto. Per scamparla ha sacrificato la figlia.»

«E il biglietto?» domandò Line. «Poteva dimostrare che tua madre aveva detto la verità.»

«Non è mai stato trovato. Il Vecchio l'avrà bruciato, o l'avrà strappato e buttato nel cesso.»

«Quindi tua madre è stata accusata ingiustamente e lui non ha mosso un dito?»

«Ha ingaggiato costosi avvocati per difenderla, ma probabilmente era più interessato a scoprire cosa c'era nei fascicoli e quanto ne sapeva su di lui la polizia. Mia madre era solo una pedina sacrificabile. Di sicuro gli scocciava di più aver perso la merce.»

Line si posò una mano sul pancione con fare protettivo.

«Ma quando hai detto che l'ha uccisa...»

«In carcere mamma non ha retto più di un anno. Una notte ha rotto un bicchiere e si è tagliata le vene. Io ero andata a trovarla solo una volta. Un'esperienza terribile. Già era stato difficile varcare quella soglia, ma uscire lasciandola lì dentro è stato ancora peggio.»

Sofie aveva staccato tutti i petali della rosa. Si avvicinò con la sedia al tavolo e li ammonticchiò sulla tovaglia.

«E di te che ne è stato quando lei è finita in carcere?» domandò Line.

«I primi giorni sono stata qui dal Vecchio. Pareva dovessi rimanere, e per me andava anche bene: conoscevo tutti i ragazzi del vicinato e la scuola non era lontana. Ma lui non mi voleva, diceva che sarei stata un peso. Così mi hanno mandata in affido. Ho cambiato tre famiglie: prima ad Arendal, poi a Hamar e infine a Oslo.»

Una vespa si posò sull'orlo della brocca di tè freddo e Line la scacciò con la mano.

«Mia madre mi ha lasciato una lunga lettera d'addio» continuò Sofie, «ma l'ho letta solo da grande. Sulla busta c'era scritto di darmela al compimento dei diciotto anni. Mi ha raccontato cos'era successo, che suo padre l'aveva tradita e lei si sentiva in colpa per avermi abbandonata. Infine mi diceva di chiudere ogni rapporto con il Vecchio.» Con un gesto rapido spazzò via i petali di rosa dal tavolo, poi aggiunse: «Sembra un po' fuori luogo stare qui, in questa casa enorme... È come se in un certo senso mi legasse a lui».

«Non devi vederla così» obiettò Line.

Sofie bevve un sorso di tè. «Tu in che rapporti sei con tua madre?» le domandò.

«È morta anche lei» rispose Line.

«Mi dispiace.»

«Tranquilla, ormai quest'estate sono sei anni. Ha avuto un incidente stradale in Africa. Lavorava a un programma didattico per i profughi e l'automobile su cui viaggiava è finita in un fosso. Tutti morti.»

«Ti manca?»

«Soprattutto adesso» ammise Line, accarezzandosi la pancia. «Mi dava sempre buoni consigli. Quando ho qualcosa di speciale da raccontare, mi viene ancora l'impulso di chiamarla.»

«So cosa significa» sorrise Sofie, lanciando un'occhiata al piano di sopra, dove stava dormendo la figlia. «Fa male pensare che mia madre non potrà conoscere sua nipote, e che Maja non vedrà mai la nonna. Anche di foto, quasi non ne ho.»

Rimasero in silenzio. Nel frattempo il sole si era spostato e non erano più sedute all'ombra.

«Anche mio padre ha una cassaforte nel seminterrato» disse Line. «A prova d'incendio. Ci conserva vecchie foto e negativi. Foto di mamma.»

9

Procedendo lentamente, Wisting portò l'auto davanti alla casa, si fermò e scese, restando per un attimo accecato dal riflesso del sole sulle tegole. Le vetture della Scientifica si erano fatte strada tra l'erba alta fino alla porta del fienile, accompagnate da un'autopattuglia.

Nils Hammer stava parlando al telefono, in macchina.

Dal fienile uscì Espen Mortensen, con indosso la tuta bianca usata dai periti della Scientifica sulla scena di un crimine. Le erbacce gli arrivavano fin quasi alle ginocchia.

Wisting fu contento di vederlo. Mortensen era un tecnico esperto e meticoloso e aveva occhio per i dettagli. In un sopralluogo giudiziario non si trattava solo di raccogliere tracce concrete del colpevole, ma anche di interpretare ciò che si vedeva. L'esperienza gli aveva insegnato che le condizioni del luogo del delitto rispecchiavano spesso la vita e l'indole del colpevole. Di norma, una scena del crimine ordinata suggeriva la ricerca di un criminale dall'esistenza ben organizzata; al contrario, una caotica – nella quale il colpevole avesse lasciato tracce vistose – poteva indicare che il responsabile conduceva una vita altrettanto confusa e improvvisata.

Mortensen era bravo a leggere informazioni di quel genere; al tempo stesso, non prendeva decisioni affrettate né saltava a conclusioni, e dava ascolto volentieri al parere e ai suggerimenti altrui.

«Tu che ne pensi?» gli domandò Wisting, lanciando un'occhiata al fienile.

Mortensen si abbassò la mascherina, lasciandola calata sotto il mento.

«È troppo presto per dire qualcosa» rispose.

«Prima impressione?»

Il tecnico si schiarì la voce. «Non è la scena di un crimine» dichiarò. «Qualsiasi cosa sia successa a Jens Hummel, non è successa qui. Secondo me, il taxi l'ha portato nel fienile qualcun altro.»

Wisting sentì il calore del sole sulla schiena. Aveva sperato che il collega della Scientifica gli dicesse qualcosa di più.

«Il fatto che il mezzo sia stato nascosto, però, rafforza l'ipotesi dell'omicidio» commentò.

«Ed è un punto fermo» ragionò Mortensen. «Un nuovo inizio.»

Wisting concordava. Fino a quel momento le indagini erano partite dall'ultimo avvistamento di Hummel e del suo taxi, quando aveva lasciato un cliente davanti all'hotel Grand di Storgata. Wisting diede un'occhiata alla carta stradale: dal centro di Stavern al luogo del ritrovamento c'erano circa otto chilometri; non ci voleva molto a uscire dal centro, e poi si proseguiva su un tratto di strada con abitazioni sparse. Un'area agricola, con qualche fattoria distante dalla strada regionale e vie laterali che conducevano a zone di pesca e case di campagna. Era probabile che Jens Hummel si fosse fermato in un punto di quel breve tragitto. Per l'ultima volta.

«Voi come volete procedere?»

«Portiamo l'auto nel garage e facciamo i soliti controlli: impronte e DNA. Il tassametro con tutta la relativa elettronica potrebbe darci qualche dritta, ma risulta che non fosse in funzione, giusto?»

Wisting annuì. Anche quello era un mistero. Un tassametro poteva fornire in pratica le stesse informazioni delle tracce elettroniche di un telefono cellulare. Purché fosse acceso.

Nils Hammer sbatté la portiera e li raggiunse.

«Stanno arrivando due unità cinofile» spiegò. «Saranno qui tra una mezz'ora.»

«Bene» approvò Wisting. «Ma il proprietario di questo posto chi è?»

Hammer agitò il telefono che aveva in mano. «Lo sapremo tra poco.»

Wisting contemplò la vegetazione fitta che li circondava.

«Quando Hummel è sparito c'era mezzo metro di neve» disse. «Non è che qui siano tanti, i posti in cui nascondere un cadavere.»

«Be', in ogni caso nel fienile non c'è» gli assicurò Mortensen. Poi si rimise la mascherina e rientrò nel fabbricato.

Wisting si fece largo tra le erbacce e andò a controllare i due capanni. Intorno alle rose canine incolte ronzavano tranquille delle grosse api.

Nessuno dei due casotti era chiuso a chiave. Wisting aprì la porta del primo e diede un'occhiata all'interno. Qualche chiazza di sole giocava sul pavimento, e dai buchi del tetto si scorgeva il cielo azzurro. A parte quattro pneumatici usati accatastati in un angolo, il locale era vuoto.

«Ho mandato gli altri a fare il porta a porta sulla regionale» continuò Hammer, accompagnandolo al secondo capanno. «Può darsi che qualcuno abbia visto qualcosa.»

Lui annuì e sbirciò dentro una finestrella in alto. Al di là del vetro c'erano decine di mosche catturate in una fitta ragnatela; ma non si vedeva granché altro. Andò alla porta e tirò il chiavistello. I cardini cigolarono. In mezzo al locale c'erano tre motori fuoribordo, illuminati dal sole; su una panca lungo il muro giacevano pezzi di motore e arnesi da lavoro.

Hammer sentì squillare il telefono e si trattenne fuori per rispondere. Wisting entrò nel capanno. Sulla parete opposta c'era un'altra porta, e si rese conto subito che era chiusa a chiave: nello spiraglio tra battente e telaio si vedevano inseriti sia lo scrocco sia il catenaccio.

Prese dalla panca un grosso cacciavite e lo infilò tra la porta e lo stipite; il legno scricchiolò, ma lui riuscì a spingere indietro il telaio quel tanto che bastava per aprire la porta senza grandi danni.

La stanza era immersa nel buio. Tastò il muro finché non trovò un interruttore a farfalla; ma quando lo girò, non successe niente. L'unica finestra era coperta da una plastica nera ed era difficile da raggiungere, perché davanti c'era una catasta di casse di bottiglie. Wisting si allungò e riuscì a tirar giù la plastica, sollevando una nuvola di polvere che rimase sospesa nell'aria.

In fondo alla stanza vide un macchinario d'acciaio con una specie di nastro trasportatore su entrambi i lati. Era coperto da uno spesso strato di polvere e sembrava inutilizzato da tempo. Sul pavimento c'era un'altra cassa, piena di piccoli tappi a vite. Wisting ne prese uno: la scritta blu diceva ABSOLUT VODKA.

Buttò il tappo nella cassa e arretrò di qualche passo. Il macchinario che gli stava davanti serviva a tappare e sigillare bottiglie. Negli anni Novanta la polizia aveva condotto varie indagini a livello locale su un traffico illegale di alcolici, ma senza venirne a capo; stando alle informazioni raccolte, gli alcolici venivano distillati nel Sud Europa, contrabbandati in botti e grandi taniche di plastica e, infine, imbottigliati in Norvegia con tappi ed etichette falsi.

Nils Hammer fece capolino dalla porta alle sue spalle.

«Hai saputo chi è il proprietario?» gli domandò Wisting.

«La centrale operativa dice un certo Trygve Marsten» rispose Hammer. «Ma l'intera proprietà è stata affittata a lungo termine.»

«A chi?»

«Frank Mandt.»

Wisting si grattò la nuca. «Il Re dei trafficanti» commentò, pensoso.

Hammer si era infilato il telefono in tasca e aveva tirato fuori una tabacchiera.

«È crepato cadendo dalla scala del seminterrato di casa sua, quest'inverno» disse pizzicando una presa di *snus* dalla tabacchiera.

Wisting lo ricordava bene: se n'era occupato un altro investigatore, e alla fine aveva concluso che era stata una disgrazia.

Hammer si sollevò il labbro superiore e ci infilò sotto lo *snus*.

«È successo più o meno nello stesso periodo in cui è scomparso Hummel» aggiunse.

10

Dopo l'orario d'ufficio l'impianto dell'aria condizionata veniva spento. Era semplicemente una delle tante misure adottate per risparmiare: inutile spendere soldi per rinfrescare un piano intero, specie se il budget non consentiva nemmeno di avere abbastanza investigatori in squadra.

Wisting si rimboccò le maniche della camicia sopra i gomiti e aprì la finestra dell'ufficio. Il cielo era bianco di foschia; le rondini volavano alte, poi si lanciavano in picchiata sopra i tetti delle case. Lui rimase davanti alla finestra, premendosi due dita su una tempia; dallo scontro con il lampione, l'ematoma si era gonfiato parecchio. Comunque, prima di andare a prendere Aron Heisel per interrogarlo, voleva esaminare tutto il materiale disponibile su Frank Mandt.

Per la maggior parte si trattava di informazioni contenute nel registro elettronico della sezione intelligence, che Wisting ricordava da riunioni e operazioni precedenti. Mandt veniva definito l'organizzatore e la mente di una grossa attività di contrabbando di alcolici, la cui nascita risaliva a parecchi anni prima. Gli informatori parlavano di un volume d'affari da ventunomila litri al mese, provenienti da distillerie spagnole e fatti passare alla dogana per pomodori. Nel Nord della Germania il carico veniva suddiviso in partite minori, da lì contrabbandate in Svezia e portate infine in Norvegia; per ogni litro venduto sul mercato nero norvegese il guadagno poteva arrivare a centocinquanta corone.

Polizia e agenti di dogana avevano fatto parecchi tentativi per smantellare il traffico, collaborando in varie operazioni. Avevano bloccato alcune consegne al confine, ma non erano mai riusciti a collegarle a Frank Mandt.

Da segnalazioni più recenti emergeva che Mandt aveva poi abbandonato via via il contrabbando di alcolici: la mafia esteuropea si era accaparrata il mercato facendo dumping sui prezzi e, secondo le loro informazioni, l'attività di Mandt si era prevalentemente rivolta al traffico di stupefacenti.

Il fascicolo sul suo decesso, invece, era striminzito. Il documento più significativo era il verbale dell'indagine, corredato di foto di Mandt nel seminterrato, riverso sul pavimento di cemento ai piedi della scala. Quando un certo Klaus Wahl l'aveva trovato, era lì da tre giorni.

In una breve audizione Wahl si era definito un conoscente di Mandt: prendevano un caffè in pasticceria tutti i venerdì. Ma quel venerdì, il 13 gennaio, Mandt – che aveva settantanove anni, era diabetico e ogni tanto accusava capogiri e mancamenti – non si era presentato. Preoccupato, Wahl si era recato a casa sua; aveva bussato e suonato il campanello, ma senza ottenere risposta, e quando aveva sbirciato dalle finestre non aveva visto nessuno. La porta era chiusa a chiave, ma entrambe le macchine erano parcheggiate fuori. Alla fine Wahl aveva rotto il vetro di una finestrella del seminterrato, si era introdotto dentro e aveva scoperto il cadavere, come lo si vedeva nelle immagini.

Il referto autoptico segnalava fratture alla seconda vertebra cervicale, a varie costole e allo zigomo destro, nonché lesioni al cranio, tutte riconducibili alla caduta dalla scala.

Non si era potuta accertare con esattezza l'ora del decesso, ma nella cassetta delle lettere c'erano giornali e posta che risalivano all'11 gennaio; di conseguenza il decesso si poteva datare a martedì 10 gennaio. Wisting lanciò un'occhiata al calendario sulla scrivania: Jens Hummel era scomparso quattro giorni prima.

Il telefono gli squillò mentre si stava alzando per andare a prelevare Aron Heisel in vista dell'interrogatorio. Wisting fece una smorfia involontaria: era Line, alla quale aveva promesso di pitturare il soffitto del soggiorno proprio quel pomeriggio.

«Ti ho visto davanti alla Pace dorata» esordì lei. «Sembravi abbastanza impegnato.»

«Sì, dovevamo acchiappare un tizio.»

«E ci siete riusciti?»

Wisting si portò di nuovo la mano alla tempia.

«L'ha preso Hammer» rispose, spostando il telefono all'altro orecchio.

«Chiamavo perché ho comprato troppa carne da fare alla griglia» spiegò lei. «Ti va di venire a mangiare da me?»

Wisting continuò a parlare camminando in corridoio. «Fino a stasera avrò parecchio da fare» disse aprendo la porta delle scale che scendevano al seminterrato, con le celle per la custodia temporanea. «Non credo riuscirò nemmeno a pitturare, oggi.»

«Il soffitto del soggiorno l'ho fatto io stamattina» disse Line. «La prossima tappa è la carta da parati, ma per quella bisognerà essere in due.»

«Line! Non dovevi» sospirò lui. «Ti avevo detto che me ne sarei occupato io.»

Lei proseguì, ignorandolo. «La carta che ho ordinato arriva domani. Pensi di trovare un po' di tempo in settimana?»

Man mano che Wisting scendeva le scale, la comunicazione si faceva sempre più disturbata.

«Me lo prendo, il tempo» la rassicurò. «Mettimi da parte un po' di carne, così me la scaldo quando torno a casa.»

«La carne la rimandiamo a domani» replicò lei senza perdere il tono allegro. «Non è divertente fare una grigliata da soli.»

«D'accordo. Vengo da te comunque, sempre che non faccia troppo tardi.»

Line terminò la chiamata.

Wisting restò con il telefono in mano, davanti alla porta del corridoio che dava accesso alle celle. Se la vedeva davanti, Line col pancione, ed era felice all'idea di diventare nonno; nonostante la situazione con il padre della bambina, sapeva che sarebbe stata una gioia. Una gioia offuscata dal fatto che Ingrid non avrebbe conosciuto la nipotina, certo, ma per la prima volta da parecchio tempo Wisting aveva aspettative per il futuro.

Accantonando quei pensieri, aprì la porta ed entrò nel corridoio grigio. Heisel era stato sistemato nella cella numero otto, ed era anche l'unico rinchiuso là sotto: le camere di sicurezza del comando non venivano quasi più usate da quando avevano attrezzato a quello scopo la centrale di Tønsberg, tant'è che alcune fungevano ormai da deposito di materiale d'archivio o di oggetti posti sotto sequestro.

Aron Heisel si alzò dalla panca.

«Chiedo scusa» disse, lanciando uno sguardo all'ematoma che si era formato vicino alla tempia dell'investigatore.

«Non è niente di che» minimizzò Wisting. «Saliamo nel mio ufficio.»

Heisel annuì e si avviò davanti a lui nel corridoio, scalzo. Gli avevano rimediato i pantaloni di una tuta e una maglia un po' troppo piccola; le scarpe, ancora bagnate, erano state messe ad asciugare fuori dalla cella.

Arrivati nell'ufficio, Wisting aspettò che Heisel prendesse posto sulla sedia di fronte alla scrivania, poi si sistemò a sua volta. Affrontò innanzitutto le faccende pratiche: controllò che le generalità fossero corrette e sbrigò le formalità richieste prima di un interrogatorio. Heisel aveva uno sguardo sfuggente, che si posava ora sulla scrivania, ora sulla finestra, infine sulle sue stesse mani, intrecciate in grembo.

«Dimmi di questo taxi» chiese Wisting senza tanti giri di parole.

L'altro fu scosso da un brivido, come se quella domanda così diretta l'avesse spaventato.

«Non ne so niente» rispose Heisel dopo essersi schiarito la voce. «Un giorno l'ho trovato lì, e basta.»

Wisting aveva speso una parte consistente della propria carriera in polizia a sentirsi raccontare balle; l'uomo che gli sedeva di fronte aveva senz'altro tante cose da nascondere, ma qualcosa lo indusse a pensare che forse su quello stava dicendo la verità.

«Quand'è che l'hai trovato?» domandò.

«Lo stesso giorno che i giornali hanno parlato di nuovo della scomparsa. Mi sa che era giovedì. Giovedì della settimana scorsa.»

Wisting si appoggiò allo schienale della poltroncina, dando a intendere che voleva saperne di più.

«Era lì e basta» ripeté Heisel. «Dovevo prendere un tosaerba nel fienile, perché davanti alla casa era cresciuta una selva. Ho aperto la porta e l'ho visto. Il telo era pieno di polvere, per cui era lì da un pezzo, sicuro.»

«E quand'è che eri entrato lì l'ultima volta?»

Aron Heisel cambiò posizione.

«L'estate scorsa» rispose. «Io abito in Spagna, però vengo in Norvegia tutte le estati e resto qualche settimana.»

«Al podere?»

«Sì.»

«Hai ricevuto visite, lì?»

«No.»

«Chi è il proprietario?» domandò Wisting, pur conoscendo già quel dettaglio.

Heisel ebbe di nuovo un momento di esitazione.

«Non so come si chiama, ma il podere lo gestisce un mio conoscente, che me lo affitta d'estate per qualche mese. In cambio glielo tengo un po' in ordine. Do una verniciatina, taglio l'erba, cose così.»

«Frank Mandt?» chiese conferma Wisting.

Heisel annuì. «È morto quest'inverno» aggiunse. «Non so come stanno le cose adesso riguardo all'affitto, in tutti i casi ho un accordo con lui per abitare lì d'estate.»

«D'inverno chi ci abita?»

«Nessuno, credo. Almeno a quanto ne so io.»

«Cosa ci faceva Frank Mandt con quel podere?» chiese ancora Wisting. «A parte affittartelo per qualche mese all'anno.»

Aron Heisel fece spallucce. «Non lo so. Mi sa che lo usa come deposito.»

Wisting prese una penna e si riappoggiò allo schienale. Da quando nel fienile cadente era stato ritrovato il taxi targato z1086, il caso Hummel non era più tra quelli «in sospeso»; ma la faccenda si era anche complicata. Il coinvolgimento di Aron Heisel suggeriva che la scomparsa del tassista fosse collegata alla rete in cui operava Frank Mandt. Bisognava farsi un quadro della situazione, capire chi fossero gli attori in scena e quali i loro ruoli e compiti. Si prospettava una sfida impegnativa, pensò Wisting, giocherellando con la penna. Come risultava dalle informative della sezione intelligence, si trattava di un giro chiuso in cui non erano ancora riusciti a penetrare.

Aron Heisel si tirò giù le maniche della maglia.

«Come sei entrato in contatto con Frank Mandt?» volle sapere Wisting.

«Attraverso conoscenti comuni.»

Wisting si raddrizzò sulla sedia e gettò la penna sulla scrivania. «Senti, Heisel. Sappiamo che il podere è stato usato come deposito e punto di carico degli alcolici, ma al momento questa storia non ci interessa. Quello che vogliamo sapere è come c'è finito il taxi di Jens Hummel. Se non sai rispondere alla domanda, sputa il nome di chi può aver avuto accesso al fienile.»

Una folata di vento fece ondeggiare le tende della finestra.

«Mi sa che è meglio se parlo con un avvocato» rifletté Heisel.

Wisting gli allungò il telefono fisso. Il fatto che Heisel volesse parlare con un avvocato non significava per forza che sapesse qualcosa o che avesse qualche ammissione da fare riguardo al caso Hummel; probabilmente intendeva andarci cauto nella spiegazione di vicende che potevano coinvolgere altre persone.

L'avvocato, Reidar Heitmann, si presentò un'ora dopo. Parlò per qualche minuto con il suo cliente, in privato, dopodiché Wisting tornò alla carica con altre domande. Heisel spiegò in maniera dettagliata quando era arrivato in Norvegia e cosa aveva fatto durante il suo soggiorno, ma evitò qualsiasi riferimento a Frank Mandt e alla sua attività. Alla fine Wisting fu costretto a riaccompagnarlo in guardina senza aver scoperto nulla di più su che fine avesse fatto Jens Hummel.

11

Tra i compiti di Wisting c'era anche quello di tenere la procuratrice aggiornata sugli sviluppi dei casi più importanti. Dopo aver chiuso in cella Aron Heisel e aver accompagnato fuori il suo avvocato, andò nell'ufficio di Christine Thiis con il taccuino in una mano e il caffè nell'altra.

Il sole della sera filtrava obliquo dalla finestra, illuminandole il lato destro del viso, che si era sollevato a guardarlo. Wisting si accomodò sulla sedia di fronte alla scrivania. Faceva caldo e la camicia bagnata di sudore gli si era appiccicata alla schiena.

«I giornalisti sanno che abbiamo trovato il taxi» gli disse Christine.

Wisting annuì. C'era da aspettarselo: il veicolo aveva attraversato mezza città su un carro attrezzi, per non parlare del fatto che gli investigatori stavano setacciando le vicinanze del podere.

«Cosa dirai?» le domandò lui.

«Mi limiterò a qualche breve commento. Confermerò che il veicolo è stato individuato, Hummel risulta ancora scomparso e l'uomo che disponeva del podere è sotto interrogatorio.»

Wisting pensò a Line. Aveva rifiutato il suo invito a cena

senza darle spiegazioni e senza dire niente del caso a cui stava lavorando: adesso l'avrebbe scoperto leggendo un qualunque giornale online.

«Bisogna che qualcuno lo comunichi alla nonna di Hummel» le fece presente. «In modo che non venga a saperlo dai giornali.»

«Ho incaricato Torunn Borg» rispose Christine.

Wisting annuì. Torunn Borg era stata nominata referente per i congiunti già sei mesi prima, appena era stata denunciata la scomparsa di Hummel. Lui era ben contento di risparmiarsi i contatti con i parenti coinvolti nei procedimenti penali: era difficile mantenere l'equilibrio fra empatia umana e ruolo istituzionale, bisognava mettersi parecchio in gioco, e si finiva per distogliere l'attenzione dalla guida delle indagini.

«È uscito qualcosa dall'interrogatorio?» chiese Christine.

«No» rispose Wisting. «Peraltro non credo che Heisel sappia niente della scomparsa.»

«Dobbiamo rilasciarlo» disse lei, spostando alcune carte.

Wisting la guardò socchiudendo gli occhi. «Ho già ordinato un trasferimento verso una camera di sicurezza della centrale di Tønsberg.»

«Prima ho parlato al telefono con il suo avvocato» gli spiegò Christine. «Non abbiamo basi per trattenerlo.»

«Aspettiamo almeno che abbiano finito di esaminare il fienile e il resto del podere.»

Lei sospirò e Wisting intuì che stava soppesando aspetti giuridici e scelte investigative, linee guida formali ed esigenze o preferenze di lui.

«L'aspetto più interessante riguardo a Heisel è il suo legame con Frank Mandt» disse, «perché fa supporre che la scomparsa sia connessa a qualche regolamento di conti nell'ambiente criminale.»

«Jens Hummel non è un criminale» obiettò Christine Thiis. «Ha la fedina penale pulita.»

«Anche Frank Mandt, eppure è stato probabilmente il più grande contrabbandiere di alcolici e droghe della Norvegia.»

La procuratrice si spostò per non avere il sole in faccia. «Con i tecnici della Scientifica ci hai parlato?» gli chiese.

Wisting controllò l'ora. Espen Mortensen aveva detto che avrebbero concluso le indagini nel fienile e dintorni entro le otto, ma ormai erano le otto e un quarto e quelli non si erano ancora fatti sentire.

«No» replicò, «ma se avessero trovato qualcosa di interessante mi avrebbero chiamato.»

«E il porta a porta?»

Wisting scosse il capo.

«Il podere è isolato» spiegò. «Mandt e i suoi l'hanno usato per immagazzinare, caricare e scaricare alcolici per anni, senza che nessuno se ne accorgesse. È improbabile che qualcuno abbia notato un taxi da quelle parti.»

Gli squillò il telefono: sul display apparve il nome di Nils Hammer. Wisting lo lasciò suonare, fissando gli occhi scuri di Christine Thiis con aria interrogativa.

«Ok» concluse lei. «Lo teniamo dentro fino a domani.»

Wisting sorrise e rispose alla chiamata.

«I cani hanno trovato qualcosa dietro il fienile» lo avvisò Hammer. «Torni qui a vedere?»

«Di che si tratta?» domandò Wisting, guardando Christine.

«Non lo so ancora. I cani sembrano parecchio interessati a un vecchio deposito sotterraneo. Mortensen e i tecnici stanno per entrare.»

Wisting si alzò.

«Arriviamo.»

12

La squadra volante si era spostata sulla strada principale. Dietro due vetture ferme sul ciglio di fronte alla stradina che conduceva al podere era parcheggiato un furgone attrezzato della redazione locale della NRK. Si era radunato un gruppetto di reporter e, rallentando, Wisting riconobbe il giornalista che aveva scritto l'articolo polemico sulla gestione del caso Hummel da parte della polizia. Uno degli altri sollevò la macchina fotografica e lo inquadrò. Wisting distolse lo sguardo e fece un cenno a un agente di guardia a braccia conserte, che sollevò il nastro bianco e rosso e li fece passare.

Wisting parcheggiò nello stesso punto della volta precedente e scese dall'auto. Christine Thiis fece altrettanto e si fermò un istante a guardarsi intorno, mentre il motore si raffreddava brontolando.

Hammer li raggiunse camminando nell'erba alta accanto al fienile. Alle sue spalle si sentiva abbaiare un cane.

Wisting lo guardò con aria interrogativa.

«Credevamo di trovarlo là dentro» spiegò Hammer con espressione rassegnata. «I cani erano come impazziti, ma ci siamo sbagliati.»

Christine Thiis guardò l'erba calpestata alle spalle dell'investigatore.

«Tutto vuoto?» domandò.

«Non esattamente» rispose Hammer, invitandoli a seguirlo con un cenno del capo.

Il sole era scomparso a occidente dietro il bosco, ma l'aria era ancora calda. Hammer aveva la camicia madida: la macchia umida sulla schiena cambiava forma man mano che il sudore gli colava dalle scapole lungo la spina dorsale.

Il sentiero di erba calpestata conduceva dietro il fienile. A un centinaio di metri, nel campo, c'era una cerchia di persone. Un cane poliziotto si alzò vedendoli arrivare.

Il deposito sotterraneo formava un lieve dosso in un terreno per il resto pianeggiante ed era quasi impossibile da notare. Si entrava da un avvallamento; la porta fradicia, con giunti e cerniere arrugginite, era tenuta aperta da un bastone.

«Questo sarà stato un campo di patate» osservò Espen Mortensen allargando un braccio. «Era in depositi così che si conservavano i raccolti prima dell'invenzione dei frigoriferi. Il terreno li proteggeva dal gelo durante l'inverno, e l'umidità li manteneva freschi in estate. Se ci avessimo trovato dentro un cadavere, sarebbe stato in perfette condizioni.»

Wisting si chinò a sbirciare nell'apertura buia.

«E invece alla fine cosa ci avete trovato?» s'informò.

Mortensen prese una grande torcia elettrica dalla valigetta degli strumenti e la puntò sull'ingresso.

«Da' un'occhiata» disse.

Wisting entrò, seguito da Christine Thiis. All'interno c'era un fresco piacevole e si sentiva l'odore ruvido del pavimento in terra battuta. Gli occhi ci misero un po' ad abituarsi alla penombra: le pareti erano fatte di pietra, il soffitto di tronchi; nella zona più interna un mucchio di pietre segnava il punto in cui era crollata una parete.

«Laggiù» disse Mortensen, indicando il cumulo con la torcia. «Ma attento a dove metti i piedi.»

Wisting avanzò con gli occhi fissi a terra, evitando le macchie bianche del gesso versato sulle impronte, che ora si stava solidificando. Già intuiva cosa avessero trovato i cani.

In quella zona il soffitto era più basso e bisognava chinare il capo. La parete era effettivamente crollata, ma le pietre non erano state lasciate così com'erano cadute: qualcuno le aveva sistemate in modo da formare un vano, nascosto da una lastra.

«Uno dei cani dell'unità di ricerca e soccorso è addestrato anche come cane antidroga» spiegò Mortensen, illuminando dei pacchetti marroni impilati dentro il vano.

«Stupefacenti?» chiese Christine Thiis.

«Secondo Hammer sono anfetamine» confermò Mortensen.

Wisting si chinò davanti al nascondiglio reggendosi a una pietra. Ogni involto era chiuso con il nastro adesivo e aveva la forma e le dimensioni di un pacchetto di sigarette; se si trattava davvero di anfetamine, ognuno doveva pesare sui duecentocinquanta grammi. Wisting ne contò diciassette, ma sicuramente ce n'erano altri nascosti tra le pietre. Senza dubbio il più grosso sequestro di stupefacenti che gli capitava da tempo.

Tornò indietro e uscì strizzando gli occhi al sole. Quel ritrovamento confermava il quadro che si era delineato a poco a poco nell'arco della giornata: Jens Hummel era scomparso in conseguenza di altre attività criminali.

13

Il telefono squillò mentre stava aprendo la porta di casa. Era Suzanne.

«L'avete trovato? Il taxi...» gli chiese lei per conferma.

«Abbiamo trovato il fienile» rispose Wisting «e dentro c'era il taxi, come aveva detto il tuo cliente.» Scalciando si tolse le scarpe. «Hai fatto bene ad avvertirmi» aggiunse, senza sapere se fosse perché grazie a quella chiamata avevano ritrovato il taxi o semplicemente perché era contento di sentirla.

«Stai ancora lavorando?» gli chiese lei.

«Sono appena rientrato a casa.»

«Hai mangiato?»

«Sì» le rispose, anche se dall'ultimo pasto era già passato un po' di tempo.

Suzanne tacque un istante, poi aggiunse: «Stavo pensando di passare a trovarti, se per te va bene».

«Certo» la rassicurò lui, e riattaccarono.

Al termine di quella lunga giornata estiva in casa c'era odore di chiuso. Wisting aprì la portafinestra e fece arieggiare la stanza; poco dopo suonò il campanello. Era strano: Suzanne aveva vissuto lì con lui per più di un anno, aveva la chiave e andava e veniva come voleva. Adesso invece era un'ospite.

«Che è successo?» gli domandò, allungando una mano verso la ferita alla tempia.

«Un po' è anche colpa tua» rispose lui con un sorriso, poi le raccontò com'era andata la cattura di Aron Heisel, mentre attraversava la casa per accompagnarla in terrazza.

Suzanne indossava un abito verde scuro che le fasciava morbidamente la figura snella. Davanti alla ringhiera, guardò la città e il fiordo con un'espressione che sembrava preoccupata; una grande barca a vela stava entrando nel porto turistico.

«Ho visto il mare per la prima volta che avevo dodici anni» disse. «Eravamo andati a trovare dei parenti a Karachi e ci portarono in spiaggia. C'era una sabbia di un bianco abbagliante e l'acqua era limpidissima, di un colore a metà tra il verde e il blu.»

Wisting pensava di rado al fatto che Suzanne era originaria di un altro Paese e aveva un passato ben diverso dal suo.

«Per me il mare è sempre stato una presenza costante» rispose. «Grande e azzurro. Ho imparato a nuotare l'estate che compivo cinque anni.»

Dal mare arrivava una brezza leggera che faceva frusciare le foglie dei vecchi alberi da frutto.

«Vado a prendere qualcosa da bere» disse Wisting rientrando in casa.

Trovò solo una mezza confezione di succo di mela, che versò in una caraffa di vetro insieme a qualche cubetto di ghiaccio. Quando tornò in terrazza, Suzanne si era seduta.

«Avete scoperto qualcos'altro?» gli domandò lei.

«Se ti riferisci a Jens Hummel, no» le rispose, mettendole un bicchiere davanti.

«Secondo voi che gli è successo?»

Wisting versò il succo in silenzio.

«Qualunque cosa sia accaduta, non credo che sia vivo» rispose infine.

Suzanne prese il bicchiere, ma senza bere. «Non ti fa effetto?» gli chiese.

«In che senso?»

«Chi lotta contro i mostri deve guardarsi dal diventare un mostro lui stesso.»

Wisting riconobbe le parole del filosofo tedesco.

«Ah, Nietzsche» disse sorridendo, e completò la citazione: «E se scruti troppo a lungo nell'abisso, anche l'abisso scruterà dentro di te».

«Appunto. Non è un po' così?» domandò lei. «Dovrà farti effetto, in qualche modo, stare così spesso faccia a faccia con la morte e con il male, per via del tuo lavoro.»

Wisting ci rifletté su. Era ormai una persona diversa dal giovane poliziotto che si era trovato di fronte alla morte per la prima volta. Il lavoro lo aveva portato a vedere alcuni dei lati peggiori dell'essere umano, ma anche qualcuno dei migliori. A onor del vero, fare l'investigatore gli aveva insegnato poco della morte; in compenso aveva imparato parecchie cose della vita.

«Se non altro, ho capito quanto sia fragile l'esistenza» rispose. «La morte, il dolore e il lutto ti cambiano prospettiva. E non guardano in faccia nessuno: chiunque di noi può ammalarsi, restare ferito in un incidente, finire vittima di qualche crimine. La vita non è tutta rose e fiori. È fatta di bene e di male, e a volte è dura, brutale.»

Si sporse in avanti e le prese la mano, intrecciando le dita con quelle di lei a formare un pugno. Per un istante fu colto da un certo sentimentalismo; poi le lanciò uno sguardo rincuorante e scrollò le due mani intrecciate. Suzanne sorrise e si sciolse dalla stretta.

«Mi sa che una delle ragazze del bar ruba dalla cassa» gli disse.

Wisting si tirò su, attento. «Cosa te lo fa pensare?»

«I conti non tornano.»

«Mancano soldi?»

Suzanne fece segno di no. «Non è così ingenua. Anzi, queste ultime sere ce n'erano addirittura troppi.»

Wisting annuì. Conosceva il trucco. I clienti che volevano pagare in contanti stavano spesso pronti con il denaro in mano, nell'attesa di essere serviti; a quel punto era semplice far finta di battere l'importo per poi intascarlo di nascosto: il dipendente o la dipendente del caso teneva a mente il conto di quanto non aveva battuto nell'arco della giornata e verso la fine del turno faceva sparire i soldi. Ma, se non faceva bene i conti, poteva succedere che in cassa risultasse una differenza in positivo.

«Sabato sono stati battuti scontrini per quarantadue cocktail a base di vodka» continuò Suzanne, «il che corrisponde a quasi due bottiglie e mezza di alcolico. Ma dal magazzino ne mancavano cinque. Il che è più in linea con il centinaio di drink serviti il sabato prima.»

Wisting calcolò a mente l'importo.

«Fanno quasi cinquemila corone» disse. «Sai chi è, delle ragazze?»

«So di chi mi fido e di chi non mi fido. Però è comunque difficile arrivare a un nome.»

«Sospetti di qualcuno?»

«Ce n'è una, Unni: è tra le più carine e simpatiche, solo che fa sempre un sacco di errori e deve restituire soldi ai clienti. E quando è di turno lei ci sono sempre delle discrepanze.»

Wisting tacque con aria pensosa. Per il responsabile di

un'attività era sempre complicato gestire i furti di un dipendente; era un campo minato, dal punto di vista giuridico come da quello emotivo.

«Che tipo di contratto le hai fatto?» chiese a Suzanne.

«È una dipendente fissa. D'autunno e d'inverno viene un weekend sì e uno no, ma quest'estate ha un monte ore da tempo pieno. Non posso licenziarla solo sulla base di un sospetto.»

«Conosco un tizio che ha una ditta di vigilanza e investigazioni» le disse lui. «Si occupa anche di furti sul posto di lavoro: ti stila un rapporto e ti aiuta a licenziare la persona. Alla fine, la spesa la recuperi in un paio di sere.»

Suzanne annuì. Era evidente che ci aveva pensato anche lei.

«Speravo che potessi darmi una mano tu» gli disse. «So che adesso non avrai tempo, ma mi avrebbe fatto piacere se fossi venuto qualche volta al bar a dare un'occhiata, tanto per essere sicura prima di procedere.»

«La ragazza mi conoscerà senz'altro. Non ci proverà nemmeno, se mi vede lì.»

«Ma tu hai esperienza di appostamenti» ribatté lei. «Potresti sederti a un tavolo vicino al banco e far finta di leggere il giornale, o qualcosa del genere.»

Wisting strinse il bicchiere appannato dalla bibita fredda e se lo portò alla bocca. Suzanne fece lo stesso, fissandolo. Le sottili rughe d'espressione che le venivano di solito intorno agli occhi ridenti erano sparite. Non aveva nessuno, pensò lui. Qualche amica, sì, ma niente parenti o persone che la conoscessero bene quanto lui. Nessuno a cui rivolgersi quando aveva problemi o si trovava in difficoltà.

«Posso fare un salto domani sera» le rispose, e bevve un sorso.

Negli occhi color nocciola di lei passò un lampo. «Grazie mille» disse sorridendo.

Rimasero seduti in terrazza finché non fece buio e le barche ancora al largo accesero le luci di navigazione. Lui l'accompagnò alla porta e la seguì con lo sguardo mentre si allontanava in macchina. Era mezzanotte e tre minuti, e nell'aria aleggiava il fresco della notte.

14

Line era seduta in cucina con una tazza di caffè, pane tostato e marmellata, il giornale spiegato sul tavolo e la radio che suonava musica estiva. La prima pagina era dedicata alla notizia del giorno precedente: la polizia aveva ritrovato il taxi di Jens Hummel. Il quotidiano non diceva niente che lei non avesse già letto su internet, ma le foto erano diverse. Ce n'era una che mostrava suo padre a bordo di un'auto, mentre un agente in divisa sollevava il nastro segnaletico per farlo entrare nella stradina che portava al podere dove era stato rinvenuto il taxi.

Si sporse verso la finestra a guardare la casa del padre. Era rincasato tardi; lei aveva visto la sua macchina solo verso le due, quando era andata in bagno, e adesso era uscito di nuovo.

Secondo il giornale la polizia aveva passato tutta la sera a setacciare la zona intorno alla fattoria dismessa, senza trovare alcuna traccia di Jens Hummel.

Tirò a sé il portatile per vedere cosa riferiva «VG» sul caso e trovò un breve articolo compilativo che faceva riferimento al giornale locale, riportando in aggiunta una dichiarazione della procuratrice Christine Thiis. Il «Dagbladet» aveva anche un'esclusiva in cima alla pagina: la foto scattata da un lettore in cui si vedeva il taxi su un carro attrezzi. L'auto era semicoperta da un telone grigio, ma quel dettaglio rendeva la foto ancora più efficace e spingeva a chiedersi quali segreti potessero celarsi nel mezzo.

La giornalista che era in lei si risvegliò. Il luogo del ritrovamento distava pochi minuti di macchina; grazie alle sue conoscenze in zona, avrebbe potuto presentare nuovi punti di vista e far vincere la partita mediatica al suo giornale.

Un calcio improvviso nel pancione la fece gemere dal dolore. Era la prima volta che, muovendosi, la bambina le faceva male. Aspettò, una mano sulla pancia, ma non arrivarono altri calci; la sua pelle sottile si limitava a tremolare leggermente a ogni mossa della creatura che portava in grembo.

La radio stava mandando una canzone estiva svedese, che parlava di mare e venti azzurri. Line si mise a canticchiare finché la piccola non trovò una posizione comoda e si calmò. A quel punto sparecchiò, poi andò in soggiorno e si fermò a controllare il soffitto verniciato di fresco. Prima di mettere la carta da parati bisognava dare un'altra mano alle modanature delle finestre e delle porte. Poteva cavarsela da sola.

Anzitutto aprì le finestre e lasciò entrare la brezza tiepida. La vernice si sarebbe asciugata in un attimo.

Aveva appena finito una finestra che il telefono, in cucina, cominciò a squillare. Numero sconosciuto. Da quando aveva smesso di scrivere per il giornale, accadeva di rado che degli sconosciuti la chiamassero. Si pulì le mani sui pantaloni per eliminare eventuali tracce di pittura, poi rispose.

«Ciao, sono Sofie» disse la voce al telefono. «Sofie Lund, ci siamo viste ieri. Ho trovato il tuo numero su internet.»

«Ciao» rispose Line con un sorriso, scostandosi i capelli dalla fronte con il dorso della mano. «Grazie per la chiacchierata: è stato bello.»

«Ho chiamato un fabbro, per la cassaforte» le disse Sofie. «Viene verso mezzogiorno.»

«Che emozione!»

«Non conosco nessuno di qui» aggiunse Sofie «e speravo che, magari, tu potessi assistere all'apertura. Non ho idea di cosa possa esserci dentro...»

«Certo che posso» replicò Line. «Finisco di pitturare delle modanature e poi vengo.»

Sofie la ringraziò. «A più tardi, allora.»

Line tornò alla finestra, prese il pennello e lo intinse nel secchio. Da quello che i media avevano battezzato «il mistero Hummel», la sua attenzione si era spostata di colpo sulla vecchia cassaforte nel seminterrato di casa Mandt.

15

La porta della sala riunioni era aperta e quando Wisting entrò tutti gli occhi si posarono su di lui. Negli sguardi si leggeva la massima concentrazione.

Wisting si chiuse la porta alle spalle e prese posto a capo del tavolo. Vicino a lui c'era Christine Thiis; più in là sedevano Espen Mortensen, Torunn Borg e Nils Hammer. Wisting avrebbe voluto una squadra più numerosa, ma l'importante era avere al fianco investigatori coscienziosi che lavoravano sodo.

Diede inizio alla riunione riepilogando gli avvenimenti del giorno precedente, poi chiese a Mortensen di illustrare il lavoro svolto dalla Scientifica. Quello prese un mouse senza fili e fece apparire sullo schermo un'immagine della fattoria dismessa.

«Possiamo cominciare dal fienile» disse. «Come sappiamo, dagli anni Novanta è stato a disposizione di Frank Mandt, che a quanto pare l'ha usato come deposito per il contrabbando di alcolici. Nel fabbricato ci sono fra l'altro dei pallet carichi di taniche vuote, ma in generale è tutto coperto di polvere e il posto sembra inutilizzato da un pezzo.»

«Il mercato degli alcolici se lo sono accaparrato gli europei dell'Est» intervenne Hammer, mentre sullo schermo scorrevano le immagini di spazi diversi del fienile. «Negli ultimi anni Mandt era più attivo nel narcotraffico.»

«Nei locali non abbiamo trovato impronte di Jens Hummel» riprese Mortensen, «ma il sopralluogo durerà ancora qualche giorno. Ed è probabile che scopriremo elementi sostanzialmente collegati all'attività illecita che vi si portava avanti.»

Così dicendo, mostrò qualche altra foto, tra cui l'immagine di un ambiente arredato come un ufficio; sui fogli sparsi sopra la scrivania erano annotati nomi e numeri di telefono. Uno spesso strato di polvere ricopriva ogni cosa.

La foto successiva ritraeva la vettura di Hummel.

«Nel taxi abbiamo fatto due scoperte molto interessanti» spiegò Mortensen, spostando una scatolina di cartone che aveva davanti a sé sul tavolo. «Ma prima ho giusto un altro paio di cosette da dirvi.»

Wisting, seppur incuriosito, si appoggiò pazientemente allo schienale della sedia. Il lavoro della Scientifica era sempre interessante, e in tutti i casi giudiziari arrivava il momento in cui l'approccio tecnico e quello investigativo alla fine si incrociavano. La soluzione poteva risiedere proprio in quel punto.

Mortensen proiettò una foto dell'abitacolo: nella console centrale c'era la bottiglia di Coca-Cola mezza vuota e sul sedile del passeggero l'avanzo di baguette ammuffito che aveva visto anche Wisting quando avevano scoperto la macchina.

«Gli elementi ritrovati supportano la ricostruzione che abbiamo fatto quest'inverno» spiegò Mortensen pescando un'altra immagine, ripresa stavolta da una telecamera di sorveglianza del distributore Shell di Storgata aperto ventiquattr'ore su ventiquattro. Wisting la riconobbe: era una foto in cui si vedeva Jens Hummel davanti alla cassa con una bottiglia di Coca-Cola e una baguette. La ripresa risaliva a circa tre quarti d'ora prima della scomparsa e quel fotogramma era stato utilizzato nelle ricerche per segnalare sia le fattezze di Hummel sia com'era vestito quand'era sparito. Dava una certa soddisfazione vedere le due immagini fianco a fianco. Il passato che sfociava nel presente. Era come se una tesserina di un puzzle si fosse inserita esattamente al suo posto.

Mortensen continuò a illustrare singoli particolari dei rilievi effettuati: riferì il chilometraggio del mezzo, spiegò com'erano posizionati i sedili e lo specchietto interno e mostrò alcuni scontrini di un parcheggio utili a corredare la cronologia di ulteriori dettagli fino al momento della scomparsa.

Nell'immagine seguente si vedeva il bagagliaio del taxi: a parte una tanica di plastica, un detergente per vetri e un ombrello, era vuoto.

«Riteniamo che nel vano portabagagli ci fosse un tappetino di gomma» spiegò Mortensen. «O meglio: che Jens Hummel fosse nel bagagliaio e che con lui sia stato portato via anche il tappetino.»

Wisting si sporse avanti. La foto seguente ritraeva un dettaglio della carrozzeria esterna del bagagliaio, a sinistra della serratura: quattro macchioline scure in fila, una leggermente più grande delle altre.

«È sangue umano» chiarì Mortensen. «Lo abbiamo trovato anche in altri due punti, sulle pareti interne. Ma non sul fondo. Per questo riteniamo che nel bagagliaio ci fosse una persona ferita e che il tappetino di gomma sia stato portato via insieme a lei.»

Quella era stata fin dall'inizio l'ipotesi principale, mai pronunciata però a chiare lettere: le indagini sul caso Hummel erano indagini su un omicidio.

«Quando avremo la conferma che si tratta effettivamente del sangue di Hummel?» volle sapere Hammer.

«Fra qualche giorno» rispose Mortensen. «Abbiamo dei campioni di riferimento prelevati dal suo spazzolino da denti. Faremo un confronto appena arriveranno le analisi del DNA del sangue trovato nell'auto.»

Wisting prese nota. «Hai detto che le scoperte interessanti erano due, giusto?» gli ricordò.

«L'altra ce l'ho qui» rispose Mortensen annuendo, e si avvicinò la scatolina di cartone che aveva posato sul tavolo. L'aprì e tirò fuori un sacchetto di plastica trasparente che conteneva un telefono cellulare.

«Questo era nascosto sotto la colonna dello sterzo» disse. «Jens Hummel aveva un cellulare di cui non sapevamo niente. Dentro c'è una SIM prepagata registrata con un nome falso oltre due anni fa: Ola Nordmann, di Oslo.» Con la mano libera disegnò delle virgolette in aria.

Nils Hammer imprecò ad alta voce e prese il sacchetto.

«Se uno ha due cellulari, può esserci un solo motivo: ha qualche impiccio di cui gli altri non devono sapere.»

Wisting si strofinò il dorso del naso. Stava emergendo in maniera sempre più nitida che Hummel era coinvolto nel narcotraffico gestito da Frank Mandt, e la vicenda di cui si stavano occupando era una specie di resa dei conti interna.

«Corrisponde» disse Torunn Borg, cominciando a sfogliare un fascicolo relativo alle indagini. «Secondo varie testimonianze, Hummel fungeva più o meno da corriere e trasportava prostitute e stupefacenti. Non solo: l'ipotesi combacia anche con tutti i viaggi lunghi che faceva.»

«E col fatto che abbia spento il tassametro prima di sparire» continuò Hammer. «Evidentemente andava a un incontro dove non voleva essere rintracciato.»

Wisting ascoltava tenendo i polpastrelli sulle labbra. Avevano impiegato tempo e risorse per far luce sulle voci riguardanti sia il narcotraffico sia la prostituzione; ma, non avendo ottenuto risultati immediati, anziché approfondire una singola pista avevano proseguito ampliando il raggio delle indagini.

«Cosa si può ricavare dal telefono?» chiese, indicando con il capo il sacchetto che lo conteneva.

Nils Hammer se lo girò e rigirò fra le mani.

«L'avessimo trovato un paio di settimane fa, la soluzione poteva essere a portata di mano, ma dopo sei mesi i gestori telefonici cancellano tutti i dati. Possiamo solo contare su quello che è rimasto salvato nella memoria del dispositivo.»

«Potrebbe essere comunque parecchia roba» intervenne Christine Thiis.

Hammer concordava. «Datemi qualche ora di tempo.»

Wisting continuava a guardare le immagini sullo schermo.

«Impronte e DNA?»

«Ne abbiamo, ma il taxi è stato attivo per anni nel trasporto passeggeri. Sembra che il volante sia stato pulito, ma sul tetto sopra lo sportello del passeggero abbiamo rilevato la parziale impronta di un palmo. È troppo poco per fare un confronto con il database, ma presumibilmente appartiene all'ultima persona che si è seduta in macchina.»

Wisting prese mentalmente nota.

«Notizie dal porta a porta?» chiese guardando Torunn Borg.

«La cosa più interessante è che ci hanno indicato un conducente di spazzaneve che era stato incaricato di tenere pulita la stradina della fattoria d'inverno. Cosa necessaria, ovviamente, se il taxi doveva arrivare fino alla porta. Il tizio viene a deporre in giornata.»

«Bene» approvò Wisting e spostò il discorso sulla scoperta fatta nel deposito sotterraneo. Il ritrovamento degli stupefacenti era qualcosa di concreto, uno spiraglio da cui cominciare a indagare, sperando che si ampliasse e portasse alla luce qualcos'altro.

«Alla pesa erano dodici chilogrammi e quattro» li informò Mortensen. «Faremo analizzare la roba, e poi sarà interessante confrontare le impronte delle scarpe di Aron Heisel con quelle rilevate nel deposito.»

Wisting annuì e si girò verso Christine Thiis.

«Richiederò un'udienza preliminare» concordò lei. «Lo accusiamo di detenzione di stupefacenti e chiediamo quattro settimane di custodia cautelare.»

La riunione mattutina proseguì per un'altra mezz'ora, durante la quale vennero distribuiti gli incarichi ed esaminate ipotesi e possibilità. Ma ogni volta il discorso tornava immancabilmente alla questione centrale: che fine aveva fatto Jens Hummel?

16

Una mosca si posò sulla grossa cassaforte. Line la cacciò, passando la mano sull'acciaio freddo. La superficie verniciata di verde chiaro era ruvida e screpolata in vari punti.

«Questo posto non mi piace» disse Sofie, incrociando le braccia come se avesse freddo. «Stanotte ho sentito rumori da quaggiù.»

Line alzò lo sguardo sui tubi che correvano lungo il soffitto. Ce n'era uno coperto da un sottile strato di condensa.

«Forse c'è aria nei tubi?» suggerì. «Quando stavo a Oslo avevo questo problema. Faceva un sacco di rumori strani.»

«Ovvio che in una casa vecchia ci siano tanti rumori» ammise Sofie, «ma non è divertente stare qui da sola con Maja.»

Line si raddrizzò e si toccò il pancione. «Credi nei fantasmi?»

Sofie scacciò una mosca. «Non mi stupirebbe se la casa fosse infestata dal Vecchio» ghignò. «Sarebbe proprio da lui.»

«Almeno tu di morto ne hai solo uno» le ricordò Line. «I miei non saranno infestanti, però sono due!»

Scoppiarono a ridere, poi tornarono a fissare l'enorme cubo di metallo in mezzo alla stanza.

«Se il fabbro la sfonda, diventerà inutilizzabile» osservò Line. «Sei sicura che non ci sia una chiave da qualche parte?»

«Non è ancora venuta fuori» sorrise Sofie.

Line indietreggiò per guardare la cassaforte da una certa distanza. «Sai almeno se tuo nonno la usava?» domandò.

«Non sapevo nemmeno che l'avesse. Me l'ha detto l'avvocato.»

«Be', se la usava avrà messo la chiave da qualche parte in casa» disse Line. «È morto qui, tra queste quattro mura.» Poi si voltò verso Sofie e aggiunse: «Aveva un portachiavi?».

«Mi hanno consegnato solo la chiave di casa. Il Vecchio aveva anche due macchine, ma le ho vendute senza nemmeno vederle.»

Tre mosche ronzavano davanti alla finestrella in cima alla parete. Sofie la aprì per farle uscire. Si udì il rumore di un tosaerba nel vicinato.

«Forse dovresti cambiare la serratura» suggerì Line.

«In che senso?»

«Qualche chiave potrebbe essersi persa. Quando ho comprato casa, mi hanno dato tre copie.»

Sofie avanzò e si appoggiò con le spalle alla parete in fondo al locale. «Ne parlo con il fabbro, quando viene.»

In quell'istante suonarono alla porta.

«Speriamo che Maja non si svegli» disse Sofie, dirigendosi rapida su per le scale.

Line la seguì.

Il fabbro era alto e muscoloso, poco meno che trentenne. Indossava un paio di pantaloni da lavoro pieni di tasche e una t-shirt – nera come i suoi capelli – che sembrava uno strato di pelle supplementare: non nascondeva niente del fisico prestante. Line e Sofie si scambiarono un'occhiata eloquente.

«Cerco Sofie Lund» disse l'uomo.

«Sono io» rispose lei, indietreggiando di un passo per farlo entrare.

«Piacere, Atle.» Salutò anche Line.

«Prego, entra» gli fece cenno la padrona di casa. «È nel seminterrato.»

Una volta di sotto, il giovanotto posò una grossa cassetta degli attrezzi a terra, di fronte alla cassaforte.

«È una vecchia Kromer» spiegò deciso. «Fabbricazione tedesca. Anni Trenta.» Si accovacciò, appoggiandosi con una mano allo sportello.

«Sarà complicato?» domandò Line.

«Complicato no, ma ci sarà da lavorare un po'. Sono pochissime le casseforti capaci di resistere a un professionista con gli attrezzi giusti e il tempo necessario a disposizione. Questa è un semplice modello antincendio. Le pareti di acciaio non sono massicce come sembrano, sono solo lastre sottili che coprono uno strato di materiale isolante. Però mi servono attrezzi migliori.» Poi si alzò e aggiunse: «La chiave l'avete cercata?».

Sofie e Line confermarono in coro. Il fabbro sorrise.

«La domanda era d'obbligo» disse, uscendo all'indietro con le mani alzate.

Tornò con un trapano elettrico, un supporto magnetico per lo strumento e una prolunga. Fissò il supporto perpendicolarmente allo sportello, montò il trapano e si guardò intorno in cerca di una presa di corrente.

Sofie afferrò la spina e la inserì nella presa sulla parete.

«Faccio un buco di prova» spiegò il giovane, indossando gli occhiali di protezione e le cuffie antirumore.

Quando il trapano toccò l'acciaio, il locale fu pervaso da uno stridore assordante. Line si tappò le orecchie con le dita.

«Vado a controllare Maja!» le gridò Sofie.

Line annuì e continuò a osservare l'uomo inginocchiato davanti alla cassaforte. Aveva dita affusolate, polsi sottili e i peli sulle mani più chiari e fini dei capelli. Sorrideva tra sé, come chi la sa lunga. O semplicemente come uno che ama il proprio lavoro.

Millimetro dopo millimetro, il trapano si fece strada nell'acciaio finché il rumore non cambiò. A quel punto il fabbro tirò fuori la punta e l'aria fu pervasa da un puzzo acre. Line arricciò il naso.

«Cos'è questo odore?» domandò.

«Il metallo surriscaldato.»

«L'hai trapassato?»

Il fabbro scosse il capo. «Ho fatto solo un buchino per guardare dentro» spiegò. Poi estrasse la punta del trapano, rovistò nella cassetta degli attrezzi e prese uno strumento che sembrava un oftalmoscopio, quello che si usa per esaminare la retina. «Così vedo dove sono» spiegò, sbirciando dentro il foro che aveva appena creato. «Un po' più giù, verso sinistra» mormorò tra sé, l'occhio sempre fisso nello strumento. Infine fece un segno sullo sportello con un pennarello, e fissò di nuovo il supporto per il trapano. «Se becco il punto giusto, posso girare la serratura con un cacciavite.»

Sofie tornò con un baby monitor in mano. «Dorme ancora» sorrise. «Con le porte chiuse non si sente tanto rumore al primo piano.»

Il fabbro le guardò. «Siete pronte?»

Entrambe annuirono, tappandosi le orecchie finché il metallo non fu sfondato.

«L'hai fatto altre volte?» s'informò Line, quando il giovane estrasse il trapano. «Hai già aperto una cassaforte, intendo?»

«Certo, parecchie» confermò lui.

«Di solito cosa ci trovi?»

L'uomo cambiò posizione. «Spesso sono vuote» spiegò, sbirciando nel nuovo foro. «Ma a volte capita di trovarci qualcosa di strano, tipo vecchie bottiglie di cognac e oggetti d'arte. Perlopiù contengono chiavi, documenti dell'assicurazione, fotografie e vecchi titoli azionari senza valore.»

«Puoi prenderlo tu» disse Sofie, guardando Line.

«Cosa?» replicò lei.

«Se là dentro c'è qualcosa, puoi prendertelo.»

Il fabbro la fissò. «A volte c'ho trovato anche dei soldi» disse.

Sofie fece spallucce e tornò a rivolgersi a Line. «Non stai sistemando casa?»

A lei un budget più generoso per ristrutturare avrebbe fatto comodo, ma non era il caso di accettare.

«Sai cosa penso del Vecchio e di ciò che ha lasciato» proseguì Sofie. «Non lo voglio.»

Line scosse la testa. «Nemmeno io» disse. «Se dentro c'è qualcosa di valore, faresti meglio a donarlo in beneficenza.»

«Vedremo» sorrise Sofie.

Il fabbro fissò il supporto per il trapano dall'altro lato della serratura e cominciò a fare un nuovo buco. Era concentrato sul proprio lavoro, con la punta della lingua fuori dalle labbra e la fronte imperlata di sudore.

Nel giro di mezz'ora aveva fatto sette fori nello sportello.

«Ecco» disse, asciugandosi il sudore con il dorso della mano. «Dovremmo esserci.» Infilò un cacciavite sottile in uno dei buchi e lo strumento per guardare in un altro. «È stata usata con regolarità» disse. «Non ci sono segni di ruggine, e le lastre scorrono facilmente.»

Una mosca gli si posò sulla fronte; la cacciò con un soffio, poi tornò a concentrarsi sul lavoro, la punta della lingua tra le labbra.

«Ora devo solo girare un cilindro, che aprirà il catenaccio, ed è fatta.»

Si udì un tonfo sordo dentro la cassaforte, come se fosse scattato un meccanismo pesante. Il fabbro tirò fuori il cacciavite, girò la manopola e aprì appena lo sportello.

Line guardò Sofie, facendole un cenno con il capo.

«Fallo tu» le chiese Sofie.

Line si fece avanti e aprì. Lo sportello era pesante, ma scorreva senza difficoltà.

L'interno ricordava un armadietto, con tre scaffali e un cassetto sul fondo. Sul ripiano inferiore c'erano alcune spesse buste marroni e dei taccuini neri; su quello di mezzo cinque raccoglitori ad anelli, sempre neri; su quello superiore varie mazzette di banconote legate con degli elastici. Line ne afferrò una e la porse a Sofie: banconote da cinquecento corone, per un totale di cinquantamila corone a occhio e croce. C'erano altre mazzette da duecento e da mille. In tutto ci sarà stato almeno mezzo milione.

Line non riuscì a trattenersi dal ridere, e la sua risata contagiò Sofie, anche se entrambe sapevano che non erano soldi puliti.

Il fabbro compilò il modulo sul lavoro svolto, lanciando giusto un'occhiata distratta alla cassaforte, come se il suo contenuto non lo riguardasse. Poi allungò il documento a Sofie per farglielo firmare.

«Non darli via tutti» suggerì sorridendo. «Divertitevi un pochino.»

Line ripose le banconote e notò una chiave, che doveva aprire il cassetto sul fondo. La lasciò al suo posto e accompagnò l'uomo alla porta insieme a Sofie. Poi Maja si fece sentire, quindi sua mamma andò a prenderla e la portò giù nel seminterrato.

«Li contiamo?» propose Line, estraendo di nuovo una mazzetta.

Sofie annuì, spostando Maja sull'altro braccio. Line contò le banconote man mano che le impilava sopra la cassetta e arrivò a quattrocentottantamila corone.

«Qui c'è qualcos'altro» disse, estraendo una busta infilata in fondo alla mensola superiore.

Sofie allungò il collo per guardare.

«Altri soldi» sussultò Line, aprendo la busta e mostrandole il contenuto. Poi appoggiò le banconote sfuse accanto alle mazzette.

Stavolta erano biglietti da mille, forse per un totale di un milione di corone; a quanto pareva erano tutti macchiati di inchiostro rosso.

«Vengono da una rapina» bisbigliò Line.

Ne aveva parlato in un articolo: le valigette usate per il trasporto valori e i bancomat erano protetti con inchiostro di sicurezza; se qualcuno cercava di forzarli, le banconote venivano macchiate indelebilmente e rese inutilizzabili.

«Rimettile a posto» disse Sofie. «Devo dare da mangiare a Maja.»

Line ripose tutto e prese la chiave. «Non abbiamo guardato nel cassetto» disse.

La infilò nella serratura, la girò senza difficoltà e la usò come leva per aprire. Dentro c'era un oggetto avvolto in un panno grigio. Line lo posò sul pavimento e aprì l'involto. Era una rivoltella.

«Lo sapevo che aprire la cassaforte avrebbe portato solo problemi» sospirò Sofie. «Prima i soldi della rapina, adesso un'arma detenuta illegalmente.»

Maja si mise a frignare.

«Non possiamo nemmeno più richiudere tutto» aggiunse Sofie. «La serratura è sfondata.»

Line soppesò l'arma in mano. Il metallo era nero opaco.

«Attenta» la avvisò Sofie, allontanandosi e stringendo la figlia a sé. «Potrebbe essere carica.»

«Una volta mio padre mi ha portata al poligono di tiro della polizia» spiegò Line, aprendo il tamburo. Due delle sei camere erano piene.

«Potremmo buttarla in mare» suggerì Sofie.

Line fece cadere le due cartucce sul palmo della mano e rimise a posto il tamburo.

«Posso prenderla io» propose. «In fondo hai detto che mi avresti regalato il contenuto della cassaforte...»

Sofie aggrottò la fronte. «Che intendi farci?»

«La consegno. A mio padre. Le vecchie armi si possono dare alla polizia, che poi le rottama.» Notò che Sofie era scettica. «Sarà una cosa del tutto anonima» aggiunse. «Dirò solo che me l'ha affidata un'amica che l'ha trovata tra le cose del nonno.»

«D'accordo» rispose Sofie, avvicinandosi alla cassaforte e afferrando qualche banconota. «Ma solo se posso invitarti a pranzo.»

17

Wisting si era dimenticato che la mensa della centrale era chiusa per ferie. Allora andò in sala riunioni e, nell'armadietto dell'angolo cottura, rimediò una confezione di fette croccanti che era lì da un pezzo; ne prese due e se le mangiò così, senza nulla sopra, davanti alla finestra. Erano diventate dure e non sapevano di niente.

Per strada passò una macchina con lo stereo a tutto volume. La seguì con lo sguardo, poi tornò al cucinino, aprì il rubinetto e lasciò scorrere l'acqua finché non venne giù fredda.

Si sentiva addosso una certa inquietudine. Molti elementi suggerivano che Jens Hummel avesse condotto una doppia vita di cui, fino a quel momento, non erano riusciti a scoprire nulla di preciso.

Prese un bicchiere dall'armadietto, lo riempì e bevve.

Avevano imboccato la pista giusta, ma anziché approfondire le indagini in quella direzione le avevano allargate seguendo altri spunti.

La cosa si poteva spiegare con il fatto che erano a corto di organico e sempre più sotto pressione, ma alla fin fine si era trattato di una valutazione errata di cui lui doveva assumersi la responsabilità.

Con il bicchiere in mano tornò alla finestra. Dall'epoca in cui pattugliava le strade era diventato un investigatore esperto e stimato, ma chissà che non fosse ormai troppo vecchio. Aveva cinquantacinque anni, stava per diventare nonno, e quello che vedeva intorno a sé non gli piaceva. Mentre la criminalità organizzata si espandeva, il quadro giuridico entro cui condurre le indagini si era complicato, i requisiti formali erano diventati più rigidi e i metodi investigativi sempre più avanzati e impegnativi. Oltretutto, c'era meno gente a cui distribuire gli incarichi.

Bevve un altro sorso.

In quei trentadue anni di carriera, però, non si era trasformata solo la criminalità: la società intera aveva cambiato modo di pensare. Una volta la gente rispondeva quasi sempre alla polizia, raccontando cosa sapeva e cosa aveva visto; ora invece ci si scontrava sempre più spesso con un muro di silenzio, anche quando si cercavano informazioni solo indirettamente legate a un reato. La paura si era insinuata nell'animo della gente, che non voleva essere coinvolta e temeva di parlare. L'estraniamento dal prossimo era ormai generalizzato e quello che succedeva agli altri non interessava quasi più a nessuno.

Tornò al lavello e gettò l'acqua rimasta nel bicchiere. Si ripeteva che era diventato più difficile fare il poliziotto, ma probabilmente era solo una scusa per non riconoscere che era cambiata la società, e con quella anche il crimine.

Nils Hammer comparve sulla porta e si appoggiò allo stipite.

«Dal telefono non è uscito niente» annunciò, scuotendo il sacchetto che lo conteneva. «Evidentemente Hummel cancellava di continuo chiamate e messaggi. Nella memoria interna non c'è nulla.»

Wisting lo guardò. Aveva sperato che la scoperta del telefono nascosto nel taxi potesse far fare qualche passo avanti alle indagini.

«E non si può recuperare nulla, anche se i messaggi sono stati cancellati?» domandò. «Come si fa con i computer?»

«Possiamo farlo esaminare da qualcuno» convenne Hammer. «Ma ci vuole tempo, e non è neanche sicuro che dia qualche risultato.» Detto questo, posò il sacchetto sul tavolo, controllò se nel thermos c'era ancora caffè e prese una tazza dall'armadietto. «Ero convinto che Hummel sarebbe rispuntato fuori quando si fosse sciolta la neve» disse, riempiendosi la tazza.

Wisting annuì. Nelle ore successive alla scomparsa del tassista, ma prima che fosse denunciata, nel Sud del Vestfold c'era stata una nevicata leggera. Che aveva cancellato ogni traccia.

«Secondo te Aron Heisel sa qualcosa?» fece Hammer.

«Non di Hummel» rispose Wisting. «Ma sono convinto che sappia parecchie cose su Frank Mandt e il suo traffico di droga. Quindi anche su chi aveva accesso al fienile e chi potrebbe averci messo il taxi.»

«Credi che ci dirà qualcosa?»

Wisting prese una tazza per sé.

«No, temo che non caveremo un ragno dal buco, come con il cellulare» rispose.

«Ci hai pensato al fatto che c'è un anello mancante?»

«Mica solo uno.»

«Io stavo pensando a Frank Mandt» continuò Hammer. «Fosse ancora vivo, dovremmo andare a prelevarlo. Nessuno gli nasconderebbe nel fienile una macchina che scotta senza la sua autorizzazione.»

«Mandt non ci avrebbe detto niente.»

«Lo so» concordò Hammer tornando verso la porta. «Ma poteva essere finalmente l'occasione per beccarlo. In quella buca c'erano dodici chili di anfetamine. Avrebbe dovuto dar conto anche di quelle.»

Wisting lo seguì in corridoio portandosi dietro la tazza ed entrò nel suo ufficio.

Alle quattro convocò di nuovo la squadra investigativa in sala riunioni. Christine Thiis arrivò dritta dall'udienza in cui aveva chiesto la custodia cautelare per Aron Heisel.

«Non ha saputo dare spiegazioni al giudice sul ritrovamento della droga, a parte dire che non ne sapeva niente» riferì la procuratrice.

«Non gli crederà nessuno» commentò Espen Mortensen, esibendo due foto: la prima ritraeva una suola di scarpa, l'altra un calco di gesso. Il disegno era identico. «Heisel è stato nel deposito sotterraneo.»

Wisting si avvicinò le foto e le studiò con attenzione.

«Finalmente qualche corrispondenza» commentò asciutto Nils Hammer.

Mortensen riprese le foto e ne tirò fuori altre tre dal fascicolo. «Già che parliamo di scarpe» disse, spingendole sul tavolo, «questi li abbiamo trovati nel taxi di Jens Hummel, sul tappetino davanti al sedile del guidatore e sul pedale del freno.»

Sembravano tre pezzettini di carta strappata, delle dimensioni di un'unghia.

«Che cosa sono?» dovette chiedere Wisting.

«Trucioli di segatura» rispose Mortensen.

Christine Thiis si avvicinò una foto. «Provenienti da...?»

«Naturalmente non sappiamo da quanto tempo fossero lì, ma le spiegazioni più ovvie sono due» rispose Mortensen. «O Hummel è stato in un posto dove ha calpestato della segatura che gli è finita in macchina, oppure ce l'ha portata l'assassino quando ha nascosto il taxi nel fienile.»

«E non potrebbe provenire proprio dal fienile, la segatura?» domandò Wisting.

Mortensen scosse la testa. «No, lì non ne abbiamo trovata. Viene da un altro posto.»

Wisting cambiò posizione. «Be', abbiamo ricostruito tutti gli spostamenti di Jens Hummel nelle ventiquattr'ore precedenti alla scomparsa. E non ricordo un posto in cui potesse restargli della segatura attaccata alle scarpe.»

«Quali sono in effetti i posti in cui si trova della segatura?» chiese Christine Thiis.

«Le falegnamerie, le segherie, le carpenterie, i cantieri» elencò Torunn Borg.

«Anche al circo» suggerì Hammer.

Wisting puntò la penna verso di lui. «Fa' una mappatura» gli disse, poi proseguì con la riunione.

Torunn Borg aveva parlato con il conducente dello spazzaneve.

«Non ne ho ricavato granché» riferì. «La vecchia stradina poderale è zona sua, e lui si era accordato dieci anni fa con Frank Mandt per tenerla pulita in caso di neve. Riguardo alla notte in cui è scomparso Hummel, si ricorda che aveva cominciato a nevicare intorno alle sette di mattina e che è rimasto fuori con lo spazzaneve dalle nove fin verso le tre. Il podere di Huken si trova a metà circa del giro, perciò secondo i suoi calcoli ci è arrivato suppergiù a mezzogiorno, ma dice di non aver notato niente di speciale. Probabilmente se lo ricorderebbe se ci fossero state macchine o persone. Che invece sostiene di non aver visto.»

Il discorso tornò sulla droga nascosta nel deposito sotterraneo. La scoperta li rendeva ottimisti. Nei casi di narcotraffico era sempre coinvolta un sacco di gente: destinatari, fornitori, corrieri, spacciatori. Rispetto agli omicidi, si trattava di crimini con diverse fasi e molti elementi che potevano offrire una chiave d'accesso alla polizia.

Dopo un'ora buona, individuati i passi da fare, la riunione fu sciolta. Rimasto solo nel suo ufficio, Wisting ricevette un messaggio di Line: gli rinnovava l'invito per la grigliata, altrimenti la carne si sarebbe guastata.

Erano arrivati a quel punto esasperante delle indagini in cui tutto ruotava intorno all'attesa di una risposta: dalle audizioni di routine ai porta a porta, dagli esami tecnici ai risultati delle analisi e a tutte le altre componenti di un'indagine. Tanto valeva aspettare altrove. Perciò si alzò e uscì dall'ufficio per raggiungere Line.

In macchina pensò alla nipote, che sarebbe cresciuta senza un padre. A meno che Line non avesse conosciuto un uomo pronto a ricoprire quel ruolo. Guardando alla propria esperienza personale, era costretto ad ammettere che il lavoro di poliziotto aveva gettato un'ombra sulla sua vita privata, e troppe volte era stato anteposto alla famiglia.

Parcheggiò davanti a casa e fece a piedi i pochi metri che lo separavano da Line. Dal giardino posteriore arrivava un odorino di carne alla griglia. Attraversò il prato incolto e girò l'angolo; la figlia lo accolse con un abbraccio.

«Ci pensi tu alla carne?» gli chiese Line, sparendo in casa.

Lui si avvicinò alla griglia e girò le bistecche. Line tornò fuori con un'insalatona.

«Sembrano pronte» disse Wisting, girando le bistecche un'altra volta.

«Ho deciso di rischiare e le ho messe su un po' prima» spiegò lei, passandogli un vassoio per la carne cotta. «Sono contenta che sei riuscito a liberarti.»

«Anch'io» disse lui con un sorriso, sedendosi a tavola. «Sei andata a prenderla, la carta da parati?»

«No, però è arrivata.» Line si servì. «Pensi di avere tempo per darmi una mano?»

«Me lo prendo, il tempo» le promise lui ancora una volta.

Line infilzò la sua bistecca con la forchetta. «Avete più saputo niente di Jens Hummel?» chiese, tagliando un pezzo di carne.

«In effetti no.»

«Ma le ipotesi in che direzione vanno? È plausibile che abbia nascosto il taxi in quel fienile e se ne sia andato ai Caraibi, per dire?»

Wisting finì di masticare il boccone. «Non pensiamo che sia sparito volontariamente» disse poi.

«Il fienile di chi è?»

«Guarda che non fai più la giornalista» le ricordò lui con un sorriso.

Lei ricambiò con una smorfia.

«Si tratta di un podere dismesso» spiegò Wisting. «Di sicuro i tuoi colleghi avranno già scoperto chi è il proprietario, tramite il catasto, ma lui non c'entra niente. Sono anni che lo dà in affitto.»

Continuarono a parlare del caso mentre mangiavano. Line non ebbe tutti i dettagli, ma alla fine ne sapeva abbastanza da capire che c'erano stati degli sviluppi.

Per dessert portò in tavola una confezione di gelato. Wisting si servì due volte, poi si allungò sulla sedia.

«Ho una cosa di cui vorrei che ti occupassi tu» gli disse Line.

«Ah, sì? E cos'è?»

Lei rientrò in casa e, poco dopo, tornò con una piccola sacca che gli posò sulle ginocchia.

Wisting guardò all'interno e ne tirò fuori un oggetto pesante avvolto in un panno grigio. Scostando i lembi, si ritrovò sotto gli occhi una rivoltella con canna a sezione ottagonale.

«L'ha trovata una mia vecchia compagna delle elementari mettendo ordine tra gli effetti del nonno» spiegò lei, anticipandolo.

Wisting sollevò la pistola e fece uscire il tamburo per controllare che non fosse carica.

«È da molto che ce l'hai tu?» le domandò.

«Qualche ora. Non credo risulterà nel registro delle armi da fuoco. La mia amica voleva buttarla in mare, ma le ho detto che potevi farla rottamare tu.»

Wisting annuì. Tra gli averi dei deceduti saltavano fuori armi in continuazione: fucili, da caccia e non, rivoltelle e altre pistole che gli eredi non volevano tenere e di cui non sapevano cosa fare.

«È una Nagant» disse lui. «Calibro 7,5 millimetri. Fabbricata in Belgio verso la fine dell'Ottocento.» Alzò il cane e provò a premere il grilletto. Si udì un *clic*.

«Funziona?» domandò Line.

Lui annuì.

«Le rivoltelle sono armi notevoli in quanto ad affidabilità. Questa funziona ancora come appena uscita dalla fabbrica.»

«Ma che fine fanno le armi rottamate?»

«Vengono distrutte in un trituratore per metalli, per farne chiodi.»

«Ci sarebbe materiale per un bel reportage» rifletté Line ad alta voce.

«Cioè?»

«Le vecchie armi sono cariche di storia» chiarì lei, indicando la rivoltella con un cenno del capo. «Questa qui ha fatto due guerre mondiali. Sarebbe interessante raccontare le vicissitudini di un'arma che finisce trasformata in una manciata di chiodi.»

Wisting la riavvolse nel panno. «Chissà cosa potrebbero dire quelle» si chiese con un sorriso, guardando le assi di legno che rivestivano l'esterno della casa. «La storia permea le mura.»

Line si era entusiasmata. «Vero?» esclamò. «Di sicuro "Vi Menn" o qualche altra testata del genere mi comprerebbe un pezzo così.»

Nel frattempo si era alzata e aveva cominciato a sparecchiare.

«Era un militare?» chiese Wisting, rinfilando la rivoltella nella sacca.

«Chi?»

«Il proprietario di questa» disse lui sollevando l'involto per chiarire il concetto. «Le Nagant venivano usate sia dall'esercito che dalla marina.»

«Non credo» rispose subito Line, fermandosi sulla portafinestra con i piatti sporchi in mano e lo sguardo sulla sacca. «Ma in effetti non so né perché ce l'avesse, né per cosa la usasse» aggiunse prima di rientrare in casa.

18

Wisting chiuse la vecchia rivoltella nella cassaforte ospitata in un armadio del seminterrato. Per farle posto dovette spostare un album di fotografie dell'estate in cui si era sposato con Ingrid, trent'anni prima. Rimase un istante a sfogliarlo. Avevano festeggiato con i parenti più stretti al ristorante dell'hotel Wassilioff di Stavern. Al tempo sia i suoceri sia la madre erano ancora in vita. Perfino la nonna di Ingrid era venuta al ricevimento. Il giorno dopo erano partiti in auto per la Danimarca e avevano dormito in tenda a Løkken. Anche se aveva piovuto per tre giorni di fila, era uno dei ricordi più belli della sua vita.

C'era una foto scattata davanti a una chiesa che nei secoli era stata sepolta dalla sabbia mossa dal vento. A un certo punto l'edificio principale era stato demolito e trasferito, così era rimasto solo il campanile squadrato che spuntava dalla sabbia. Si ricordava quando aveva fatto quella foto a Ingrid. Lei aveva i capelli bagnati di pioggia e rideva verso l'obiettivo. Era parecchio più giovane di Line adesso, ma la somiglianza era impressionante. Nel giro di due mesi sarebbe rimasta incinta.

Erano tornati lì l'estate che Line e il suo gemello avevano dodici anni. Le dune si erano abbassate, scoprendo una porzione maggiore del campanile, ma un tizio gli aveva spiegato che la torre era costruita su suolo morenico, pian piano dilavato dalle piogge e dalle acque che invadevano la terraferma. Col tempo il terreno sarebbe scomparso del tutto e la torre sarebbe crollata nel mare.

Wisting ripose l'album nell'armadio, chiedendosi se quel monumento esistesse ancora.

La foto di lui e Ingrid sposi era stata appesa per anni in camera da letto, ma l'aveva messa via poco dopo la prima notte in cui Suzanne aveva dormito da lui. Al suo posto erano rimasti un chiodo nudo e un'impronta scura sulla parete, ma nessuno dei due aveva fatto commenti. La cornice era troppo grande per entrare nella cassaforte, così l'aveva infilata in verticale nell'armadio. Non gli era mai venuto in mente di riappenderla, e si chiese se fosse il momento di farlo, ma lasciò perdere. Piuttosto, Line poteva aiutarlo a sostituire la carta da parati.

Si cambiò i pantaloni e indossò una camicia pulita, poi uscì e andò alla Pace dorata. Il locale era mezzo vuoto e la musica soffusa che proveniva dagli altoparlanti appesi al soffitto non disturbava il chiacchiericcio ai tavoli. Gli avventori erano un misto di giovani e anziani, locali e turisti.

Suzanne parlava con una giovane coppia seduta a uno dei tavoli in fondo. Gli rivolse un rapido cenno per fargli capire che l'aveva visto, poi distolse lo sguardo.

Wisting si accomodò in un posto vicino al muro, da dove poteva osservare il bancone e la cassa senza dare troppo nell'occhio. Posò un giornale sul tavolo e appese la giacca allo schienale della sedia, poi andò al bar.

La ragazza che lo servì portava un cartellino con scritto UNNI. Era quella che Suzanne sospettava di furto. Una bionda sorridente con la coda di cavallo.

Wisting ordinò un caffè e una fetta di torta al caramello, quindi posò sul bancone le monete per pagare. La giovane si attardò e le incassò quando lui si era già voltato per andarsene. La sentì aprire la cassa e mettere i soldi nel cassetto.

Oltre a Suzanne e Unni, c'erano altre due cameriere. Erano tutte e quattro piuttosto indaffarate. A quanto pareva si davano il cambio senza uno schema fisso tra servire al bar, ripulire i tavoli e lavare i bicchieri.

Appostato in quel modo, Wisting si sentiva a disagio, ma ogni volta che Unni prendeva una nuova ordinazione al banco sollevava lo sguardo dal giornale. Una volta ebbe l'impressione che lei avesse sbagliato a battere il conto. Un signore brizzolato le aveva pagato una birra con una banconota da duecento corone e lei aveva aperto e chiuso il cassetto a più riprese prima di dargli il resto.

Suzanne gli passò accanto varie volte, ma lui non la guardò. Il caffè si era freddato. Wisting vuotò la tazza e cominciò a leggere un articolo sulle mete vacanziere dei norvegesi. Un'altra cameriera gli prese la tazza vuota. Sul suo cartellino c'era scritto NINA. Pareva più timida delle colleghe e sorrise imbarazzata, poi proseguì.

Quando ebbe finito il giornale, Wisting andò a ordinare un altro caffè e rimase in piedi al bancone. Suzanne si muoveva rapida e discreta tra i tavoli, sorridendo ai clienti. Era bella. Alta e slanciata, i capelli neri e vellutati.

In quell'istante gli squillò il telefono. Era Christine Thiis.

«Ci sono novità?» gli chiese.

«Dovrebbero esserci?» ribatté Wisting.

«In realtà ti sto solo girando una domanda» spiegò lei. «Sono a cena con il prefetto e altri magistrati.»

Tre tizi seduti accanto alla finestra si voltarono a guardare Suzanne, che passava con diversi bicchieri vuoti in mano.

«Non ci sono novità» rispose Wisting. «Altrimenti te le avrei riferite.»

«Lo so» disse Christine Thiis. Una pausa. Poi aggiunse: «È scettico».

«Chi?»

«Il prefetto. Mi ha presa da parte per chiedermi se eri adatto a dirigere le indagini.»

Wisting tornò al tavolo con il caffè. Ivan Sundt era stato nominato da poco, dopo aver lavorato come giudice di appello. Non sapeva come funzionava il lavoro investigativo, perché non ne aveva mai fatto esperienza pratica.

«Come mai se lo chiede?»

«Si è fissato con quell'articolo sulla nonna di Jens Hummel.»

Suzanne passò accanto al suo tavolo. Wisting la guardò. Lei gli lanciò un sorriso rapido, poi sparì dietro al bancone.

«E tu cosa gli hai risposto?» domandò a Christine Thiis.

«Che mi fido ciecamente di te. E sono sicura che risolverai questo caso.»

Lui la ringraziò, poi chiuse la telefonata con una sensazione di inquietudine. Invece di starsene lì a giocare al detective privato, avrebbe dovuto essere in ufficio a scavare tra le carte.

Rimase seduto altre due ore. Quando se ne andò, aveva speso quasi cento corone in caffè, senza notare il minimo indizio a sostegno dei sospetti di Suzanne. Con ogni probabilità era nel bel mezzo di un'indagine per omicidio, e aveva buttato l'intera serata.

Dalla macchina mandò un messaggio a Suzanne, promettendole di tornare un'altra sera e augurandole la buonanotte. Quando parcheggiò davanti a casa gli arrivò la sintetica risposta di lei: «Ok, grazie».

19

La riunione mattutina fu rapida e informale. La notte non aveva portato nulla di nuovo. L'atmosfera era tesa e i presenti preferivano riprendere il lavoro piuttosto che starsene a discutere le rispettive idee e teorie.

Wisting passò la mattina a preparare il nuovo interrogatorio di Aron Heisel. Dato che non erano emerse novità su altri fronti, lui era l'unico che poteva aiutarli a proseguire nelle indagini.

A Wisting piaceva il gioco psicologico che si instaurava con i testimoni. In sala interrogatori incontrava tutte le emozioni umane, e doveva adoperare tutta la propria competenza professionale e la propria conoscenza delle persone. Doveva agire d'astuzia e tattica, senza mai perdere di vista il quadro generale della situazione.

Ogni interrogatorio era diverso. Non si trattava semplicemente di sedersi lì e mettersi a parlare a ruota libera, né di seguire un elenco prefissato di domande. L'interrogatorio andava costruito intorno ai temi su cui si desiderava far luce. Per prima cosa doveva ottenere informazioni sul suo uomo, che per il momento era accusato di detenzione di anfetamine. Che storia aveva? Da che ambiente proveniva? Dove era stato? Cosa aveva fatto? Chi aveva incontrato?

Una volta tratteggiato il suo ritratto, poteva approfondire la conversazione ed eventualmente trovare collegamenti con la scomparsa di Jens Hummel.

Avevano già scoperto che Aron Heisel aveva un numero di telefono norvegese e uno spagnolo. Per risalire al secondo ci sarebbe voluto tempo, mentre gli approfondimenti sul primo non avevano portato a nulla. Avevano anche chiesto alla polizia spagnola di perquisire il suo appartamento a Marbella. La dogana aveva fornito gli estremi sui suoi viaggi e l'Økokrim, la forza di polizia incaricata della lotta ai crimini economici e ambientali, aveva delineato la sua situazione finanziaria. Erano state analizzate in dettaglio anche le parentele e le altre relazioni. I suoi genitori erano entrambi morti; aveva una sorella maggiore, sposata e residente a Trondheim. L'ultimo impiego registrato era quello di autista presso una ditta di corrieri di Oslo.

Alle undici Wisting chiuse il fascicolo per andare a mangiare un boccone, ma non fece nemmeno in tempo ad alzarsi dalla sedia che ricevette un messaggio da Suzanne. Poche parole: «Ieri ammanco 8 dl vodka, 2000 corone».

Doveva essere successo prima del suo arrivo, pensò. Non si era perso praticamente nessuna ordinazione fatta al banco. Tutti gli incassi erano stati registrati. Stava per chiamare Suzanne, quando gli apparve sul display un numero sconosciuto.

«Pronto? Wisting» rispose.

«Sono Reidar Heitmann» disse la persona all'altro capo della linea. Il difensore di Aron Heisel. «Ho appena parlato con il mio cliente, in carcere» proseguì. «Allo stato attuale delle cose, gli ho consigliato di non fare dichiarazioni.»

«Perché?» volle sapere Wisting.

L'avvocato si schiarì la voce. «Heisel è indagato per fatti di cui non sa nulla. Inoltre, tutti i vostri colloqui avranno un obiettivo non dichiarato.»

«In che senso?»

«Lo ammetta!» sbuffò il legale. «Sappiamo benissimo entrambi che il punto, qui, non è la droga. Si tratta di Jens Hummel. E su quel caso il mio cliente ha già detto tutto il poco che sa.»

«Be', vorremmo ascoltarlo di nuovo.»

«Finché è incriminato, non se ne parla.»

«Cosa sta cercando di dire?» domandò Wisting. «Che se lasciamo cadere le accuse per detenzione di droga ci darà informazioni sul caso Hummel?»

«In ogni caso non avete niente su di lui, a prescindere» lo liquidò Heitmann. «Sto solo dicendo che, per come stanno le cose adesso, lui non intende fare dichiarazioni.»

Aron Heisel aveva ottime ragioni per evitare di rispondere alle domande della polizia. Dal suo punto di vista era una decisione saggia. Parlando rischiava di incappare in incoerenze e contraddizioni che l'avrebbero reso ancora più sospetto. Wisting non poteva fare altro che prendere nota della decisione.

Posò il telefono e rimase un istante con i gomiti appoggiati alla scrivania. Un indagato che si rifiutava di parlare poteva paralizzare le indagini. La strada da fare era lunga, e tutta in salita.

20

Negli ultimi tempi Line si era svegliata sempre più presto, la mattina. Aveva letto che era abbastanza comune dormire male nell'ultima fase della gravidanza, ma quella era la prima volta che vedeva le cinque del mattino sul quadrante.

Una volta sveglia, non riuscì a trovare una posizione comoda, e un'agitazione strisciante nei polpacci la costrinse infine ad alzarsi. Con la bambina non avrebbe più potuto restare a letto fino a tardi, quindi tanto valeva abituarsi all'idea di dormire di meno.

Andò a prendere il giornale e cominciò a leggere le notizie sul caso Hummel. A due giorni dal ritrovamento del taxi non c'erano novità; il tizio che l'estate soggiornava nel podere era stato accusato di detenzione di stupefacenti e messo in custodia cautelare per quattro settimane, ma si rifiutava di parlare.

Alle sette Line vide il padre uscire in macchina dal vialetto di casa per andare a lavorare.

Passò le ore successive a pitturare le ultime modanature del soggiorno. Quando ebbe finito il sole aveva ormai diradato la foschia mattutina e, da velato, splendeva ora brillante.

Line fece la doccia, bevve un caffè e andò al negozio di

casalinghi dove aveva ordinato la carta da parati; tornando, comprò dei panini tondi appena sfornati.

Il padre le aveva promesso di aiutarla in settimana. Le era già capitato di posare della carta da parati, e per incollare le strisce alla parete era senz'altro comodo essere in due, ma in realtà poteva anche farcela da sola.

Ansiosa di sistemare il soggiorno una volta per tutte, decise di fare una prova. La vecchia tappezzeria l'aveva già tolta; crepe e buchi erano stati stuccati e carteggiati, e la superficie era bella liscia. Cominciò dall'angolo dietro la porta, dove eventuali difetti nell'ultima giunzione sarebbero comunque rimasti nascosti. All'inizio andò bene. Aveva scelto una carta in tinta unita con una vaga sfumatura marrone, in modo da non doversi preoccupare di far combaciare il disegno nelle giunzioni. A metà parete si rese conto di essere andata storta: la carta faceva le grinze e si erano formate bolle d'aria in più punti. Ultimata la parete, fu costretta ad ammettere che il risultato non era particolarmente felice.

Pentita di avere iniziato da sola, si risolse ad aspettare il padre, che era più preciso e aveva più pazienza di lei nei lavori di quel genere. Stava richiudendo il secchio della colla quando suonarono alla porta.

Andò ad aprire con una certa curiosità: era la prima volta che qualcuno la cercava in quella casa. Probabilmente volevano venderle qualcosa o avevano sbagliato indirizzo.

Era Sofie. Aspettava davanti alla porta dondolando il passeggino in cui Maja sembrava dormire come un sasso.

«Ciao» la salutò Sofie con un sorriso. «Stavamo facendo un giretto, e volevamo vedere se saremmo riuscite a trovare casa tua.»

Line si scansò i capelli dalla fronte.

«Che bello! Mi ci voleva proprio una pausa.» Si chinò sul passeggino e guardò la bambina. «Possiamo metterci in terrazza» disse stringendo la maniglia del passeggino, «così quando si sveglia la sentiamo subito.»

Spingendolo, s'incamminò nel giardino incolto e andò sul retro della casa.

«Vuoi dare un'occhiata?» chiese a Sofie aprendo la portafinestra.

«Volentieri» rispose l'altra, seguendola all'interno.

Line le mostrò tutto, le stanze già pronte e quelle da finire, dopodiché andarono a sedersi di fuori.

«In verità stavo andando alla posta» disse Sofie, indicando con un cenno del capo il cestello sotto il passeggino, che conteneva un pacchetto avvolto in una carta grigia.

Line non capì.

«Sono i soldi» le spiegò Sofie. «Ho pensato di mandarli a un'associazione che si occupa di prevenzione delle tossicodipendenze.»

Line scoppiò a ridere. «E tu te ne vai in giro con un milione e mezzo di corone sul passeggino, in un pacco da spedire per posta?»

«Al massimo sarà un milione. Ho preso solo le banconote sporche d'inchiostro colorato» precisò Sofie. «Ho letto in rete che chi scopre di averne deve consegnarle alla Norges Bank. Magari si potranno cambiare?»

Line continuò a ridere. «Sai la sorpresa quando apriranno la cassetta delle lettere? Piuttosto, hai dato un'occhiata alle altre cose nella cassaforte?»

Sofie cambiò espressione. «Non in maniera approfondita» rispose, andando a prendere la borsa appesa al passeggino. «Più che altro si trattava di lettere e documenti di avvocati e della polizia. Però ho trovato questa.» Tirò fuori una busta e la porse a Line, che ne controllò l'interno. C'erano delle foto. «Siamo io e mamma» precisò Sofie.

Line le sfogliò. Una foto ritraeva Sofie neonata in braccio alla madre, un'altra la donna che le accarezzava la testa, un'altra ancora mamma e figlia abbracciate. C'erano foto del primo giorno di scuola, di compleanni, vigilie di Natale.

«Allora, forse, tuo nonno ci teneva» suggerì Line, restituendole le foto.

«Forse» disse Sofie con un'alzata di spalle. «Sono tante le cose che non sappiamo di lui.»

«E le carte e i documenti?» domandò Line. «Chissà che leggendoli non venga fuori chi era e cosa faceva.»

«Non so se ho la forza, o la voglia, di leggerli» disse Sofie.

Line avvertiva crescere la propria curiosità. La giornalista che era in lei provava il desiderio di scavare fra quelle vecchie carte. Sofie stessa le aveva proposto di prendere tutto il contenuto della vecchia cassaforte, ma lei non trovava il coraggio di chiedere.

«Non buttare niente» la esortò. «Magari un giorno cambi idea.»

«Vedrò» disse l'altra, annuendo. «Per il momento lascio tutto lì e basta.»

21

All'una e mezza di mercoledì 25 luglio le indagini della Scientifica nel podere di Huken si considerarono concluse.

Wisting tornò sul posto con Nils Hammer per una perquisizione tattica: mentre i tecnici si erano concentrati su impronte digitali e plantari, peli e capelli, fibre tessili e altre tracce oggettive, il compito dell'investigatore era cercare appunti, carte, documenti con nomi o altro che fornissero elementi utili a stabilire chi avesse frequentato il vecchio podere e per quale motivo. Magari avrebbero scoperto qualcosa su cui fare leva nel successivo interrogatorio di Aron Heisel.

Il posto aveva un'aria diversa dall'ultima volta che c'erano stati, non sembrava più abbandonato: l'erba alta era stata calpestata e schiacciata dalle ruote delle vetture e davanti alla grande porta del fienile sventolavano i resti di un nastro segnaletico.

Wisting fermò la macchina e scese. Il silenzio era sempre lo stesso; nell'aria calda vibrava solo un fievole coro di insetti.

Con un tintinnio di chiavi Hammer aprì l'abitazione.

I tecnici della Scientifica avevano lasciato tracce vistose: c'erano resti di polvere per il rilevamento delle impronte sulle maniglie delle porte e su alcuni degli altri punti di contatto più naturali; qua e là erano rimasti foglietti adesivi con lettere e numeri.

La cucina appariva identica a come Wisting l'aveva vista dalla finestra la prima volta che era venuto: celeste e in disordine. Il lavello era pieno di piatti, coltelli, forchette e bicchieri sporchi; sui mobili c'erano bottiglie vuote e un caos di altra roba. Si udiva il lieve e sonnolento ronzio delle mosche che giravano nella stanza.

Wisting aprì cassetti e sportelli e sfogliò le carte posate sopra il frigorifero, ma senza trovare nulla di interessante.

Il soggiorno era scarsamente ammobiliato e privo di un tocco personale: c'erano un divano logoro con annesso tavolino, un tavolo da pranzo con relative sedie e un mobiletto per il televisore. Niente quadri alle pareti né libri sugli scaffali.

Mentre Hammer esaminava gli armadi, Wisting entrò nella camera adiacente. Il piumino era arrotolato ai piedi del materasso. A terra c'erano riviste, magliette e calzini sporchi. La cosa più interessante era una valigia infilata sotto il letto: Wisting la tirò fuori e la aprì, ma dentro ci trovò solo vestiti.

Aprì il cassetto del comodino, e in quell'istante Nils Hammer lo chiamò dal soggiorno. Il cassetto era vuoto, ma qualcosa nella voce del collega gli disse che non era il caso di perdere tempo a chiuderlo.

Hammer era in piedi alla finestra. «C'è qualcuno nel campo» disse.

Wisting si avvicinò, ma vide soltanto erbacce alte un metro.

«Sei sicuro?» domandò.

«Magari era un animale» ammise Hammer. «L'ho solo intravisto, ma mi è parso un uomo che camminava curvo per nascondersi tra l'erba. Adesso è sparito.»

Rimasero a osservare quello che un tempo era stato un campo coltivato, finché all'improvviso non scorsero una testa bionda nei pressi dell'altura sotto cui si trovava il deposito sotterraneo. Hammer corse alla porta imprecando, seguito da Wisting.

Percorsero il sentiero calpestato dai tecnici nei giorni precedenti, Hammer un paio di metri avanti a Wisting. Lo sconosciuto, diretto verso il limitare del bosco, a un certo punto inciampò, ma senza cadere.

«Fermo!» gridò Hammer, come da prassi. «Polizia!»

Gli ordini urlati non sortirono alcun effetto sul fuggitivo, che si addentrò nel bosco facendosi strada tra la fitta vegetazione, spaventando uno stormo di uccellini che volarono a destra e a manca.

Era la seconda volta in pochi giorni che qualcuno tentava di sfuggirgli. Wisting aveva il fiatone e il battito accelerato. I rami gli sbattevano in faccia, coprendogli la visuale.

Dopo una cinquantina di metri, il terreno si apriva tra gli alti pini. Il fuggitivo li distaccò ulteriormente e imboccò un sentiero.

Più avanti Wisting scorse la strada principale. Un camion rallentò e superò una macchina ferma sulla corsia d'emergenza. Mentre Hammer accelerava, Wisting rimase indietro, inciampò su un tronco divelto e cadde a terra con un tonfo. Vide l'uomo infilarsi nell'auto in attesa, poi udì gli pneumatici slittare sulla ghiaia, sollevando una nuvola di sassolini.

Hammer tornò indietro abbacchiato.

«Hai preso la targa?» domandò Wisting, rialzandosi e scrollandosi i pantaloni.

«Ho visto solo che era norvegese. Di Kristiansand, mi pare.»

«Hai riconosciuto la marca dell'auto?»

Hammer scosse la testa. «Un modello asiatico, grigio metallizzato. Sono tutti uguali...»

Sulla via del ritorno non scambiarono una parola. Sapevano entrambi cosa si erano lasciati sfuggire. I giornali non avevano fatto cenno al ritrovamento della droga; qualcuno, però, sapeva del deposito e aveva ispezionato il vecchio podere dopo che se n'era andata la polizia per capire se era stato trovato il nascondiglio. E se quel qualcuno sapeva del podere e del deposito, forse sapeva anche di Jens Hummel.

22

Hammer e Wisting passarono il resto della giornata lavorativa a ispezionare i fabbricati del podere dismesso senza sapere cosa cercare, con l'unica certezza che trovandolo avrebbero capito cos'era: un foglietto con un nome, un numero di telefono, uno scontrino, qualsiasi cosa. Una tessera mancante, un dettaglio rivelatore di qualcosa che ancora non conoscevano.

Fu uno sforzo infruttuoso.

Finito il turno di servizio, Wisting andò da Line; terminarono di mettere la carta da parati in soggiorno e poi cenarono insieme. Lui evitò di commentare il lavoro già fatto, ma le garantì che una volta sistemati i mobili e appesi i quadri sarebbe venuta una bella stanza.

Passò le ultime ore della serata alla Pace dorata, ma neanche stavolta riuscì a provare che una dipendente rubava dalla cassa.

Seguirono giornate lunghe e pesanti. Wisting e gli altri della squadra rivoltarono i mucchi di documenti e li ricontrollarono tutti da capo; lessero e rilessero i verbali nel dettaglio e li fecero circolare tra di loro nell'eventualità di aver trascurato qualcosa; effettuarono nuove audizioni e approfondirono alcune informazioni. Condivisero idee, pensieri e teorie; analizzarono ogni possibilità, ma non c'era alcun segno che le indagini stessero per giungere a una svolta. L'unica novità erano un paio di impronte plantari dell'uomo fuggito, rilevate nel deposito sotterraneo.

Lunedì 30 luglio Wisting si alzò alle sei e mezza con la sensazione che fosse cambiato qualcosa. Presumibilmente era solo il tempo: per la prima volta da giorni la brezza che arrivava dal mare non portava solo aria surriscaldata; presto o tardi sarebbe piovuto. Per ora, tuttavia, l'aumento di umidità faceva solo sembrare più intenso il caldo.

Da quando avevano ritrovato il taxi z1086 era passata una settimana; duecentosei giorni da quando era scomparso Jens Hummel.

La maggior parte dei casi più gravi si risolveva alla svelta, nei giorni febbrili in cui la vicenda occupava ancora le prime pagine dei giornali; altre volte ci voleva un po' più di tempo. Pochissimi casi restavano irrisolti per sempre.

Durante la riunione mattutina Torunn Borg riferì com'erano andate le ricerche nella zona di Tanumsaga. Che le probabilità di trovare Jens Hummel da quelle parti fossero scarse lo sapevano tutti, ma i tre minuscoli trucioli rinvenuti sul tappetino del taxi imponevano un controllo delle segherie private. Quel tipo di operazione dava a intendere che le indagini stessero andando avanti; in realtà si trattava di un semplice controllo di routine che avrebbe solo fatto crescere i mucchi di scartoffie.

Wisting guardava la carta topografica appesa al muro: le puntine indicavano i pochi punti fermi del caso, le aree ombreggiate segnalavano dove il terreno era stato battuto palmo a palmo e dov'erano state compiute le ricerche con i cani.

Squillò il telefono. Dalle prime cifre Wisting capì che era un numero interno del Kripos, il dipartimento nazionale di polizia criminale; si mise seduto e, mentre rispondeva, si munì di una penna.

La persona all'altro capo della linea si presentò come Erik Fossli della Scientifica.

«Normalmente ci limitiamo a mandare un resoconto della perizia, ma questa era talmente particolare che ho preferito chiamarti» annunciò.

Wisting strinse più forte il telefono. «Dimmi tutto.»

«Abbiamo eseguito un test balistico, come al solito» proseguì il collega del Kripos, «e il proiettile ha dato un riscontro sul database.»

«In che senso?» fece Wisting, aggrottando la fronte.

Il poliziotto all'altro capo sospirò, come se gli seccasse dover spiegare un'ovvietà.

«La canna di ogni arma da fuoco ha rigature uniche, che lasciano striature altrettanto uniche sulle pallottole sparate» disse paziente. «Più o meno come fanno le impronte digitali.»

«Questo lo so» lo interruppe Wisting. «Di quale arma stai parlando, dico.»

La risposta gli balenò in mente nel momento stesso in cui poneva quella domanda.

«Una Nagant 7,5 millimetri» rispose l'investigatore del Kripos. «Consegnata in via anonima. Perché, ci avevi mandato altre armi?»

«Ma no, è solo che stavo pensando a tutt'altra cosa» si scusò lui.

«Comunque» proseguì l'esperto balistico, «noi la prova di sparo la facciamo sempre, a prescindere da come ci arriva un'arma. È pura e semplice routine.»

«Il riscontro con quale caso era?» domandò Wisting.

«Un omicidio.»

Le parole restarono sospese nell'aria mentre nella testa gli si affollavano i pensieri. Era stata Line a dargli la rivoltella, che a suo dire era tra gli effetti del nonno defunto di una sua vecchia compagna di classe. Lui non le aveva chiesto né chi fosse la compagna né da dove venisse: si era limitato a inoltrare la pistola e comunicare che gli era stata consegnata in via anonima, come facevano sempre quando ricevevano armi e munizioni da gente che non voleva più tenerle in casa. Wisting immaginò che l'amica abitasse nei paraggi. Sull'omicidio, però, brancolava nel buio. O era una vecchia storia risalente a prima che arrivasse lui, o era un fatto accaduto fuori città.

«Quale omicidio?» chiese.

«Il delitto di Capodanno.»

«Il delitto di Capodanno?» ripeté lui. «Ma non comincia adesso il dibattimento?»

«L'arma non è mai stata ritrovata» gli ricordò il collega del Kripos. «Ho provato a sentire qualche investigatore di Kristiansand, ma non ho trovato nessuno. Manderò loro una copia della perizia, ma sicuramente vorranno sapere com'è che la rivoltella è finita da voi.»

Wisting stava disegnando cerchi su un bloc-notes. Ricordava di aver letto sui giornali la storia di quello che era stato ribattezzato «delitto di Capodanno». La vittima era la ventunenne Elise Kittelsen, che quella notte era stata uccisa con due pallottole in una strada del centro di Kristiansand; la polizia ci aveva messo appena quattordici minuti a catturare il colpevole. Il particolare riportato dai media che ricordava meglio era la sua foto: la ragazza stava andando a una festa e, prima di uscire di casa, l'aveva postata sui social. Il fatto aveva una sua drammaticità: una ragazza piena di vita si scatta una foto qualche minuto prima di essere uccisa. La stampa ovviamente non se l'era lasciata sfuggire.

«Quanto siete sicuri che sia la stessa rivoltella?» chiese Wisting.

«Al cento per cento» rispose Erik Fossli. «Ogni arma è unica, ma questa ha per giunta dei segni di usura molto particolari nella canna. Tutte le pallottole, sia quelle prelevate dal corpo della ragazza di Kristiansand sia quelle del test balistico effettuato da noi, hanno segni superficiali identici. Segni che possono essere stati impressi solo dalla canna di quest'arma.»

«Ho capito» disse Wisting annuendo.

«Sto mandando la pistola agli altri laboratori» aggiunse Fossli, «per il test del DNA e l'esame dattiloscopico. Saranno pure trascorsi sette mesi dall'omicidio, ma magari scopriranno lo stesso qualcosa.»

«Probabilmente ci troveranno sopra le mie impronte» lo avvertì Wisting, ma senza accennare alla figlia.

«Tu sei registrato nel database, quindi potranno escluderti. Oltretutto il colpevole è già stato preso, per cui non ha grande importanza. Quello che conta è che l'arma non sia più in circolazione.»

I cerchi sul bloc-notes si erano ingranditi. Non che avessero un significato: esprimevano solo un'inquietudine interiore.

«Farò in modo che tutti i referti di qui vengano inviati direttamente alla squadra investigativa di Kristiansand» proseguì Fossli, «così evitate di fare da tramite. Mi sembra che abbiate già abbastanza per le mani col caso Hummel.»

«Ottimo» lo ringraziò Wisting, «però mi farebbe piacere averne una copia.»

«Certo.»

Si accordarono su alcuni dettagli pratici, poi si salutarono.

Appoggiato allo schienale della sedia, Wisting cercò di richiamare alla mente altri particolari del delitto di Capodanno. L'ultima cosa che ricordava era che il giovane assassino era stato incriminato e che il processo stava per iniziare. L'avevano preso in una via secondaria subito dopo il fatto; in quel breve lasso di tempo era riuscito a disfarsi dell'arma del delitto. Che adesso era rispuntata fuori. E a portarla era stata Line.

23

Negli ultimi giorni Line aveva sempre pranzato all'una con Sofie e Maja. Si alzava presto e sbrigava qualche faccenda in casa, mentre nelle ore più calde a metà giornata le faceva piacere godersi l'ombra nel giardino di Sofie. Poi nel pomeriggio riprendeva i lavori in casa e andava avanti fino a sera.

Apprezzava le chiacchierate con l'amica. Avvicinandosi il momento del parto, sentiva crescere in sé la preoccupazione; non solo del parto stesso, ma di ciò che l'aspettava dopo, quando sarebbe stata sola a prendersi cura di una creatura. Le chiacchierate con Sofie mitigavano la sua paura: l'amica era in grado di rispondere a molti degli interrogativi che la mettevano in agitazione. Al tempo stesso, però, da quei discorsi emergeva che anche lei era una madre sola e insicura, che aveva bisogno di sostegno e di qualcuno con cui parlare.

Quel giorno, quando andò a farle visita, Line trovò la porta di casa aperta, bloccata con un vaso da fiori perché non sbattesse. Bussò con le nocche sullo stipite e chiamò, senza ricevere risposta.

Allora entrò, ma non volle chiamare di nuovo, pensando che forse Maja stava dormendo.

In cucina, su un tagliere, c'erano mezzo melone e un grosso coltello; sul mobile, una caraffa di succo giallo e due bicchieri. Un sacchetto di cubetti di ghiaccio aveva cominciato a sciogliersi lì accanto, formando una piccola pozza.

Line tirò diritto. Nel soggiorno la radio era accesa; le portefinestre che davano sulla terrazza erano aperte e le tende bianche si muovevano leggere nella corrente.

«C'è nessuno?» chiamò Line a bassa voce, facendo capolino fuori.

La tavola era apparecchiata, ma la terrazza era deserta.

Rientrando udì dei passi scendere le scale dal piano di sopra, poi apparve Sofie. Pareva affaticata.

«La porta era aperta, così sono entrata» si scusò Line. Stava per chiederle se avesse dormito male, quando capì che era la preoccupazione a farla sembrare stanca. «Tutto bene?» le domandò invece.

«L'hai letto, il giornale?» replicò Sofie, passandole davanti per andare in cucina.

«Che giornale?»

Sofie prese il tablet dal tavolo, attivò lo schermo e glielo mise davanti.

Era la prima pagina della versione online di «Dagbladet». *Forse un riscatto dietro al dono anonimo da un milione*, recitava il titolo dell'articolo di apertura, corredato da una foto probabilmente d'archivio che ritraeva delle banconote macchiate.

Line prese il tablet e lesse. La fonte del giornalista era il presidente dell'associazione No alla droga, che tre giorni prima aveva ricevuto per posta un pacco senza mittente con oltre un milione di corone. Tutte le banconote avevano i bordi colorati e il denaro era stato consegnato alla polizia.

Un investigatore del distretto di Oslo confermava la ricezione della somma, che molto probabilmente era il bottino di un atto criminoso. Banche, uffici postali, furgoni portavalori e bancomat erano obiettivi allettanti per il crimine organizzato, e almeno cento milioni di corone mancavano ancora all'appello dopo una serie di rapine compiute agli inizi degli anni Duemila nell'Østlandet. Le banconote erano state inoltrate al Kripos per effettuare tra l'altro un'analisi delle impronte digitali.

L'ufficio stampa della Norges Bank riferiva che il dono poteva essere privo di valore per i destinatari; l'associazione avrebbe potuto richiedere la sostituzione delle banconote, ma poiché il denaro sembrava collegato a una rapina, ora come ora non era possibile procedere.

Il presidente dell'associazione era avvilito; quel denaro sarebbe tornato utile nella loro attività di contrasto all'uso di stupefacenti fra i giovani. Ma né lui né la polizia intendevano fare ipotesi sull'identità del mittente. Il pacco non conteneva nessuna lettera d'accompagnamento e dall'imballaggio non era possibile risalire al luogo di provenienza.

Line posò il tablet.

«Sono stata proprio una scema» sospirò Sofie. «Non so cosa mi sia passato per la testa. Avrei dovuto bruciarli e basta, quei soldi. Invece adesso ci troveranno sopra le nostre impronte.»

«Sei registrata?»

«In che senso?»

«Le tue impronte digitali sono inserite nei database della polizia?»

«No.»

«E allora non riusciranno a risalire a te, come mittente.»

«Tu non dirlo a nessuno!» la pregò Sofie.

«Ma figurati.»

«Me lo prometti? Che non dirai a nessuno della cassaforte?»

«Te lo prometto» la rassicurò Line.

Sofie si appoggiò al mobile della cucina.

«Ma come avrà fatto il giornale a scoprirlo?» si domandò.

«Le possibilità sono tante» rispose Line, ammettendo fra sé che effettivamente era un'ottima storia e che non le sarebbe dispiaciuto se l'avesse scoperta lei. Destava la curiosità dei lettori, garantendo parecchie visite alle pagine online del giornale. «Può darsi che sia stato lo stesso presidente dell'associazione ad andare in redazione, ma questo è il classico caso che fa chiacchierare e si diffonde in fretta. Gli investigatori parlano a tavola con i colleghi, che quando tornano a casa lo raccontano alle mogli, che a loro volta lo raccontano alle amiche e così via. Fra tutte queste persone probabilmente ce n'è una che ne conosce un'altra che lavora a "Dagbladet". Molte delle storie migliori che ho seguito le ho scoperte anch'io in questo modo.»

Sofie cominciò ad affettare il melone.

«Io volevo aiutare» disse. «E invece adesso ne verranno fuori solo problemi.»

Line prese il sacchetto del ghiaccio, lo strappò e versò i cubetti nella caraffa.

«Anche se la banca non accettasse di sostituire i biglietti, hai dato comunque un grosso aiuto» disse. «La notizia circolerà e "Dagbladet" continuerà a seguirla; così l'associazione salirà alla ribalta e riceverà attestati di solidarietà. La gente farà donazioni e quelli di No alla droga, se poco poco sono furbi, si sbrigheranno a organizzare una raccolta fondi mentre se ne parla ancora sui media. E la prossima volta che qualcuno si presenterà alla porta con un salvadanaio o venderà fiori per sostenerli, sta' sicura che tutti si mostreranno più generosi.»

Sofie era rimasta immobile con il coltello in mano.

«Forse dovrei mandargli un po' degli altri soldi» disse. «Sono ancora lì in cassaforte.»

«Non sarà meglio vedere prima come va a finire?» le suggerì Line. «Devi anche pensare a Maja. È tutto sulle tue spalle, i soldi ti faranno comodo.»

Sofie annuì, posò il coltello e mise le fette di melone su un vassoio.

Il telefono di Line squillò. Era suo padre. Non la chiamava mai dall'ufficio, se non per qualcosa di molto importante.

24

Il padre non aveva voluto dirle al telefono di cosa si trattasse. Le aveva chiesto dove si trovava, dicendo solo che dovevano parlare. Line si era offerta di raggiungerlo in centrale, e durante il tragitto in auto aveva ragionato su cosa potesse esserci di tanto importante; l'unica ipotesi era che fosse successo qualcosa a suo fratello, Thomas, che era pilota di elicotteri nell'esercito ed era stato in missione anche in Afghanistan.

All'epoca Line era stata continuamente in pensiero per lui e aveva seguito tutte le notizie che arrivavano dal Paese in guerra. Thomas aveva ancora quattro anni di servizio da portare a termine, ma per il momento non partecipava a operazioni all'estero.

Line trovò parcheggio davanti alla centrale ed entrò dall'ingresso principale. Il piantone chiamò suo padre, che venne a prenderla e la accompagnò nel suo ufficio, poi chiuse la porta e si sedette. Line si accomodò sulla sedia davanti alla scrivania.

«Cos'è successo?» gli domandò.

Il padre rimase un istante in silenzio, come se stesse cercando le parole giuste, sebbene non gli fosse certo mancato il tempo per riflettere.

«Chi ti ha dato la rivoltella?» le chiese infine.

D'un tratto Line ebbe un capogiro, accompagnato da un attacco di nausea.

«Te l'ho detto» replicò, posandosi una mano sulla pancia, stretta in un groviglio di inquietudine e paura. «Una vecchia compagna di classe. Era di suo nonno.»

Il padre la fissò. «Puoi dirmi di chi si tratta?»

«Le ho promesso di non rivelarlo a nessuno.»

Il padre restò in silenzio.

In effetti lei non aveva mai menzionato Sophie Lund. Quando si erano visti, aveva evitato l'argomento; non sapeva bene perché l'avesse fatto, ma probabilmente il motivo era proprio il nonno dell'amica.

«Perché me lo chiedi?»

«Tutte le armi consegnate alla polizia vengono sottoposte a un esame balistico di routine» le spiegò lui «e si confrontano i proiettili con quelli dei casi, risolti e irrisolti, in cui sono state usate armi da fuoco.»

Line ebbe un sussulto prima ancora che il padre finisse di parlare.

«Avete trovato un riscontro!» esclamò affannata. «Tipo con una rapina? Un caso rimasto irrisolto?»

«Qualcosa del genere» annuì il padre.

Line pensò ai soldi nella cassaforte. «Se avessi saputo che l'avreste sottoposta a quei test, non so se te l'avrei data» ammise. «Magari l'avremmo buttata in mare. Credevo che la consegna sarebbe rimasta anonima.»

«La tua amica da quanto tempo ce l'aveva?» proseguì il padre.

«L'ha trovata il giorno che te l'ho portata.»

«E il nonno quando è morto?»

«Sei mesi fa.»

Il padre rimase assorto un istante, poi disse: «Sono costretto a farti un'altra domanda».

Line attese. Lui guardò fuori dalla finestra.

«Chi era la ragazza che ho visto con te alla Pace dorata la settimana scorsa?» le domandò. «Sai, il giorno che io e Nils Hammer abbiamo inseguito il vostro vicino di tavolo.»

Line si morse il labbro inferiore. Ci teneva molto all'amicizia di Sofie e non voleva metterla nei guai, ma al tempo stesso non poteva tenerla nascosta a suo padre.

«Si chiama Sofie» rispose, «ma non ha niente a che vedere con quella rivoltella. L'ha semplicemente trovata svuotando la casa del nonno.»

Il padre tacque a lungo. «Prima o poi questa storia verrà fuori» le disse infine. «La rivoltella è stata identificata come arma di un omicidio.»

Quelle parole furono come un pugno allo stomaco per Line, che rimase immobile finché il dolore non fu passato. Poi inspirò a fondo più volte.

«Che omicidio?» chiese a quel punto.

«Il delitto di Capodanno, a Kristiansand» replicò il padre. «Il caso è risolto, ma l'arma non era mai stata ritrovata. Come minimo, il difensore potrebbe appigliarsi a questa faccenda. Potrebbero chiedermi di spiegare come sono entrato in possesso della rivoltella. E tu potresti essere tenuta a testimoniare.»

Al pensiero del pasticcio in cui aveva cacciato se stessa e Sofie, Line sospirò. Stavolta non poteva nemmeno appigliarsi a una fonte giornalistica da proteggere.

«Parlaci» le suggerì il padre. «È meglio se la convinci a raccontare tutto ora, anziché una volta convocata a processo.»

Line si alzò faticosamente dalla sedia. Si sentiva debole e accaldata. «E adesso che cosa farai?» gli domandò.

«Parlerò con gli investigatori che hanno seguito il caso» le rispose lui, avvicinandosi. «Tutto bene?»

«Sì, sì» lo rassicurò lei reggendosi allo schienale. «Solo che mi sento d'un tratto stanchissima.» Si concentrò sul respiro, per mantenerlo lento e profondo. «Tutto bene» disse, avviandosi verso l'uscita.

«Ti accompagno alla macchina» propose il padre preoccupato, scortandola all'ascensore.

Scendendo, Line gli ripeté più volte che stava bene. «Ho solo bisogno di riposare un po'» aggiunse, sedendosi nell'auto.

«Guida piano» si raccomandò lui.

Line annuì e fece marcia indietro, lanciandogli un'occhiata. Il padre sembrava stanco tanto quanto lei: aveva una brutta cera e gli occhi inquieti. Line sapeva che era alle prese con un'indagine impegnativa e si sentì in colpa per avergli procurato altre preoccupazioni.

25

Wisting rimase seduto alla scrivania a riflettere. L'arma utilizzata era il fulcro di qualsiasi indagine su un omicidio. A quanto ricordava, secondo i giornali la polizia di Kristiansand aveva investito parecchie risorse nella ricerca di quella del delitto di Capodanno. E adesso era saltata fuori tramite Line.

Si chinò e premette la barra spaziatrice del computer per fare accendere lo schermo. Entrò nell'archivio dell'anagrafe, ma per un istante si bloccò chiedendosi se fosse il caso di seguire quel pensiero; gli pareva di investigare sulla propria figlia. Non ricordava nessuna Sofie, ma per trovare la risposta bastava qualche clic.

Digitò «Sofie» nel campo di ricerca relativo al nome, inserì lo stesso anno di nascita di Line e limitò la ricerca al Comune di Larvik. Poi, dopo un attimo d'esitazione, pigiò invio.

La ricerca diede tre risultati: Nina Sofie Lund, Sophie Fladen e Sofie Hekkensmyr, ma solo la prima era residente a Stavern. Wisting aprì i dettagli e vide che aveva una figlia di un anno e si era trasferita qualche giorno prima da Oslo. Ora stava in Johan Ohlsens gate. Corrispondeva, si disse, pensando al passeggino che aveva visto tra Line e l'amica alla Pace dorata.

Poi lesse una nota: Sofie Lund aveva cambiato cognome. Non era insolito che le donne prendessero quello del marito all'atto del matrimonio, però Sofie Lund era nubile. Bastò un altro clic per scoprire che il cognome precedente era Mandt.

Wisting si avvicinò allo schermo, il cuore che gli saltava nel petto; lesse, amareggiato, che il registro confermava ciò che lui già sapeva: il nonno dell'amica di Line era Frank Mandt.

26

Line si sdraiò sul divano nel soggiorno rimesso a nuovo, ma era troppo inquieta per riuscire a rilassarsi, così si alzò a prendere il portatile, poi si piazzò un grosso cuscino dietro la testa e si mise a leggere col computer appoggiato sul pancione.

L'articolo più recente sul delitto di Capodanno riferiva che il processo contro il venticinquenne incriminato era fissato per lunedì 6 agosto.

Cliccò ancora, fino a trovare un articolo che riassumeva la vicenda. L'imputato non aveva confessato, ma tre testimoni l'avevano visto scappare dal luogo del crimine. Inoltre gli erano state trovate tracce di polvere da sparo sulle mani e una cartina del luogo dell'aggressione nella tasca posteriore dei pantaloni.

Anche la fedina penale deponeva a suo sfavore: il giovanotto aveva svariate condanne per violenza e uso di droga; gli era stata concessa la libertà vigilata qualche giorno prima di Natale, dopo che aveva scontato nove mesi di carcere per aver compiuto uno scippo armato di coltello.

Il delitto in sé e per sé era descritto in breve. La ventunenne Elise Kittelsen abitava in Kristian IVs gate ed era diretta a una festa in casa di amici vicino al molo di Tangen: una passeggiata di dieci minuti. La giovane era stata uccisa con un'arma da fuoco davanti all'ex scuola di Kongens gate.

Un certo Terje Moseid aveva provato a salvarle la vita insieme a un amico, ma non era riuscito a fermare l'emorragia. Entrambi i testimoni avevano sentito due spari e visto fuggire qualcuno, e la loro descrizione aveva condotto all'arresto del venticinquenne.

Di fronte ai media, la polizia aveva sottolineato la rapidità con cui aveva risolto il caso; secondo gli inquirenti si trattava di una rapina finita male e, se il colpevole non avesse tentato la fuga, sarebbe stato catturato ancora più in fretta. Due agenti l'avevano inseguito per le strade del centro e, dopo averlo perso di vista per qualche momento, l'avevano acciuffato mentre cercava di nascondersi dietro un cassonetto.

Il giornale riportava inoltre il solito ritratto della giovane vittima e un'intervista a due sue amiche che l'avevano aspettata invano alla festa. A illustrare il pezzo c'era poi una foto postata su Facebook dalla stessa Elise Kittelsen proprio quella sera.

L'avvocato difensore del venticinquenne accusato non aveva altro da dichiarare alla stampa se non che il suo cliente negava qualsiasi coinvolgimento nel caso.

La bambina scalciò come per protestare contro il portatile posizionato sul pancione, così Line lo richiuse e lo poggiò sul tavolo.

Non aveva idea di come l'arma fosse finita nella cassaforte del nonno di Sofie, ma di certo adesso avevano un problema. Si rendeva conto che non era corretto nascondere informazioni a suo padre, e al contempo le risultava difficile tradire l'amica. Si girò a fatica sul fianco e, puntellandosi su un braccio, si tirò su a prendere il telefono. Mandò un messaggio a Sofie per chiederle se poteva passare a trovarla: la risposta fu una faccina sorridente.

Mezz'ora dopo erano di nuovo sedute nella terrazza di Sofie. C'era afa e non tirava un alito di vento. Maja gattonava su una coperta stesa sul prato.

Non sapendo da che parte cominciare, Line disse: «Mi sa che non è stata una grande idea consegnare quella rivoltella alla polizia».

Il volto di Sofie si contrasse in una smorfia. «Perché?» domandò, guardando la figlia.

«L'hanno controllata» rispose Line. «È un'operazione di routine che fanno con tutte le armi che ricevono.»

Sofie si tormentava l'unghia di un pollice.

«Ho parlato con papà» continuò Line «e so che hanno eseguito una prova di sparo.»

«Per quale motivo?»

«Per esaminare la pallottola» spiegò Line. «Confrontano le striature con quelle delle pallottole rinvenute in casi precedenti, per verificare se l'arma è già stata adoperata.»

«Oh mio Dio!» sospirò Sofie, stringendo i braccioli della sedia. «Forse è stata usata nella rapina da cui provengono i soldi?»

Line era mortificata. «Mi dispiace averti creato problemi» disse. «Avremmo dovuto buttarla in mare come proponevi tu.»

«Cos'hanno scoperto?» le domandò l'altra.

Line si sporse in avanti. «Che ha sparato contro qualcuno» disse sottovoce.

Sofie non si mosse. Nelle vicinanze si udì il grido di un gabbiano.

«Mi dispiace» ripeté Line.

«E ha ucciso?» chiese Sofie, sgranando gli occhi.

Line annuì.

«Chi?»

Line inspirò a fondo. «Hai già sentito parlare del delitto di Capodanno?»

Sofie frugò tra i ricordi. «Può essere...»

Line le raccontò dell'omicidio di Elise Kittelsen a Kristiansand. Alla fine Sofie si alzò.

«So che mio nonno ha fatto un sacco di cose brutte» disse, voltandosi verso Line dopo essersi allontanata di qualche passo. «Ma... uccidere?»

«No, no» esclamò Line, «hai capito male. L'assassino è stato arrestato, è un tizio di venticinque anni. Il processo inizia tra una settimana.»

Sofie andò a prendere la bambina e tornò a sedersi con lei in braccio. «Come fanno a essere sicuri che si tratti della stessa rivoltella?»

Line fece spallucce.

«Non capisco come sia finita nella cassaforte» proseguì Sofie; poi, interrompendo il filo dei pensieri, le chiese: «Hai detto a tuo padre chi te l'ha data?».

«No. La consegna è registrata come anonima, ma gli ho detto che me l'aveva data un'ex compagna di scuola, che a sua volta l'aveva trovata svuotando la casa del nonno.» Dopo un attimo di incertezza, aggiunse: «E gli ho raccontato di te. Ci aveva viste insieme alla Pace dorata. Non ci metterà molto a fare due più due. Potrebbero chiederci di testimoniare».

Sofie si portò una mano sulla fronte. «Testimoniare? Ma non abbiamo niente da dire! L'unica cosa che sappiamo è che abbiamo trovato la rivoltella nella cassaforte.»

Maja cominciò a piagnucolare.

«Potremmo non avere scelta» replicò Line. «Se avessi saputo che andava a finire così, non avrei mai consegnato la rivoltella a mio padre.»

Sofie prese un portachiavi dal tavolo e lo diede a Maja, che si mise a morderlo con aria soddisfatta.

«Non ti angosciare» disse poi, abbozzando un sorriso. «Non è colpa tua. La colpa è solo del Vecchio.»

27

Stando al registro delle notizie di reato, il responsabile delle indagini sul delitto di Capodanno era Harald Ryttingen. Wisting non lo conosceva, ma sapeva che era a capo dell'unità anticrimine del distretto di polizia di Agder; l'aveva sentito parlare ad alcuni convegni sulle ricerche investigative, e aveva visto alcune interviste rilasciate ai media. Era un uomo atletico dai capelli corvini, che sembrava sempre a proprio agio e sicuro del fatto suo.

Cercò il suo numero diretto e lo chiamò. Ryttingen rispose in tono indifferente, come se fosse assorbito da qualcos'altro, ma quando Wisting si presentò gli rivolse subito tutta la sua attenzione.

«Mi è arrivata la perizia sull'arma» lo informò, con l'inflessione dolce dei dialetti del Sørlandet. «Per quanto riguarda la nostra inchiesta, non cambia nulla.»

«A me invece sembra che sollevi qualche interrogativo» sostenne Wisting.

«Gli interrogativi più rilevanti hanno già trovato risposta» lo liquidò Ryttingen. «Il colpevole è stato catturato quattordici minuti dopo il reato. La procura lo ha incriminato. Il processo inizia fra una settimana.»

«Dal momento che l'arma è stata consegnata a noi, ci

tenevo solo a farvi presente che vi daremmo volentieri una mano se voleste effettuare degli approfondimenti investigativi.»

«L'arma è stata consegnata in via anonima, giusto?» chiese conferma Ryttingen.

«Certo, però abbiamo la possibilità di andare più a fondo in merito alla sua origine.»

«Ve lo potete risparmiare. Le indagini sono chiuse.»

«Ne hai già parlato con il PM?»

Ryttingen aggirò la domanda. «Senti» disse, «questo caso è nostro. Non c'è bisogno che indaghiate ancora. La perizia che abbiamo ricevuto basta e avanza.»

Fosse stato al posto suo, Wisting non avrebbe liquidato la faccenda in quel modo.

«Però potrebbe essere interessante sapere come sia finita qui la rivoltella. Per il vostro caso, intendo» insisté.

«Non servirebbe a niente» ribatté Ryttingen. «Le armi illegali cambiano di mano in continuazione.»

«Il vostro colpevole può averla buttata via mentre scappava, ma potrebbe anche averla data a qualcuno» tirò dritto Wisting. «Avete considerato la possibilità che non fosse da solo?»

«Senti...» ripeté Ryttingen. L'inflessione dolce si era inasprita. «Abbiamo tre testimoni oculari. E non ho intenzione di farmi creare problemi in tribunale da quella pistola.»

«Rivoltella» precisò Wisting.

L'altro sospirò.

«Il mio compito è presentare un caso il più possibile solido e convincente» disse. «Non ho bisogno di elementi che lascino spazio a dubbi e confondano il giudice.»

Wisting stava per protestare. Lo scopo di un'indagine non era quello: era presentare tutti i fatti.

«Ti ringrazio di averci contattati» proseguì Ryttingen. «Ci pensiamo noi a gestire la faccenda.»

La comunicazione venne interrotta.

Wisting si appoggiò allo schienale con un misto di sentimenti contrastanti. Line sarebbe stata contenta di sapere che la squadra investigativa di Kristiansand non intendeva seguire la pista della rivoltella; dal suo punto di vista, tuttavia, a livello professionale era un errore. Una decisione che lo lasciava a dir poco scettico.

Sulla porta spuntò Christine Thiis. Vedendola con la borsa in spalla, Wisting capì che stava tornando a casa ed era passata per chiedergli un ultimo aggiornamento. Quando lo guardò negli occhi, tra le sue sopracciglia comparve un solco profondo.

«È successo qualcosa?» gli domandò entrando.

«Non lo so» confessò lui.

Christine tirò indietro una sedia dalla scrivania e si accomodò.

«In verità non riguarda il nostro caso» spiegò Wisting spingendo verso di lei la perizia balistica.

«Hai parlato con la polizia di Kristiansand?» gli chiese lei dopo aver dato una scorsa al documento.

«Ho appena messo giù. Per come la vedono loro, l'indagine è conclusa. Il processo inizia tra una settimana e non vogliono che ci facciamo carico di ulteriori indagini.»

«Non che ci sia granché da fare, in effetti» commentò lei posando i fogli. «L'arma è stata consegnata da un anonimo.»

Wisting si avvicinò il documento e lo infilò in una cartellina.

«Ma non è che l'abbiano abbandonata sulle scale, dandosela a gambe» disse lui. «Qualcosa sulla sua provenienza lo sappiamo.»

Christine Thiis si limitò a guardarlo negli occhi con aria interrogativa.

«È stata trovata in casa di un defunto» disse Wisting. «Faceva parte degli effetti personali di Frank Mandt.»

Il condizionatore a parete si spense e il suo fruscio regolare lasciò spazio a un silenzio totale.

«Non mi pare nulla di assurdo» fece lei dopo averci riflettuto. «Sappiamo che Mandt è stato uno dei personaggi centrali della malavita dell'Østlandet. Non è poi tanto strano che un'arma illegale sia finita in mano sua.»

Nils Hammer comparve sulla porta con una tazza di caffè in una mano e un taccuino nell'altra.

«Cos'è che non è tanto strano?» domandò.

Wisting gli fece un riepilogo, ma di nuovo evitò di nominare Line.

«Di cose strane, qui, ce ne sono diverse» commentò Hammer. «L'arma di un delitto è roba che scotta: uno se ne sbarazza il prima possibile.»

«L'assassino non avrebbe potuto essere più svelto» spiegò Wisting. «È stato catturato quattordici minuti dopo la segnalazione.»

«Me lo ricordo» disse Hammer annuendo, e bevve un sorso di caffè. «E mi ricordo pure che il capo della polizia ci si è fatto bello in un'intervista.»

«Evidentemente qualcuno ha trovato la pistola, l'ha raccolta e l'ha portata qui.» Hammer bevve un altro sorso. «Ma, giusto per curiosità» aggiunse, «dov'era Jens Hummel l'ultimo dell'anno?»

Wisting restò immobile un istante, poi si girò con tutta la sedia e tirò giù un raccoglitore etichettato TRACCE ELETTRONICHE.

«Il tassametro era spento» disse, continuando a sfogliare.

«E non è strano?» commentò Hammer. «Un taxi che non è in servizio l'ultimo dell'anno?»

Wisting trovò i tabulati relativi al traffico del cellulare di Hummel nei sei mesi precedenti la scomparsa; li avevano già esaminati, e avevano parlato con tutte le persone che erano state in contatto con lui, ma senza cavarne un ragno dal buco.

Scorse con l'indice riga per riga fino al 31 dicembre. Il telefono di Hummel si era agganciato a varie celle di Larvik nell'arco della giornata e verso le quattro del pomeriggio aveva cominciato a spostarsi verso sud. Era passato da alcune città del Sørlandet, poi appena prima delle sei e mezza aveva inviato un SMS da Kristiansand.

28

Nils Hammer ingrandì a tutto schermo il tabulato telefonico. Gli investigatori, rimasti in ufficio, erano seduti intorno al tavolo della sala riunioni.

«Sappiamo che Elise Kittelsen è stata uccisa in centro a Kristiansand alle 19:21 del 31 dicembre, con un'arma appartenente a Frank Mandt» esordì Hammer.

«Non sappiamo se *apparteneva* a Frank Mandt» obiettò Mortensen. «Sappiamo solo che è stata trovata tra i suoi effetti dopo la morte.»

«D'accordo» assentì Hammer. «La seconda cosa che sappiamo è che Jens Hummel si trovava in centro a Kristiansand alle 18:28» aggiunse, indicando la chiamata sottolineata in rosso sul tabulato. «Terzo, sappiamo che ha ricevuto dei messaggi alle 21:34, mentre passava da Bamble sulla via del ritorno.»

«Il tragitto da Kristiansand a Bamble prende due ore esatte» intervenne Mortensen. «Quindi dev'essere partito da Kristiansand poco dopo che l'arma ha sparato.»

«Chi ha mandato quei messaggi?» s'informò Christine Thiis.

«L'avevamo già verificato» rispose Wisting. «Sono auguri di buon anno inviati da varie persone. Alcune di quelle con cui abbiamo parlato non sapevano nemmeno di avergli scritto: avevano il numero di Hummel in rubrica e hanno mandato gli auguri a tutti i contatti. Anche i messaggi inviati da Hummel quella sera sono tutti di auguri.»

«Ma lui aveva anche un altro telefono» gli ricordò Espen Mortensen.

«Sembra che ci sia un collegamento» riepilogò Wisting, dopo un attimo di silenzio. «Quando è stato commesso l'omicidio, Hummel era a Kristiansand; la sua auto è stata rinvenuta nel podere di Mandt e l'arma del delitto è stata trovata tra gli effetti personali dello stesso Mandt. Potrebbe essere solo un insieme di coincidenze, ma se così non fosse... cosa sarebbe?»

Torunn Borg fu la prima a lanciare un'ipotesi. «Jens Hummel ha portato l'arma a Larvik.»

«Jens Hummel potrebbe anche essere l'assassino» suggerì Hammer.

«Ma il colpevole è già stato catturato» obiettò Christine Thiis.

Hammer insisté sulla propria teoria: «Potrebbero avere preso la persona sbagliata. E se Jens Hummel lavorava per lui, Frank Mandt non avrà avuto problemi a procurargli un passaporto falso per farlo fuggire all'estero».

«Stai dicendo che Hummel era un sicario?» Christine sorrise.

«Perché mai Mandt avrebbe voluto morta una ventunenne di Kristiansand?» s'inserì Torunn Borg. «E poi ti stai dimenticando il sangue di Hummel rinvenuto nel taxi.»

«Potrebbero esserci altre spiegazioni per quello» rispose Hammer, lanciando un'occhiata interrogativa a Mortensen.

«Era una quantità trascurabile» confermò quest'ultimo. «Hummel guidava quel taxi da anni. Non è improbabile che a un certo punto, ad esempio, si sia tagliato e qualche goccia di sangue sia caduta nel bagagliaio. Ma neppure io trovo verosimile che fosse una specie di tirapiedi professionista di Frank Mandt.»

Gli investigatori continuarono a formulare ipotesi e teorie in cui Jens Hummel figurava ora come testimone scomodo da liquidare, ora come soggetto totalmente estraneo alla vicenda, il cui unico reato sarebbe stato quello di intascarsi il pagamento di una corsa lunga senza dichiararlo.

Wisting si aspettava che qualcuno chiedesse come facevano a sapere che la rivoltella proveniva dalla casa del defunto Frank Mandt e com'era arrivata alla polizia, ma nessuno pose quelle domande. Dopo un po' il discorso si esaurì senza che fossero giunti a nulla di concreto.

«Abbiamo trascurato una questione fondamentale» disse a quel punto Hammer. «Chi era il passeggero che Hummel ha portato a Kristiansand la sera del 31 dicembre? Forse lo stesso Mandt?»

Alla fine, l'unico risultato cui arrivarono fu un lungo elenco di interrogativi senza risposta. Quando si alzarono il cielo si era fatto grigio.

29

Verso le sette di sera cominciò a piovere. Seduta sul pavimento grezzo del seminterrato, davanti alla grande cassaforte, Line lanciò un'occhiata alla finestrella sotto il soffitto. Non era una pioggia che avrebbe messo fine alla siccità, ma quella spruzzata estiva fresca e pulita prometteva di sciacquare via la polvere dall'erba e dal fogliame.

Era stata Sofie a chiederle di esaminare quanto rimasto nella cassaforte: parlando dei segreti che poteva ancora racchiudere, avevano concluso di comune accordo che era meglio fare un repulisti.

Sofie era scesa con lei nel seminterrato. Per prima cosa avevano tirato fuori tutti i soldi e li avevano messi in un sacchetto di plastica che Sofie avrebbe nascosto altrove, in casa. Il resto l'aveva lasciato nelle mani di Line.

«Però non consegniamo più niente alla polizia» le aveva detto con un sorriso.

Nella cassaforte c'erano cinque raccoglitori neri ad anelli, alcune cartelline di plastica, quaderni e buste. Il primo raccoglitore sembrava riservato a documenti che riguardavano la casa: assicurazione, stima catastale, planimetrie, manuali d'uso, fatture e garanzie. Sofie avrebbe fatto bene a conservarne alcuni, ma per il resto era roba di scarso interesse. Line lo mise da parte e aprì il raccoglitore successivo, zeppo di piccole buste di plastica contenenti ritagli di giornale. Ne tirò fuori uno – ingiallito, con l'inchiostro ormai sbiadito – e lo spianò.

Si trattava di un articolo del 17 agosto 1972 dal titolo *Contrabbando: natante fermato al largo di Jomfruland.* Vi si leggeva che a sette miglia dall'isola le autorità doganali erano salite a bordo di un peschereccio, sul quale avevano rinvenuto settecentoventi litri di alcolici illegali. Il peschereccio era stato rimorchiato fino al porto di Langesund e l'unico uomo a bordo era stato arrestato.

Nella stessa busta c'erano altri due ritagli: uno era un articoletto secondo cui il cinquantottenne arrestato ammetteva il tentativo di contrabbando, ma al di là di questo non intendeva collaborare con la polizia; l'altro era un trafiletto con la notizia della condanna del cinquantottenne a sessanta giorni di carcere senza sospensione condizionale, per contrabbando di settecentoventi litri di alcolici.

La busta seguente riguardava un caso del 1976: un camion carico di sigarette e centinaia di litri di alcolici era rimasto coinvolto in un incidente sulla statale 22 nei pressi del confine con la Svezia. Il conducente, che aveva riportato lievi ferite, era stato incriminato per contrabbando.

Nel raccoglitore c'erano altri trafiletti analoghi, sistemati in ordine cronologico a distanza di circa tre anni l'uno dall'altro.

L'unica spiegazione che Line riuscì a dare di quella strana raccolta era che Frank Mandt aveva messo da parte gli articoli su casi che lo vedevano implicato in qualche veste, molto probabilmente quella di mandante.

Mentre posava il raccoglitore, sentì cadere per terra qualcosa al piano di sopra; Maja scoppiò a piangere e le tavole del soffitto scricchiolarono sotto i passi di Sofie che attraversava la stanza.

Nei due raccoglitori successivi erano conservate le ricevute delle dichiarazioni dei redditi e altri documenti finanziari. Vedendo le cifre, Line sgranò gli occhi. Sofie, unica erede del nonno, era diventata ricchissima: fra depositi bancari, azioni e proprietà immobiliari, dalle carte risultava un patrimonio di quattordici milioni di corone. E, stando ad altri documenti, il denaro non era neanche tutto lì: alcuni estratti conto della banca Julius Bär di Zurigo indicavano versamenti per un ammontare complessivo di centinaia di migliaia di euro. Line aveva sentito parlare di conti svizzeri, ma non aveva mai visto niente del genere. Dell'intestatario del conto non compariva né il nome né l'indirizzo; la sua identità si celava dietro un numero: Relationship no. 0016.2426. Per avere accesso al denaro, a quanto pareva, bastava una password.

I documenti seguenti attestavano che Frank Mandt si era registrato come ditta individuale specializzata nella compravendita di immobili; le copie di atti notarili e rogiti risalivano molto indietro nel tempo. In fondo a uno dei due raccoglitori c'era tutta una collezione di ricevute di pagamento della Norske Travselskap – l'associazione nazionale trotto – e del Rikstoto – la fondazione incaricata di gestire le scommesse sulle gare dei cavalli – per vincite a corse ippiche. Line sapeva che i malavitosi sfruttavano spesso quel sistema: compravano le ricevute delle scommesse vincenti all'ippodromo, per procurarsi un capitale ufficiale di partenza; la mossa era vantaggiosa per entrambe le parti, perché il venditore poteva incassare fino al venticinque per cento in più della vincita effettiva e il compratore intanto riciclava il suo denaro sporco. Anche gli investimenti sul mercato immobiliare erano un modo per riciclare denaro: si acquistava un immobile a basso prezzo perché in cattivo stato di manutenzione e lo si faceva ristrutturare in nero per poi rivenderlo a prezzo maggiorato.

Le carte archiviate dimostravano quantomeno che Frank Mandt aveva un senso dell'ordine pressoché maniacale.

Nell'ultimo raccoglitore erano conservati dei documenti di polizia relativi a indagini giudiziarie: dichiarazioni testimoniali e verbali di interrogatorio di persone sospettate di reato. Uno dei verbali riguardava un tale Aron Heisel, interrogato dalla polizia di Halden il 6 giugno 2002 e indagato per l'importazione illegale di duemilaquattrocento litri di alcolici in taniche di plastica. L'uomo si dichiarava colpevole, ma non intendeva fornire spiegazioni né sull'origine né sulla destinazione della partita. Un altro nome ricorrente era quello di un certo Per Gregersen, che aveva rilasciato dichiarazioni alla polizia in un caso di contrabbando di hashish; a quanto si leggeva, nella vicenda erano coinvolti anche gli Hells Angels danesi.

Line riprese i ritagli di giornale e trovò un articolo dello «Halden Arbeiderblad» datato venerdì 7 giugno 2002, che riferiva la notizia di un Volkswagen Transporter fermato alla dogana con un carico di oltre duemila litri di alcolici. In un ritaglio più vecchio preso dal quotidiano «Fædrelandsvennen» si parlava di un uomo condannato per l'importazione illegale di otto chili di hashish; durante il processo si era avvalso della facoltà di non rispondere sui suoi rapporti con gli Hells Angels e le bande criminali di biker in Danimarca.

Dunque Frank Mandt aveva un piccolo archivio personale di operazioni fallite. Il che era una follia, se si pensava che la polizia poteva scoprirlo; ma siccome Mandt aveva gestito le sue attività indisturbato fin dagli anni Sessanta, evidentemente col tempo si era sentito sempre più sicuro. E d'altronde quei ritagli non sarebbero stati altro che indizi.

I documenti di polizia provenivano da distretti diversi; gli investigatori incaricati dei casi variavano, ma i nomi degli avvocati erano grosso modo gli stessi. Line dubitava che a fornire quelle carte a Mandt fosse stato qualcuno della polizia; più probabilmente si trattava di copie prelevate dai fascicoli che i difensori avevano usato nel corso dei processi. Dai casi giudiziari di cui si era occupata e che vedevano coinvolta la criminalità organizzata, sapeva infatti che chi veniva arrestato doveva spesso dimostrare la propria fedeltà ai capi, documentandola con una copia delle dichiarazioni rilasciate alla polizia in cui era scritto nero su bianco che non aveva fatto nomi.

L'acqua scorreva mormorando nelle grondaie. A forza di stare seduta sul duro pavimento grezzo Line era dolorante; aveva la schiena contratta e faticava a piegarsi in avanti per via del pancione. Cambiò posizione e prese uno dei quaderni neri. Le pagine erano fitte di cifre; evidentemente si trattava di conti, ma non c'erano altre indicazioni. Ogni tanto era stata aggiunta una data, mentre su altre pagine si leggevano una o due lettere puntate, come se fossero le iniziali di un nome. Un investigatore dell'Økokrim sicuramente ci avrebbe capito più di lei.

La sua curiosità si concentrò soprattutto sulle buste. Sofie aveva già scoperto quella con le foto della madre e di lei bambina, ma in fondo alla cassaforte ce n'erano altre.

La prima, gonfia, conteneva delle minicassette. Al giornale, uno dei suoi colleghi più anziani ne usava di analoghe per prendere appunti con un piccolo registratore; del resto ogni tanto anche lei, anziché munirsi di carta e penna, sfruttava i memo vocali del telefono per registrare un colloquio. Le minicassette, contrassegnate con data e anno, erano tante, una ventina buona; ma non c'era nessun apparecchio per ascoltarle.

Mise da parte la busta e controllò la successiva. Conteneva delle foto che sembravano immagini di un pedinamento; erano vecchie, sgranate e scattate da grande distanza. Ritraevano due uomini che camminavano su un marciapiede; uno gesticolava come se stesse spiegando qualcosa all'altro e la scena faceva pensare alla famosa foto dell'incontro fra il generale Gennadij Titov del KGB e la spia Arne Treholt, negli anni Ottanta.

Nella terza busta c'erano foto simili, ma scattate in un'area industriale; davano l'idea che il fotografo si fosse concentrato nello specifico sul ritrarre la zona e gli edifici. Insieme c'era una serie di foto a colori scattate all'estero, alcune con palme e fiori esotici sullo sfondo; si vedevano persone intorno a un'auto, apparentemente ignare di essere fotografate.

Era chiaro che quelle immagini avevano un valore; il controspionaggio era diventato sempre più importante per il crimine organizzato: occorreva tenere d'occhio i movimenti tanto della polizia quanto delle altre bande. A guardare quelle vecchie foto era difficile dire perché Frank Mandt le avesse conservate; forse erano state dimenticate in cassaforte. Ma, anche se a lei non dicevano niente, attestavano che nel tempo l'uomo si era costruito un impero criminale.

Quando alla fine Line si alzò a fatica e rimise tutto in cassaforte, aveva accumulato più domande che risposte.

30

Quando suonò la sveglia sul comodino, Wisting era già sveglio da mezz'ora, sdraiato a letto a riflettere. I suoi pensieri si concentravano intorno alla morte di Frank Mandt. L'uomo era stato visto vivo per l'ultima volta lunedì 9 gennaio e il decesso si faceva risalire a martedì 10 perché il giornale di quel giorno era sul tavolo della cucina, mentre la posta dei giorni seguenti non era mai stata ritirata. Wisting non era sicuro di ricordare bene, ma gli sembrava che su una delle foto scattate in casa di Mandt ci fosse un particolare che alla luce delle ultime scoperte poteva risultare interessante.

Gettò di lato il piumino e andò in bagno. Il mucchio di panni sporchi sul pavimento dietro la porta era cresciuto; quella sera doveva ricordarsi di fare una lavatrice.

Alle sei e mezza era già in ufficio. Il cielo coperto di nubi grigioazzurre a un certo punto si aprì, lasciando passare sprazzi di sole. Per le strade la pioggia della sera prima era già evaporata; si preannunciava un'altra giornata calda.

Il fascicolo era ancora sulla scrivania. Wisting lo prese e si mise a sfogliare finché non trovò le foto del tavolo della cucina. Come documentazione, Mortensen aveva scattato un primo piano del giornale locale, che martedì 10 gennaio affrontava in prima pagina la polemica sul diritto di pescare il salmone nelle acque del Lågen; una seconda foto ritraeva la cassetta delle lettere da cui spuntava il giornale di mercoledì 11 gennaio. Messe una accanto all'altra, le due foto parlavano da sé. Ma era stata l'immagine successiva a farsi strada nel suo inconscio, quella in cui si vedeva il tavolo per intero: accanto al giornale locale e a una tazza di caffè c'erano un paio di forbici e una copia di «VG» aperta su un articolo riguardante il delitto di Capodanno. Presa isolatamente non era detto che significasse qualcosa, ma poteva essere importante.

Fino a quel momento Jens Hummel era sempre stato il punto di partenza e loro avevano cercato invano di individuare un collegamento con Frank Mandt. Ora bisognava capovolgere le indagini, procedere in senso inverso: verificare, cioè, se Mandt fosse legato in qualche modo al tassista scomparso. Per decenni la polizia aveva tentato di trovare qualcuno che vuotasse il sacco sulle sue attività criminali, ma l'impressione era che Mandt comandasse i suoi con il pugno di ferro. Adesso che era morto, la situazione era cambiata. Chissà che qualcuno dei personaggi di cui si era circondato non fosse disposto a farsi avanti e cominciasse a parlare.

Torunn Borg e Nils Hammer si suddivisero gli incarichi. Dopo la riunione del mattino Wisting andò alla toilette e si sciacquò il viso con l'acqua fredda. Schiarita la vista, si guardò allo specchio; la pelle era ancora un po' bluastra intorno alla tempia destra, ma l'ematoma si era sgonfiato.

Normalmente alle otto e mezza tutte le stazioni di polizia del Paese avevano ormai sbrigato le incombenze amministrative della mattina. Wisting chiamò Harald Ryttingen a Kristiansand e gli illustrò in breve il possibile collegamento fra Jens Hummel e il delitto di Capodanno.

«Mi farebbe comodo una copia del materiale relativo alle vostre indagini, per vedere se c'è un nesso con il nostro caso» disse alla fine.

«Come ho già detto, le indagini sono concluse» rispose Ryttingen secco. «Ha tutto in mano il PM che si occuperà del caso in tribunale.»

«Mi basta una password» spiegò Wisting, «così possiamo accedere al fascicolo elettronico da qui.»

«Ne abbiamo già parlato ieri» rispose Ryttingen, ancora più secco. «Non c'è bisogno che ci diate una mano.»

«Lo so. Ma adesso siamo noi che abbiamo bisogno del vostro aiuto. Può essere che abbiate informazioni rilevanti in merito alla scomparsa su cui stiamo indagando.»

«Devo chiarire questa faccenda con il PM» disse Ryttingen. «Mi faccio vivo appena ci avrò parlato.»

Wisting passò il telefono all'altro orecchio. Per fornire informazioni del genere non c'era motivo di chiedere un'autorizzazione e quello del collega gli sembrò semplicemente un tentativo di tirarla per le lunghe.

«Chi è il PM che lavora a questo caso?» gli domandò.

«Lo cerco e ci parlo» promise Ryttingen. «Ti richiamo.»

E con ciò la telefonata si chiuse.

Quella riluttanza ad accettare il coinvolgimento di un altro distretto si spiegava solo con il timore di gettare scompiglio in un caso che consideravano chiuso. Ma Wisting non poteva far altro che aspettare. Ingannò l'attesa nella sala riunioni, studiando la lavagna dove avevano abbozzato uno schema. C'era una linea cronologica che partiva il 31 dicembre e proseguiva fino a quel giorno; i fatti erano indicati con parole chiave in colori diversi e corredati di piante stradali e foto scattate dalla Scientifica.

Cos'è che ci sfugge?

Ogni caso aveva una sua porta nascosta, un'apertura segreta che compariva non appena si guardavano le cose nel contesto giusto.

A mezzogiorno gli venne fame; anche stavolta non si era portato niente da casa, perciò uscì – immerso nelle sue riflessioni – e andò da Narvesen, dall'altra parte della piazza. C'erano ancora nuvole sparse nel cielo, ma erano bianche e vaporose.

Nel minimarket si prese un panino con la salsiccia e una bottiglietta d'acqua Farris e mangiò assorto su una panchina della piazza, osservando i gabbiani contendersi un pezzetto di pane. Non ricordava di aver mai speso tanto tempo su un caso e di essere ancora tanto lontano dalla soluzione; di indagini complicate e pesanti ce n'erano state altre, ma nessuna in cui dopo sei mesi a malapena si scorgessero i contorni di quel che era accaduto. E forse non c'entrava quella vicenda, forse era lui che cominciava a invecchiare e non aveva più il polso della situazione.

Qualcuno si lasciò cadere sulla panchina accanto a lui, facendo volare via i gabbiani. Wisting si pulì le dita con un tovagliolino e si girò: alla sua sinistra c'era Christine Thiis, che gli sorrise e gli offrì un cornetto Krone. Wisting ricordava che un tempo quel gelato costava appunto una corona, benché il nome non fosse stato scelto per il prezzo.

«Grazie» disse.

Christine scartò il suo cono. «Non farti risucchiare così» lo esortò.

«In che senso?»

«Pensi mai a qualcos'altro, a parte il caso?»

Wisting ripiegò la carta del gelato in silenzio. Continuava ad arrovellarsi senza tregua sugli interrogativi ancora aperti. Il che faceva di lui una persona taciturna e introversa.

«Bisogna che stacchi un attimo» continuò lei. «È come quando perdi le chiavi o un'altra cosa importante: la trovi solo quando smetti di cercarla. Tante volte il modo migliore per risolvere un caso è fare una pausa.»

«Hai ragione» ammise lui con un sorriso, e diede un morso al gelato.

Christine si alzò. «A casa mia, stasera alle sette» gli disse. «Così ti do qualcos'altro a cui pensare.»

Lui la guardò senza capire.

«Una pausa» disse lei. «Una pausa mangereccia. Mi sono stufata di cucinare solo per me.»

Wisting si pulì col dorso della mano uno sbaffo di gelato sul labbro. Stava per ringraziarla, ma lei si voltò e se ne andò.

31

Seguendo una ricetta trovata su internet, Sofie mise le fragole, l'anguria e i cubetti di ghiaccio nel frullatore appena comprato, poi ci versò il succo di un lime e fece aggiungere lo zucchero a Line. Chiuse il coperchio e girò la manopola. Le lame sul fondo della caraffa cominciarono a girare, ma tutt'a un tratto si fermarono. Line spostò lo sguardo sul lampadario.

«È saltata la corrente» concluse. «Sarà scattato il salvavita.»

«Il quadro elettrico è nel seminterrato» disse Sofie. «Ti va di scendere tu?»

Line prese le scale e trovò l'armadietto in fondo al corridoio. Era un impianto abbastanza moderno, con gli interruttori magnetotermici, ma era tutto coperto da un sottile strato di polvere. Evidentemente la squadra delle pulizie non l'aveva notato. L'interruttore numero tredici era disattivato. Line lo riaccese, ma quello scattò subito indietro con uno schiocco.

«Prova a spegnere la lavastoviglie!» gridò a Sofie.

«Ok!»

Line attivò di nuovo la corrente. Stavolta sentì il frullatore accendersi.

Stava per richiudere lo sportello, quando sul fondo dell'armadietto vide una piccola torcia, qualche vite, la scatolina vuota di un salvavita, i fogli lasciati dall'installatore e una chiave, parzialmente coperta da una vecchia bolletta elettrica piegata in due.

La prese: era lunga e aveva un complicato pettine con vari denti. Lanciando un'occhiata alla stanza della cassaforte, decise di portarla al piano di sopra.

«Sofie?» disse entrando in cucina.

L'amica non la sentì per via del frullatore, ma appena la vide si affrettò a spegnerlo.

«Sai cos'è questa?» domandò Line mostrandole la chiave.

Sofie si avvicinò e la prese.

«Era nell'armadietto del contatore» spiegò Line.

«Pensi che sia la chiave della cassaforte?»

Line sorrise. «C'è solo un modo per scoprirlo.»

Detto questo, si avviò di nuovo giù per le scale, stavolta seguita da Sofie. Nella stanza in fondo, Sofie infilò la chiave: il meccanismo della serratura era andato distrutto quando il fabbro l'aveva trapanata, ma non c'erano dubbi che la chiave fosse quella giusta. Sofie scoppiò a ridere.

«Il conto del fabbro è arrivato ieri per posta» disse. «Quasi quattromila corone.»

«Caspita!» esclamò Line.

«Succede sempre così, quando cerchi qualcosa: appena smetti di cercarla, la trovi.»

«Eh, sì» disse Line, provando anche lei la chiave. «Ma almeno questo mistero è risolto.»

Lasciarono la chiave nella serratura e tornarono su in cucina. Sofie tirò fuori una ciotola di insalata di mare e chiese a Line di portarla in terrazza.

Certo che è sempre Sofie a offrire. Line, pur sapendo che

l'amica poteva permetterselo, si sentiva un po' in colpa. Dopo aver comprato casa, lei si era trovata a dover fare più attenzione alle spese; all'inizio era tranquilla, ma la ristrutturazione era costata più del previsto. Con le sue entrate da freelance non sarebbe stato semplice pagare le rate del mutuo e crescere una figlia da sola.

Maja si agitò nel passeggino, sistemato all'ombra dei vecchi alberi. La prossima volta non si sarebbe presentata a mani vuote, si disse Line. Avrebbe portato un dolce, o magari un regalo per la bambina.

Sofie uscì in terrazza con la caraffa in una mano e l'iPad nell'altra.

«L'hanno scoperto» disse, alzando lo sguardo dallo schermo. «I soldi provengono da una rapina avvenuta a Drammen.»

Line si alzò e Sofie le porse il dispositivo. La notizia era riportata da «Dagbladet» e il titolo recitava: *Dono milionario frutto di una rapina*. Scorse rapida il testo: la polizia aveva accertato che varie banconote provenivano da un trasporto valori rapinato davanti al Gullskogen Senter di Drammen nel 2005. Due guardie di sicurezza erano state minacciate con rivoltella e fucile; una era stata stordita con il calcio del fucile.

Il bottino complessivo ammontava a quasi otto milioni di corone, ma la refurtiva comprendeva anche una valigetta di banconote destinate a un bancomat, i cui numeri di serie erano stati identificati tra quelli della donazione anonima. Gli autori della rapina non erano mai stati presi.

«E ora che facciamo?» domandò Sofie, lasciandosi cadere su una sedia.

«Niente» rispose subito Line.

«Ma se lui era coinvolto?»

Line aprì il link dell'articolo che «Dagbladet» aveva dedicato al caso nel 2005.

«Ne dubito» rispose a Sofie, senza accennare ai suoi sospetti che il nonno fosse l'organizzatore e la mente del giro. «All'epoca era già vecchio» le disse invece.

L'articolo non aggiungeva ulteriori dettagli, diceva soltanto che la rapina era la settima avvenuta negli ultimi due anni nella zona di Drammen.

«Allora come mai teneva quei soldi nella cassaforte?»

«Magari glieli avranno dati come forma di pagamento» suggerì Line. Dopo la scoperta del denaro aveva fatto qualche ricerca e aveva letto che le banconote segnate erano spesso usate dalla malavita, ma con un valore pari al dieci per cento circa di quello ufficiale. Chi le accettava si assumeva l'onere di scambiarle, magari ricorrendo a slot machine o a qualche sportello di pagamento automatico.

«Perché non le ha bruciate?» proseguì Sofie. «Tanto non valgono niente...»

Line tornò a sedersi e posò l'iPad sul tavolo.

«Non è una tua responsabilità» disse, versando il frullato nei bicchieri. «Non puoi sentirti in colpa per qualcosa che ha fatto tuo nonno.»

«Lo so, eppure sento di dover intervenire, per compensare parte del male che ha fatto.»

«La cosa migliore che puoi fare è pensare un po' a te stessa» commentò Line, «offrire a Maja un'infanzia migliore e una vita più stabile di quella che è toccata a te.»

Mentre Sofie le lanciava un sorriso fugace, Line si chinò sull'insalatiera.

«Secondo te i frutti di mare li posso mangiare?» domandò, pur conoscendo la risposta. In realtà voleva solo distrarre l'amica.

«Ma certo» la rassicurò Sofie. «Dicono di fare attenzione ai gamberi durante l'allattamento, per evitare che la creatura sviluppi allergie. Quindi goditeli adesso.»

Line si riempì il piatto e la conversazione virò su altri argomenti: accessori per neonati, ristrutturazioni e arredamento d'interni. Di tanto in tanto Line doveva sforzarsi di seguire il discorso, perché il pensiero continuava a tornarle al contenuto della vecchia cassaforte. Le banconote macchiate erano rimaste chiuse là dentro per anni, ma la rivoltella no: era stata usata la notte di Capodanno. Dopodiché Frank Mandt era morto e la cassaforte non era stata aperta finché non avevano chiamato il fabbro la settimana precedente. L'uomo che aveva usato l'arma era stato arrestato subito dopo il delitto, ma in qualche modo la pistola doveva essere arrivata lì da Kristiansand. Poi, nei suoi ultimi giorni di vita, Mandt l'aveva messa sottochiave. Però in quella ricostruzione c'era qualcosa che non tornava.

Nel giardino dei vicini qualcuno accese un tosaerba e Maja fu svegliata dal rumore. Line e Sofie rientrarono in casa e la lasciarono gattonare in soggiorno.

Dopo un'oretta, nonostante l'invito di Sofie a trattenersi ancora, Line si accomiatò, perché aveva da fare a casa.

Nel frattempo il prato accanto era stato tosato. L'anziana vicina di casa era sul cancello e stava pagando un giovanotto a torso nudo, che le aveva fatto il lavoro.

«Non sei tu che ti sei trasferita in quella casa, vero?» le domandò la donna, lanciandole un'occhiata.

«No» rispose Line. «Sono solo venuta a fare una visita.»

«Sei la figlia di Wisting, giusto?» s'informò la vicina. «Quella che scrive sul giornale?»

Era sempre così: praticamente tutti conoscevano suo padre.

«Adesso sono in maternità» le disse Line con un sorriso, accarezzandosi il pancione.

Il ragazzo che aveva tosato l'erba inforcò una bicicletta e si allontanò e la vicina si fece più avanti, con l'obiettivo evidente di soddisfare la propria curiosità.

«Conosci quella che ha preso la casa?» le domandò, appoggiando una mano al cancello di ferro battuto.

«Abbiamo fatto le elementari insieme» replicò Line. Non era sicura che fosse opportuno raccontare altro del passato di Sofie. «Poi però lei si è trasferita e non ci siamo viste per anni, finché un giorno non l'ho incontrata per strada.»

La donna non disse nulla.

Line tirò fuori la chiave della macchina. «È una bella casa» commentò per riempire il silenzio, indicando la villa con un cenno del capo.

«Sì. E ci fa piacere avere nuovi vicini» commentò la donna.

Line stava per chiudere la conversazione augurandole buona estate, quando all'improvviso le venne un pensiero.

«Conosceva Frank Mandt, quello che ci abitava prima?» domandò.

La vicina scosse la testa con aria risoluta. «Non avevamo rapporti.»

Line tornò verso di lei. «Eravate in casa l'ultimo dell'anno?» le chiese.

«Sia la vigilia di Natale sia l'ultimo dell'anno» annuì la donna. «Perché?»

«Sa se era in casa anche Frank Mandt?»

«Sì, certo. Però non ci abbiamo parlato.»

«Comunque l'ultimo dell'anno Mandt era in casa, giusto?»

«Sì, mi pare di averlo visto. Non credo che avesse ospiti, perlomeno non quella sera. In generale se ne stava sulle sue; mi sa che non aveva parenti.»

«Si ricorda a che ora l'ha visto quella sera?» insisté Line.

«Allora, nostro figlio è arrivato con i nipotini verso le cinque e mezza; li aspettavamo per le cinque, ma aveva nevicato e hanno avuto problemi a parcheggiare. E Mandt non ha certo facilitato la situazione: ha spazzato la neve del suo vialetto e l'ha buttata tutta sulla strada. Però non gli ho detto niente.»

Line rimase assorta un istante.

«Come mai lo vuoi sapere?» le domandò la donna.

«Niente di particolare» rispose lei, avviandosi verso la macchina. «Mi stavo solo chiedendo se quella sera potesse essere andato da qualche parte.»

32

Il fascicolo elettronico del delitto di Capodanno fu condiviso alle 15:15. Wisting stampò tutti i documenti, si fece un bricco di caffè e cominciò a leggere.

Il primo era un verbale della squadra di pronto intervento che rendeva conto di come la polizia era stata informata dell'omicidio e cosa aveva trovato la pattuglia sulla scena del crimine.

La comunicazione era arrivata tramite il centralino del servizio d'emergenza, contattato da una donna del quartiere che aveva sentito gli spari dall'atrio del suo palazzo. Poiché era l'ultimo dell'anno, sulle prime non ci aveva fatto caso più di tanto; ma quando era uscita di casa aveva udito qualcuno che gridava di chiamare un'ambulanza e aveva visto una donna a terra e due uomini inginocchiati accanto a lei.

La polizia era arrivata prima del personale medico. Un dottore che passava di lì per caso aveva tentato di rianimare la vittima, ma a quel punto la ragazza era già morta.

Tre dei curiosi accorsi sul posto erano stati convocati come testimoni. Uno aveva assistito a tutta la scena, mentre gli altri due avevano solo sentito gli spari e visto fuggire il colpevole. Ne era emersa una descrizione concorde, che era stata diramata a tutte le auto della polizia.

Durante la lettura Wisting sottolineò qualche frase e prese appunti a margine, sapendo che man mano che sfogliava il fascicolo avrebbe probabilmente trovato risposta alle sue domande.

Il verbale successivo riguardava l'arresto del venticinquenne Dan Roger Brodin. Quando era stata trasmessa la segnalazione, la volante Kilo 2-0 era già diretta verso il luogo del delitto e davanti all'hotel Ernst la pattuglia aveva notato una persona corrispondente alla descrizione dell'indiziato. Vedendo la polizia, l'uomo aveva cambiato direzione e si era messo a correre; gli agenti l'avevano inseguito tra vicoli e stradine, poi l'avevano momentaneamente perso di vista alla stazione degli autobus, ma subito dopo l'avevano trovato nascosto dietro i cassonetti vicino al terminal della Color Line. Nella tasca posteriore dei pantaloni aveva la famosa cartina da cui la polizia desumeva che avesse pianificato l'aggressione.

Dopo l'arresto l'uomo era stato portato sul luogo del delitto e identificato dai testimoni.

Wisting fece un segno a margine. Non si trattava di un confronto tipico tra sospettato e testimoni, ma sicuramente era efficace; certo, dal momento che l'uomo non era stato scelto tra una rosa di candidati, il valore probatorio dell'identificazione era ridotto, ma d'altra parte qualsiasi testimone ricordava meglio subito dopo il fatto, quando non era ancora influenzato dai media o da altri fattori esterni né colto da dubbi e incertezze.

Il verbale del sopralluogo non conteneva molte informazioni: forniva una descrizione della vittima e della scena del delitto, inoltre indicava le condizioni atmosferiche, il vento e la temperatura. Prima dell'omicidio erano caduti circa trenta centimetri di neve, che tuttavia erano stati quasi totalmente spazzati; la vittima giaceva sull'asfalto nudo e asciutto, quindi non erano state rinvenute impronte plantari.

Wisting sfogliò rapido le foto allegate al fascicolo; non aveva bisogno di studiare i dettagli, ma lo lasciò aperto su una cartina dove era stato contrassegnato il luogo del crimine.

Dal referto dell'autopsia risultavano due stretti canali di ferita creati dalle pallottole nel corpo della vittima: uno nella schiena, con grosse lacerazioni nella cavità toracica, e un altro nella nuca. Stando all'esame autoptico, il colpo alla nuca aveva provocato una morte subitanea, ma anche le ferite al petto sarebbero state di per sé letali. Intorno al foro di entrata nel cranio erano state rinvenute tracce di polvere da sparo, a indicare che il colpo era partito da meno di un metro, mentre si presumeva che quello alla schiena fosse stato esploso tra uno e tre metri di distanza.

Wisting sottolineò le parole «schiena» e «nuca», poi prese un post-it, ci scrisse sopra un punto interrogativo e lo attaccò sulla pagina in questione. Il delitto di Capodanno era stato presentato come una rapina finita male, in cui il colpevole aveva preso il cellulare della vittima ma aveva lasciato la borsa; gli spari, tuttavia, sembravano mirati con precisione.

Wisting sorvolò sulle immagini del corpo nudo sul tavolo settorio, ma osservò i due proiettili deformati a fungo che ne erano stati estratti.

Poi c'era un lungo verbale sulla ricerca dell'arma, che non era stata rinvenuta, come pure il telefono della vittima. Tenendo la cartina di fronte a sé, Wisting lesse il resoconto delle ricerche condotte per strada con le unità cinofile, dei cassonetti ispezionati, delle immersioni dei sommozzatori. Avevano cercato perfino sui tetti delle case, nell'ipotesi che l'assassino avesse lanciato l'arma in aria; ma tutti gli sforzi erano stati vani.

Il racconto del testimone chiave, che si chiamava Einar Gjessing, lasciava poco spazio ai dubbi sull'accaduto; come la vittima e tanti altri, quella sera stava andando a una festa ma, a differenza di molti, quando aveva assistito all'omicidio non aveva ancora cominciato a bere e dunque era sobrio.

Svoltando l'angolo tra Holbergs gate e Dronningens gate, Gjessing aveva notato la vittima e l'assassino: la donna si era divincolata dall'aggressore, che subito dopo le aveva puntato addosso una rivoltella e aveva sparato due colpi consecutivi. Poi l'uomo si era messo a correre verso di lui, passandogli a pochi metri di distanza. Il testimone l'aveva inseguito, ma appena un isolato dopo ci aveva rinunciato ed era tornato sul luogo del delitto, dove nel frattempo erano arrivati gli altri due. In breve si erano radunate lì attorno diverse persone, tra cui il medico che aveva dichiarato il decesso.

Einar Gjessing era stato interrogato due volte e aveva dato sempre la stessa versione, ma la seconda volta era stato più dettagliato; aveva aggiunto particolari nella descrizione dell'assassino e del suo abbigliamento e aveva spiegato con più precisione da dove era arrivato e fin dove lui l'aveva seguito. Al tempo stesso, però, aveva specificato che i suoi ricordi potevano non corrispondere con esattezza a quanto realmente accaduto. Anche se il verbale dell'audizione era lungo più di otto pagine, Wisting notò che mancavano alcune domande importanti, ad esempio se la vittima o l'aggressore avessero detto o urlato qualcosa.

Gli altri due testimoni erano due giovani amici, Terje Moseid e Finn Bjelkevik, che stavano andando insieme a una festa e avevano assistito alla medesima scena. Avevano udito gli spari e visto la donna a terra e un uomo in fuga; avevano tentato di aiutare la vittima e bloccare l'emorragia, ma non c'era stato nulla da fare. Si erano resi conto che la ragazza era morta già prima che sopraggiungesse il medico.

L'interrogatorio dell'indiziato, il venticinquenne Dan Roger Brodin detto Danny, era breve: aveva negato ogni responsabilità nell'omicidio. Gran parte del verbale era occupata dalle domande sui suoi precedenti penali: era stato rilasciato con la condizionale il 22 dicembre, dopo aver scontato una condanna per atti violenti e uso di droghe, e risiedeva nella periferia di Kristiansand, in un alloggio di proprietà del Comune. La sera dell'ultimo dell'anno stava vagando senza meta per le strade del centro.

Alcune domande e risposte erano riportate in forma di dialogo.

«Perché correvi?»

«Perché era arrivata la polizia.»

«E perché ti sei nascosto?»

«Per non farmi trovare.»

Queste erano state le uniche spiegazioni fornite da Brodin. Non aveva reso alcuna confessione e l'interrogatorio si era concluso nel giro di un'oretta. Nel verbale successivo l'avvocato difensore dichiarava che il suo cliente non aveva niente da aggiungere a quanto detto in precedenza.

Wisting continuò a scavare nella pila di carte, trovando i verbali di vari interrogatori che, messi insieme, componevano il quadro della storia di Brodin: il padre se n'era andato prima che lui nascesse, dopodiché la madre si era sposata e divorziata due volte, cambiando casa ripetutamente insieme a Danny, che aveva frequentato ben otto istituti diversi nei primi sette anni di scuola. Arrestato per la prima volta a tredici anni, Danny era stato tolto alla madre ed era diventato una specie di pacco postale fino ai diciassette, quando i servizi sociali avevano gettato la spugna; nel frattempo era passato da tre famiglie affidatarie, tre istituti di psichiatria pediatrica e quattro case famiglia terapeutiche. Di solito scappava, oppure si comportava in maniera tale che il posto di turno lo buttava fuori per gli stessi motivi per cui l'aveva accolto.

Il fascicolo seguente conteneva le audizioni relative alla vittima. Elise Kittelsen era la più giovane di tre figli; i genitori avevano un negozio di scarpe dove lavorava anche lei, di sera e nei weekend; aveva molti amici e frequentava il secondo anno della scuola di specializzazione per diventare insegnante.

Dalle testimonianze emergeva il ritratto di una brava ragazza, gentile, ma alcuni investigatori avevano cercato di scalfire la superficie. Il fratello maggiore l'aveva spesso messa in guardia da certe compagnie che considerava cattive; tra i suoi amici ce n'erano diversi che facevano uso di droghe, incluso un ragazzo un po' più grande con cui aveva avuto una storia. Non molti avevano voglia di parlare male di una defunta, ma qualcuna delle amiche aveva confermato che frequentava un ambiente poco raccomandabile. Ciò non toglieva che Elise fosse una vittima innocente, e i media ne avevano diffuso un'immagine pulita.

Infine Wisting si dedicò ai referti di laboratorio. Ce n'era uno da cui risultava che erano stati rilevati residui di polvere da sparo sulla manica e sulla mano destra dell'indiziato. Dalle analisi del sangue emergeva che la vittima aveva un tasso alcolemico di 0,8, dettaglio in linea con la bottiglia di sidro vuota trovata nella sua stanza; Brodin invece aveva un tasso alcolemico di 1,79, oltre a tracce di THC dovute al consumo di hashish.

Nulla di tutto ciò indicava un collegamento con il caso Hummel; al massimo ci si avvicinava la testimonianza di due tassisti che avevano assistito alla fuga di Brodin per le strade del centro, ma il fatto non sembrava avere alcuna rilevanza per la scomparsa di Hummel.

Pur avendo sfogliato una pila di carte alta una ventina di centimetri, Wisting avrebbe voluto accedere anche ai documenti non protocollati: soffiate, informazioni investigative, analisi che non erano state inserite nel fascicolo. Ma sospettava che Ryttingen non avrebbe accettato di condividerli con lui.

Rimase seduto con il mucchio di carte in grembo: il materiale era abbondante, eppure sembrava che mancasse qualcosa. Ad esempio, non si sapeva che fine avesse fatto l'arma del delitto, ma nemmeno da dove provenisse: dove se l'era procurata Brodin? Nessuno dei suoi conoscenti l'aveva mai visto con un'arma né gliene aveva mai sentito parlare.

Si erano fatte quasi le sette. Wisting si rese conto che aveva bisogno di mettere qualcosa sotto i denti per poter fare ordine nei pensieri. All'improvviso gli tornò in mente che aveva accettato l'invito a cena di Christine.

Si alzò e poggiò i documenti sulla scrivania. I fogli in cima al mucchio scivolarono a terra. Lui li lasciò dov'erano e uscì di corsa.

33

Non era mai stato a casa di Christine Thiis, però sapeva che abitava in Bekkegata, a Langestrand, il quartiere più antico della città, dove le vie strette si incrociavano senza nessun criterio, tant'è che lui non riusciva mai a raccapezzarcisi.

La casa bianca sorgeva ai piedi del monte, aveva la porta d'ingresso verde e un giardinetto.

Mentre scendeva dalla macchina, Wisting pensò che avrebbe dovuto portare qualcosa, una bottiglia di vino o dei fiori; ma ormai era troppo tardi. Suonò il campanello, arretrò di un paio di metri e, mentre aspettava, osservò la casa. Pareva tinteggiata di recente e c'erano fiori freschi alle finestre.

Christine Thiis arrivò dal giardino sul retro; indossava un vestito di cotone lungo fino alle caviglie. Aveva i piedi nudi e sembrava che quell'estate calda le avesse regalato un po' di efelidi in più.

«Perdona il ritardo» si scusò lui.

«L'importante è che sei arrivato» rispose lei, sorridendo. «Ho preparato troppe cose per poterle mangiare tutte da sola.»

Lui la seguì dietro la casa.

«Ero rimasto a leggere i documenti del fascicolo di Kristiansand» spiegò.

Lei non fece commenti e Wisting si ricordò che la cena, nelle intenzioni di lei, doveva essere una pausa dal lavoro.

Il tavolo in giardino era apparecchiato per due, con una tovaglia bianca e un profluvio di fiori. Christine sparì in casa e tornò fuori portando dei vassoi con tanti assaggi diversi: uova ripiene, spiedini, asparagi al prosciutto, *lefse*, pollo, polpette di carne.

«Tutti questi piatti per noi due soli?» domandò lui sorpreso.

Lei sorrise. «È che non sapevo cosa ti piace» si scusò.

«Non dovevi disturbarti così.»

Christine stava già rientrando in casa. Quando uscì di nuovo dalla portafinestra, con una ciotola d'insalata da mettere in tavola, un soffio di vento le incollò addosso il cotone leggero dell'abito.

«Ho preso tutto al banco della gastronomia» disse con un sorriso. «Però l'insalata l'ho fatta con le mie mani.»

Mangiando, parlarono di diversi argomenti. Lei gli raccontò di un ristorante di tapas in Spagna e lui rievocò le esperienze culinarie fatte durante un viaggio di servizio in Francia. Lei gli chiese come andassero le cose con Line e i lavori di ristrutturazione; lui le rispose, poi le domandò come andasse con i figli. Christine aveva quindici anni meno di lui; i figli abitavano ancora a casa, ma erano andati dal padre, nella capitale, per un mese.

Continuarono a discorrere delle rispettive esperienze, finché dopo un po' la conversazione si interruppe.

«Ti è servito a chiarirti le idee, quello che hai letto?» chiese lei a quel punto.

Wisting posò forchetta e coltello.

«A onor del vero, no» rispose. Quindi le fece un breve riassunto. «Mi sa che proverò a parlare con lui» concluse.

«Lui chi?»

«Dan Roger Brodin.»

Christine lo guardò perplessa. «L'assassino?»

Wisting annuì. «Ho bisogno di una spiegazione sensata di come l'arma sia finita qui da noi.»

«Ma il caso non è nostro» gli ricordò lei. «Mica puoi metterti a interrogare una persona incriminata di un altro reato.»

«E perché no?»

«Brodin si è già rifiutato di rispondere alle domande degli investigatori responsabili delle indagini.»

Wisting prese il succo di mela e tolse il tappo; in tavola c'era anche del vino, ma lui era venuto in macchina e doveva tornare a casa: la bottiglia era rimasta intatta.

«Appunto» disse, versando prima a lei e poi a se stesso. «Magari alle mie risponderà.»

«Non te lo lasceranno fare» commentò lei. «Il caso è loro, se lo terranno stretto.»

«Ma anche noi ne abbiamo uno per le mani. E, fino a prova contraria, Brodin è un testimone del caso Hummel. A quanto ne sappiamo è l'ultima persona che è stata in possesso della rivoltella.»

«Da qui a Jens Hummel il passo è lungo. L'unico collegamento che abbiamo è che l'arma è stata ritrovata tra gli effetti di Mandt, e il taxi era nel fienile di una proprietà che aveva in affitto. Un po' labile…»

«Aggiungici, però, che quando è stato commesso l'omicidio Hummel era a Kristiansand.»

Intorno a loro era calato il crepuscolo. Christine si alzò e accese delle candele; erano le dieci passate, ma l'aria era ancora abbastanza tiepida da poter restare fuori.

«Sarà contrario anche l'avvocato di Brodin» disse lei, dopo averci riflettuto. «Il suo cliente nega qualsiasi coinvolgimento nell'omicidio. Non ti dirà mai come ha fatto quell'arma a finire qui da noi.»

Wisting si strinse nelle spalle. «Posso interrogarlo su altri argomenti.»

«Ad esempio?»

«Se conosce Frank Mandt, o se ha mai sentito nominare Jens Hummel. Tentar non nuoce.»

«Come no, ci andrebbero di mezzo solo i tuoi rapporti con i colleghi di Kristiansand e i miei rapporti con il PM...»

«Hai ragione» disse lui, sporgendosi sul tavolo per allontanare una falena che si era pericolosamente avvicinata alla fiamma di una candela.

«No, ovviamente hai ragione tu» ammise lei, tornando sui suoi passi. «Se ritieni che Dan Roger Brodin possa avere informazioni importanti per noi, è chiaro che devi andarlo a trovare in carcere.»

«Vediamo intanto cosa ci offrirà la giornata di domani» disse Wisting con un sorriso.

In quel momento gli squillò il telefono. Era sepolto in fondo a una tasca dei pantaloni e recuperarlo risultò così laborioso che alla fine dovette alzarsi.

Era Suzanne. Wisting fu tentato di non rispondere, ma alla fine cedette.

«Ciao» disse, allontanandosi dal tavolo.

«Ciao» ricambiò Suzanne. «Spero di non disturbare.»

«Non preoccuparti.»

«L'abbiamo scoperta. Il tizio della società di vigilanza che mi avevi consigliato l'ha colta in flagrante.»

Wisting spostò il telefono all'altro orecchio.

«E ha confessato?»

«Alla fine sì. Sono stata a colloquio con lei fino a un attimo fa. Ha accampato tante scuse, ma poi ha firmato le dimissioni e una cambiale da cinquantamila corone. Continuava a piangere e a scusarsi. Mi sento completamente svuotata, avevo bisogno di parlare con qualcuno.»

«Mi fa piacere che si sia risolto tutto» commentò lui.

Suzanne prese un gran respiro. «Non è che potresti fare un salto, o è troppo tardi?»

«Ora?»

«Solo se non è complicato.»

Lui diede un'occhiata all'orologio e poi guardò Christine, che nel frattempo aveva portato in tavola il caffè e un piatto di dolcetti. Wisting avrebbe voluto trattenersi ancora, ma non trovava le parole giuste per dire di no a Suzanne.

«Altrimenti puoi passare domani» gli propose lei, sentendolo nicchiare.

«Allora vengo quando finisco il turno» promise lui.

Suzanne lo ringraziò e concluse la telefonata scusandosi di averlo chiamato a quell'ora.

Wisting tornò a sedersi, mentre un grillo attaccava a frinire. Sentendosi in dovere di spiegare chi l'aveva chiamato, raccontò a Christine degli ammanchi in cassa nel bar di Suzanne.

Ma la telefonata aveva guastato un po' l'atmosfera e una mezz'ora dopo Wisting rientrò a casa.

34

Erano appena le sette di mattina, ma quando Wisting prese la macchina per andare al comando l'aria era già afosa. Il cielo sopra il mare aperto si era addensato in bioccoli di nuvole scure; prima di sera sarebbe piovuto.

Ogni giorno che passava senza risultati, le riunioni fisse mattutine diventavano più pesanti; gli investigatori portavano avanti ciascuno il proprio incarico, ma le indagini non facevano progressi.

«Frank Mandt ha gestito la sua attività per decenni senza che nessuno del giro abbia aperto bocca» disse Hammer. «La sfida è riuscire a far parlare qualcuno.»

«Magari adesso che è morto sarà più facile» congetturò Christine Thiis. «La gente non ha più nulla da temere.»

Hammer fece spallucce. «Speriamo» disse, alzandosi. «Ma non è che questa gente sia famosa per collaborare con la polizia.»

Strusciare di sedie sul pavimento, e un attimo dopo la sala riunioni si svuotò. Wisting fu l'ultimo ad alzarsi, dopo aver radunato le sue carte. Christine Thiis lo stava aspettando sulla porta.

«Grazie per ieri» gli disse, sorridendo.

«Grazie a te» rispose Wisting, ricambiando il sorriso. Cercò qualcosa di carino da dire sulla serata trascorsa insieme, ma lei era già sparita nel suo ufficio.

Wisting andò nel proprio e convocò Hammer.

«Vorrei che mi accompagnassi da Klaus Wahl» gli disse.

Annuendo, Hammer spostò uno stuzzicadenti da un angolo all'altro della bocca.

«Fa parte della cerchia di Mandt» proseguì lui, «è uno degli intimi. Quello che l'ha trovato morto nel seminterrato.»

«Cos'altro si sa di lui?»

«Non molto» ammise Wisting. «Fedina penale pulita. Ha settantaquattro anni e ha lavorato per una ditta di spedizioni a mezzo container. Vedovo dal 2002. Abita in Blokkhusveien.»

Hammer si alzò. «Allora andiamo?»

I caseggiati simili a granai, costruiti alla fine del Settecento come postazioni di vedetta e di tiro tra le opere difensive che cingevano la città, spiccavano nello scenario dei colli intorno a Stavern. La via che aveva preso il nome da quei caseggiati era situata ad Ausrød, abbastanza lontano dal centro.

Klaus Wahl viveva in una casa unifamiliare che godeva di un'ottima posizione su quel terreno collinare. Era un uomo anziano, di bassa statura e dai capelli grigio argento; quando Wisting e Hammer si fermarono con l'auto davanti all'abitazione lo trovarono con una chiave inglese in mano, alle prese con un tosaerba smontato. Aveva le gambe bianche, un paio di calzoncini troppo larghi e un mozzicone di sigaretta che gli pendeva a un angolo della bocca.

Wahl non si mosse e continuò a guardarli mentre scendevano dall'auto. Loro lo salutarono con un breve cenno del capo.

«Klaus Wahl?» domandò Wisting.

«Voi chi siete?»

I due lo raggiunsero e si presentarono.

«Si tratta di Frank Mandt» spiegò Wisting.

Intorno agli occhi del vecchio comparve un'ombra di tensione.

«Fatelo riposare in pace» commentò.

«Senz'altro» lo rassicurò Wisting. «Solo che ha lasciato parecchie cose in sospeso.»

Wahl restò in silenzio.

«È stato lei a trovarlo?» chiese conferma Hammer.

Wahl annuì. «Era lì da qualche giorno. Vi ho già spiegato tutto.»

«Di solito vi incontravate nella pasticceria, giusto?» domandò Wisting, ripensando alla testimonianza che Wahl aveva rilasciato.

«Era diabetico e gli capitava spesso di sentirsi mancare» disse quello, annuendo. «Vedendo che non arrivava, ho preso la macchina e sono andato a casa sua. Era caduto per le scale scendendo nel seminterrato. Ecco com'è andata.»

Wisting indicò un tavolo e delle sedie sotto un ombrellone, davanti alla casa.

«Ci possiamo sedere?»

Klaus Wahl li seguì con una certa riluttanza verso il salottino all'aperto.

«Aveva smesso con il contrabbando degli alcolici, sapete?» disse quando si furono accomodati. «Si era ritirato. D'altronde aveva quasi ottant'anni.»

«Però affittava ancora il podere di Huken» replicò Wisting.

Sembrò che Wahl cercasse una risposta adeguata. «Non ci andava da anni» disse, prendendo un accendino posato sul tavolo.

Wisting lo guardò mentre si accendeva il mozzicone che gli penzolava ancora a un angolo della bocca.

«In quello stesso podere è stato ritrovato il taxi di Jens Hummel» disse.

«Li leggo, i giornali» ribatté Wahl.

«Sa se i due si conoscevano?»

Wahl si tolse un pezzetto di tabacco dal labbro.

«A volte gli capitava di prendere un taxi.»

«E Aron Heisel?» provò a chiedere Wisting. «Quando non era in Spagna ci abitava lui, nel podere.»

Wahl lasciò uscire lentamente il fumo dal naso.

«Io con quelle storie lì non c'ho mai avuto niente a che fare» disse. «Frank Mandt l'ho conosciuto in un'altra maniera. Abbiamo fatto qualche impiccio insieme una cinquantina d'anni fa, quando lavoravamo al porto. Eravamo giovani. Per me è durata poco, Frank invece era più temerario. Correva rischi che io non ero disposto ad accettare.»

«Però vi siete tenuti in contatto, giusto?»

«La città è piccola» annuì Wahl. «Più che altro erano le nostre mogli a frequentarsi. Erano amiche fin dalle elementari, e noi le accompagnavamo ai loro incontri. Poi, quando se ne sono andate, abbiamo continuato a vederci.»

Wisting fece un altro tentativo. «Cosa sa di Aron Heisel?»

«Era un aiutante. Un galoppino. Ma non ho intenzione di stare qui a parlare di questa faccenda. Se vuole, ve la racconta lui.»

Wisting si appoggiò allo schienale e accavallò le gambe, imitato da Hammer. Avevano deciso di comune accordo che sarebbe stato un colloquio informale; in un giro come quello gestito da Frank Mandt, era più facile far parlare la gente lontano dalla saletta degli interrogatori, senza mettere per iscritto o registrare quanto veniva detto.

«Chi ha preso il suo posto?» chiese Hammer.

Wahl lo fissò in silenzio, come se non avesse capito la domanda o pensasse che sarebbe stato meglio non farla.

«Lei ha detto che Frank Mandt aveva mollato, che si era ritirato» insisté Hammer. «Chi è che ha preso il suo posto?»

Il vecchio tirò via dalle labbra ciò che restava della cicca e strinse la punta accesa fra pollice e indice finché non si spense.

«Non lo so mica se qualcuno ha preso il suo posto» rispose, buttando la cicca sotto un cespuglio di fiori lilla. «Quando gli è venuto il diabete, piano piano ha ridotto e poi ha chiuso.»

«A Huken c'erano dodici chili di anfetamine» lo informò Hammer.

«Heisel avrà una spiegazione, no?» fece Wahl, riprendendo la chiave inglese dal tavolo. Wisting lo interpretò come un segno che il colloquio si avviava al termine. Era evidente che l'uomo non intendeva dire nulla che potesse infangare l'amico defunto.

«Per me era un tipo a posto» disse Wahl alzandosi. «Non so cosa vi hanno detto di lui, ma non ero l'unico a pensarla così.» Sputò e si incamminò verso il tosaerba. «Magari al funerale non ci sarà venuta tanta gente, però era pieno di fiori.»

Wahl guardò a lungo Wisting negli occhi, poi tornò a chinarsi sui pezzi del motore. Fu un gesto indefinibile, come se – in silenzio – il vecchio avesse voluto dirgli che ne sapeva molto di più di quanto intendesse rivelare.

Hammer si mise alla guida. Seduto al suo fianco, Wisting ripercorse mentalmente il colloquio con Klaus Wahl, sentendo che in quelle frasi si celava qualcosa; così provò ad analizzare le risposte che quello gli aveva dato, in cerca di una via per andare avanti.

All'improvviso ebbe una folgorazione. Non sapeva se Wahl avesse voluto davvero dirgli qualcosa con lo sguardo prima che si accomiatassero, ma comunque valeva la pena seguire quell'idea.

«Gira qui!» disse a Hammer, indicando una traversa.

L'altro fece come gli diceva e andò a parcheggiare davanti alla fioreria Stavern Blomstermakeri. La casa di Frank Mandt era dall'altro lato del Pumpeparken; nonostante l'alta siepe che la circondava, si vedevano un paio di finestre aperte al secondo piano.

«Dove andiamo?» chiese Hammer smontando insieme a lui.

«A fare due chiacchiere» rispose Wisting, ed entrò nel negozio senza dare altre spiegazioni.

Era da tanto che non metteva piede in quel negozio stracolmo di fiori, ma la donna dietro il banco lo riconobbe e posò subito la decorazione floreale di una bottiglia di vino a cui stava lavorando.

«Volevo chiederti dei fiori per un funerale» disse Wisting.

«Certo» annuì la titolare con un lampo di compassione negli occhi.

«Il funerale di Frank Mandt» chiarì lui, aggiungendo che si trattava di un'indagine. «È morto a gennaio. Hai consegnato dei fiori in quell'occasione?»

La donna tirò giù da una mensola un raccoglitore blu ad anelli.

«Sì» confermò. «Ma non tanti. Non c'erano né familiari stretti né altri parenti. Però mi pare che le decorazioni le ho fatte io.» Sfogliò all'indietro gli ordini conservati nel raccoglitore e alla fine trovò quelli giusti. «Con la vendita di alcuni beni è stata pagata la decorazione della bara e una corona. Poi c'erano mazzi singoli e biglietti di condoglianze… E sì, vero, anche una grossa composizione che mi hanno ordinato con Floragram. Cinquemila corone, quando decorare la bara costa in genere la metà. Mi è sembrato un po' un eccesso.»

«Chi l'ha ordinata?» domandò Wisting.

La titolare inforcò un paio di occhiali che teneva appesi al collo con una cordicella.

«Vediamo… Di sicuro era un tizio del Sørlandet. Ha fatto l'ordinazione tramite il negozio Floriss di Markens gate, a Kristiansand. Sul nastro mi ha indicato di scrivere "PG", ma qui da qualche parte ho il nome e l'indirizzo completo.» Fece scorrere il dito lungo la pagina e infine lesse: «Phillip Goldheim».

Wisting annuì, anche se il nome non gli diceva niente. «Potresti farmi una copia di quei fogli?» chiese.

La donna li tirò fuori dal raccoglitore e li inserì in un vecchio telefax; le copie che ne uscirono erano più chiare degli originali, ma perfettamente leggibili.

Wisting le piegò e le portò via con sé. Si era alzato il vento e le nubi scure stavano venendo verso terra.

Hammer mise in moto mentre Wisting lanciava uno sguardo alla casa di Mandt. Era ovvio che le persone appartenenti alla sua cerchia fossero presenti al funerale, pensò Wisting sfogliando soddisfatto gli ordini di fiori. Klaus Wahl aveva comprato un mazzo da trecentonovantacinque corone, da deporre sulla bara con la scritta «Grazie di tutto» sul nastro; lo studio legale Krogh & Co aveva acquistato fiori per settecentocinquanta corone.

«Cosa c'era scritto sul nastro della composizione grande?» domandò Hammer svoltando in Larviksveien.

Wisting trovò la copia della ricevuta inviata a Phillip Goldheim. «Con rispetto» lesse.

35

Phillip Goldheim era un uomo slanciato sulla quarantina con gli occhi grigio ardesia e i capelli lunghi, raccolti in una coda di cavallo.

Il suo volto riempiva l'intero schermo del computer di Wisting e il suo sguardo aveva un che di penetrante, come se avesse voluto leggere nel pensiero dell'agente che l'aveva fotografato. Wisting fu percorso da un leggero brivido e si tirò indietro appoggiandosi allo schienale, in modo che anche Hammer e Christine potessero osservare l'uomo che aveva onorato Frank Mandt di un ultimo saluto così significativo.

La stampata del suo certificato del casellario giudiziale riportava due condanne minori per reati violenti e una più lunga per aver introdotto in Norvegia otto chili di hashish con la complicità di un noto leader degli Hells Angels danesi.

Secondo i registri della polizia, Phillip Goldheim in origine si chiamava Per Gregersen, ma dopo il rilascio con la condizionale nel 2002 aveva cambiato nome e si era messo a importare automobili; aveva fatto fortuna e investito i profitti in azioni. In breve, grazie all'aiuto di uomini d'affari affermati, alla parlantina e alla capacità di giostrarsi tra prestiti e conti correnti, era diventato un finanziere di successo. I soldi che guadagnava, però, duravano poco: finivano tutti in auto di lusso e nuovi affari, come una ditta che importava *snus* e che era finita presto in bancarotta. In vacanza soggiornava nei migliori hotel europei: l'Arts di Barcellona, il Ritz di Parigi e il Don Pepe di Marbella. Indossava sempre più spesso abiti di sartoria italiana, orologi costosi e anelli d'oro.

La polizia di Kristiansand sospettava che i suoi ottimi affari fossero legati alla criminalità organizzata e al riciclaggio di denaro sporco proveniente dal traffico di stupefacenti.

Era stata avviata un'operazione di indagine con il nome in codice Mister Nice Guy e gli investigatori si erano impegnati parecchio per mappare la sua situazione economica, ma evidentemente non erano riusciti a trovare il bandolo della matassa di prestiti, interessi e conti correnti. Molti investimenti erano stati fatti all'estero, ad esempio in Spagna e in Brasile, e i profitti venivano amministrati da fondi di investimento e società immobiliari. Siccome il vecchio adagio *follow the money* non sembrava dare grandi risultati, gli investigatori avevano deciso di seguire un'altra pista. Era evidente che avevano un informatore interno all'ambiente, qualcuno che li poteva aiutare a farsi trovare pronti la prossima volta che Goldheim avrebbe ricevuto una partita di droga.

In autunno le dritte della fonte avevano cominciato a farsi più concrete, ma all'improvviso sembravano essersi bloccate. Era solo un caso che fosse successo nello stesso periodo in cui era morto Frank Mandt?

«"Con rispetto"...» disse Christine ad alta voce. «Come andrà interpretato?»

«Ottima domanda» commentò Hammer. «Collaboravano? Oppure Mandt era un concorrente per cui Goldheim provava rispetto?»

Wisting non sapeva come decifrare quella nuova informazione. Stando a ciò che aveva letto, Goldheim sembrava un personaggio centrale della malavita del Sørlandet, così come Mandt lo era stato nell'Østlandet. A collegarli c'erano i fiori spediti dall'uno al funerale dell'altro.

Quando le prime gocce di pioggia tamburellarono sulla finestra, Torunn Borg ed Espen Mortensen entrarono nell'ufficio, ciascuno con una tazza di caffè in mano. A Wisting non parve necessario trasferirsi in sala riunioni.

«Bene» disse, raddrizzandosi sulla sedia. «Cosa sappiamo di Frank Mandt che non sapevamo stamattina?»

«Le sue uniche parenti in vita sono una nipote e una pronipote» spiegò Torunn Borg. «La nipote si chiama Sofie Lund.»

Mentre ascoltava, Wisting prese la penna posata sulla scrivania e cominciò a rigirarsela tra le dita.

«Non ho trovato il suo numero di telefono, quindi sono andata a cercarla a casa del nonno, dove abita, ma non mi ha aperto nessuno.»

«Hai controllato se ha precedenti?» domandò Hammer.

«Risultano solo due denunce per schiamazzi in occasione di liti domestiche, quando viveva a Oslo con il padre della bambina. Evidentemente il tizio non la trattava bene.»

Wisting annuì. Stava per dire qualcosa, ma Borg proseguì.

«In compenso ho parlato con i vicini e ho saputo che l'ultimo dell'anno Frank Mandt era a casa. O, quantomeno, nel pomeriggio ha spazzato la neve dal vialetto.»

«Quindi non era nel taxi di Jens Hummel a Kristiansand» concluse Hammer.

Mentre fuori la pioggia aumentava di intensità, gli investigatori continuarono a esporre le rispettive scoperte della giornata; nessuna indicava un collegamento tra Mandt e

Hummel. Era come se mancasse un anello della catena, un punto nodale.

Quando gli altri uscirono, Torunn Borg rimase seduta. «Non siamo stati gli unici a chiedere ai vicini dove fosse Frank Mandt la sera dell'ultimo dell'anno» disse a Wisting.

«Ah, no?»

«Line ha fatto loro la stessa domanda.»

Wisting riprese in mano la penna. In lontananza si udì un tuono.

«Era compagna di classe della nipote di Mandt alle elementari» disse con un colpetto di tosse. «Si sono incontrate per caso quest'estate, dopo quasi vent'anni.»

«Quindi la rivoltella non è stata consegnata in maniera *totalmente* anonima…»

«Me l'ha portata Line» ammise Wisting. «Sofie Lund l'aveva trovata tra gli effetti del nonno e voleva buttarla in mare. Domani le farò venire entrambe, così ci daranno la loro versione in via ufficiale.»

Borg annuì. Rimase un istante in silenzio, poi si alzò e uscì.

Wisting poggiò gli avambracci sulla scrivania e intrecciò le mani con aria assorta, ascoltando il picchiettio della pioggia sul davanzale. Lo squillo del telefono lo riscosse dal vuoto dei pensieri.

L'uomo all'altro capo della linea si presentò come Ragnvald Hagen, della sezione dattiloscopia del Kripos. Wisting strinse la cornetta: di solito una chiamata diretta da quel reparto significava che avevano trovato un riscontro.

«Hai seguito il caso della donazione della rapina?» gli domandò il collega.

Wisting non capì.

«La donazione della rapina?»

«Ne hanno parlato i giornali» spiegò Hagen. «La settimana scorsa l'associazione No alla droga ha ricevuto una donazione anonima milionaria, ma le banconote erano macchiate e i numeri di serie coincidono con quelli di una rapina a un trasporto valori compiuta a Drammen nel 2005.»

Sentendo rimbombare un tuono, Wisting guardò fuori. Pioveva a dirotto.

«Ci hanno mandato le banconote per esaminarle» proseguì l'esperto di impronte digitali. «Abbiamo trovato diverse impronte, ma ce n'è una a cappio che ricorre. È per questo che ti ho chiamato: appartiene ad Aron Heisel, il tizio in custodia cautelare.»

Finalmente la penna gli tornava utile. Wisting prese nota.

«Hai detto che i soldi provengono da una rapina avvenuta nel 2005?»

«Sì, due guardie giurate sono state aggredite a Drammen, davanti a un centro commerciale. La nostra ipotesi è che Heisel abbia toccato le banconote dopo il furto al trasporto valori.»

«E quei soldi sono spuntati fuori adesso, in forma di donazione anonima?»

«Esatto. Mandati per posta.»

«Sapete da dove sono stati spediti?»

«No, è stato impossibile rintracciare il mittente. Le poste non indicano più l'ufficio di partenza nei timbri.»

Un altro tuono. La luce della plafoniera tremolò.

«Vi arriverà comunque una copia del rapporto» concluse Ragnvald Hagen. «Ma è un caso così particolare che volevo avvertirti subito.»

Wisting ringraziò e attaccò; non sapeva se quelle informazioni li avrebbero aiutati nelle indagini o se fossero solo un elemento di distrazione. A ogni modo, aveva un forte sospetto sulla provenienza di quel denaro.

36

Line aprì il rubinetto, poi versò nella vasca una bella manciata di sali da bagno. Finora si era limitata alla doccia e non aveva ancora provato la grande vasca nuova, ma adesso il cielo scuro e la pioggia invitavano a un bel bagno rilassante.

Mentre la vasca si riempiva, si spogliò e avviò una lavatrice, poi abbassò le luci, accese una candela profumata e si immerse piano nell'acqua calda. Appoggiò la testa all'indietro con un sospiro soddisfatto. L'unica cosa che doveva fare nella mezz'ora seguente era rilassarsi.

La schiuma profumava di vaniglia e cannella. Soffiò su quella che le copriva il seno e la pancia tesa. Le bollicine luccicanti scoppiarono, lasciando scoperta la pelle diafana.

La piccola scalciò, ricordandole cosa l'aspettava; via via che i giorni passavano, Line temeva sempre di più il parto. Era una paura che non aveva mai provato prima: paura delle doglie, di quanto sarebbe durata, paura di non farcela, di arrivare tardi in ospedale, dei tagli, delle lacerazioni, paura che la bambina avesse qualche problema. Non riusciva a controllarla, e doveva affrontarla da sola. Questo era il pensiero che la spaventava più di tutti.

Si lasciò sprofondare nell'acqua, chiuse gli occhi e svuotò

la mente, mentre il vapore le saliva tutt'intorno. Poi immerse la testa e rimase a lungo in apnea prima di riemergere.

In casa c'era silenzio. Si udivano solo lo scroscio della pioggia e lo sciabordio della lavatrice. Line si rammaricò di non aver messo un po' di musica soft.

Si allungò per prendere la spugna, ma un rumore le bloccò la mano. Sembrava che la porta d'ingresso si fosse aperta. Quando era andata nella lavanderia aveva pensato di chiuderla a chiave, ma poi se n'era dimenticata. Rimase immobile, in ascolto: era sicura di aver sentito dei passi. C'era qualcuno in casa.

Poi udì una voce familiare.

«Ciao!» gridò il padre dal corridoio.

«Ciao!» rispose lei. «Sto facendo il bagno.»

«Hai il campanello rotto» la informò lui.

«Lo so.»

«Ne hai ancora per molto?» domandò lui da dietro la porta.

«Perché?»

«Devo parlarti. Nel frattempo vado a vedere se riesco a far funzionare la macchina del caffè.»

Line si chinò a togliere il tappo dal fondo della vasca.

«Dammi qualche minuto» disse.

Se il padre aveva tanta fretta e non poteva tornare di lì a mezz'ora, doveva essere una faccenda importante.

Si bagnò bene i capelli, li massaggiò con lo shampoo, li risciacquò e ripeté la procedura con il balsamo. Poi si alzò e uscì goffamente dalla vasca, grondante di acqua che gocciolava sul pavimento. Si asciugò, indossò un accappatoio e andò in soggiorno. Il padre stava osservando le modanature pitturate di fresco, con una tazza in mano. Appena la sentì entrare, si voltò. Aveva la schiena bagnata di pioggia.

«Dovresti chiudere a chiave» le consigliò sorseggiando il caffè.

Lei annuì; i capelli ancora umidi le cadevano sulle spalle.

«Tutto bene?» le domandò lui dubbioso.

«Tutto bene, sia io che il pancione. Ho solo paura del parto.»

Il padre la guardò con un'espressione preoccupata, che scacciò subito con un sorriso. «Andrà tutto bene» la rassicurò.

Line annuì di nuovo, ma intuì che anche lui stava pensando alla madre. Se ci fosse stata lei, sarebbe stato tutto più semplice.

«Promettimi che sarai qui quando verrà il momento» gli disse, sentendosi stringere lo stomaco al solo pensiero. «Che mi accompagnerai in ospedale.»

«Certo» la rassicurò lui, poi cambiò argomento. «Come hai sistemato bene la casa!»

Tutti i mobili di Oslo, che aveva accatastato in un angolo sotto un telo di plastica mentre stava ritinteggiando le pareti, adesso avevano trovato una collocazione. Line lo ringraziò, anche se non era molto soddisfatta.

«Questo soggiorno è più grande dell'altro» disse. «È ancora un po' vuoto.»

«Ma è un buon inizio» replicò il padre.

Line si passò le dita tra i capelli bagnati. «Come mai sei venuto?»

«Per parlare del caso Hummel» rispose lui, avvicinandosi un poco. «Hai sentito che il taxi è stato ritrovato in un fienile di Huken?»

«Sì, e so anche che laggiù avete trovato una grossa partita di droga.»

Il padre posò la tazza sul tavolino. «Il fienile era di Frank Mandt.»

Line aggrottò le sopracciglia e due gocce d'acqua le rigarono la fronte.

«Pensavo che fosse di un contadino» disse, tentando di ricordare cosa aveva letto sui giornali.

«La proprietà è del titolare della fattoria, sì» ammise il padre. «Però Mandt aveva un contratto di affitto a lungo termine, anche se non ci andava da tempo.»

Line provò a riordinare le idee. «Secondo voi ha avuto un qualche ruolo nella faccenda?»

«In un modo o nell'altro, sì. Solo che è sempre rimasto nascosto dietro le quinte. Dubito che sia stato coinvolto direttamente nella scomparsa di Hummel.»

Line incrociò le braccia, cercando di collegare le ultime informazioni con ciò che già sapeva di Frank Mandt.

«L'ultimo dell'anno era a casa» le scappò.

«Invece Jens Hummel era a Kristiansand» aggiunse il padre.

Line si sedette. La pancia le premeva sulle costole.

«Qual è il nesso?»

Il padre prese posto di fronte a lei e ammise che non lo sapeva.

«Però domani mattina tu e Sofie dovete venire al comando e spiegare la storia della rivoltella» aggiunse. «Mi dispiace, ma vi ho tenute fuori fin troppo.»

«Certo. Sofie è preparata.»

«Dove l'avete trovata, la rivoltella?»

«In una cassaforte. Quando Sofie si è trasferita, era l'unica cosa rimasta nella villa. La chiave non c'era, quindi ha dovuto chiamare un fabbro per forzarla. C'ero anch'io quando è venuto.»

«Quindi l'arma è rimasta sotto chiave dalla morte di Frank Mandt fino al giorno in cui avete aperto la cassaforte, la settimana scorsa?» sintetizzò il padre.

«Probabilmente sì» confermò Line. «Ho trovato la chiave nell'armadietto del quadro elettrico proprio ieri.»

Il padre riprese la tazza di caffè. «Cos'altro c'era nella cassaforte?»

Line esitò. Aveva promesso a Sofie di non dirlo a nessuno.

«Soldi?» la anticipò il padre.

Line arrossì e lui intuì di aver indovinato.

«Banconote macchiate?» la incalzò.

«Ho promesso a Sofie di non dirlo a nessuno. Aveva già abbastanza problemi con la pistola.»

«C'era altro?» insisté il padre. «Qualcosa di rilevante per il mio caso?»

«Solo fotografie e carte personali» rispose Line. Non era una bugia vera e propria, ma lei sapeva troppo poco del caso Hummel per capire se qualcosa di ciò che avevano trovato potesse essere collegato alle indagini.

«Avete qualche pista?» chiese per evitare altre domande. «Avete trovato tracce nel taxi?»

«Hummel aveva un cellulare con un abbonamento fatto sotto falso nome, lo teneva nascosto sotto il cruscotto.»

Line guardò il padre incuriosita, girandosi e rigirandosi sulla sedia; le veniva difficile trovare una posizione comoda, e alla fine si infilò un cuscino dietro la zona lombare.

«Tutti i numeri e i messaggi erano stati cancellati» proseguì il padre.

«E i dati sul traffico telefonico?»

«Niente» rispose lui allargando le braccia. «Il gestore li cancella dopo sei mesi.»

«Quindi quale sarebbe il legame tra Frank Mandt e Jens Hummel?»

«Non l'abbiamo ancora scoperto. A parte il fatto che il taxi è stato rinvenuto nel fienile di Mandt.»

«Il tizio che tenete in custodia cautelare cosa dice?»

«Niente. Si rifiuta di collaborare.»

«E la Scientifica? Hanno ragione i giornali, a insinuare che in mano avete poco o niente?»

Il padre tentennava. «Non voglio che trapeli nulla» disse.

«Sono in maternità» gli ricordò Line.

Lui annuì; sapeva che la figlia non avrebbe mai rivelato informazioni riservate della polizia.

«Nel bagagliaio sono state trovate tracce di sangue di Jens Hummel.»

«Quindi l'hanno ammazzato?»

«È l'ipotesi a cui stiamo lavorando.»

«Tracce dell'assassino?»

Il padre si alzò e le rivolse un'espressione rassegnata.

«Solo un po' di segatura.»

«Segatura?» ripeté Line. «E da dove viene?»

Il padre si avviò alla porta. «Ce lo siamo chiesto anche noi. Stiamo controllando falegnamerie e carpenterie, ma finora non è saltato fuori niente.»

Line si puntellò sui braccioli per alzarsi in piedi.

«Più tardi posso fare qualcosa da mangiare» gli disse, stringendosi la cintura dell'accappatoio. «Torna per cena.»

«Sono invitato da Suzanne» sorrise il padre. «Ieri ha beccato una dipendente che rubava dalla cassa e ha bisogno di parlare.»

Line lo accompagnò alla porta e lo seguì con lo sguardo mentre andava verso la macchina, a testa china sotto la pioggia. Suzanne le stava simpatica e c'era rimasta male quando si erano lasciati. Suo padre aveva bisogno di un punto di riferimento nella vita, oltre al lavoro. Era un bene che quei due fossero rimasti in contatto.

37

Suzanne abitava nell'appartamento sopra il bar. Wisting non c'era mai stato. Dal cortile interno della Pace dorata salì una scala ripida e infilò una porta un po' scricchiolante, per ritrovarsi in una casa accogliente con i pavimenti laccati e la carta a fiorellini alle pareti.

Spostò una coperta e un cuscino e si accomodò su una poltrona di pelle. Era certo che dalle finestre del tetto entrasse solitamente molta luce, ma il cielo adesso era coperto di nuvoloni scuri gravidi di pioggia. Per compensare, Suzanne aveva acceso varie candele grandi e piccole, che aveva sistemato sul tavolo. Dal semplice angolo cottura portò del caffè e un vassoio con il dolce al caramello che Wisting prendeva sempre quando passava al bar.

«Non era lei» gli disse, sedendosi.

«Come?»

Suzanne gli versò il caffè nella tazza.

«Non era la ragazza che credevo» chiarì. «Non era Unni, ma una delle altre.»

«E chi?»

«Nina. Era di turno entrambe le sere in cui sei venuto.»

Wisting se la ricordava: una bionda con i capelli corti che sembrava più schiva delle colleghe.

«E dire che ero sicurissima che fosse proprio Unni» proseguì Suzanne. «Faceva tanti di quegli errori in cassa! Ma evidentemente va solo un po' in confusione quando deve battere un conto.»

Wisting assaggiò il caffè; era più buono di quello che servivano giù al bar.

«Come faceva?» domandò. «Le ho tenute d'occhio tutte quante, ma non ho notato nessuna irregolarità.»

«Molto semplice. Il registratore di cassa ha una funzione che ti mostra il prezzo delle varie bevande. Quindi, anziché battere una consumazione, lei ne cercava il costo. La somma compare sul display e il cliente non nota la minima differenza.»

«Ma poi metteva i soldi in cassa?»

«Ha spiegato tutto il procedimento» annuì Suzanne. «Quando attaccava il turno, s'infilava una manciata di noccioline nella tasca destra dei pantaloni. Ogni volta che non batteva una consumazione spostava una nocciolina nella tasca sinistra. Verso la fine della serata le contava e a quel punto calcolava quanti soldi prendere dalla cassa senza che nessuno se ne accorgesse.»

«Ingegnoso» commentò Wisting.

«Ha confessato. E ha firmato le dimissioni. Dice che restituirà tutto.»

«Be', almeno ti risparmi altri problemi.»

Il cielo scuro fu squarciato da un lampo, subito seguito dal tuono. Suzanne si alzò e staccò dalle prese i cavi della TV e di un computer; poi si portò una mano sulla nuca e si aggiustò i capelli raccolti in uno chignon. Quel gesto ricordò a Wisting che se li scioglieva sempre prima di fare l'amore. Un sorriso stuzzicante le spuntava sulle labbra quando i capelli le ricadevano sulle spalle.

«Come procede il caso Hummel?» chiese lei, tornando a sedersi.

«Non lo so mica bene» ammise lui.

«Menomale che hai avuto tempo per darmi una mano...»

Wisting sorrise. «Mi sa che negli appostamenti sono un po' fuori forma.»

«Sia come sia» disse lei ricambiando il sorriso, «sono contenta sul serio che tu abbia trovato il tempo.»

Continuarono a chiacchierare come facevano all'epoca in cui vivevano insieme. Di gente che avevano conosciuto, libri che avevano letto, film che non erano riusciti a vedere.

Mentre stavano parlando andò via la corrente. Nessuno dei due fece commenti sul buio ed entrambi rimasero seduti in silenzio. Le fiammelle delle candele gettavano ombre tremule nella stanza e si riflettevano negli occhi di Suzanne. In quella luce fioca il suo viso sembrava un po' diverso; di punto in bianco parve triste, pensieroso, come se avesse pianto.

Lei sbatté le palpebre, poi allungò la mano e la posò su quella di lui. Wisting ripensò a com'era svegliarsi accanto a lei ogni mattina e si disse che l'aveva lasciata andare con troppa leggerezza. Nella sua vita c'era stata per molto tempo una sola donna; dopo la morte di Ingrid, aveva creduto che non ci fosse posto per nessun'altra. Poi, inaspettata, in quella vita era arrivata Suzanne. E quando aveva proseguito per la sua strada se n'era portata via un pezzetto.

Lei si schiarì la voce; stava per dire qualcosa, quando il telefono di Wisting squillò in fondo a una tasca dei pantaloni. Lui si chiese se lasciarlo squillare, ma alla fine rispose.

Era Christine Thiis. «Sei in ufficio?»

Wisting tossicchiò. «Perché dovrei?»

«Non hai sentito la notizia?» fece lei. «Hanno trovato Jens Hummel.»

38

La pioggia cadeva obliqua davanti alla macchina e i tergicristalli spazzavano via l'acqua dal parabrezza insieme ai resti di insetti morti.

Il cadavere era stato ritrovato nella fattoria di Brunla, una vecchia tenuta agricola a nordovest di Stavern, la cui storia risaliva addirittura a prima dei vichinghi. La fattoria e le terre circostanti erano passate da una stirpe di feudatari all'altra; poi, un po' per volta, la proprietà era stata suddivisa e l'attività agricola abbandonata. Alla metà degli anni Settanta vi era sorto un grande centro ippico che Wisting aveva frequentato ogni tanto con Line, finché la figlia non aveva capito che i cavalli non facevano per lei.

Wisting uscì dalla regionale. A contatto con il suolo tiepido della collina, la pioggia si era in parte trasformata in un velo di vapore che avvolgeva di grigio la fattoria. Lo spiazzo davanti all'edificio principale era pieno di fango e l'auto sbandò leggermente sul terreno scivoloso. Wisting proseguì nei solchi dei mezzi più grandi e pesanti arrivati prima di lui e girò dietro alle stalle dei cavalli.

Sul retro del grande fabbricato c'erano tre volanti della polizia e un trattore, ai quali si era aggiunta la vettura della Scientifica con Espen Mortensen. Wisting smontò sotto la pioggia e si avviò. I suoi passi nel fango erano accompagnati da un rumore simile a un risucchio.

L'edificio delle stalle avrebbe avuto bisogno di una ripitturata. Lungo i muri bianchi, dai quali erano caduti grossi pezzi d'intonaco, cresceva un'erbaccia alta; varie finestre avevano i vetri rotti, qualche tegola si era staccata e una grondaia penzolante faceva colare l'acqua giù per una parete.

I poliziotti stavano a semicerchio intorno ai resti di un cumulo di letame, probabilmente debordato dal ponticello che portava alle stalle.

Il trattore aveva il motore acceso; la pala di cui era munito era sollevata. Davanti ai fari, la pioggia cadeva come tanti fili scintillanti. Wisting inspirò profondamente l'aria umida e si asciugò il viso.

Il cadavere giaceva a ridosso del muro chiazzato, ancora mezzo coperto di stallatico e segatura.

Nella stalla un cavallo lanciò un nitrito, poco dopo un altro gli rispose.

La pioggia aveva lavato i resti dell'uomo, ormai in stato di decomposizione, riportandoli alla luce. Gran parte del corpo era sparita. In ciò che rimaneva del letamaio, Wisting notò impronte e solchi tracciati dai topi che si erano fatti strada fin lì. Collo e cranio erano stati spolpati; altrove si vedevano spuntare dal cadavere resti scuri di ossa.

Wisting si avvicinò agli agenti e li salutò con un cenno del capo, provando intanto a farsi un'idea dell'accaduto.

Il taxi era arrivato dietro il fabbricato con Jens Hummel nel bagagliaio e si era fermato davanti al mucchio di letame, forse già predisposto; dopodiché Hummel era stato sollevato, scaricato a terra e ricoperto. Un'operazione che un uomo avrebbe potuto portare a termine da solo.

«Chi l'ha trovato?» domandò.

«Il capostalla» rispose uno degli agenti, indicando un uomo in tuta da lavoro che aveva cercato riparo dalla pioggia in cima alla rampa che portava alle stalle.

Wisting lo raggiunse sulla porta; all'interno, i cavalli si girarono a guardarlo dai loro box e aguzzarono le orecchie, avvertendo che era cambiato qualcosa.

Il capostalla era un cinquantenne alto e snello.

«È rimasto lì per un bel pezzo» disse, senza che Wisting dovesse avviare la conversazione. «Addirittura dall'inizio dell'inverno.»

«Sì, è molto probabile» gli diede ragione Wisting.

«Lo stallatico lo spargiamo sui terreni» spiegò l'uomo. «Non è che ogni volta lo finiamo, però appena prima di Natale l'avevo usato quasi tutto. Poi ne ho portato via un paio di palate durante le vacanze e un altro po' a marzo, quando ha cominciato a sciogliersi la neve. Ma era da dicembre che non spalavo a fondo come oggi.»

Sotto di loro gli agenti in divisa stavano circoscrivendo l'area, mentre Mortensen aveva montato una tenda sul luogo del ritrovamento, per poter stare riparato e all'asciutto. Lo aspettava un lavoro faticoso: una cosa era recuperare il cadavere, un'altra setacciare la zona in cerca di ulteriori tracce.

«Come si presenta questo posto d'inverno?» domandò Wisting.

«Spazzo un tratto di terreno tutt'intorno alla stalla e sulla salita che porta qui, fino al mucchio di stallatico» rispose l'altro. «Con la macchina ci si può fermare proprio davanti.»

«Chi può averlo lasciato lì?»

L'uomo si strinse nelle spalle. «Chiunque» rispose. «Dopo le dieci di sera qui non c'è nessuno, a meno che qualche ragazza del maneggio non decida di fermarsi per la notte.»

Wisting gettò un'occhiata all'interno. Nella stalla c'era un'aria calda e pesante; sotto il tetto stavano appollaiati uno accanto all'altro alcuni piccioni sudici.

«Per decidere di nascondere un cadavere in un posto simile, non crede che si debba frequentarlo?»

Il capostalla smise di osservare gli agenti e lo guardò dritto negli occhi.

«Non so cos'è successo» disse, passandosi la lingua sulle labbra. «Però una cosa è certa: a fare una roba del genere non è stato nessuno della stalla.»

I cavalli si erano agitati. Wisting rimase dov'era, in silenzio. Un capannello di curiosi si era assiepato al di là del nastro segnaletico per seguire il sopralluogo della polizia: tre ragazze con gli stivali da cavallerizza, un uomo con un cane e due giovanotti in bicicletta, che si fecero da parte quando sullo spiazzo fangoso arrivò traballando un'auto civetta. Al volante sedeva Nils Hammer, sul sedile accanto c'era Christine Thiis.

Wisting tornò al luogo del ritrovamento e si strinse con i due colleghi sotto la tenda montata da Mortensen; c'era un odore caldo di letame e urina, ma adesso sentiva anche il tanfo del cadavere.

«Sei in grado di dirci qualcosa?» domandò Christine.

«Ovviamente si tratta di Jens Hummel» rispose Mortensen, anche se era troppo presto per trarre conclusioni. «Corrisponde tutto: sia i tempi, sia i resti di tessuto intorno al corpo.»

«E i trucioli di segatura» fece presente Hammer, pestando un piede a terra.

«Il letame lo spargono sui terreni» spiegò Wisting indicando il trattore con un cenno del capo. «L'ultima volta che l'hanno spalato tutto risale a dicembre, prima che cominciasse a nevicare.»

«Quanto dista da qui il podere dov'è stato trovato il taxi?» chiese Christine.

«Poco meno di due chilometri.»

«Dovevamo pensarci» esclamò Hammer. «Voglio dire, quanti posti ci saranno per nascondere un cadavere d'inverno e riportarsi in macchina dei trucioli di segatura?»

Secondo Wisting non potevano farsi una colpa di non averlo scoperto prima.

«Noi non ci abbiamo pensato, ma l'assassino sì» disse. «Cosa ci fa capire? Che conosce questo posto? Che c'era già stato? Che abita nei dintorni? Che tiene il cavallo in questa stalla? O è semplicemente capitato qui per caso?»

Gli interrogativi erano tanti. Forse però, proseguendo con i controlli di routine, nel giro di qualche giorno avrebbero trovato risposta.

Mortensen approntò la fotocamera. Sarebbe rimasto lì tutta la notte; per essere sicuri di non aver trascurato nulla, i suoi avrebbero rivoltato la zona circoscritta, più o meno come fa un contadino arando il proprio campo.

Wisting si strinse il bavero intorno al collo. «Io qui ho finito» disse.

«Rientro con te» fece Christine Thiis.

Si avviarono verso la macchina, salutando col capo i poliziotti che sarebbero restati di guardia durante la notte. La terra umida si incollava alle suole.

39

La mattina seguente Wisting andò al comando di polizia di Larvik prendendo la strada interna da Stavern. Lungo il tragitto si fermò nella fattoria di Brunla, dove era stato rinvenuto il cadavere.

Durante la notte aveva smesso di piovere; le nuvole erano state spazzate via e il sole mattutino aveva già seccato buona parte del fango.

Scese dall'auto e si diresse verso il furgone della Scientifica, fermo davanti alla zona delimitata; il portellone laterale era aperto ed Espen Mortensen se ne stava seduto lì, con un thermos di caffè e una baguette. Gli uccellini cinguettavano sugli alberi e al maneggio cominciavano ad arrivare le prime stalliere.

«Nottataccia?» lo salutò Wisting.

«Ormai è quasi finita» rispose Mortensen, tirando fuori un bicchiere di carta. Lo riempì di caffè e glielo porse.

«Hai scoperto qualcosa di nuovo?» domandò Wisting, accettando l'offerta.

«Gli hanno sparato.»

Il caffè era ancora caldo. Wisting mordicchiò l'orlo del bicchiere.

«L'hanno portato via verso le cinque» proseguì Mortensen, guardando l'orologio. «Tra un'oretta dovrebbe essere sul tavolo settorio, ma così su due piedi sarei propenso a dire che gli hanno sparato due colpi da dietro.» Si allungò a prendere la macchina fotografica alle sue spalle. «Il corpo non era in condizioni poi così terribili» aggiunse. «Un tempo la segatura si usava come elemento isolante per contrastare la decomposizione.»

Gli mostrò una foto sul display: si vedeva la parte posteriore del cranio con un buco grande quanto una moneta, circondato da schegge ossee e pieno di una massa viscosa. Mortensen continuò a scorrere la galleria e aprì l'immagine di un giaccone macchiato, con uno strappo più o meno in mezzo alle scapole.

«Assomiglia a un'esecuzione» commentò, posando la fotocamera.

Wisting sorseggiò il caffè mentre alcune mosche gli volavano intorno. «Altro?» domandò, cercando di scacciare gli insetti.

Mortensen lo invitò ad accompagnarlo con un cenno del capo e andò dietro il furgone. Wisting lo seguì.

«Il portafogli. Era nella tasca posteriore destra» disse Mortensen, prendendo una busta di plastica dal bagagliaio.

Era un portafogli di pelle nera, un po' tirato sui bordi. Il contenuto era stato estratto e suddiviso fra altre buste. Wisting prese quella che conteneva la licenza di tassista; la foderina di plastica in cui era inserita si era gonfiata in vari punti, ma il nome si leggeva benissimo: Jens Hummel.

«Qualche dettaglio che ci dica di più?» domandò, rovistando tra le buste. Ce n'era una con delle banconote.

«Il solito» rispose Mortensen. «Bancomat, patente e vecchi scontrini.»

Nella stalla alle loro spalle si udì il nitrito di un cavallo.

«C'era qualcosa nelle altre tasche?» chiese Wisting, poi bevve un altro sorso di caffè.

Mortensen scosse il capo. «Però ho fatto solo un esame superficiale» aggiunse. «Prima di procedere all'autopsia i medici legali controlleranno meglio.»

Wisting si spostò di lato, indicando una scatola contenente una serie di bustine di carta marrone etichettate e numerate.

«Questa che roba è?» s'informò.

Mortensen sollevò la scatola. «Gomme da masticare» rispose. «Probabilmente non hanno niente a che fare con il caso. Ne abbiamo trovate più di venti. L'ipotesi più plausibile è che le ragazze del maneggio le abbiano sputate in mezzo alla segatura, per poi spazzarle fuori insieme al letame.»

Due ragazze con gli stivali alti stavano conducendo ciascuna il proprio cavallo lungo la rampa che portava al fienile; si fermarono un istante per dirsi qualcosa sottovoce, poi balzarono in sella e trottarono verso uno dei recinti.

Wisting scacciò una mosca, quindi accartocciò il bicchiere e lo buttò nel sacco dell'immondizia, già pieno di guanti monouso e altri dispositivi di protezione.

«Torna a casa a dormire» consigliò a Mortensen, lanciando un'ultima occhiata ai reperti raccolti dalla Scientifica nel corso della notte. «Non c'è fretta di scrivere il verbale.»

40

Ovviamente i media avevano dato ampio risalto alla scoperta del cadavere. Christine Thiis li aveva informati delle circostanze in cui era avvenuto il ritrovamento, spiegando che per stabilire con certezza la causa del decesso e l'identità della vittima bisognava aspettare il risultato dell'autopsia. Quando le avevano chiesto se, secondo la polizia, si trattasse di Jens Hummel aveva glissato, dicendo che era l'unico scomparso dichiarato nel distretto.

Wisting ripescò l'intervista al giornale in cui la nonna di Hummel chiedeva alla polizia di scoprire cosa gli fosse successo. Lei non credeva all'ipotesi che se ne fosse andato di propria volontà e non si capacitava che qualcuno potesse voler fare del male a una persona affettuosa e premurosa come suo nipote. Era un bravo ragazzo con un cuore d'oro e un gran senso della giustizia.

Riuscire a informare i familiari sugli sviluppi di un caso prima che lo facessero i giornali era sempre un'impresa. Jens Hummel aveva solo la nonna, che a ottantatré anni per fortuna non usava internet; ma ben presto i dettagli sul corpo rinvenuto alla fattoria di Brunla sarebbero arrivati anche a lei. Dovevano essere loro a darle la notizia, al più presto.

Erna Hummel aveva rilasciato una testimonianza alla polizia all'inizio delle indagini, prima che si scoprisse che il nipote era andato a Kristiansand la sera dell'ultimo dell'anno. Quindi era anche importante chiederle cosa sapesse di quella giornata. D'altra parte, nell'intervista aveva raccontato cose che alla polizia non aveva detto. Wisting aveva formulato un'ipotesi che non aveva ancora voluto condividere con i colleghi; era esile, ma sorretta dalla descrizione fornita dalla nonna. Chiese a Torunn Borg di accompagnarlo per andarla a trovare nella casa di riposo.

Non c'erano procedure standard su come comunicare la morte di una persona ai suoi cari: bisognava adeguarsi alla situazione e alle circostanze. Seduto su un divano di velluto verde, Wisting ascoltò Borg guidare la conversazione. Oltre a loro era presente un operatore della casa di riposo. Usando parole semplici, Borg diede la notizia in maniera al tempo stesso sincera ed empatica.

Erna Hummel era preparata alla notizia e la accolse senza scomporsi, anche se sembrò sgonfiarsi come un pallone. Nella vita aveva vissuto tanti lutti, pensò Wisting: prima aveva perso i figli e adesso anche l'unico nipote. Era rimasta sola. La donna si guardava le mani tenute in grembo, che mostravano i segni della vecchiaia: le rughe, le macchie dell'età, le vene bluastre in rilievo sulla pelle. Le sue dita tremolanti cercarono un fazzoletto.

Wisting s'inserì nella conversazione. «Abbiamo scoperto alcuni elementi nuovi dall'ultima volta» disse. «Sospettiamo che Jens fosse in contatto con un certo Frank Mandt e che questa conoscenza possa aver giocato un ruolo nella vicenda.»

Erna Hummel aggrottò le sopracciglia, concentrandosi, e gli occhiali le scivolarono sul naso.

«Mai sentito» disse infine, allungandosi lentamente a prendere un bicchiere d'acqua sul tavolo.

«E che mi dice invece di Phillip Goldheim?» proseguì Wisting.

Un'altra pausa. Erna Hummel si portò il bicchiere alle labbra, tentando di ricordare. Siccome le tremava la mano, rovesciò un po' d'acqua e si bagnò il polso e la manica, ma non sembrò farci caso.

«No» rispose dopo aver deglutito. «Mai sentito nemmeno lui.»

L'operatore la aiutò a posare il bicchiere sul tavolo.

«Abita a Kristiansand» spiegò Wisting. «Sa se Jens conosceva qualcuno da quelle parti?»

La donna si concentrò di nuovo. «No» rispose poi, scuotendo il capo.

«C'è andato l'ultimo dell'anno» aggiunse Wisting.

«Quello era per lavoro» replicò Erna Hummel, decisa. «Prendeva spesso delle corse quando gli altri volevano il turno libero: se ne faceva carico lui, a Natale e così via. Anche l'ultimo dell'anno. È venuto a trovarmi il giorno dopo.»

«A Capodanno?»

La donna annuì. «Mi ha portato dei dolci» raccontò. «Ci siamo seduti qui a mangiarli.»

«Di cosa avete parlato?»

«Come faccio a ricordarmelo? Forse dell'anno che era passato, che ne so. Abbiamo sentito il discorso della prima ministra, ma lui più che altro guardava il telefonino.»

Wisting si chinò verso di lei. «Potrebbe essere un dettaglio importante» disse. «Sa con chi si scriveva?»

«Con nessuno» rispose Erna Hummel. «Leggeva le notizie e roba del genere. Col telefonino si può fare.»

«C'era qualche notizia in particolare che gli interessava?» intervenne Torunn Borg.

Erna Hummel intrecciò le mani avvizzite. «No» rispose. «Gli interessavano tutte le ingiustizie del mondo. Ne ha parlato anche la prima ministra.»

Wisting si domandò se porle una domanda sul delitto di Capodanno, ma avrebbe rischiato di farla agitare e condizionare la risposta.

«Ho capito che tipo era» disse allora. «Buono e giusto.»

«Aveva preso dal padre» confermò la nonna. Dal suo sguardo, Wisting intuì che stava tornando indietro con la memoria.

«È per questo che non l'hanno voluto nella squadra di calcio. Era bravo a giocare, ma se l'arbitro assegnava a loro la palla per errore, lui si opponeva e la faceva dare agli avversari.»

A Wisting tornò in mente l'espressione usata da Erna Hummel sul giornale.

«Era un ragazzo con un cuore d'oro, non è così?»

Sul viso dell'anziana donna passò un flebile sorriso. «Sì, era un bravo ragazzo. Una volta sua madre lo portò in un negozio di giocattoli. Jens desiderava tanto un camion dei pompieri con la luce lampeggiante e la scala sul tetto. Aveva messo un po' di soldi da parte, e qualcosa gli avevo dato anch'io. Al momento di pagare, però, arrivò un altro ragazzino che si era innamorato dello stesso camion, e nel negozio era rimasto solo quello. A Jens dispiacque tanto per l'altro bambino che lo lasciò a lui.» Si allungò di nuovo a prendere il bicchiere. «Ma anche suo padre era fatto così» aggiunse dopo aver bevuto. «Ingenuo e troppo buono. Non sapeva dire di no a nessuno, e non è sempre un bene.»

L'operatore le prese il bicchiere ed Erna Hummel chiuse le palpebre con un profondo sospiro. «Forse per oggi può bastare?» disse l'uomo rivolto a Wisting. «Di solito verso quest'ora Erna fa un riposino.»

Wisting si alzò annuendo.

«Dovete tornare» disse la donna con voce arrochita dalla conversazione. «Dovete tornare per dirmi cosa gli è successo.»

«Lo faremo» la rassicurò Wisting.

41

Il referto autoptico provvisorio arrivò alle due e mezza del pomeriggio. Ufficialmente il morto non era stato ancora identificato, ma veniva descritto come un uomo fra i trenta e i quarant'anni. La causa del decesso coincideva con le conclusioni cui era giunto Espen Mortensen: si ipotizzava che il primo colpo sparato fosse stato quello alla schiena, che aveva preso la colonna lacerando nervi e muscoli, ma probabilmente senza risultare fatale; l'altro aveva perforato invece la parte inferiore dell'osso parietale ed era fuoriuscito dal palato, lesionando in modo massiccio il tronco encefalico e provocando una morte istantanea. La data presunta del decesso veniva fissata tra i quattro e gli otto mesi addietro; una volta identificato il cadavere tramite l'analisi del DNA, avrebbero accertato la data sulla base di elementi oggettivi. In pratica significava che sulla lapide di Jens Hummel avrebbero segnato la data del 6 gennaio, il giorno della scomparsa.

Il particolare più interessante veniva riportato in fondo al referto: nel torace era stato rinvenuto un proiettile; non si davano ulteriori ragguagli, se non che il reperto era stato affidato all'agente del Kripos presente all'autopsia.

Sfogliando i propri appunti, Wisting trovò il nome di Erik Fossli, il perito balistico del Kripos che lo aveva chiamato per avvertirlo che la rivoltella consegnata da Line era l'arma di un delitto.

Quando Wisting gli telefonò e si presentò, Fossli apparve subito interessato.

«Novità riguardo alla rivoltella usata a Kristiansand?» domandò Fossli.

«Ancora non lo so» rispose Wisting. «Ma oggi abbiamo effettuato un'autopsia.»

Evidentemente il collega all'altro capo aveva letto i giornali. «Il tassista» sentenziò.

«È molto probabile» confermò Wisting. «L'identificazione non è ancora certa, ma nel corpo è stato trovato un proiettile.»

«Di che tipo?»

«L'unica cosa che so è che il medico legale l'ha mandato lì da voi, quindi vi sta arrivando. Chiamavo proprio per sentire quanto tempo ci vorrà a dargli un'occhiata.»

«Capisco. È che, con tutti quei moduli da compilare in più copie, ci mettono una vita a registrare l'entrata e la presa in carico, prima che la posta interna possa smistare un reperto. Vado subito su dai ragazzi del reparto identificazione per sentire chi ha presenziato all'autopsia e mi faccio dare la pallottola. A occhio e croce, dovrei riuscire a dirti qualcosa domattina.»

Wisting ringraziò, terminò la chiamata e rimase lì col telefono in mano. Il caso Hummel era diventato ufficialmente un'indagine su un omicidio. Si chiese se telefonare a Ryttingen per informarlo e fargli abbassare un po' la cresta, vista l'arroganza con cui l'aveva trattato, ma alla fine preferì evitare. Il processo a Kristiansand sarebbe iniziato quel lunedì.

42

Line si sedette al sole, davanti alla centrale di polizia. L'audizione di Sofie stava durando più della sua. Si erano messe d'accordo in anticipo sulle cose da dire; non si trattava di mentire, né di tacere informazioni, ma di tralasciare certi dettagli. La cassaforte di Frank Mandt conteneva una gran mole di documenti riguardanti le sue attività criminose e la sua rete di contatti; sarebbero stati interessanti per la polizia, anche a distanza di sei mesi dalla morte di Mandt, ma Sofie non intendeva fornirli. Non tanto per non infangare la memoria del nonno, quanto per il disagio che avrebbero generato una volta portati alla luce. Il nonno le aveva già causato abbastanza sofferenze da vivo; non c'era bisogno che facesse altrettanto da morto.

Line la capiva, ma al tempo stesso le sembrava di tradire un po' la fiducia di suo padre.

Con Sofie avevano concordato di riferire i fatti relativi alla rivoltella e alle banconote macchiate; il padre ovviamente già sapeva com'era andata. Nel caso in cui la polizia avesse chiesto di vedere il resto del contenuto della cassaforte, Line avrebbe risposto che stava a Sofie decidere, mentre quest'ultima avrebbe detto che se n'era sbarazzata. Il che, di fatto, era una balla. Le carte erano ancora lì dentro.

Ma la richiesta non era arrivata. Almeno, non a Line. L'investigatore le era sembrato più interessato a mettere per iscritto ciò che la polizia già sapeva.

Lanciò un'occhiata al palazzone con il tetto spiovente; il padre era lì dentro, in qualche stanza, impegnato a dare la caccia all'assassino o agli assassini di Jens Hummel. A quanto pareva, era convinto che i due casi fossero collegati. Ma dal ritrovamento del cadavere Line non ci aveva più parlato, né aveva avuto voglia di passare da lui dopo l'audizione.

Nella sua carriera di giornalista d'inchiesta si era occupata di vari casi in cui i sospettati avevano concordato previamente le risposte da dare; di solito significava che avevano qualcosa da nascondere, o almeno così lasciava intendere il fatto di aver mentito alla polizia ricostruendo la vicenda in maniera diversa da come si era svolta in realtà. Concordare una linea danneggiava senz'altro le indagini, ma anche chi veniva scoperto a mentire.

La porta d'ingresso della centrale si aprì silenziosamente e Sofie uscì dal palazzo con Maja sul passeggino.

Line si alzò.

«Com'è andata?» le chiese.

Sofie si strinse nelle spalle. «Bene, ma non è stato piacevole. Mi hanno fatto ogni sorta di domande sul Vecchio, proprio come se lo conoscessi. E io non ero certo in grado di rispondere.»

«Cerchiamo un bar?» le propose Line.

«Volentieri.»

Si diressero verso la piazza. Sofie ricevette una telefonata e Line si incaricò del passeggino; pregustava già la gioia di spingere il suo. Le venne in mente che, in effetti, avrebbe dovuto procurarsene uno. Magari poteva chiedere a Sofie di accompagnarla a comprarlo.

S'infilò nel giardino interno di uno stabile che una volta era la sede di una vetreria; Sofie, rimasta indietro, la seguiva parlando al telefono. Scelse un tavolo che permettesse di tenere il passeggino vicino ma all'ombra. Sofie terminò la chiamata e le si sedette di fronte.

«Era l'avvocato» disse.

«Ti sei presa un avvocato?»

«Non per questa storia» rispose Sofie, indicando vagamente la centrale di polizia. «È un divorzista. La settimana che viene ho un incontro a Oslo per discutere della responsabilità genitoriale e del diritto di visita. A proposito: non è che posso lasciarti Maja? Non mi va di portarmela a un appuntamento del genere.»

«Ma certo» rispose Line, chinandosi sul passeggino.

Arrivò un cameriere; Sofie prese il menu che le porgeva.

«Ti hanno detto qualcos'altro riguardo a questa faccenda? Di che cosa si tratta?» chiese poi a Line. «Cioè, visto che ti sei occupata di fatti del genere per i giornali, saprai un po' come ragiona la polizia...»

Line aspettò che il cameriere si fosse allontanato.

«Se ho capito bene, secondo loro il delitto di Capodanno e il caso Hummel potrebbero essere collegati» rispose.

«E come?»

«L'arma dell'omicidio di Kristiansand è stata ritrovata nella cassaforte di tuo nonno, e il taxi di Jens Hummel è stato ritrovato nel suo fienile.»

«Chissà se quel Phillip Goldheim è davvero coinvolto...» disse Sofie, studiando il menu.

«Chi?»

Sofie alzò lo sguardo. «Non ti hanno fatto domande su di lui?»

«No, chi sarebbe?»

«Un tizio di Kristiansand. Volevano sapere se il Vecchio lo conosceva, ma chiaramente non ero in grado di rispondere. Non l'ho mai visto né sentito nominare.» Il suo sguardo tornò al menu. «Tu l'hai mai sentito?»

Line scosse la testa.

«Io mi sa che prendo un'insalata di pollo» disse Sofie. «Tu?»

Line posò il menu. «Anch'io» rispose con un sorriso. «Quand'è che hai bisogno della babysitter?»

«Martedì.»

43

Wisting prese la brocca del caffè prima che la macchina avesse finito: mentre lo versava nella tazza, una goccia sfrigolò sulla piastra. Come sempre dopo aver dormito poco, aveva un leggero mal di testa.

Quando Christine Thiis entrò in sala riunioni, sollevò la brocca verso di lei chiedendole se volesse un po' di caffè.

Christine fece segno di no. «Nel mio ufficio c'è il prefetto» gli disse. «Vuole parlare con te.»

Wisting rimise la brocca al suo posto e seguì Christine nell'ufficio in fondo al corridoio.

Il prefetto Ivan Sundt si limitò a salutarlo con un cenno del capo, restando seduto. Sundt aveva l'ufficio a Tønsberg, insieme al personale dell'amministrazione e alla direzione del distretto di polizia, e capitava di rado che si facesse la mezz'ora di tragitto per andare alla centrale di Larvik.

Era il settimo prefetto con cui Wisting lavorava ed era stato presentato come un dirigente capace di valutare in un'ottica sociale le sfide poste alle forze dell'ordine e di apportare i cambiamenti necessari ad affrontare i compiti futuri. Uno dei suoi primi provvedimenti era stato una riorganizzazione interna: aveva spostato risorse dalle sezioni investigative ai reparti di sicurezza e pronto intervento.

Wisting capiva il desiderio di avere un corpo di polizia più visibile e presente, ma ogni caso – più o meno grave – richiedeva l'immediata stesura di minuziose relazioni e un lavoro di verifica su tutte le piste possibili, e per questo c'era bisogno di investigatori.

«Sono venuto a sentire come procede il caso Hummel» spiegò il prefetto. «Era irrisolto quando sono entrato in carica e vedo che lo è tuttora. A distanza di sei mesi.»

Wisting si sedette sulla sedia libera con la tazza in mano.

«È uno dei casi più impegnativi che ci siano capitati» ammise.

«Ma adesso il cadavere è stato ritrovato» tornò alla carica il prefetto. «Non era proprio questo che aspettavate?»

«Il ritrovamento ci ha fornito qualche risposta» concordò Wisting, «ma al tempo stesso ha aperto nuovi interrogativi.»

«Sospettate di qualcuno?»

«Non per il momento.»

Sundt fece un verso di disappunto, poi si schiarì la voce. «C'è parecchia gente che comincia a spazientirsi» disse. «Me compreso.»

«Siamo in attesa dei risultati dell'autopsia e del sopralluogo sulla scena del crimine» disse Wisting senza approfondire. «Spero che nei prossimi giorni si possa fare qualche passo avanti.»

Il prefetto si alzò, come a indicare di aver detto ciò che doveva.

«A proposito dei prossimi giorni...» aggiunse poi. «Lunedì a Kristiansand inizia il processo a carico di Dan Roger Brodin. Mi risulta che lei ha curiosato nel loro fascicolo. Qualsiasi cosa decida di fare in merito alle sue indagini, non prenda iniziative che possano scombinare le cose da quelle parti. Quelle indagini sono chiuse, e sono l'esempio di un lavoro di polizia efficiente, veloce e ben fatto. Non faccia chiasso inutile intorno a quel caso.»

Anche Wisting si alzò, ancora con la tazza in mano.

«Ci sono alcuni interrogativi senza risposta che...» cominciò a dire.

«Ci sono sempre interrogativi che non trovano risposta» lo interruppe il prefetto. «Sono stato giudice di corte d'appello per quasi vent'anni. Nessun ipotetico dubbio è auspicabile in un'aula di giustizia. Non faccia nulla che possa portare acqua al mulino della difesa.»

Wisting rimase dov'era e lo guardò uscire dalla stanza. Poi si concesse un breve sorso. Il caffè non si era ancora raffreddato.

44

La telefonata del tecnico balistico del Kripos arrivò poco prima delle undici. Un messaggio brevissimo: l'arma che aveva ucciso Jens Hummel era la stessa adoperata per il delitto di Capodanno.

Wisting radunò la squadra investigativa in sala riunioni, senza preannunciare l'argomento. Appena furono entrati tutti, chiuse la porta e premette l'interruttore che accendeva la luce rossa di fuori. Gli altri si sedettero, lui rimase a gambe larghe dietro la sua sedia a capotavola, come un comandante pronto a cambiare la rotta della nave.

«Ci troviamo davanti a una situazione totalmente nuova» disse, stringendo lo schienale della sedia. «Abbiamo trovato l'arma che ha ucciso Hummel.»

Le sue parole furono accolte da sguardi interrogativi. Wisting riferì i risultati dei recenti esami, da cui risultava senza ombra di dubbio che Jens Hummel ed Elise Kittelsen erano stati uccisi con la medesima arma. Poi si sedette e la conversazione intorno al tavolo prese avvio.

Elise Kittelsen era morta per un caso sfortunato, vittima di una rapina finita male, e il suo assassino era già agli arresti; mentre la vicenda Hummel sembrava collegata al narcotraffico e alla criminalità organizzata. D'altra parte

Hummel si trovava a Kristiansand nel momento in cui era stata uccisa Kittelsen.

«Può darsi che Hummel abbia trovato la pistola abbandonata dall'assassino e l'abbia presa» suggerì Torunn Borg. «Non sarebbe il primo a finire ucciso dalla propria arma.»

Wisting sospirò. Christine Thiis gli lanciò un'occhiata, come a ricordargli l'esortazione del prefetto a non scombinare le cose per i colleghi di Kristiansand. Lui non era convinto di quell'ipotesi, ma dovette ammettere che Borg aveva fornito una spiegazione logica, accettabile anche per il sistema giudiziario.

«Se è stato ucciso dalla sua stessa arma, però, non abbiamo fatto un solo passo avanti nella scoperta del colpevole» disse, spingendo sul tavolo il referto balistico. «C'è un interrogativo che rimane aperto: cosa ci faceva Jens Hummel a Kristiansand l'ultimo dell'anno?»

Nils Hammer sfogliò i propri appunti. «Secondo me potrebbe entrarci Phillip Goldheim» disse. «I colleghi di Kristiansand hanno raccolto parecchio materiale su di lui: sto cercando di metterlo in ordine.»

«Bene» assentì Wisting. «Dovremmo concentrarci su di lui in ogni caso.» Aprì il taccuino su una pagina vuota. «Per il resto, ci sono novità dalla fattoria di Brunla?» domandò rivolto a Torunn Borg.

«Ci stiamo facendo un quadro di tutte le persone che avevano cavalli nella stalla a gennaio o che avevano qualche altro legame con la fattoria in quel periodo. Abbiamo appena cominciato a parlare con alcune di loro, ma dubito che questi colloqui porteranno a qualcosa.»

Per un'altra mezz'ora continuarono a discutere dei possibili collegamenti e distribuirono i nuovi incarichi, dopodiché la riunione si sciolse.

Wisting tornò nel suo ufficio e chiuse la porta. Sapeva che i colleghi di Kristiansand avevano ricevuto il referto con il raffronto delle pallottole dei due delitti. Aveva sperato di ricevere una telefonata da Harald Ryttingen nel frattempo, ma toccò di nuovo a lui contattarlo.

Lo chiamò dal telefono fisso sulla sua scrivania. Dopo un lungo squillare, finalmente Ryttingen rispose con voce asciutta e neutra.

«Immagino che ti sia arrivato il referto balistico» esordì Wisting.

«Sì» confermò Ryttingen senza commentare.

«Avete qualche ipotesi sul possibile collegamento?» domandò Wisting.

«Ne abbiamo già parlato» lo liquidò Ryttingen. «Non c'è nessun collegamento.»

«E invece c'è» obiettò Wisting. «È stata usata la stessa arma per tutti e due i delitti.»

«Sono solo elementi circostanziali. Non significa per forza che i due casi siano collegati.»

«Io però ho difficoltà a capire cosa sia successo» proseguì Wisting. «Sono passati quattordici minuti tra l'omicidio e l'arresto dell'assassino. In quell'intervallo di tempo l'arma cambia di mano, e poco dopo viene usata per uccidere di nuovo, a quasi duecento chilometri di distanza.»

«Il lasso di tempo è molto più grande» obiettò Ryttingen. «Qualcuno potrebbe aver trovato e preso la pistola in qualsiasi momento nei giorni seguenti.»

La polizia di Kristiansand aveva cercato l'arma nel corso della notte e delle giornate successive. Sulla scrivania di Wisting c'era la cartina allegata al verbale, con le aree di ricerca evidenziate in colori diversi. Pareva che non avessero trascurato nulla.

«Ma cosa ne avrebbe fatto il vostro uomo dell'arma?» ribatté Wisting.

«Se n'è liberato insieme al cellulare della vittima» rispose Ryttingen.

Wisting si avvicinò la cartina. «Restano tanti interrogativi aperti» osservò. «Avete valutato l'ipotesi di rinviare il processo?»

La domanda fu accolta da uno sbuffo.

«Su questo caso abbiamo prove inconfutabili» dichiarò Ryttingen alzando la voce. «L'assassino è stato catturato vicino alla scena del crimine, pochi minuti dopo il delitto. È stato identificato da tre testimoni oculari. Aveva tracce di polvere da sparo dell'arma sulla mano destra e in tasca aveva perfino una cartina del luogo dove intendeva colpire. L'indagine è filata liscia fin dall'inizio, e adesso il caso deve procedere in maniera altrettanto rapida ed efficace attraverso il sistema giudiziario. Speriamo che possa aiutare a dissipare nell'opinione pubblica l'immagine di una polizia inerte e incompetente.»

Nell'ultima frase Wisting colse un'allusione palese alla sua indagine sul caso Hummel.

«Ma tu, cos'è che vuoi?» domandò Ryttingen.

«Avere accesso ai vostri documenti non protocollati, quelli con le segnalazioni e le informazioni investigative» replicò Wisting.

«Che ci devi fare? Pensi che nascondiamo qualcosa?»

«Vorrei solo valutare le informazioni con i miei occhi, dal nostro punto di vista» spiegò Wisting.

«Stai insinuando che abbiamo trascurato qualcosa?» sibilò Ryttingen. «Pensi di notare qualcosa che a noi è sfuggito? È così? Ti credi migliore di noi?»

«No. Solo non vorrei lasciare niente di intentato.»

Ryttingen sospirò. «Le informazioni che cerchi non sono archiviate in digitale: sono contenute nei faldoni. Posso farti mandare delle fotocopie la settimana prossima.»

«Vengo a consultarli di persona» propose Wisting. Silenzio all'altro capo della linea. «Devo venire comunque a parlare con lui» aggiunse, estraendo dal fascicolo la foto del giovane incriminato per il delitto di Capodanno.

«Lui chi?»

«Dan Roger Brodin.»

«Scordatelo» disse secco Ryttingen. «Brodin è nostro.»

«È anche un mio testimone» rispose Wisting tranquillo. «È l'ultima persona nota che sia stata in possesso dell'arma con cui è stato ucciso Jens Hummel.»

Harald Ryttingen era evidentemente seccato. «Capisco che siete in difficoltà, Wisting, ma tu ti stai aggrappando a una pagliuzza. Credevo che ti avessero detto di non fare chiasso...»

Wisting si appoggiò allo schienale. «Chiasso»: la stessa parola utilizzata dal prefetto. Era chiaro che i due si erano parlati.

«Sei davvero convinto che con te Brodin si sbottonerà?» proseguì Ryttingen. «Nega qualsiasi coinvolgimento nel caso. E non ti dirà mai come ha fatto a sbarazzarsi della rivoltella, perché altrimenti dovrebbe ammettere di averla usata! Credi che confesserebbe solo perché glielo chiedi tu?» Ryttingen sbuffò di nuovo. «Stai perdendo tempo, Dan Roger Brodin si è rifiutato di collaborare fin dal primo giorno. Ma tu, per carità, fai pure! E tanti auguri.»

45

Line aprì le ante della portafinestra e lasciò entrare il sole; poi diede le spalle al giardino e incrociò le braccia guardando il soggiorno. C'era voluto più del previsto, ma finalmente era finito.

Negli ultimi giorni le aveva fatto male la schiena, all'altezza delle reni: forse si era sforzata un po' troppo; d'altra parte non si era aspettata un grande aiuto dal padre. Anche se, a onor del vero, nei momenti liberi lui si era sempre messo a disposizione.

Si posò una mano sul pancione. I movimenti erano cambiati: la bimba era diventata più calma, come se là dentro lo spazio si fosse ridotto e non fosse più tanto facile muoversi.

Bisognerà rimandare gli ultimi lavori a dopo il parto.

Il gran giorno si avvicinava, e le stava tornando l'agitazione che aveva provato all'inizio della gravidanza. Ma non c'era nulla da temere, le aveva detto l'ostetrica; in fondo, ogni minuto nel mondo nasceva un bimbo. L'ostetrica si era però scordata che per Line, e per tutte le altre primipare, si trattava di un'esperienza completamente nuova. In effetti Line non sapeva se temesse di più il parto in sé o la responsabilità di dover crescere una figlia da sola.

Sentì che si apriva la porta di casa.

«Ciao!» gridò il padre.

«Ciao» disse Line con un sorriso, andandogli incontro. «Riesci a fermarti un po', oggi?»

«Ti ho comprato le batterie per il campanello» disse lui, rimuovendo la scatola da sopra la porta. Sulla parete rimase un alone.

Line lo ringraziò. «Ti va un caffè?»

«Volentieri» accettò il padre, aprendo il coperchietto dietro la scatola del campanello. Le batterie avevano perso acido e si erano incrostate. Lui le staccò con un cacciavite e cominciò a grattare via lo strato grigiastro.

«È da un po' che non ricevi visite, o sbaglio?» disse con un sorriso, soffiando via l'ossido.

«Sei fortunato» replicò Line, «mi sa che è rimasta un po' di torta gelato.»

Line la tirò fuori e, prima ancora che il caffè fosse pronto, già si sentiva lo scampanellio dall'ingresso.

Si sedettero in cucina e per un po' parlarono dei lavori. Poi, però, il padre cambiò discorso.

«Hai sentito Sofie oggi?»

Line scosse il capo. «Vado a trovarla stasera» disse, mangiando il dolce. «Perché?»

«Ho letto le dichiarazioni che avete rilasciato.»

Line se l'aspettava.

«Hai fatto bene a convincerla a venire» aggiunse il padre. «Grazie.»

«Ha preso le distanze dal nonno e dalle sue attività» spiegò lei. Poi gli raccontò di quando la madre di Sofie era stata arrestata perché nell'auto del nonno era stata trovata della droga.

«Ha lasciato che fosse punita lei» concluse Line. «È finita che la madre di Sofie si è tolta la vita in carcere.»

Il padre rimase con il cucchiaino in mano, assorto nei suoi pensieri.

«Ti si sta sciogliendo il gelato» gli disse Line indicando il piatto. «A cosa pensi?»

«A Dan Roger Brodin» rispose lui, riprendendo a mangiare.

«A chi?»

«L'uomo incriminato per il delitto di Capodanno. Il processo inizia lunedì.»

Line annuì. Il nome dell'imputato non era stato reso noto, ma ricordò di averlo sentito in redazione prima di andare in maternità.

Il padre posò il cucchiaino e prese la tazza del caffè. «Qualcuno della redazione sta seguendo il processo?» le domandò.

«Immagino di sì» rispose Line. «Al tempo abbiamo dato ampia copertura al delitto.»

Il padre tirò fuori dalla tasca posteriore un foglio ripiegato. «Ho qualcosa che forse potrebbe interessargli» disse, spiegandolo.

Line riconobbe la carta intestata con il logo del Kripos. Il padre si alzò posando una mano sul foglio.

«Non c'è bisogno di dire come l'hai ottenuto» annunciò.

«Che cos'è?»

Senza rispondere, il padre si diresse verso la porta. «Grazie per il caffè. E per il gelato.»

«Te ne vai di già?»

Line, interdetta, rimase seduta mentre lui usciva, poi si avvicinò il documento. Era il referto di un perito della sezione scientifica del Kripos, e conteneva i risultati di un raffronto tra pallottole. Benché non fosse in grado di interpretare tutti i dettagli e le descrizioni tecniche, il senso generale le era chiaro: il proiettile dell'arma usata nel delitto di Capodanno proveniva dalla rivoltella che lei stessa aveva consegnato al padre. E questo già lo sapeva. Però c'era dell'altro: in base alla prova di sparo, risultava una corrispondenza anche con i proiettili del caso numero 10899421. L'omicidio di Jens Hummel.

Line sgranò gli occhi ed ebbe un brivido, mentre nella testa le frullavano mille pensieri e interrogativi. Avrebbe preferito che il padre non se ne fosse andato così in fretta.

Rilesse il referto per accertarsi di aver capito le conclusioni, ma non c'erano dubbi: l'arma trovata nella cassaforte a casa di Sofie aveva ucciso due volte.

Una mosca si posò sul suo piatto vuoto. Line si alzò e cominciò a sparecchiare. Era la prima volta che il padre le forniva informazioni in quel modo, e probabilmente era stato proprio quello il vero scopo della visita: non tanto aggiustarle il campanello, quanto passarle una dritta.

E di sicuro era anche il motivo per cui se l'era squagliata così all'improvviso.

46

Wisting portò nel suo ufficio il thermos del caffè e si gettò a capofitto nella rilettura dei documenti relativi al delitto di Kristiansand, confrontando da capo i nomi di testimoni e altre persone citate con i dati presenti nei database. Varie amicizie di Elise Kittelsen erano legate al giro locale della droga; fra queste c'era anche un tale Julian Broch, già ascoltato dagli inquirenti: qualcuno l'aveva indicato come il ragazzo di Elise, anche se a detta sua erano «solo amici». Broch, fra l'altro, aveva alle spalle una condanna per truffa e spaccio. A poco a poco risultò chiaro che Elise si muoveva ai margini di un ambiente che era sì criminale, ma privo di collegamenti con attori centrali come Phillip Goldheim. Nulla lasciava intendere che la ragazza fosse altro che una vittima innocente.

Alle quattro meno cinque entrò nel suo ufficio Christine Thiis. Lui era andato via da casa di Line esattamente un'ora e quaranta minuti prima.

«Hanno chiamato da "VG"» esordì Christine, sedendosi sulla sedia davanti alla scrivania. «Sanno della rivoltella. Sanno che è stata usata in tutti e due gli omicidi.»

Wisting si appoggiò allo schienale e fissò lo sguardo sulla tazza di caffè mezza vuota. «Queste notizie di solito vengono fuori» commentò.

«Ma l'impressione è che abbiano letto il referto balistico.»

«Si tratta comunque di informazioni che non avremmo potuto tenere nascoste» disse Wisting. «Il processo a Kristiansand inizia lunedì, e il dipartimento è tenuto a mettere al corrente la difesa di elementi simili.»

Christine scosse la testa, rassegnata.

«Tu cosa gli hai detto?» le domandò lui, guardandola negli occhi.

«Il meno possibile. Ho confermato che si trattava della stessa arma e che ci era stata consegnata dopo la morte del proprietario.»

«Non vorrai dirmi che si sono accontentati di questo...»

«Ho dovuto specificare che è stata ritrovata solo ora perché era rimasta chiusa in una cassaforte da gennaio, quando il proprietario è morto.»

«Gli hai detto dei soldi che c'erano dentro?»

«No. Hanno chiesto se nella cassaforte era stato trovato altro, ma ho detto che a noi è arrivata solo la rivoltella.»

Wisting si girò verso lo schermo del computer e cercò la pagina di «VG». Non si faceva ancora accenno alla vicenda. Forse, sicuri di essere i soli in possesso della notizia, aspettavano a pubblicarla sull'edizione cartacea dell'indomani.

Christine gettò un'occhiata ai suoi appunti.

«Che piani hai?» gli chiese.

«Domattina presto vado a Kristiansand.»

Lei alzò gli occhi a guardarlo; come sempre quand'era scettica, le era spuntata una ruga fra le sopracciglia.

«Cosa ci vai a fare?»

«Harald Ryttingen ci ha dato accesso ai documenti non protocollati» le rispose, senza chiarire come c'era riuscito. «Devo controllare il registro delle segnalazioni.»

Senza commentare, Christine fece un cenno col capo per esortarlo a proseguire.

«Poi voglio interrogare un testimone» disse Wisting.

«Che testimone?»

«Dan Roger Brodin.»

Christine sgranò gli occhi, e la ruga sparì. «L'assassino?»

«Solo per chiedergli se sa che fine aveva fatto l'arma del delitto. È l'unico che potrebbe essere a conoscenza di un collegamento con il nostro caso.»

«Sempre che esista.»

«Comunque non si può lasciare nulla di intentato.»

«Secondo te dirà qualcosa?» La ruga era tornata. «Cioè, sei convinto che con te si sbottonerà?»

Wisting si avvicinò il thermos del caffè.

«Ho lasciato un messaggio sulla segreteria del suo avvocato» le rispose. «Sono abbastanza certo che, appena leggerà "VG", richiamerà.»

Christine si alzò, continuando a guardarlo negli occhi. «Vengo con te» annunciò.

47

Venerdì pomeriggio, in centrale, la solita confusione di telefoni che squillavano e porte che venivano aperte e chiuse era andata via via scemando. Pian piano l'ufficio si era svuotato. Wisting rimase ancora qualche ora chino sulle carte, ma senza trovare risposte.

Alle sette salì in macchina e uscì dal parcheggio sul retro. Aveva appoggiato sul sedile accanto una cartina del centro di Kristiansand e una copia delle dichiarazioni rese da Finn Bjelkevik, uno dei tre testimoni chiave del delitto di Capodanno. Il giovane abitava a Sandefjord ed era andato a Kristiansand per festeggiare l'ultimo dell'anno. Wisting inserì l'indirizzo nel navigatore: per arrivare a destinazione ci volevano ventidue minuti.

Stando al fascicolo, Bjelkevik viveva a casa con i genitori. Non era sicuro di trovarlo, ma comunque preferiva gli incontri diretti alle conversazioni telefoniche. Percorse Prinsegata e poi svoltò a sinistra al semaforo di Storgata. Quella sera faceva caldo e non tirava un alito di vento; mentre abbassava il finestrino, udì della musica arrivare da uno dei ristoranti del porto.

Finn Bjelkevik e il suo amico erano arrivati in Dronningens gate subito dopo aver sentito gli spari e avevano visto scappare Dan Roger Brodin. La testimonianza del ragazzo occupava meno di due pagine.

Wisting sapeva per esperienza che non tutti i dettagli e le sfumature delle testimonianze venivano annotati. Una parola particolare, l'ordine degli eventi, un gesto, una reazione, un pensiero: il verbale non registrava ogni cosa. Ciononondimeno, lui non si aspettava grandi novità dall'incontro. Bjelkevik era quasi un testimone oculare e le sue dichiarazioni erano più che sufficienti a far condannare Brodin per omicidio: aveva sentito gli spari e aveva visto fuggire Brodin con una rivoltella in mano. Wisting voleva saperne di più sull'arma.

Il navigatore lo condusse in un ordinato quartiere residenziale sulla costa occidentale del fiordo di Sandefjord. La villetta a due piani, con le rose rampicanti sulle pareti di legno, si trovava proprio sul mare, in fondo a una strada senza uscita. Wisting parcheggiò sullo spiazzo acciottolato, ma prima di scendere dall'auto diede un'occhiata al sito di «VG» con il telefono: la notizia, illustrata da una foto di Elise Kittelsen, era riportata in primo piano sull'homepage. Wisting ci cliccò sopra e vide che era stata pubblicata appena sette minuti prima. Cominciò a leggere l'articolo, ma non fece in tempo a finire che una donna sulla cinquantina si affacciò sulla porta della casa.

Wisting si mise in tasca il telefono e andò da lei. La donna era la madre di Finn Bjelkevik. Le spiegò che voleva parlare con suo figlio del delitto a cui aveva assistito a Kristiansand.

«Una storia terribile» disse la donna. «Non vedo l'ora che il processo finisca.»

«Suo figlio è in casa?» domandò Wisting.

«È in giardino» rispose lei, facendogli strada.

Finn Bjelkevik si stava occupando del barbecue. Wisting

sapeva dal fascicolo che aveva ventidue anni; era alto e muscoloso, portava gli occhiali e aveva i capelli corti color biondo sabbia.

C'era una ragazza della stessa età seduta a un tavolo, mentre un uomo più anziano stava arrivando dal piccolo pontile privato, seguito da un cane a pelo lungo.

La madre presentò Wisting, che strinse la mano a tutti. La ragazza era la fidanzata di Finn, l'uomo con il cane era suo padre. Wisting supponeva che nessuno di loro avesse letto le ultime notizie su «VG», ma non ritenne opportuno informarli personalmente.

«Si ferma a cena con noi?» lo invitò il padre, lanciando un'occhiata alla carne sulla griglia. «Ce n'è in abbondanza per tutti.»

L'odore della carne abbrustolita impregnava l'aria estiva.

«No, grazie» declinò Wisting. «Non vi tratterrò per molto. Vorrei solo ripercorrere un'altra volta gli eventi della sera del 31 dicembre.»

Finn Bjelkevik allungò il forchettone al padre. «Ho parlato con Ryttingen proprio oggi, al telefono» disse. «Abbiamo già ripercorso tutto.»

La madre offrì a Wisting un bicchiere di acqua Farris con qualche cubetto di ghiaccio.

«Grazie» le disse lui con un sorriso.

«Ryttingen mi ha detto che è importante sembrare sicuro al processo» aggiunse Bjelkevik. «E non lasciare alcun dubbio.»

A Wisting era capitato spesso di preparare dei testimoni chiamati a deporre in tribunale. La maggior parte di loro non aveva esperienza di processi e andava messa al corrente dei dettagli pratici: ad esempio, qual era il loro posto in aula, qual era quello del PM e dell'imputato, che tipo di domande avrebbe fatto il giudice. Ma lui non aveva mai istruito nessuno su cosa dire: li esortava a esprimersi in maniera precisa e, al contrario di Ryttingen, li invitava anche a lasciare spazio al dubbio, nel caso in cui non si sentissero sicuri.

Wisting e Finn si allontanarono in direzione del mare.

«Perché, hai dubbi su ciò che è successo?» domandò Wisting.

«Non esattamente.»

Wisting si fermò e bevve un sorso d'acqua. «In che senso, "non esattamente"?»

«È successo tutto così in fretta...» spiegò Finn, riprendendo a camminare sul pontile. «Non sono riuscito a vedere granché, ma subito dopo sono arrivati loro con l'assassino.»

«L'hai riconosciuto?»

Il ragazzo raccolse un sasso e lo lanciò in acqua.

«Sì, subito» rispose.

Un gabbiano si levò da un palo in mezzo al mare.

«Adesso non sei in aula» gli ricordò Wisting. «Non devi per forza dimostrarti così sicuro.»

«Avevo bevuto parecchio, l'ha visto meglio Terje.»

«Quanto?»

Era una delle domande che non erano state poste durante l'interrogatorio. Finn Bjelkevik fece spallucce.

«Non lo so» rispose. «Forse sei o sette birre. Ma in compenso sono tornato sobrio in un attimo. Cioè, è stato tipo uno shock. Se lo immagina, vedere una donna che ti viene ammazzata sotto gli occhi?»

«Possiamo ripercorrere tutto dall'inizio?» chiese Wisting. «Cos'è successo, in effetti?»

Il giovane sospirò, lanciando un'occhiata alla ragazza.

«Allora...» iniziò, come a prendere lo slancio. «Eravamo a casa di Terje, nel quartiere di Lund, ma dovevamo spostarci da un suo amico che abita in centro. Siamo andati un po' in giro, abbiamo bevuto... Terje aveva uno zaino con qualche birra e un po' di vino. Ci siamo fermati per tirare fuori delle bottiglie dallo zaino ed è stato allora che abbiamo sentito gli spari. Due colpi secchi. Lì per lì ho pensato che fossero fuochi d'artificio, dato che era la sera dell'ultimo dell'anno, però il rumore era diverso. Mi sono voltato e ho visto la ragazza già a terra. Prima non l'avevo notata, anche se stava venendo verso di noi. Il tipo che le ha sparato ha fatto qualche passo indietro e si è infilato l'arma nei pantaloni. Poi si è girato e si è messo a correre.» Allargò le braccia, come a dire che era tutto lì.

«E poi cos'è successo?» lo incalzò Wisting.

«Ero scioccato» ammise il giovane. «Sul momento sia io che Terje siamo rimasti impietriti, poi ci siamo guardati e siamo corsi dalla ragazza. Però era già morta. Le ho sollevato la testa per vedere se reagiva, ma niente. Aveva gli occhi vuoti e le usciva sangue dalla bocca. Impossibile fermarlo.»

Wisting annuì, ma senza fare commenti.

«Sono arrivate altre persone» proseguì Bjelkevik. «Per primo il tipo che aveva provato a inseguire quello che aveva sparato. Non so se volesse farle la respirazione bocca a bocca o il massaggio cardiaco o come si chiama, però l'ha girata sulla schiena. Ma non è servito. Subito dopo è arrivato un medico e ha detto che non c'era niente da fare.»

Mentre parlava, la voce gli si era fatta più flebile. Wisting intuì che per il ragazzo raccontare tutto di nuovo era come riaprire una ferita.

«La polizia è arrivata quasi subito. È stato un macello. Io e Terje siamo rimasti seduti ad aspettare in una volante e abbiamo seguito tutto dalla radio della polizia. Abbiamo sentito che stavano inseguendo l'assassino per le vie del centro e poi che l'avevano preso.»

Wisting rimase assorto un istante. Gran parte delle cose che gli aveva raccontato Finn le aveva già lette nel fascicolo. Non sapeva esattamente cosa si fosse aspettato.

«L'uomo che ha sparato...» cominciò a dire, tentando di proseguire la conversazione.

«Sì?»

«Puoi descriverlo un'altra volta?»

«Portava una maglia nera a collo alto con una scritta, una giacca a vento grigia, pantaloni scuri e scarpe da ginnastica blu.»

Wisting annuì. Dan Roger Brodin indossava una maglia nera con la scritta MAGIC e il disegno stilizzato di un uccello.

«L'avevi mai visto prima?»

«No, però io non sono di Kristiansand.»

«Quanta distanza c'era fra di voi?»

Bjelkevik scrollò le spalle. «Eravamo davanti a una specie di palestra» spiegò. «La ragazza era a terra più o meno davanti all'entrata della scuola.»

Wisting non aveva molta familiarità con il luogo. «Come da qui alla barca?» domandò, indicando il pontile.

«Più o meno.»

Dunque una trentina di metri.

«E l'illuminazione com'era?» continuò Wisting.

«Piuttosto scarsa.»

«Niente lampioni?»

«Ce n'era uno proprio nel punto in cui è caduta la ragazza, ma era spento. La luce veniva dalle finestre sull'altro lato della strada.»

«L'assassino aveva qualcosa in mano, a parte la rivoltella?» domandò Wisting.

Bjelkevik scosse il capo.

«Ha detto qualcosa?»

«Niente.»

Wisting continuò a porre le domande di routine a cui non aveva trovato risposta nel verbale di audizione. Probabilmente gliele avevano anche fatte, ma escludendo poi le risposte dalla trascrizione perché considerate irrilevanti.

Del resto, nemmeno lui stava prendendo appunti. Di elementi nuovi non ne erano emersi molti, eppure nella conversazione c'era qualcosa che non gli quadrava. Solo che non riusciva a mettere a fuoco cosa.

48

Line era sul divano con il portatile in grembo; l'aveva appoggiato su un cuscino per tenerlo fermo. Era da tanto che non accedeva al sistema informatico della redazione. La dashboard mostrava in tempo reale il numero di visualizzazioni per ogni articolo, e quello sull'arma del delitto era il più letto: quasi duecentocinquantamila clic in poco più di due ore, un dato ben superiore a quello medio dei suoi reportage.

Il pezzo conteneva un link al resoconto del delitto di Capodanno ed era illustrato da una foto di Elise Kittelsen. Il titolo era: *Arma misteriosa torna a colpire.*

Con Sofie era stata costretta a recitare un po'. Non poteva dirle che aveva ottenuto l'informazione dal padre, ma appena uscita la notizia le aveva fatto una telefonata. Temeva che l'amica si sarebbe arrabbiata: dopotutto era stata lei a convincerla a consegnare la rivoltella anziché sbarazzarsene. Invece Sofie aveva sospirato rassegnata, come se non si aspettasse altro che cattive notizie. O forse non aveva compreso la gravità della faccenda. In ogni caso le era sembrata stanca.

Line non amava i titoli che usavano parole come «misterioso», «enigmatico» o «inspiegabile» per solleticare la curiosità dei lettori; stavolta, però, erano tutti aggettivi adatti al caso della rivoltella trovata a casa del nonno di Sofie.

E in effetti proprio la curiosità l'aveva spinta a scartabellare tra i quaderni e i raccoglitori contenuti nella cassaforte, dove aveva trovato conferma del racconto di Sofie. Tuttavia, pur sapendo che il nonno era un criminale, era improbabile che l'amica avesse idea della portata delle sue attività.

Line digitò «Frank Mandt» nel campo di ricerca, per vedere se il nome compariva tra le informazioni di contesto nell'archivio del giornale. Venne fuori un solo risultato: all'interno di una cartella di appunti per una serie di articoli sul crimine organizzato pubblicati qualche anno addietro. Il giornalista si chiamava Geir Hansen; Line ci aveva parlato una volta, ma nel frattempo Hansen aveva lasciato «VG» per andare a lavorare nell'ufficio stampa di un ente statale.

Il paragrafo recitava: «È possibile che un ruolo centrale sia svolto da Frank Mandt del Vestfold, anziano personaggio noto soprattutto per importazione e smercio di alcolici di contrabbando. Probabilmente in uscita dal giro».

Quei sintetici appunti non le dicevano granché. Era chiaro che il collega aveva una fonte interna all'ambiente, ma l'annotazione non conteneva alcun riferimento preciso.

Cercò di ricordare qualcuno dei nomi che aveva letto nelle carte trovate in cassaforte. Gliene era rimasto impresso uno, Aron Heisel. Digitandolo nel campo di ricerca ottenne alcuni risultati, uno dei quali risalente a pochi giorni prima. Sorpresa e interdetta, venne a sapere di un sequestro di stupefacenti presso la fattoria dov'era stato ritrovato il taxi di Jens Hummel. Il padre non l'aveva mai nominato, ma Aron Heisel doveva essere l'uomo in custodia cautelare che si rifiutava di collaborare con la polizia. Nell'archivio non c'era molto più di quanto Line aveva appena letto riassunto nell'articolo. In precedenza, Heisel veniva citato a proposito di un grosso caso di contrabbando scoppiato nell'Østfold tre anni prima, in cui era stato indagato insieme ad altri, ma non condannato.

Tra i nomi che Line ricordava di aver letto sulle carte della cassaforte c'era anche quello di Per Gregersen, che ritrovò menzionato insieme a Frank Mandt nel materiale raccolto per la serie di articoli sul crimine organizzato. Compariva quasi come una didascalia in un altro paragrafo: «Phillip Goldheim prima si chiamava Per Gregersen». Scrollando la pagina, Line lesse tutto il paragrafo, che sintetizzava le informazioni ricevute dalla fonte: «Rilasciato nel 2002 dopo lunga condanna per traffico di droga. Precedenti stretti legami con Hells Angels. Tiene basso profilo. Riciclaggio di denaro proveniente da narcotraffico. Fatta carriera con investimenti. Compravendita di immobili. Import di auto. Azioni di borsa. Svolta verso criminalità finanziaria. Falso in bilancio e frode con uso di società fittizie e prestanomi. Continua smercio di anfetamine. Ruolo centrale nel Sørlandet. Vuole allargarsi. Rete poco nota».

Con qualche clic, Line aprì una foto scattata a Goldheim durante il suo ultimo processo. Ritraeva un tipo elegante in giacca e cravatta, ma con orecchino e capelli lunghi raccolti in un codino: segno che probabilmente non si trattava del suo aspetto abituale.

Mentre cercava altre informazioni sull'uomo, suonò il campanello. Non fece in tempo ad alzarsi che si sentì chiamare dal padre nell'ingresso. Rispose al saluto, chiuse il portatile e lo posò sul tavolo, poi si alzò a fatica dal divano per andare ad accoglierlo. Il padre era sulla soglia tra il corridoio e la cucina, e non si era nemmeno tolto le scarpe.

«Volevo solo dirti che nel weekend sarò fuori» le annunciò.

«Dove vai?»

«A Kristiansand. Parto domattina presto» disse lui, lanciando un'occhiata al pancione di Line. «Tu, tutto bene?»

Lei annuì, poi chiese: «Quanto ti trattieni?».

«Solo fino a domenica.»

Line andò ad appoggiarsi al tavolo della cucina. «Sai qual è il collegamento con l'arma?» domandò.

«No» confessò il padre. «È proprio per questo che vado a Kristiansand.»

«Avrai problemi?» gli chiese Line. «Per l'articolo, intendo.»

Lui scosse la testa sorridendo. «Il vero problema sono quelli che cercano di nascondere la verità» rispose. «Sofie come l'ha presa?»

«Bene.»

«E tu? Cosa ne pensi?»

Line scrollò le spalle. L'idea di aver custodito un'arma che aveva ucciso due persone le dava un leggero malessere.

«Viaggi da solo?» gli domandò, cambiando argomento.

«Insieme a Christine Thiis» rispose il padre, guardandole di nuovo il pancione. «Per qualsiasi cosa, chiamami.»

«Stai attento.»

«Anche tu» rispose lui abbracciandola.

49

Wisting aprì gli occhi prima che suonasse la sveglia e restò ad ascoltare i gridi lontani dei gabbiani finché non fu ora di alzarsi.

Si era messo d'accordo con Harald Ryttingen che un investigatore li avrebbe accolti in centrale alle dieci. Per arrivare a Kristiansand da Larvik ci volevano due ore e mezza, quindi di tempo ne aveva a sufficienza.

Mise su il caffè, si spalmò di marmellata una fetta di pane e fece colazione seduto al tavolo della cucina, guardando il cielo che rischiarava e a poco a poco si colorava di un azzurro estivo e limpido.

Non erano stati i gabbiani a svegliarlo, ma i pensieri sul delitto di Capodanno. A parte l'arma sparita, sembrava un caso facile che si era risolto senza problemi e assai rapidamente. Quasi troppo. Il colpevole era stato preso ancor prima che Ryttingen o altri della squadra investigativa venissero avvertiti e le loro indagini si erano semplicemente incanalate sul binario che il caso aveva già imboccato.

Wisting si alzò, mise tazza e piatto sporchi nella lavastoviglie e andò in bagno; si fece la barba, la doccia, poi si preparò una borsa.

Poco dopo le sette passò a prendere Christine Thiis, che

lo aspettava pronta davanti casa. La strada era deserta e nessuno dei due parlò molto. Fin dalle prime ore della mattina Wisting aveva provato a ragionare in maniera diversa dai colleghi di Kristiansand; ora pensava di aver trovato una possibile spiegazione logica del come la rivoltella fosse finita a Larvik, ma il suo ragionamento era ancora troppo prematuro per poter essere condiviso.

Lungo la strada sfrecciavano i cartelli con i nomi delle cittadine del Sørlandet che attraversavano via via: Risør, Tvedestrand, Arendal, Grimstad, Lillesand. Alle dieci meno un quarto svoltarono sulla rampa che portava a Kristiansand. Ma, prima di recarsi alla centrale, Wisting volle vedere il luogo in cui era stata uccisa Elise Kittelsen e si addentrò nel reticolo a scacchiera del centro storico. Dal materiale d'indagine non aveva ben capito com'era possibile che la ragazza fosse stata uccisa davanti all'ex scuola di Kongens gate, mentre il luogo del delitto risultava essere Dronningens gate. Vedendo il posto gli fu tutto chiaro: l'entrata della scuola era in Kongens gate, ma il cortile dava sulla parallela Dronningens gate ed Elise Kittelsen era stata colpita davanti al varco nel muro di cinta che consentiva l'accesso al cortile. Nelle carte del fascicolo si avanzava l'ipotesi che l'autore del delitto si fosse nascosto lì e avesse aspettato una vittima da aggredire.

Guidando adagio, Wisting andò a parcheggiare davanti alla palestra dove Finn Bjelkevik aveva detto di trovarsi con il suo amico al momento degli spari. Scese dall'auto e, osservando i dintorni, riconobbe la via dalle foto contenute nel fascicolo; solo che queste erano state scattate di notte, con la luce artificiale dei riflettori e chiazze di neve sul marciapiede, mentre adesso c'era il sole e il fogliame degli alberi ricadeva sul muro del cortile scolastico.

Christine Thiis lo affiancò mentre un ragazzino passava su uno skateboard scalcagnato, accompagnato dal rotolio delle ruote sull'asfalto.

Da lì al punto in cui Finn Bjelkevik e Terje Moseid avevano visto la ragazza a terra c'erano effettivamente una trentina di metri. Wisting e Christine si avviarono verso il luogo del delitto mentre alcuni uccelli spiccavano il volo dalle chiome verdi curve su di loro. Le vecchie aule scolastiche al di là del muro apparivano vuote; nel cortile si vedevano ancora le linee bianche di un campo da pallamano disegnate sull'asfalto, ma ormai quel grande spazio sembrava utilizzato come parcheggio.

Wisting si fermò nel punto in cui era caduta Elise Kittelsen, poi inserì nel quadro i tre testimoni e l'assassino: Terje Moseid e Finn Bjelkevik stavano venendo a piedi verso di lei, Dan Roger Brodin era sbucato dal cortile buio della scuola con la rivoltella puntata, Einar Gjessing aveva girato l'angolo una ventina di metri alle spalle di Elise, qualche secondo prima degli spari.

Wisting fece un passo di lato e cambiò ruolo: alzò il braccio destro, drizzando indice e pollice come se impugnasse un'arma, e si calò nei panni dell'assassino; poi si avviò a passo deciso, anziché correre, nella direzione in cui quello era fuggito. All'angolo con Holbergs gate, Brodin era passato accanto a Einar Gjessing, che gli era corso dietro. Nella fuga aveva oltrepassato un negozio di musica e, sull'altro lato della via, uno spiazzo che dal fascicolo risultava intitolato a re Olav V. Aveva proseguito verso Østre Strandgate, ma a quel punto Gjessing aveva abbandonato l'inseguimento.

La semplice ricostruzione fu utile, ma non fornì un quadro dei fatti diverso da quello delineato nei verbali.

Alle dieci in punto Wisting e Christine parcheggiarono davanti all'imponente centrale di polizia di Tollbodgata. Wisting smontò dalla macchina e alzò gli occhi a guardare il palazzone di nove piani: gli ultimi due, affidati all'amministrazione penitenziaria, ospitavano quarantaquattro celle detentive; in una era rinchiuso Dan Roger Brodin.

Si rivolsero al giovane agente in divisa dietro il vetro protettivo della piantoneria. Cinque minuti dopo uscì dall'ascensore un collega che li condusse su alla sezione anticrimine.

L'investigatore si chiamava Ivar Horne, nome che Wisting ricordava di aver letto sulle carte del fascicolo, ed era un tipo trasandato in jeans e maglietta bianca, con capelli ribelli e la barba un po' troppo lunga. L'aspetto sembrava stridere con la stesura ordinata e coscienziosa dei verbali che aveva scritto.

«Vi abbiamo preparato il materiale» disse Horne, facendo strada ai due lungo un corridoio grigio.

Passando davanti a un ufficio aperto, videro un investigatore seduto davanti a un computer, che restò con gli occhi incollati allo schermo; da più avanti arrivavano i suoni di una radio. Per il resto, nella sezione regnava il silenzio.

«Eccoci» annunciò Horne spingendo la porta di una sala riunioni.

Al centro del tavolo c'erano tre scatoloni contenenti alcuni faldoni di vari colori.

«Mi sono occupato anch'io del caso» disse Horne, dirigendosi verso un cucinotto in fondo alla sala. «Cos'è che state cercando, in sostanza?»

«Un collegamento con l'omicidio di Jens Hummel» rispose Wisting, tirando fuori un faldone blu etichettato COLLOQUI INFORMALI – SPACCIO DI DROGA.

Horne aprì un armadietto sopra il lavello e prese tre tazze bianche. «Che genere di collegamento?» domandò, posando le tazze sul tavolo.

Wisting lasciò il faldone e si accomodò su una sedia, mentre Christine Thiis faceva altrettanto dall'altra parte del tavolo.

«È stata usata la stessa arma. Questo lega i due casi, giusto?» cominciò Wisting.

Ivar Horne indicò la macchina del caffè e li guardò con aria interrogativa. Wisting annuì.

«Ma esistono anche altri punti di contatto secondari» continuò, mentre il collega gli versava il caffè.

«Del tipo?»

«Anzitutto, sappiamo che Jens Hummel si trovava a Kristiansand la sera dell'ultimo dell'anno» rispose Wisting. «Inoltre, nel corso delle nostre indagini è saltato fuori un nome interessante di un tizio di Kristiansand.»

Horne rimise la brocca a posto. «Chi sarebbe?» domandò, sedendosi all'altro capo del tavolo.

«Phillip Goldheim» rispose Wisting.

«PG?» esclamò Horne, inarcando le sopracciglia.

Wisting confermò.

«Sì, in effetti è un nome interessante» disse Horne, «ma non credo che lo troverete citato in quei faldoni» aggiunse, indicandoli con un cenno del capo.

«Tu cosa sai di lui?» gli chiese Christine.

«Ha un grosso traffico di stupefacenti che importa e rivende tramite varie attività legali di facciata» spiegò Horne. «È sulla breccia da parecchi anni. Noi abbiamo fatto diversi tentativi per stanarlo. Sei mesi fa c'eravamo quasi riusciti...»

«Poi? Cos'è successo?»

«Non lo so» ammise Horne. «Avevamo un informatore che a un certo punto si è tirato indietro e ha smesso di parlare. L'operazione si basava essenzialmente su di lui. Era in grado di dire quando sarebbe arrivata la prossima partita e in che modo potevamo risalire a Phillip Goldheim.»

«L'operazione Mister Nice Guy?» domandò Wisting, ripensando agli appunti che aveva letto.

«*No more Mister Nice Guy*» commentò Horne con un sorriso.

Wisting si portò la tazza alla bocca.

«Dici che è successo sei mesi fa» riprese, bevendo un sorso di caffè. «Quando sarebbe dovuta arrivare questa partita?»

«A metà gennaio» rispose Horne. «Quando abbiamo perso l'informatore, l'operazione si è fermata. Adesso, però, l'abbiamo rimessa in moto. Lo stiamo sorvegliando.»

Wisting bevve di nuovo. Le soffiate che arrivavano alla polizia tramite fonti interne agli ambienti della malavita erano importanti; di solito, gli informatori giocavano un ruolo determinante nella risoluzione dei grossi casi di narcotraffico. Era un metodo d'indagine del quale venivano tenuti all'oscuro tanto la corte quanto gli avvocati difensori, e poteva trasformarsi in un gioco pericoloso; d'altronde, l'informatore stava tradendo la fiducia che gli avevano accordato le persone sulle quali passava soffiate, e i traditori non piacevano a nessuno. Bastava la voce che uno avesse parlato con la polizia per scatenare una rappresaglia. Quindi, siccome la sicurezza dell'informatore era fondamentale, vigeva la regola non scritta per cui nessun poliziotto chiedeva mai l'identità della fonte a un collega.

«Comunque, non voglio trattenervi oltre» disse Ivar Horne alzandosi con la tazza in mano. «Se avete bisogno, mi trovate nell'ufficio di fronte.»

50

Wisting tornò a riempirsi la tazza nel cucinotto. Le telefonate con Harald Ryttingen erano state un'esperienza sgradevole: si era sentito quasi denigrato e messo in ridicolo. L'investigatore che li aveva accolti, invece, si era dimostrato molto disponibile e simpatico.

«Da dove cominciamo?» domandò Christine, guardando dentro uno scatolone.

«Da dove ti pare» rispose lui, prendendo il faldone dei colloqui informali nel giro della droga.

Dentro trovò una serie di moduli con resoconti tutti simili fra loro, in cui noti personaggi dell'ambiente fornivano chiarimenti rapidi e informali su ciò che sapevano di Dan Roger Brodin; i moduli erano stati riempiti a mano dagli investigatori andati per strada in cerca di informazioni. Wisting diede una scorsa ai primi fogli. A quanto pareva, la polizia voleva accertare soprattutto se qualcuno avesse visto Brodin con un'arma da fuoco; quello restava il nodo insoluto del caso, e se qualcuno fosse stato in grado di testimoniare che Brodin aveva avuto accesso a un'arma le accuse a suo carico sarebbero state ancora più schiaccianti.

Molti intervistati non sapevano nemmeno chi fosse Brodin, altri non lo vedevano da tempo; ma chi lo conosceva lo definiva un tipo a posto, e non si capacitava del fatto che avesse commesso un delitto del genere.

Arrivato a metà del raccoglitore, Wisting sentì squillare il telefono. Era un numero sconosciuto.

«Parla l'avvocato praticante Olav Müller» si presentò la persona all'altro capo. «Legale rappresentante di Dan Roger Brodin.»

Wisting agguantò una penna e si segnò il nome. Nei fascicoli e sui giornali risultava che si stesse occupando del caso un avvocato piuttosto famoso.

«Credevo che lo difendesse Kvammen.»

«Infatti lavoro con lui» spiegò Müller. «Kvammen ha avuto un impedimento e ho rilevato io l'incarico. Rappresenterò Brodin in tribunale.»

«Ho capito» disse Wisting, concludendo che anche l'avvocato di grido la reputava una causa persa, quindi aveva lasciato il destino di Brodin nelle mani di un principiante. «Be'» aggiunse, schiarendosi la voce, «grazie di aver richiamato.»

«Voleva parlarmi?» proseguì quello in tono formale.

«Sì. O meglio: vorrei parlare con Brodin.»

All'altro capo cadde il silenzio. Wisting aspettava di sentirsi dire che Brodin non intendeva rilasciare dichiarazioni alla polizia.

«È stato lei a trovare l'arma del delitto?» gli chiese il praticante alla fine.

«L'hanno consegnata a noi, sì» confermò lui. «E dall'esame balistico è emerso che è stata usata anche nel nostro caso.»

«Sospettate di Dan Roger Brodin anche per quell'omicidio?» domandò il praticante in tono un po' sarcastico, sapendo che Brodin si trovava già in carcere quando Hummel era stato ucciso.

«Sospetto che nel caso in cui Brodin è imputato le cose non stiano esattamente come vorrebbe la polizia di Kristiansand» rispose Wisting.

«Che significa?»

Wisting lanciò uno sguardo a Christine Thiis, che stava ascoltando la telefonata con una penna in bocca.

«È troppo presto per scendere nei dettagli» rispose. «Ma è evidente che nelle indagini ci sono dei buchi.»

«Brodin sa solo quello che ha già dichiarato» lo liquidò l'altro in modo quasi automatico. «Non è stato lui a sparare a Elise Kittelsen.»

Wisting cambiò posizione sulla sedia. Persuadere Müller a lasciargli incontrare il suo assistito non si prospettava un compito facile.

«Il colpevole dell'omicidio su cui sto indagando è ancora ignoto. Se ciò che sostiene il suo cliente è vero, fra i due casi potrebbe esistere un collegamento più diretto, oltre al fatto che è stata usata la stessa arma.»

«Mi sta dicendo che l'assassino potrebbe essere lo stesso?»

«Le sto dicendo che per me è importante parlare con Dan Roger Brodin» rispose Wisting.

Di nuovo silenzio. Dall'altra parte del tavolo, un rumore di plastica schiacciata gli fece capire che Christine aveva mordicchiato la penna un po' troppo forte.

«Devo vederlo in carcere oggi pomeriggio alle tre» disse alla fine il praticante. «Può venire con me.»

Wisting sorrise, lo ringraziò e riagganciò.

Christine si tolse la penna dalla bocca. «Sul serio?» gli chiese. «Pensi davvero che i due omicidi siano collegati a doppio filo, e non sia stata usata la stessa pistola solo per caso?»

Wisting la guardò chiedendosi se dirle cosa pensava a proposito del collegamento, ma alla fine lasciò stare.

«Io non credo alle casualità» rispose.

51

La luce di fuori penetrava dalle veneziane, gettando fasce d'ombra sul tavolo della sala riunioni. Wisting e Christine Thiis erano seduti uno di fronte all'altra, intenti a scartabellare i faldoni. Il silenzio era interrotto solo dal rumore del loro sfogliare.

Le carte erano perfettamente lisce e un po' irrigidite, come se nessuno le avesse mai consultate né si fosse interessato alle informazioni che contenevano.

Con la coda dell'occhio Wisting scorse Christine prendere un appunto e poi poggiarsi la penna sul labbro inferiore.

«Cos'hai trovato?» le domandò.

«La segnalazione di un dipendente del McDonald's di Markens gate» rispose lei. «Conosce Dan Roger Brodin dai tempi delle scuole medie: sono stati in classe insieme finché Brodin non si è trasferito.»

«Ah, sì?»

«Il 31 dicembre faceva il turno del mattino e si ricorda che Brodin è andato al locale e ha comprato un menu hamburger. Gli è rimasto impresso perché Brodin ha provato a pagare con una banconota da mille corone, ma loro non avevano il resto.» Christine tornò a guardare il fascicolo.

«Quindi se l'è rimessa in tasca, assieme a un mazzetto di biglietti dello stesso taglio.»

Wisting si appoggiò allo schienale. «Mi pare improbabile» osservò.

«Be', di sicuro non è coerente con il fatto che avrebbe tentato di rapinare qualcuno poche ore dopo. Forse il tizio si è confuso sul giorno?»

«Come si chiama?» domandò Wisting.

«Mathias Gaukestad.»

Wisting si alzò e cercò il faldone con i fascicoli protocollati. Non ricordava di aver letto quel nome, e in effetti non lo trovò nemmeno nell'elenco dei testimoni.

«Non è stato ascoltato come teste» concluse.

«Non avrebbero dovuto convocarlo?»

Wisting non rispose, ma continuò a sfogliare finché non trovò il verbale sull'arresto di Dan Roger Brodin: riportava l'ora e il luogo della cattura, gli abiti indossati e gli effetti personali che gli erano stati requisiti. La prima volta che l'aveva letto, però, gli era sfuggito un dettaglio.

«Quando è stato fermato aveva seicentoquarantatré corone in tasca» lesse. «C'è qualcosa che non quadra.»

«Dov'è finito il resto dei soldi?» domandò Christine.

«Non solo» replicò Wisting. «Tutto l'impianto dell'accusa si basa sull'ipotesi di una rapina finita male.»

«Brodin ha precedenti per scippo e aggressione a mano armata, con un coltello» confermò Christine.

«Però riguardano casi in cui cercava disperatamente di procurarsi della droga o aveva bisogno di soldi per pagare i creditori che lo minacciavano, mentre la situazione dell'ultimo dell'anno era ben diversa» spiegò Wisting. «Seicentoquarantatré corone bastano e avanzano per la dose giornaliera.» Indicò il faldone aperto davanti a lei. «Per non parlare del fatto che quella mattina pare ne avesse ancora di più.»

«Ma perché i colleghi non hanno seguito questa pista?»

Wisting chiuse il faldone. «Perché non confermava la loro ipotesi.»

Christine Thiis lo fissò. «E tu hai un'ipotesi diversa?»

«Mathias Gaukestad potrebbe essersi sbagliato?» chiese lui di rimando.

«Che facciamo?»

Wisting staccò un post-it giallo, si sporse sul tavolo e lo attaccò sul modulo delle segnalazioni che Christine aveva davanti.

«Continuiamo» disse, tornando ai resoconti dei colloqui informali.

Cinque minuti dopo trovò qualcosa che dimostrava come il testimone del McDonald's non si fosse sbagliato. Una coetanea di Brodin nel giro della droga confermava ciò che avevano detto tanti altri, cioè di non averlo mai visto con una pistola. Alla domanda di routine su quando l'aveva visto l'ultima volta, la ragazza aveva risposto di averlo incontrato il 29 dicembre al centro commerciale AMFI nel quartiere di Vågsbygd. Poi aveva aggiunto che Brodin aveva pagato per lei al Kafé Seblis del secondo piano.

Wisting riferì le informazioni a Christine.

«Sembra che soldi ne avesse» commentò, attaccando un altro post-it. Poi continuò a sfogliare. Un'altra ragazza del giro, Leni Dyste, confermava le stesse cose. Le sue risposte erano inserite nel modulo in maniera molto sintetica. Wisting lesse ad alta voce: «Conosce Danny da anni. Mai visto né sentito parlare di armi. Visto l'ultima volta il 30 dicembre davanti alla biblioteca. Aveva tanti soldi dopo un "lavoro". Dovevano dargliene altri».

«Che tipo di lavoro?» s'informò Christine.

«Non c'è scritto altro» rispose Wisting, cercando il nome di Leni Dyste nell'elenco dei testimoni. «Nemmeno lei è stata convocata per una deposizione ufficiale.»

A quel punto entrò nella sala Ivar Horne con una tazza vuota in mano.

«Trovato qualcosa di interessante?» domandò, diretto verso la macchina del caffè.

Wisting rispose con un mugugno evasivo. Avevano trovato solo vaghi indizi privi di rilevanza diretta per la loro indagine.

«Be', non penso che verrà fuori granché» disse Horne, riempiendosi la tazza. «L'accusa ha un impianto solido.» Si appoggiò al ripiano del cucinotto e osservò gli scatoloni sul tavolo. «Ironia della sorte, il testimone principale non avrebbe nemmeno dovuto trovarsi sul posto.»

«In che senso?» chiese Christine Thiis.

«Einar Gjessing» spiegò Horne, «quello che ha inseguito l'assassino, in realtà avrebbe dovuto stare al fresco.»

Wisting corrugò la fronte, incuriosito. Voleva saperne di più.

«L'Økokrim lo tiene d'occhio da quasi un anno» proseguì Horne. «Un caso grosso. Gjessing era indagato per infedeltà patrimoniale ed evasione fiscale, ma gran parte delle accuse sono decadute.»

«Cos'è successo?»

«È tipo uno startupper» rispose Horne. «Non mi intendo di questa roba, ma ha fondato un'azienda che si occupava di microprestiti, una specie di società finanziaria online. Si chiamava P2P, che sta per *person to person*, e si proponeva come intermediaria di prestiti diretti tra singoli: invece di mettere i soldi in una banca tradizionale, tramite il suo sito potevi metterli a disposizione di gente che magari non aveva accesso a un prestito normale. Con interessi alti, commissioni nascoste per chi chiedeva il prestito e grandi rischi di perdita per chi li prestava. L'unico a guadagnarci era Gjessing.»

Wisting annuì. Aveva letto di nuovi operatori che offrivano prestiti rapidi senza alcuna garanzia.

«È stato incriminato dall'Autorità di vigilanza finanziaria, perché non aveva il permesso per gestire un'attività creditizia» proseguì Horne. «L'hanno accusato di evasione fiscale, mancata rendicontazione, truffa, riciclaggio e altri reati economici. Tutti crimini per cui sono previste pene importanti.»

«Truffa e riciclaggio?» ripeté Wisting per invitarlo ad approfondire.

Ivar Horne sorseggiò il caffè. «Sì. Per la precisione concorso in riciclaggio. Non tutti i soldi del suo capitale provenivano da attività lecite.»

«Quindi il vostro testimone principale è stato condannato per truffa?» chiese conferma Wisting.

Horne si avvicinò e, con la tazza in mano, fece un gesto di diniego.

«No, è proprio questo il punto» sorrise, poi si schiarì la voce. «Non è mai stato condannato. Come dicevo, la maggior parte delle accuse è decaduta.»

«Perché?»

«Per via di Harald Ryttingen.»

«Ryttingen?»

Il sorriso di Horne si allargò ancora di più.

«Lo conosci, o almeno ci hai parlato» disse, spostando la tazza nell'altra mano, «sai che non ama perdere. Non gli piace andare al processo senza un impianto sicuro. Il caso della P2P era complicato e molti testimoni erano restii a parlare, soprattutto a proposito del riciclaggio. Era un caso prestigioso, per il quale erano state impiegate molte risorse, ma l'esito era tutt'altro che scontato, quindi è stato raggiunto un accordo. Einar Gjessing ha confessato i reati minori e ha ricevuto una condanna molto più leggera di quella che rischiava se il processo fosse arrivato fino in fondo. E, al tempo stesso, il sistema giudiziario si è risparmiato mesi di lavoro.»

«Per cosa l'hanno condannato?» s'informò Christine Thiis.

«Qualcosa tipo esercizio abusivo di attività finanziaria e violazione di obblighi tributari. Gli hanno dato sei mesi, di cui la metà sospesi con la condizionale. Era fuori già prima di Natale.»

Furono interrotti dal suono di una sirena. Horne si affacciò alla finestra per vedere.

«Questa storia a molti dei nostri non è piaciuta» proseguì, voltandosi a guardarli, «ma l'importante è stato smantellare l'attività di Gjessing.» Sorrise di nuovo. «Quindi, se all'epoca Ryttingen avesse fatto il suo lavoro, adesso non avrebbe il testimone chiave. Che ironia, no?»

«Ma i testimoni oculari sono tre» gli ricordò Christine.

«Certo» rispose Horne, «ma Gjessing era l'unico sobrio, ed è quello che ha visto meglio Brodin, perché scappando gli è passato accanto.»

Wisting si trattenne dal fare commenti sulla professionalità del capo della sezione investigativa locale.

«Sai dove possiamo trovare Leni Dyste?» domandò, cambiando argomento.

«Da nessuna parte» rispose subito Horne. «È morta di overdose a maggio. Perché?»

Wisting riferì la conversazione di un investigatore con la ragazza il giorno dopo il delitto.

«Mi era sfuggito» ammise Horne, scorrendo il modulo del colloquio.

«Se gli avevano appena pagato un lavoro e aspettava altri soldi, perché avrebbe dovuto fare una rapina?» chiese Christine. «E dov'è finito il resto della somma?»

«In quegli ambienti i contanti non durano molto» replicò Horne, «ma in questo caso specifico c'è una spiegazione logica.»

«Quale?»

Horne si avvicinò alla porta. «Ci ha comprato la rivoltella» disse, e uscì.

52

Alle due Wisting si alzò dal tavolo.

«Qui ci vuole una pausa» disse, strofinandosi gli occhi affaticati.

Christine Thiis, dicendosi d'accordo, drizzò la schiena e cominciò a sgranchirsi.

«Prima di vedere Brodin in carcere vorrei provare a scambiare due parole con Einar Gjessing» aggiunse Wisting.

«Dovremmo pure mettere qualcosa sotto i denti» fece lei alzandosi a sua volta. «Vengo con te.»

Sulla porta ricomparve Ivar Horne.

«Finito?» chiese.

«Facciamo giusto una pausa» chiarì Wisting. «Tu quanto rimani ancora?»

«Un bel po'» rispose Horne, e tirò fuori un biglietto da visita. «Quando tornate, chiamatemi, così scendo e vi faccio entrare.»

Nella macchina, rimasta parcheggiata al sole, faceva caldo. Wisting accese l'aria condizionata e orientò le ventole in modo che soffiasse verso di loro. Poi sfogliò il taccuino, trovò l'indirizzo e lo digitò sul navigatore.

Gjessing, il testimone principale del delitto di Capodanno, abitava a pochi minuti dalla centrale di polizia, nel quartiere di Lund, sull'altra riva del fiume Otra. Strada facendo, i due si fermarono a comprare un hot dog e andarono a mangiarlo seduti su una panchina.

«Al carcere ci vado da solo» disse Wisting, e addentò il panino. «Forse per lui due poliziotti sono troppi» aggiunse masticando.

Christine annuì. «Io posso continuare a controllare il materiale.»

Finirono di mangiare e risalirono in macchina. Il navigatore li portò attraverso un quartiere di antiche case di legno, fino a un grande complesso di appartamenti lungo il fiume. Lasciarono l'auto nel parcheggio per gli ospiti e s'incamminarono costeggiando il retro dell'edificio finché non trovarono l'entrata giusta.

Einar Gjessing era il primo nome in alto sulla pulsantiera. Wisting inclinò la testa all'indietro e guardò su verso l'attico inondato dal sole.

«Evidentemente ha fatto un po' di soldi, giocando al banchiere» commentò Christine premendo il campanello.

Mentre aspettavano, un uomo con un cane passò sul vialetto pedonale. Christine suonò di nuovo. Wisting controllò l'ora.

«Andiamo a posare le borse in albergo» propose. «Qui magari ci riproviamo domani.»

Stavano per avviarsi verso la macchina, quando sopraggiunse un tizio con occhiali da sole e camicia bianca a maniche corte, che tirò fuori un mazzo di chiavi dirigendosi verso il portone.

«Einar Gjessing?» gli chiese Wisting.

L'uomo si tolse gli occhiali scuri.

«Sì, lei chi è?» rispose sorridendo.

Wisting presentò se stesso e Christine Thiis.

«Si tratta del processo che inizia la settimana prossima» spiegò.

«Che cosa vuole sapere?» chiese Gjessing con un forte accento del Sud, contraendo un angolo della bocca. Sul viso gli era comparsa una ruga di irritazione.

«So che ha già risposto a parecchie domande in merito, ma non è che avrebbe un po' di tempo da dedicare anche alle nostre?»

Gjessing infilò la chiave nella serratura con un sospiro.

«Venite su.»

Poco dopo erano seduti intorno a un tavolo sulla terrazza assolata, da cui si godeva il panorama della città e dell'antica fortezza di Odderøya.

«Ha detto che siete della polizia del Vestfold?» chiese Gjessing, mettendo sul tavolo dei bicchieri e qualche bibita fredda in lattina.

Wisting annuì. «Stiamo indagando su un altro caso.» Quindi spiegò il collegamento fra il delitto di Capodanno e l'omicidio di Jens Hummel.

«Ho letto di questa storia sul giornale» fece Gjessing, aprendo un ombrellone per poi sedersi. L'ombra fu un sollievo.

Christine si spostò, sistemandosi sull'orlo della sedia. «Può raccontarci come sono andate le cose l'ultimo dell'anno?»

«Immagino abbiate già letto la dichiarazione che ho rilasciato alla polizia» disse Gjessing.

I due annuirono.

«Non c'è granché da aggiungere» continuò. «Stavo andando verso il lungomare, certi miei amici avevano preso in affitto un locale per eventi da quelle parti. Ho imboccato Holbergs gate e all'altezza della vecchia scuola media ho attraversato la strada.» Si interruppe e agguantò una lattina.

«Ma lo sapete anche voi, dov'è successo» disse, riempiendosi il bicchiere.

Poi alzò la lattina verso Christine per sapere se voleva dividerla con lui. Lei accettò l'offerta, mentre Wisting ne aprì un'altra per sé.

«Lì per lì ho pensato che fossero una coppia che stava litigando» proseguì Gjessing. «Capita spesso, l'ultimo dell'anno. Tanta gente beve, e tanta gente litiga.» Prese il bicchiere e buttò giù un sorso. «Comunque, lui la teneva stretta per il braccio con cui lei reggeva la borsa. Lei si è divincolata, ed è lì che ho visto la rivoltella. Quando lui gliel'ha puntata contro, lei stava già scappando. Le ha sparato, e dalla canna dell'arma è uscita una vampa.» Einar Gjessing posò il bicchiere e simulò un'arma da fuoco con indice e pollice. «Due colpi» aggiunse, imitando gli spari con due scatti della mano, per dare l'idea del rinculo. «Lei è stramazzata a terra, mentre lui ha preso ed è scappato verso di me. Io chiaramente ero scioccato e sono rimasto incollato dov'ero. Quando mi è passato accanto non sapevo che fare, perciò sul momento l'ho rincorso, però avevo le suole lisce e sono scivolato un paio di volte. Nel frattempo lui è sparito. Sono subito tornato indietro, ma a quel punto era già troppo tardi. E, anche se fossi corso subito da lei, non avrei potuto fare niente. Intanto erano arrivate anche altre persone.»

Wisting annuì pensoso, come per creare uno stacco fra il resoconto di Gjessing e le domande che si apprestava a fargli.

«Quando l'uomo ha sparato» cominciò, «aveva già l'arma in mano o l'ha estratta dopo che la ragazza si era divincolata?»

Einar Gjessing espresse la stessa incertezza di quando era stato sentito dalla polizia.

«È successo tutto molto velocemente» rispose, «ma credo che lui avesse già l'arma in mano. Che l'avesse usata per minacciare la ragazza. Però non so se sia solo una mia impressione o se sia andata così davvero.»

«Per caso ha visto cos'ha fatto della rivoltella?»

L'uomo lo guardò dall'altra parte del tavolo con un mezzo sorriso.

«Non pensa che l'avrei detto subito alla polizia di qui? È stata una delle prime cose che mi hanno chiesto. E l'hanno cercata per settimane.»

«Certo» disse Wisting ricambiando il sorriso. «In realtà mi chiedevo se l'aggressore fosse scappato con la pistola in mano o se l'avesse ficcata nei pantaloni o qualcosa del genere.»

Gjessing si allungò all'indietro e rifletté.

«Quando mi è passato accanto ce l'aveva in mano, questo me lo ricordo. Dopodiché dev'essersela ficcata nei pantaloni, perché ricordo che correva con tutte e due le mani libere.»

«E quando lei ha notato che aveva le mani libere, lui dov'era arrivato?»

«Non tanto lontano. Alla fontana, credo.»

Wisting non aveva con sé una pianta della zona, ma ricordava la fontana nella prima traversa.

«Da lì è sceso per le scale a Kongens gate» proseguì Gjessing. «Ma non è che l'abbia inseguito a lungo, prima di tornare indietro.»

«Che distanza c'è fra il punto in cui le è passato accanto e la fontana?»

Gjessing alzò le spalle. «Non tanta, un centinaio di metri o poco più.»

«Potrebbe essersi liberato dell'arma in quel tratto di strada?»

«La polizia l'ha cercata.»

«Mi chiedevo se qualcuno potesse averla trovata o raccolta prima che la polizia si mettesse a cercarla» spiegò Wisting. «È possibile che l'uomo l'abbia gettata via senza che lei lo vedesse?»

«Ne dubito.»

«Ha detto prima che è scivolato due volte» gli ricordò Christine. «Dov'è successo?»

«La prima volta è stata appena ho cominciato a inseguirlo. La seconda, in fondo alle scale che scendono giù dalla piazza.»

Wisting aspettò che Gjessing traesse le conclusioni da solo.

«È vero» riprese quello, con espressione pensosa, «potrebbe essersene sbarazzato la prima volta che sono scivolato. Mentre mi rialzavo ho gettato un'occhiata indietro verso Dronningens gate. Gli altri due testimoni stavano raggiungendo la ragazza.»

«E quando si è rialzato, lui dov'era?»

«Direi che aveva un vantaggio di una cinquantina di metri.»

«Ha visto se c'era qualcun altro nelle vicinanze?»

Einar Gjessing scosse la testa.

«Automobili?» suggerì Wisting.

«Di solito ce ne sono dietro la fontana, ma non ricordo di aver notato niente. Holbergs gate è una via pedonale.»

«E taxi?»

Gjessing fece segno di no. «Quello me lo sarei ricordato, perché stavo proprio andando a cercarne uno libero» disse.

Christine Thiis si fece più attenta. «Cioè, non ha visto nessun taxi nei dintorni?»

«No. Ero stato a trovare mia madre, che abita nel centro storico, e per andare sul lungomare pensavo di prendere un taxi. Ne avevo visto uno poco più avanti di casa sua. Non aveva l'insegna accesa, ma dentro non c'erano passeggeri, così ho provato. Anche perché era un chilometro scarso di tragitto. Solo che veniva da fuori e l'autista non era autorizzato a prendere passeggeri.»

Wisting lanciò un'occhiata a Christine.

«Da che città veniva il taxi?» chiese.

Gjessing fece spallucce.

«Esattamente dov'è successo?»

«Non me lo ricordo, ma mamma abita in Tordenskjolds gate. Sarà stato un paio di isolati più avanti, in Skippergata o poco distante.»

«Ricorda il tipo di vettura?» chiese Christine.

«Ricordo solo che era un taxi.»

«Colore?»

«Scuro.»

«Il tassista com'era fatto?»

Gjessing scosse la testa. «Non ne ho idea. Quando ho aperto la portiera e mi sono seduto dietro, si è girato verso di me solo a metà.»

«Occhiali, barba, baffi?» provò Wisting.

Gjessing scosse di nuovo la testa.

«Comunque era un uomo, giusto?»

«Sì.»

«Ed era solo nella vettura?»

«Sì. Però sembrava che stesse aspettando qualcuno.»

Wisting era sicuro che il tassista in attesa fosse Jens Hummel; avrebbe voluto saperne di più, ma non gli venne in mente nessun'altra domanda che potesse chiarire cosa ci faceva da quelle parti. Allora tornò al luogo del delitto, cercando di far luce sugli interrogativi ai quali non aveva trovato risposta leggendo il materiale delle indagini.

«Qualcuno ha detto o gridato qualcosa?»

«Elise ha gridato "No", "Fermati", o qualcosa del genere» rispose Gjessing.

Christine lo guardò incuriosita. «Lei conosceva la vittima?»

Einar Gjessing si schiarì la gola e si portò il bicchiere alla bocca. «Elise Kittelsen?»

«Sì.»

«Non bene, ma sapevo chi era. Però non l'avevo riconosciuta nella donna a terra. Ho scoperto solo il giorno dopo che era lei.»

«Com'è che sapeva chi era?»

Il sole si era spostato e ora lo colpiva in faccia. Gjessing si alzò e sistemò meglio l'ombrellone.

«Tramite conoscenti comuni» rispose. «Elise aveva un ragazzo che faceva il programmatore e che tempo fa ha lavorato per me. Una volta l'ho incrociata in centro. Ma era molto più giovane di me.»

Wisting non aveva voglia di parlare della ditta di Gjessing e dei fatti per cui era stato processato e condannato.

«Mi racconti cos'è successo quando è tornato sul luogo del delitto» gli chiese.

Gjessing tossicchiò. «Quando sono tornato c'erano solo i due ragazzi, ma poi è scoppiato il caos. Gente che arrivava da ogni parte. È accorso anche quel medico che si è occupato della ragazza. La polizia era sul posto prima dell'ambulanza, ma non ha potuto fare niente. Ho detto agli agenti in che direzione era scappato l'aggressore e com'era fatto, loro hanno diramato una descrizione e poco dopo l'hanno preso.»

«Sono tornati sul luogo del delitto con lui?»

Einar Gjessing annuì. «Sì, mi hanno chiesto se lo riconoscevo.»

«E lei l'ha riconosciuto?»

«Sì. Era seduto sul sedile posteriore di una volante. Prima di portarlo in cella la polizia mi ha chiesto di guardarlo, per essere sicuro.»

«E lei era sicuro?»

Einar Gjessing riprese il bicchiere. «Certo» rispose. «Chi altro poteva essere?»

53

L'ascensore salì tremando e rimbombando. Venne ad accoglierlo una giovane agente con la divisa grigioazzurra della polizia penitenziaria. Wisting le consegnò il tesserino di riconoscimento e si appuntò il cartellino da visitatore, poi la seguì all'interno dell'edificio. L'agente avanzò accompagnata dal tintinnio di un mazzo di chiavi, poi si fermò davanti a un grosso cancello di ferro e lo aprì con una di quelle. Quando lo richiuse, i cardini cigolarono alle loro spalle.

Sopra la porta di una sala colloqui si accese una lampadina rossa. La donna bussò, poi aprì con un'altra chiave. Dentro c'erano due uomini. L'avvocato praticante Olav Müller era seduto su un divano di pelle nera davanti alla finestra; portava un paio di pantaloni leggeri, grigi, e una camicia bianca a maniche corte. Accanto a sé teneva una valigetta portadocumenti. Seduto di schiena c'era Dan Roger Brodin, testa rasata e spalle strette.

I due si alzarono contemporaneamente. Il praticante porse la mano e si presentò, Brodin salutò con un cenno del capo. L'agente richiuse la porta e Wisting si guardò intorno. A terra c'erano scatole piene di giocattoli e un tappeto con le strade disegnate. Anche i detenuti avevano figli.

«Ho raccontato a Dan Roger quello che mi ha detto al

telefono» spiegò il praticante. «Che in realtà lei si sta occupando di un altro caso, in un altro distretto, nel quale è stata usata la stessa arma del processo che lo vede imputato.»

Wisting annuì, prese una sedia e aspettò che gli altri due si accomodassero prima di sedersi a sua volta.

«Esatto» confermò, poi si presentò e spiegò a quale caso stava lavorando.

Brodin lo fissava serio, con un'ombra di tensione sulla faccia smagrita.

«In qualche modo, dunque, da Kristiansand la rivoltella è arrivata a Larvik» sintetizzò il legale appena Wisting ebbe finito.

Brodin fece spallucce e cominciò a grattarsi una crosta di sangue rappreso sull'avambraccio. «Non ne so nulla» disse piano.

«Qual è la sua ipotesi?» domandò il difensore, rivolgendosi a Wisting.

«Ci sono varie possibilità, ma in ogni caso la nostra vittima si trovava a Kristiansand la sera dell'ultimo dell'anno, quindi potrebbe essere stato lui a portare via l'arma.»

Il praticante prese nota.

«Può essere che l'ha uccisa lui?» chiese Brodin.

«Non abbiamo basi per affermarlo» replicò Wisting, «ma a prescindere da chi sia il colpevole, tu ti trovavi nelle vicinanze. La polizia ti ha catturato a pochi isolati da lì.»

«Ho sentito gli spari» disse Brodin. «O meglio, non sono sicuro: potevano essere fuochi d'artificio. Ne hanno fatti partire tanti tutta la sera. Quelli però erano tipo due colpi secchi.»

Wisting estrasse il suo spesso taccuino e le carte che si era portato appresso. Ciò che aveva appena dichiarato Brodin non era scritto in nessun verbale di audizione.

«Dove ti trovavi quando hai sentito gli spari?»

«In Tollbodgata, mi sa» rispose l'altro, accennando con il capo alle finestre dietro il praticante.

Wisting andò con la memoria alla pianta della città: Tollbodgata era la parallela di Dronningens gate, dove erano stati esplosi i colpi.

«E che ci facevi lì?»

Brodin, laconico, scrollò di nuovo le spalle. «Niente.»

«Dopo che hai fatto?»

«Dopo cosa?»

«Dopo che hai sentito gli spari.»

«Me ne sono andato per i fatti miei.»

«Ti ha visto qualcuno?» intervenne l'avvocato.

«Probabile. C'era tanta gente in giro.»

«Qualcuno che conoscevi?»

Brodin scosse il capo e continuò a tormentare le croste sulle braccia. Wisting lanciò un'occhiata al legale. Avrebbe dovuto pensarci prima, si disse: se davvero credeva all'innocenza del suo assistito, quella domanda avrebbe dovuto fargliela molto tempo addietro. Ormai le piste erano fredde e difficilmente qualcuno ricordava un elemento che avrebbe potuto offrirgli un alibi.

«Hai notato un taxi?» gli domandò Wisting.

«L'uomo ucciso a Larvik faceva il tassista» aggiunse Müller.

«Solo una volante» rispose Brodin. «Immagino che stavano andando verso la donna uccisa, ma quando mi hanno visto hanno fatto inversione.»

«E allora sei scappato?»

«Sì.»

Anche se non era davvero interessato ad approfondire l'argomento, Wisting dovette chiedergli: «Perché?».

«Perché mi inseguivano.»

La stessa risposta che aveva dato al primo interrogatorio, quando aveva detto di essersi nascosto per non farsi trovare dalla polizia.

Müller si schiarì la gola. «Abbiamo già affrontato questo argomento con gli investigatori di qui. Meglio non andare fuori tema.»

Wisting lo ignorò e si chinò sul tavolo. Nella sua mente stava prendendo forma un pensiero. «Sì, ma perché?» ripeté.

«Non volevo tornare dentro» replicò Brodin, guardando le pareti della stanza.

Wisting si avvicinò ancora al ragazzo, che evidentemente non aveva capito la sostanza della domanda.

«Perché la polizia avrebbe dovuto catturarti?»

Dan Roger Brodin guardò confuso prima il difensore, poi la pila di carte che l'uomo aveva davanti.

«Corrispondevo alla descrizione.»

Wisting annuì, paziente. «Sì, ma a quel punto non lo sapevi. Quindi: perché sei scappato, se non avevi fatto niente di male?»

«Ero uscito con la messa alla prova» rispose il ragazzo. «Non volevo tornare dentro.»

Wisting sfogliò le carte. «Eri stato rilasciato il 22 dicembre, giusto?»

Brodin confermò. Gli si staccò una crosta dal braccio e ne uscì un po' di sangue; lui se lo asciugò con la mano.

«La condizione per il rilascio era che dovevi astenerti dall'uso di sostanze?»

Brodin annuì di nuovo. Wisting estrasse il referto delle analisi ematiche, da cui risultavano tracce di cannabis e un tasso alcolemico di 1,79 al momento della cattura.

«Quindi, quando hai dichiarato di essere scappato per

paura di essere arrestato di nuovo, il motivo era che non avevi rispettato l'accordo.»

Il giovane confermò, come se la cosa fosse stata evidente a tutti fin dal principio.

«Ero appena uscito.»

Il difensore guardò le carte di Wisting e cercò gli stessi documenti nella propria cartella. Aprì la bocca per parlare, ma rimase in silenzio.

Nella saletta l'aria si era fatta calda, viziata. Wisting lanciò un'occhiata alle finestre, che per ovvi motivi non si potevano aprire.

«Ho ancora una domanda» aggiunse.

Brodin osservò l'avvocato, come a chiedere il suo permesso. Olav Müller fece segno di sì con il capo. Wisting si appoggiò allo schienale, tenendo gli appunti sulle gambe: doveva procedere per gradi.

«Conosci uno che si chiama Mathias Gaukestad?»

Il giovane apparve confuso. «Sì, perché?»

«Come l'hai conosciuto?»

«A scuola. Alle medie.»

Wisting annuì. «Sai dove lavora adesso?»

«Al McDonald's.»

«Ti ricordi di essere andato lì l'ultimo dell'anno?»

Brodin esitò. «Può essere.»

«Mathias Gaukestad se lo ricorda» spiegò Wisting. «Dice che volevi pagare con un biglietto da mille corone.»

A quel punto sembrò che Brodin cominciasse a capire. L'avvocato praticante consultò l'elenco dei testimoni. «Dove sta la dichiarazione?» domandò.

«L'ho letta nei documenti non protocollati» rispose Wisting. «Nel documento che ha lei non c'è.» Poi si rivolse di nuovo a Brodin. «Leni Dyste ha confermato quel dettaglio:

l'hai vista qualche giorno prima al centro commerciale AMFI di Vågsbygd e le hai offerto da bere al Kafé Seblis.»

«Leni è morta» disse Brodin.

«Lo so, ma ha detto che ti avevano pagato bene per un lavoro.»

Il praticante si agitò sulla sedia: evidentemente temeva che il suo assistito venisse trascinato in questioni di soldi. «Cosa c'entra con il caso?» intervenne.

Wisting capì che Müller non voleva far ricadere ulteriori sospetti su Brodin, ma era chiaro che non aveva compreso il quadro della situazione.

«Hai precedenti per rapina» proseguì Wisting. «E anche questo caso assomiglia a una rapina. Ma il punto è che, se ti avevano appena pagato bene per un lavoro, non avevi motivo per rapinare Elise Kittelsen.»

Il praticante e il suo assistito tacquero.

«Possiamo fare una pausa?» domandò Müller, alzandosi. «Vorrei parlare a tu per tu con Dan Roger.»

Wisting acconsentì. L'aveva sfiorato lo stesso pensiero del difensore: il lavoro per cui avevano pagato Brodin poteva essere l'omicidio di Elise Kittelsen.

54

L'avvocato premette il pulsante dell'interfono accanto alla porta e un attimo dopo si sentì ronzare l'altoparlante.

«Guardia?»

Müller spiegò la situazione e il motivo per cui chiedeva di far uscire Wisting dalla stanza. Passò un lungo momento, poi dietro la porta si udì un tintinnio di chiavi. Venne ad aprire un altro agente di custodia. Wisting lo seguì in una sala d'aspetto, dove quello gli offrì un caffè; a onor del vero ne aveva già bevuti parecchi, ma accettò lo stesso, tanto per passare il tempo mentre Brodin parlava col suo legale.

«Ha detto qualcos'altro?» gli chiese l'agente, porgendogli un bicchiere di carta.

«Qualcosa» annuì lui. «Qualcosa in più l'ha detta.»

«Ma non ha confessato?»

Wisting sorrise e bevve un sorso di caffè, senza rispondere.

«D'altronde qui dentro sono quasi tutti innocenti» proseguì l'agente, indicando con un cenno del capo l'elenco dei detenuti appeso alla parete. «Anche quando è già stato dimostrato il contrario.»

Wisting andò alla finestra. La città che gli si parava davanti era grande il doppio della sua per numero di abitanti. E lui lì era un forestiero. Ogni città aveva un suo battito, una sua personalità, e per conoscerla ci voleva tempo. Kristiansand sembrava un posto tranquillo, quasi sonnacchioso; ma anche lì, sotto la superficie, c'era movimento. Anche lì la criminalità era in aumento, e più stratificata, intraprendente e organizzata di prima.

«Da quando è stata fissata la data del processo è la prima volta che qualcuno viene a incontrarlo» disse l'agente, sprofondando su un divano.

«Chi veniva, di solito?» chiese Wisting.

«In genere gli avvocati, oppure qualche operatore delle associazioni di volontariato.»

«Niente parenti o amici?»

L'agente fece segno di no. «Non credo ne abbia tanti. La madre era detenuta qui un paio d'anni fa e sicuramente non ci torna di sua spontanea volontà.» Si sporse avanti e bevve un sorso di caffè. «Invece lui ci veniva, a farle visita» aggiunse. «Un'ora, tutti i mercoledì. Puntuale come un orologio.»

Dalla radio che portava appesa alla cintura arrivò una voce. L'agente diede una risposta di conferma, poi guardò Wisting.

«Mi sa che questo è il quarto o quinto avvocato che viene da lui» disse. «Che poi non è nemmeno avvocato, giusto praticante. Certo, che gli avvocati si diano il cambio succede, ma di solito è per richiesta del cliente.»

Wisting annuì. Il dirottamento dei clienti era un problema noto. Tutti gli studi legali aspiravano a procurarsi una causa penale che offrisse un po' di pubblicità e alcuni avvocati chiedevano ai propri assistiti di fare il loro nome fra gli altri detenuti per poter allargare il giro.

«Appena li arrestano, vengono spesso a difenderli Kvammen, Elden, Meling o un altro di questi grossi nomi» continuò l'agente. «Ma quando i media smettono di parlare del caso, ecco che arrivano i portaborse.»

Wisting bevve e si voltò a guardare dalla finestra. Quattro avvocati diversi di uno stesso studio legale: significava che Dan Roger Brodin per loro non era più tanto interessante. Il delitto di Capodanno era una causa persa, ogni simpatia era riservata alla vittima.

La radio tornò a farsi sentire. L'agente rispose e all'altro capo gli fu detto che in sala visite erano pronti.

Wisting gettò i resti del caffè nel lavello e il bicchiere in un cestino, poi si accodò all'agente che, nel grigiore dei corridoi, lo riportò alla sala colloqui.

Brodin e il suo difensore erano seduti negli stessi posti di prima. Dalle loro espressioni era impossibile capire cosa si fossero detti.

Wisting ringraziò l'agente che l'aveva accompagnato, entrò e si sedette. Alle sue spalle la porta venne chiusa a chiave.

Olav Müller fece un breve cenno del capo al suo assistito. «Raccontagli dei soldi» lo esortò.

Brodin deglutì. «Ho preso un container» disse, con gli occhi incollati al tavolo.

Wisting tacque, aspettando che chiarisse.

«Un furto su commissione» spiegò il praticante, vedendo che il chiarimento tardava ad arrivare. «Un container di fuochi d'artificio. L'hanno pagato diecimila corone.»

«Ne hanno pure parlato i giornali» aggiunse Brodin, ricominciando a stuzzicarsi le croste.

Wisting guardò Müller, poi si rivolse a Brodin.

«Sei consapevole che dovrai fare il nome di chi ti ha pagato se vuoi che questa storia abbia valore di prova nel processo?»

Brodin cambiò posizione sulla sedia.

«Non so come si chiama. Il lavoro me l'ha affidato un altro.»

«Chi?»

«Un certo Stikkan. O almeno è così che lo chiamano.»

Wisting si appoggiò allo schienale. Il furto non era correlato al suo caso: era un elemento che Brodin e il suo difensore avrebbero dovuto chiedere di approfondire alla polizia di Kristiansand, se volevano usarlo in tribunale.

«Come l'hai conosciuto?» domandò comunque.

«È uno di Arendal» rispose Brodin. «Una volta siamo stati dentro insieme.» Un raggio di sole filtrato dalla finestra gli illuminò il viso. «È venuto con un grosso furgone la sera della vigilia di Natale, sul tardi.» Cambiò ancora posizione. «Si era portato una piantina e mi ha spiegato come dovevo fare e dove dovevo consegnare il furgone.»

«Vi ha visti qualcuno?» gli chiese il praticante. «Eri insieme a qualcuno la sera della vigilia?»

«Ero alla Shalam.»

«Shalam? Di che si tratta?»

«È tipo un'associazione cristiana. Fanno la cena di Natale per quelli come me.»

Wisting ripensò alla sua vigilia. Aveva festeggiato con suo padre e Line: la famiglia stretta. Ma gli era sembrata comunque una serata solitaria, vuota.

«Non sei andato da tua madre?» chiese.

Dan Roger Brodin scosse la testa. «Non era il momento.»

«Quando hai preso il furgone ti ha visto qualcuno? C'è qualche testimone che può confermare questa storia?»

«No, quello è stato dopo. Di notte. A quell'ora non c'è nessuno in giro la sera di Natale.»

«Con i soldi cosa ci hai fatto?» volle sapere Wisting.

L'altro si strinse nelle spalle. «Li ho spesi.»

«Per cosa?»

«Di tutto. Ho ripagato qualche debito, cose così. Due giorni dopo erano quasi finiti.»

«Al momento dell'arresto avevi in tasca seicentoquarantatré corone» disse Wisting.

«Mi ero anche intascato dei fuochi d'artificio» annuì Brodin. «Ne ho rivenduti un po'.»

Riflettendo, Wisting cercò di capire se le informazioni emerse fossero importanti. Alcuni testimoni potevano confermare che Brodin a Natale aveva dei soldi; ma, anche se l'avvocato fosse riuscito a scovare Stikkan e a ottenere la sua conferma, era pur sempre una questione marginale rispetto alla sua colpevolezza. E c'erano tre testimoni oculari del delitto.

«In sostanza è per questo che sono scappato» aggiunse Brodin.

«Cioè?»

«Non solo per il periodo di prova. Avevo appena acceso una batteria di fuochi e l'avevo buttata in un cassonetto. Quando è partita, ha schizzato razzi rossi e verdi dappertutto, facendo una puzza tremenda.»

Müller si sporse avanti. «Dove si trovava questo cassonetto?» chiese.

«Alla stazione degli autobus, davanti al Kiwi» rispose Brodin. «Quando si è incendiato, sono scappato.»

«Ha fatto molti danni?»

Brodin alzò le spalle: non capiva dove volesse andare a parare il suo legale con quella domanda. Ma, se qualcuno aveva segnalato il fatto ed erano stati chiamati i pompieri, l'evento poteva somigliare a un alibi. O comunque a qualcosa che scombinava la cronologia dei fatti ricostruita dalla polizia.

«Dopo quanto hai sentito gli spari?» domandò l'avvocato praticante.

Brodin rispose ancora una volta con un'alzata di spalle.

«Cinque minuti?» buttò là Müller.

«Forse un po' di più...» replicò il suo assistito.

Wisting si allungò all'indietro e li osservò. Brodin si grattava distrattamente gli avambracci segnati di cicatrici, mentre il suo difensore cercava di tirargli fuori quante più informazioni possibile. Ma, anche se fosse saltato fuori un verbale che confermava l'incendio del cassonetto, non avrebbe avuto grande importanza nel processo imminente. Il difensore avrebbe sottolineato l'incoerenza di fondo: chi gioca con i fuochi d'artificio appena prima di compiere una brutale rapina? Mentre l'accusa avrebbe sostenuto che Brodin si era inventato quella storia perché per caso aveva visto un cassonetto incendiato andando verso il luogo del delitto, e la sfruttava per corroborare la propria deposizione.

«Di fuochi ne avevi altri?» chiese il legale.

«Un piccolo deposito» rispose il suo assistito. «Ne era rimasto ancora qualcuno.»

«E questo deposito dove si trovava?»

«In una sottostazione elettrica, giù vicino all'Otra. Dietro c'è una grata allentata che dà su un'intercapedine.»

Sulle labbra di Müller comparve un sorriso. «Può essere che i fuochi siano ancora là?»

Brodin alzò le spalle. «Se non c'è andato nessuno nel frattempo...»

Il praticante, entusiasta, provò a spiegargli la situazione: «Se i fuochi d'artificio si trovano ancora dove li hai lasciati, questo rafforzerebbe le tue dichiarazioni: non eri in centro per compiere una rapina. Avevi dei soldi in tasca e stavi per guadagnarne altri vendendo parte della refurtiva».

Venne via un'altra crosta dall'avambraccio di Brodin, che per la prima volta sembrò interessato a quanto si stava dicendo.

«Ci crederanno?» domandò. «*Mi* crederanno?»

«Purché li troviamo» disse Müller, annuendo.

Poi prese un foglio e gli fece disegnare una mappa del posto in cui li aveva nascosti. La penna si mosse svelta.

Wisting non condivideva l'ottimismo del praticante. Rispetto alle prove esibite dall'accusa, la storia dei fuochi d'artificio era un piccolo contrappeso, destinato nel migliore dei casi a creare solo un momento di disturbo nell'argomentazione lineare del pubblico ministero. Ma la rivelazione poteva anche essere usata contro Dan Roger Brodin: conosceva la città, da delinquente qual era sapeva dove nascondere un piccolo bottino di fuochi d'artificio, quindi sapeva di certo dove occultare una rivoltella per non farla trovare alla polizia, mentre altri delinquenti nel frattempo avrebbero potuto portarla via.

Il praticante prese la sua valigetta, come se gli avessero appena comunicato che il tempo di visita era scaduto.

«Viene anche lei?» domandò rivolto a Wisting.

«Dove?»

«A vedere se i fuochi sono ancora lì» rispose Müller. «Non posso andarci da solo. Mi serve un testimone attendibile, e dubito che qualcuno della polizia giudiziaria locale voglia prestarsi.»

Wisting controllò l'ora. L'incontro con Brodin non gli aveva fatto fare progressi sui passaggi di mano dell'arma e c'erano ancora centinaia di documenti da ricontrollare.

«Ci vorrà pochissimo» tornò alla carica il praticante, aprendo la valigetta.

«D'accordo» acconsentì Wisting.

Müller estrasse un foglio dalla valigetta e glielo porse prima che Wisting mettesse via i documenti del fascicolo.

«Che cos'è?» chiese l'investigatore. Ma aveva già capito.

«Un semplice preavviso» rispose il praticante.

Era la copia di una lettera indirizzata al procuratore: lo studio legale chiedeva di citare come teste l'ispettore capo di polizia William Wisting nel processo a carico di Dan Roger Brodin.

«Ma il processo inizia lunedì» ribatté Wisting. «Crede che il procuratore lo accetterà? È un avviso tardivo, no?»

«L'arma del delitto è stata ritrovata di recente» rispose Müller. «E non vogliono rinvii. Questo è un caso di prestigio, in cui la polizia vuole dare prova di efficienza e capacità. Tant'è che avrebbero voluto concludere il processo prima dell'estate.»

Wisting ripiegò la lettera. Il praticante si avvicinò all'interfono fissato alla parete e avvertì che il colloquio con Dan Roger Brodin era terminato.

55

Appena usciti in strada, Olav Müller si accese una sigaretta e, stringendola fra le labbra, studiò la mappa disegnata da Brodin.

«Possiamo anche andarci a piedi» concluse, facendo un cenno verso il fiume. «Sono solo un paio di isolati.»

Wisting annuì. Sull'asfalto gravava un'aria calda e pesante che velava lo scenario delle vie. «Ne ha seguiti molti, di casi del genere?» chiese a Müller.

Il praticante scrollò la cenere della sigaretta. «Di che genere?»

«Omicidio.»

«Non da solo» ammise Müller. «Mi mancano due mesi all'abilitazione. Questa causa mi sta facendo fare un'ottima esperienza.»

«Poteva sceglierne una più semplice» commentò Wisting.

«Sarebbe stato più facile se avesse confessato» riconobbe Müller. «O se ci fosse stato qualcosa su cui basare la difesa. Ma ne abbiamo parlato e lui sostiene che non c'entra niente.»

Continuarono a camminare in silenzio. Gli scarichi delle auto e la polvere avevano annerito gli edifici su entrambi i lati della strada. Wisting si domandò se il difensore avesse preparato una qualche strategia. Perché un conto era additare le falle nelle indagini ed evidenziare i punti deboli delle prove esibite; ma, per vincere, Müller avrebbe dovuto illustrare alla corte una spiegazione alternativa dei fatti. Nella pratica non bastava seminare il dubbio; se voleva che qualcuno credesse all'innocenza del suo assistito, doveva offrire una spiegazione che inquadrasse tutte le prove e le collocasse in un'interpretazione diversa degli eventi. Meglio ancora se fosse riuscito anche a indicare un colpevole alternativo.

«La partita si giocherà sull'entità della pena» disse Müller, come se gli avesse letto nel pensiero. «È lì che si potrà strappare qualcosa. Brodin non ha avuto vita facile, sa...?»

Alcuni stralci del discorso si persero nel frastuono di un autobus che si fermava per far scendere dei passeggeri, ma Wisting capì ugualmente che la strategia di Müller era di tipo psicologico: far nascere una simpatia per l'accusato, presentando Dan Roger Brodin come una vittima che aveva avuto un'infanzia difficile e non aveva mai ricevuto l'aiuto o il trattamento terapeutico necessari.

La via terminava in prossimità di un'area giochi recintata, un piccolo parco e un molo sul fiume. Alcuni bambini si divertivano su un'altalena.

Müller buttò la cicca e controllò di nuovo la mappa disegnata da Brodin.

«Laggiù» disse, indicando una costruzione squadrata sotto una betulla, con i muri coperti di graffiti.

Wisting si lasciò guidare dal praticante, che scansò dei rami e si fece strada fino al retro della sottostazione elettrica.

«Ecco la grata!»

«Meglio se fa una foto prima che la spostiamo» suggerì Wisting.

«Sì, certo.» Müller tirò fuori il telefono e lo tenne sollevato davanti a sé. Fra le sbarre della grata c'era una lattina di birra accartocciata; in terra c'era altra immondizia. Wisting allontanò una siringa usata con la punta di un piede.

Il praticante afferrò la grata con la destra e la scrollò. Dai bordi si staccarono pezzi di intonaco.

«Si muove» disse trionfante, e la tirò via.

Wisting si avvicinò.

Müller posò la grata e accese la torcia del telefono. L'intercapedine era profonda una trentina di centimetri ma si allungava in entrambe le direzioni. L'avvocato indirizzò la luce prima a destra, poi a sinistra. Là dentro non c'era niente.

56

Sul tavolo della sala riunioni in centrale c'era un cartone di pizza. Quando entrò Wisting, Christine Thiis posò il faldone che aveva in mano. «Com'è andata?» gli chiese.

Lui prese una fetta di pizza. «Della rivoltella non sa niente» rispose, cominciando a mangiare. «O almeno niente che voglia dire a me.» Si sedette e le raccontò del furto di fuochi d'artificio.

«Un crimine come alibi» sintetizzò Christine.

Lui annuì. Non sarebbe stata la prima volta che qualcuno veniva scagionato perché nel momento del reato ne stava commettendo un altro.

«Solo che non è un alibi» osservò. «Avrebbe avuto il tempo e la possibilità di fare entrambe le cose.»

«Ma tu gli credi?»

«Se avessimo trovato il resto dei fuochi nel nascondiglio, le sue dichiarazioni ne sarebbero uscite rafforzate» rispose Wisting, scrollando le spalle come aveva fatto Brodin durante tutto il colloquio in carcere. «O li ha trovati qualcun altro, o la storia è falsa.»

«Ma il furto di cui ti ha parlato è vero?»

«Lui dice che è stato menzionato anche sui giornali. Certo, potrebbero essere stati proprio i media a dargli lo spunto, ma non vedo perché avrebbe dovuto inventarsi una storia che lo colloca comunque così vicino al luogo del delitto.»

Christine Thiis si voltò verso il portatile e trovò subito la notizia in questione sul sito del quotidiano locale. Wisting si mise alle sue spalle e lesse, continuando a mangiare la pizza. Nel quartiere di Lund erano stati rubati fuochi d'artificio per un valore di oltre centomila corone, sottratti da un anonimo container non sorvegliato. Quindi la polizia sospettava che i ladri sapessero dove e cosa cercare.

«Hai visto la cartina?» domandò Wisting.

«Quale?»

Lui si spolverò le briciole di dosso e cominciò a sfogliare i documenti.

«In un'intervista Ryttingen ha detto che l'aggressione di Elise Kittelsen sembrava pianificata con cura» spiegò. «Brodin aveva in tasca una cartina del luogo.»

Alla fine trovò quello che stava cercando, cioè il verbale con l'elenco degli effetti personali che Brodin aveva con sé al momento dell'arresto.

La cartina era indicata come REPERTO A3, rinvenuto nella tasca posteriore destra dell'arrestato. Wisting indicò la voce. «Questa, l'hai vista?»

Christine fece segno di no. «Ma dev'essere qui» disse, estraendo un sottile raccoglitore verde etichettato come REPERTI – COPIE.

Il materiale era organizzato con un pratico indice di consultazione delle fotocopie di tutti i documenti e altri effetti confiscati. In tal modo gli inquirenti non dovevano per forza andare a cercare gli originali in deposito ogni volta che ne avevano bisogno. Dentro c'erano copie di scontrini, appunti, ma anche chiavi e piccoli oggetti che si potevano appoggiare sul vetro di una fotocopiatrice.

Christine trovò la cartina: era una di quelle tipiche degli hotel che si strappano da un blocco di fogli. La fotocopia mostrava chiari segni di macchie e pieghe dati dall'uso.

«C'è qualche punto segnato?» domandò Wisting, studiando insieme a lei il reticolo a scacchiera delle strade. L'originale doveva essere un foglio in formato A3, probabilmente a colori, mentre la copia davanti a loro era ridotta a un A4 in bianco e nero, così che potesse entrare nella cartellina.

«Non mi pare» concluse lei.

Wisting aprì il fermaglio che fissava i documenti ed estrasse la cartina.

«Nel verbale c'è scritto che rappresenta il luogo del delitto, ma questa è una pianta dell'intera città.»

Piegò il foglio allo stesso modo in cui doveva essere stato piegato l'originale: sul lato superiore rimasto scoperto si vedeva una serie di strade parallele e, più o meno nel mezzo, il punto in cui era stata uccisa Elise Kittelsen, di fronte all'ex scuola. Ma, quando girò la cartina, notò che sull'altro lato si vedeva il centro del quartiere di Lund, dove erano stati rubati i fuochi d'artificio.

«Potrebbe essere la cartina che gli ha dato Stikkan.»

«Stikkan?»

«Il tizio che gli ha affidato il lavoro. Gli ha indicato un container su una cartina.»

«Nell'interrogatorio cosa dice in proposito?»

Wisting prese il faldone con i documenti e li sfogliò fino a trovare le dichiarazioni di Brodin alla polizia. Lesse ad alta voce: «Al sospettato sono chieste spiegazioni sulla cartina ritrovata nella sua tasca posteriore destra, reperto A3. Dichiara di averla da tempo, ma di essersene dimenticato. Non sa dove l'ha presa».

«In effetti sembra più logico che la cartina sia servita a individuare il punto in cui effettuare un furto piuttosto che a pianificare un'aggressione» osservò Christine.

Wisting chiuse il faldone e rimase assorto nei suoi pensieri.

«Che cosa ne pensi?» gli domandò Christine.

Lui esitò; da tempo gli ronzava in testa un pensiero che fino allora aveva avuto paura di esprimere ad altri, ma adesso i tempi erano maturi.

«Che Dan Roger Brodin sia innocente» disse a bassa voce, lanciando un'occhiata all'ufficio di Ivar Horne, dall'altra parte del corridoio. «Penso che vogliano processare un innocente.»

Christine lo guardò come se non sapesse se prendere sul serio quell'affermazione o considerarla uno scherzo.

«Magari la cartina non dimostra niente» commentò, «ma ci sono comunque tre testimoni oculari. E poi Brodin aveva tracce di polvere da sparo della rivoltella sulle mani.»

«Dici?»

«È quanto risulta dai verbali, perlomeno» disse lei, scettica. Poi si mise a sfogliare le carte. Wisting la bloccò posando una mano sulla sua.

«Non c'è mica scritto che viene dalla rivoltella» obiettò.

«No, certo che no. La polvere da sparo è polvere da sparo.»

«Infatti» disse Wisting. «Secondo me, quella trovata sulle mani di Brodin potrebbe provenire dai fuochi d'artificio, non dall'arma del delitto.»

Christine lo guardò stupita: adesso coglieva la logica del suo ragionamento. Si appoggiò allo schienale e fece un lungo respiro.

«Ma la polvere delle armi non ha una composizione chimica diversa da quella dei petardi?» provò a obiettare.

«Possibile» replicò Wisting, «ma nessuno ha controllato. E non c'erano nemmeno armi con cui fare raffronti. Fino a oggi.» Si alzò. «Hai presente l'espressione "prova del fuoco"?»

«Sì, perché?» rispose Christine, senza capire. «Si usa per indicare una prova molto difficile.»

«Sai da dove viene?»

Lei scosse il capo.

«Da un'antica legge babilonese» spiegò Wisting. «Era una tecnica per verificare la colpevolezza di qualcuno. La persona accusata doveva leccare un cucchiaio rovente appena tolto dal fuoco, dopodiché il sacerdote le esaminava la lingua e interpretava i segni lasciati dagli dei. Colpevole o innocente? A seconda del tipo di ustione si determinava il verdetto e si decideva tra la vita e la morte.» Wisting riprese la cartina e la spianò. «Qualcuno dirà che da allora la giustizia è cambiata, ma si tratta ancora di interpretare segni e dare un significato a ciò che vediamo. E non vale solo nel lavoro investigativo. Tutti noi esprimiamo giudizi di continuo, valutiamo la gente in base a come si veste, a dove abita, alla macchina che ha, al suo lavoro e grado di istruzione. A volte ci prendiamo, a volte no. Forse nel caso di Dan Roger Brodin stiamo sbagliando.»

Christine Thiis non disse niente. Si alzò e prese il faldone delle segnalazioni da uno degli scatoloni sul tavolo.

«In tal caso, forse questo potrebbe essere interessante» disse, cercando un foglio in particolare per farlo leggere a Wisting. Era un modulo per le segnalazioni telefoniche datato 2 gennaio: nella colonna del nome c'era scritto ANONIMO, ma in quella accanto era indicato un numero di telefono. Nel campo della segnalazione vera e propria si leggeva solo una frase: «Avete preso l'uomo sbagliato».

In effetti era un'affermazione vuota, priva di reale contenuto; la maggior parte degli investigatori non si sarebbe nemmeno scomodata ad annotarla, men che meno ad archiviarla. Magari aveva risposto al telefono un impiegato particolarmente zelante o un pivello dell'accademia.

«La chiamata è partita da una rete fissa di Larvik» spiegò Christine, indicando la casella con il numero e il prefisso locale.

«L'hai verificato?» domandò Wisting.

Lei tornò al computer e digitò le otto cifre. «Non registrato» lesse.

«Chiedi a Hammer» ribatté lui, accigliato.

Christine annuì. «Però ci sono ancora i tre testimoni oculari» gli rammentò.

Lui prese una sedia e si lasciò cadere davanti agli scatoloni pieni di documenti.

«Lo so» sospirò, afferrando un nuovo faldone. «Ma se vogliamo risolvere il nostro caso, dobbiamo occuparci prima di questo.»

57

Un sordo mal di testa aveva cominciato a pulsargli dietro gli occhi. Wisting mise via le carte e andò nel cucinotto a prendere un bicchiere, che riempì sotto il rubinetto.

Di false testimonianze se ne trovavano in qualsiasi caso giudiziario, pensò mentre lasciava scorrere l'acqua. Non necessariamente perché qualcuno mentisse alla polizia in modo voluto e consapevole: magari credeva di aver visto qualcosa che in realtà non aveva visto. I testimoni confondevano i fatti con l'immaginazione. La memoria era influenzata dalle esperienze precedenti, dai racconti degli altri e dalla formulazione delle domande. Pur essendo presenti a un avvenimento, potevano lasciarsi sfuggire elementi fondamentali: era del tutto normale. Il cervello umano non era fatto per trattenere ricordi dettagliati, e nel contesto di un'audizione i testimoni si confrontavano spesso con aspettative irrealistiche su quanto fosse possibile rammentare.

Un inquirente poteva avere difficoltà a capire cosa credere. Spesso i testimoni considerati più attendibili erano solo quelli che sapevano difendersi e apparivano sicuri di sé, mentre un vocabolario povero e un'esposizione sconnessa ne diminuivano la credibilità, ma non erano necessariamente indice di minor affidabilità.

Wisting si riempì il bicchiere, bevve un sorso e sentì che l'acqua fredda gli schiariva i pensieri. Christine alzò gli occhi dalle scartoffie.

«Tu l'hai visto il film con il gorilla?» le chiese lui.

«*King Kong*?»

«No» rise Wisting, «il documentario sulla psicologia dei testimoni. Ce l'hanno fatto vedere una volta a un corso. Al centro dell'inquadratura c'era un campo da basket con cinque giocatori per squadra. Prima di far partire il filmato ci hanno chiesto di contare i passaggi dei giocatori con la maglia bianca. A metà partita entrava in campo un tizio travestito da gorilla. E alla fine scopri che l'importante non era il numero dei passaggi, ma quanti sono gli spettatori che hanno notato il gorilla. Pochissimi.»

Christine non rispose, come incerta su dove Wisting volesse andare a parare.

«È la riprova di quanto sia scarsa la nostra capacità di osservazione» spiegò lui. «Gli elementi fondamentali di una situazione possono sfuggirci perché siamo presi da altro.» Tornò a sedersi. «E spesso è così: siamo presi da altro.»

Christine si infilò una matita tra le labbra. «Ma la gente ricorda bene le situazioni drammatiche» disse. «Non penso che i testimoni di questo caso fossero distratti da qualcos'altro rispetto alla scena che si è svolta sotto i loro occhi.»

Wisting tacque.

«A cosa pensi?» gli chiese lei.

«A un postale rapinato in Francia alla fine del Settecento» rispose Wisting. «C'erano parecchi testimoni oculari e furono identificate sette persone. Vennero condannate tutte all'impiccagione, anche se nessuno dei testimoni aveva visto più di cinque rapinatori.»

Christine spostò la matita all'altro angolo della bocca.

«Vuoi dire che tutti e tre i testimoni di questo processo potrebbero essersi sbagliati?»

Wisting posò sul tavolo i verbali delle tre deposizioni, uno accanto all'altro.

«Si assomigliano troppo» disse, prendendo la foto fatta a Dan Roger Brodin al momento dell'arresto: un giovane magro e dinoccolato dallo sguardo spaurito. «L'hanno descritto tutti e tre in maniera quasi identica» proseguì. «Se fosse stata la stessa persona a verbalizzare, potrebbe aver aggiunto elementi da una testimonianza all'altra, ma le audizioni sono state svolte da tre agenti diversi. Ciononostante la somiglianza è impressionante.»

«Come procuratrice, dal mio punto di vista sembra un sogno» commentò Christine.

«Ma i sogni di solito non corrispondono alla realtà» rispose Wisting. «Anche se tre persone assistono allo stesso avvenimento, fanno esperienze diverse.»

Lei si alzò e andò a mettersi accanto a lui dall'altra parte del tavolo, per leggere le tre deposizioni. Wisting ormai le sapeva a memoria. L'autore del reato era un venticinquenne dall'aspetto nordico, alto circa un metro e ottanta, magro, capelli biondi corti, e indossava una maglia nera a collo alto con una scritta sopra, giacca a vento grigia, pantaloni scuri e scarpe da ginnastica blu.

«Ho capito cosa intendi» confermò lei. «I due amici sono rimasti seduti dentro la volante e hanno avuto il tempo di parlarsi prima della deposizione, e ovviamente possono essersi influenzati a vicenda.»

Wisting prese la dichiarazione di Terje Moseid, il ragazzo che non aveva ancora sentito.

«Prima di chiudere la giornata, penso che dovremmo parlare anche con lui» disse, alzandosi.

«Vengo con te?»

«Magari.»

Wisting prese un altro pezzo di pizza, che addentò uscendo. Ivar Horne li guardò dalla sua scrivania.

«Torniamo» gli disse Wisting. «Fai tardi stasera?»

Horne si raddrizzò.

«Quando volete rientrare, chiamatemi» rispose. «Qui dobbiamo tenere d'occhio una conoscenza comune, quindi resto in ufficio finché non se ne va a dormire.»

«Phillip Goldheim?»

«Mister Nice Guy in persona» confermò Horne.

Wisting stava per chiedergli delucidazioni, ma fu interrotto dal cellulare di Christine Thiis, che guardò il display e disse: «Hammer».

Si diressero verso l'ascensore mentre lei rispondeva a monosillabi al telefono. Quando le porte si aprirono, Christine terminò la chiamata.

«Ha rintracciato il numero con il prefisso di Larvik» spiegò. «È di una cabina telefonica in stazione.»

Mentre l'ascensore scendeva, Wisting alzò gli occhi al soffitto.

«Quindi qualcuno ha chiamato da una cabina di Larvik per dire agli inquirenti di Kristiansand che avevano preso l'uomo sbagliato» disse, incerto su quanto peso dare alla faccenda.

«Credevo che le cabine telefoniche non esistessero più» osservò Christine.

L'ascensore si fermò e le porte si riaprirono. Nel corridoio, due agenti in divisa stavano discutendo con un uomo a torso nudo. Wisting e Christine gli passarono accanto in silenzio, uscirono in strada e salirono in macchina. Una volta a bordo, fu lei a formulare a parole ciò che stavano pensando entrambi: «Ma se Brodin è l'uomo sbagliato, allora chi è il colpevole?».

Wisting lanciò un'occhiata all'imponente edificio della centrale.

«Non lo so, e abbiamo poco tempo per scoprirlo.»

58

Stavolta, Wisting chiamò prima per prendere appuntamento con il terzo testimone. Il numero figurava tra i dati personali sul verbale dell'audizione.

Terje Moseid rispose al terzo squillo; in sottofondo si sentiva rumore di vento e di un motore.

Wisting si presentò e disse che voleva parlare del processo che sarebbe iniziato la settimana successiva.

«Ha tempo per scambiare due chiacchiere?» chiese.

«Sto rientrando adesso con la barca» rispose l'altro.

«Dove attracca?»

«A Tresse.»

Wisting sapeva dov'era: luogo tradizionalmente votato alle feste cittadine, si trovava a metà del lungomare. «Possiamo essere lì tra una decina di minuti.»

«A dire il vero, sarei un po' impicciato» provò a ribattere Moseid.

«Sarà una cosa breve» gli assicurò Wisting. «Vengo lì al porto.»

Prima che l'altro facesse in tempo a obiettare, aveva già messo in moto l'auto.

Il sole era basso e le ombre degli alberi delle barche si allungavano sulla terraferma. Wisting raggiunse il bordo del molo e spense la macchina, mentre quattro o cinque ragazzi rientravano in porto su un'imbarcazione affusolata con un grosso motore.

Christine Thiis mise gli occhiali da sole e scese dall'auto.

Wisting la seguì, andando incontro ai ragazzi. «Terje Moseid?» domandò, guardando un giovanotto con i denti bianchissimi e la pelle abbronzata.

«Sono io» rispose quello annuendo, poi spostò una sacca dalla mano destra alla sinistra per poter stringere quella del poliziotto.

Wisting si presentò di nuovo e spiegò chi era Christine. Moseid chiese agli altri di aspettarlo alla macchina.

«È stata ritrovata l'arma del delitto» esordì Wisting, «il che apre tutta una serie di nuovi interrogativi.»

«Sì, l'ho letto sul giornale» disse Moseid posando la borsa.

«Mi chiedevo se potessimo riesaminare insieme i fatti» continuò Wisting. «Se può dirci cos'ha visto e cos'ha fatto quella sera.»

Moseid lanciò un'occhiata verso i suoi amici.

«Dell'arma non so niente» rispose. «Ho visto solo che il tizio che scappava ce l'aveva in mano.»

«Può raccontarci tutto dall'inizio?» chiese Wisting.

Il giovanotto sospirò e cominciò a raccontare quella che sembrava una storia ripetuta più volte, presumibilmente non solo alla polizia di Kristiansand, ma anche ad amici e parenti. Wisting ascoltò senza interromperlo. Il resoconto era dettagliato riguardo al sangue e ai tentativi che lui e il suo amico avevano fatto per salvare la vita alla ragazza, ma vago a proposito dell'aggressore e della direzione in cui era fuggito.

«Più che altro ero concentrato su di lei» ammise.

«Potrebbe descrivere l'aggressore?» gli chiese Christine.

Uno dei ragazzi che aspettavano alla macchina gli gridò qualcosa. Terje Moseid gli fece segno di aver capito, quindi snocciolò la stessa descrizione protocollata nell'audizione.

«Poi gli agenti sono tornati con lui in macchina» disse concludendo.

«Lei l'ha riconosciuto?» chiese conferma Christine.

«Ovvio che era lui» rispose Moseid annuendo. «È successo tutto molto in fretta, questo è vero. Però era lui. La polizia l'ha preso, no? Era lì sulla volante in manette e tutto. Alto, magro, stessi vestiti...»

«Mentre aspettavate nella vettura della polizia, lei e il suo amico avete parlato?» chiese di nuovo Christine. «Di quello che avevate visto?»

«Certo, ma più che altro ascoltavamo la radio della volante, mentre gli agenti stavano dando la caccia al tizio per strada.»

Tirava una brezza leggera che increspava l'acqua e faceva stormire il fogliame delle grandi querce. Un pensiero attraversò la mente di Wisting: la descrizione del colpevole fornita da Terje Moseid ricalcava quella standard usata dalla polizia nelle segnalazioni. Sesso, etnia, età, altezza, corporatura, capelli e vestiti del ricercato. L'abbigliamento era descritto come da manuale: prima gli indumenti visibili dello strato più interno e poi quelli esterni, dalla parte superiore a quella inferiore del corpo.

«Però non ha risposto alla domanda» disse Wisting.

«Che domanda?» Moseid lo guardò senza capire.

«Quando la polizia l'ha portato sul posto, lei l'ha riconosciuto?» chiese Wisting.

«Non al cento per cento» ammise il ragazzo. «Però corrispondeva alla descrizione.»

Wisting gli si avvicinò.

«Quale descrizione?»

«Quella che la polizia ha trasmesso via radio» spiegò Moseid. «L'hanno ripetuta due volte.»

Un muscolo sulla tempia di Wisting cominciò a pulsare. Lui tirò fuori la copia del verbale d'audizione e la mostrò al ragazzo, indicando il paragrafo con la descrizione.

«Quindi, quando lei dice che l'aggressore aveva lineamenti nordici, venticinque anni e una maglia nera a collo alto con una scritta sopra, non è perché l'aveva visto, ma perché lei e il suo amico avevate sentito la descrizione diramata sulla radio della polizia, o sbaglio?»

Terje Moseid allargò le braccia. «Ma era proprio fatto così» disse. «L'ho visto quando l'hanno portato lì, no? E l'hanno preso lì vicino.»

Wisting lasciò cadere il braccio con cui teneva i fogli.

«Ma l'uomo che ha sparato era fatto così?»

Terje Moseid raccolse la sacca e fece per avviarsi verso la macchina.

«È quello che sto dicendo, no?» rispose, scuotendo la testa con aria rassegnata.

«No» ribatté Wisting, sbarrandogli la strada. «Lei sta dicendo che l'uomo arrestato dalla polizia corrispondeva alla descrizione che avete sentito via radio. Ma quello che lei ha visto prima era lo stesso uomo?»

Moseid abbassò lo sguardo sul dito che Wisting gli stava puntando al petto. L'ispettore aveva accartocciato nella mano la trascrizione dell'audizione.

«L'ho detto, non l'ho visto perfettamente» concesse. «Quell'altro l'ha visto molto meglio di noi. Il tizio gli è passato accanto mentre scappava, no? E lui l'ha rincorso. La polizia aveva già parlato con lui quando ha diffuso quella descrizione.»

Alle loro spalle si levarono gridi di gabbiani.

«Bene» disse Wisting, lasciando ricadere la mano. «Grazie dell'aiuto.»

Terje Moseid lo guardò confuso, poi si caricò la sacca in spalla.

«Succede solo nei film che la polizia arresti la persona sbagliata» disse incamminandosi verso gli amici che lo stavano aspettando.

«Questo cambia tutto» commentò Christine Thiis togliendosi gli occhiali da sole.

Wisting la guardò negli occhi. «I testimoni oculari non sono tre» disse. «È solo uno.»

«Bisogna che parliamo con chi sta conducendo le indagini» concluse lei. «Sia a proposito di questa faccenda, sia riguardo ai fuochi d'artificio.»

«Non ancora» rispose Wisting, riluttante all'idea di confrontarsi con Harald Ryttingen. «Dobbiamo prima trovare una spiegazione alternativa. Dobbiamo essere in grado di indicare un altro colpevole.»

59

La calura della serata estiva avvolgeva la città come una coltre che attutiva i rumori. Per le vie del centro la gente si muoveva piano. Wisting dovette frenare a un incrocio per far passare un cane che attraversava la strada trotterellando, la lingua di fuori e la coda penzoloni.

Quando si rimise in marcia, notò poco più avanti un supermercato Kiwi con due cassonetti verdi ai lati dell'ingresso. Erano di plastica dura, del tipo che si trova di solito nei luoghi pubblici. Uno sembrava più nuovo e pulito dell'altro.

Il negozio era ancora aperto. Wisting parcheggiò l'auto sul marciapiede.

«Voglio solo controllare se è vero che uno di questi è saltato in aria l'ultimo dell'anno» disse, indicando i cassonetti.

«Aspetto qui» rispose Christine.

Wisting lasciò la chiave nel quadro e scese dalla macchina. L'aria odorava di asfalto scaldato dalla lunga giornata di sole.

C'era solo una cassa aperta. Una ragazzina con i capelli tinti a ciocche viola stava comprando pizza surgelata, patatine e Coca-Cola. Wisting attese che pagasse, poi si avvicinò al cassiere mostrando il tesserino.

«Ho una domanda semplice, ma strana» esordì. «Sai se uno dei cassonetti davanti all'entrata è stato danneggiato l'ultimo dell'anno?»

Il ragazzo lo guardò sorpreso.

«L'ultimo dell'anno?»

Wisting annuì. «Mi risulta che qualcuno abbia fatto esplodere dei fuochi d'artificio dentro uno dei cassonetti.»

Il cassiere scosse il capo. «Io lavoro qui part-time, solo d'estate» spiegò.

Wisting lanciò un'occhiata in fondo al negozio. «C'è qualcun altro che potrebbe saperne di più?»

«Forse Karsten, il direttore. Lo chiamo?»

«Sì, grazie.»

Il cassiere premette un pulsante, tre colpi rapidi. Si udì suonare un campanello all'interno. Wisting fece passare una signora con il carrello pieno. Tra gli scaffali vide arrivare un uomo con la barba e gli occhiali, vestito con la divisa verde della catena di supermercati. Il tizio si guardò intorno e incrociò il suo sguardo.

«Sono della polizia» disse Wisting, mostrando di nuovo il tesserino. «Volevo sapere se l'ultimo dell'anno uno dei vostri cassonetti è stato oggetto di un atto vandalico.»

Il direttore del punto vendita lanciò un'occhiata verso il marciapiede. «Perché me lo chiede adesso?»

«Il fatto sembra collegato a un altro caso» replicò Wisting. «Un dettaglio non ancora confermato legato a un omicidio.»

L'uomo annuì, anche se non pareva cogliere il nesso.

«Il processo inizia la settimana prossima» aggiunse Wisting, senza specificare il vero motivo della domanda.

«Comunque sì» confermò il direttore, raddrizzando alcune barrette di cioccolata sullo scaffale più vicino. «Qualche imbecille ha acceso una grossa batteria di fuochi d'artificio e l'ha buttata nel cassonetto. Poteva finire molto male.»

«Avete chiamato i pompieri?»

L'uomo scosse il capo. «No, l'incendio si è spento da solo, anche se è durato un bel po'. Il cassonetto si è spaccato ed era tutto nero di fuliggine, praticamente distrutto. Ho dovuto comprarne uno nuovo. È costato quasi ottomila corone.»

«Ha sporto denuncia alla polizia?»

«Ho compilato un modulo, ma non è successo nulla» rispose quello. «La franchigia dell'assicurazione ammonta a diecimila corone, quindi è superiore al danno» aggiunse, guardando la telecamera di sorveglianza sul soffitto. «Però ho delle foto del vandalo. Le interessano?»

«Foto?» Wisting inarcò le sopracciglia a segnalare che era *molto* interessato.

«Sì, in ufficio.»

Il direttore del negozio gli fece cenno di seguirlo tra gli scaffali pieni di scatolette e zuppe liofilizzate e lo fece entrare in un ufficio stipato di roba in fondo al locale. Sul pavimento c'erano pacchi di prodotti scaduti, vecchi giornali e riviste; le pareti erano coperte di appunti sulle modalità di esecuzione degli ordini, email dei fornitori e foto dei dipendenti. Un ventilatore da tavolo agitava i fogli più vicini.

Il direttore si sedette alla scrivania e spostò un paio di tazze sporche. Il monitor che aveva davanti era diviso in otto parti, una per ogni telecamera del supermercato. A quanto pareva erano tutte montate all'interno, ma una riprendeva i clienti che entravano: Wisting vide la porta scorrevole richiudersi alle spalle di una ragazza in tuta da ginnastica. Nell'inquadratura notò i due cassonetti di fuori.

«Il filmato ormai è stato cancellato» spiegò l'uomo aprendo un cassetto. «Però ho stampato le immagini.»

Prese una busta grigia da cui estrasse un fascio di stampe a colori. Nella prima un gran caos di luci aveva mandato in tilt l'obiettivo della telecamera, con i colori che si sovrapponevano coprendo ogni oggetto circostante. Anche le due immagini seguenti erano caratterizzate dalla stessa accecante intensità.

«Questa l'ho fatta io» disse il direttore, allungandogli una foto del cassonetto distrutto, scattata di giorno per la strada.

La foto successiva ritraeva i resti di una batteria pirotecnica bruciata, con il nome del produttore ancora leggibile in un angolo: SVEA. Secondo il giornale locale era la stessa marca dei razzi rubati a Natale.

«Ha una foto del tizio che ha piazzato i fuochi?» s'informò Wisting.

Il direttore del negozio continuò a sfogliare e gli porse un fascio di foto in cui si notava la silhouette di un uomo accanto al cassonetto.

Le stampe, fatte su carta normale, non erano di grande qualità, senza contare che la ripresa era stata fatta dall'interno del negozio attraverso la porta a vetri. La luce all'ingresso aiutava un po', ma l'immagine non era comunque sufficientemente nitida per poter identificare la persona ritratta.

Wisting sfogliò le foto e ne trovò una in cui si vedeva il vandalo nell'atto di avvicinarsi con una scatola sotto il braccio: era solo una grigia figura indistinta, ma la corporatura ricordava quella di Dan Roger Brodin. Nella foto seguente era ancora più vicino alla telecamera: si vedeva la giacca aperta e, sotto la giacca, una maglia con una scritta bianca. Brodin quella sera indossava una maglia nera con il disegno di un uccello stilizzato e la scritta MAGIC. Wisting cercò di capire se fosse la stessa, ma il disegno era indistinguibile.

«Ha allegato le immagini alla denuncia?»

L'uomo scosse la testa. «Non è stato facile recuperare i file giusti dal computer, ma ho scritto nella denuncia che il negozio è dotato di un sistema di videosorveglianza.»

Wisting rifletté. «L'ora è quella giusta?» domandò, indicando l'angolo in alto a destra della stampa. La data era quella del 31 dicembre, ma la marca temporale segnava le 20:09:09, cioè quasi un'ora dopo la morte di Elise Kittelsen. Non coincideva.

«In realtà no» ammise il negoziante, guardando il monitor. L'orologio digitale sullo schermo indicava le 20:35:47. «Nelle stampate è avanti di un'ora, perché non l'abbiamo regolato sull'ora solare.»

«Quindi adesso che siamo in estate va bene?»

L'uomo annuì. «Minuto più, minuto meno.»

Wisting tirò fuori il telefonino, che grazie al collegamento internet indicava sempre l'ora esatta: segnava le 20:33. Continuò a fissarlo finché non scattarono le 20:34. L'orologio della videosorveglianza segnava le 20:36:11.

«Va avanti di due minuti e undici secondi» concluse Wisting. Quindi, tenendo conto anche del cambio d'ora, l'incendio del cassonetto era avvenuto alle 19:07. Elise Kittelsen era stata uccisa alle 19:21. Il margine era minimo. Certo, Brodin aveva comunque avuto il tempo di spostarsi da un posto all'altro, ma quello scarto risicato rendeva plausibile la sua spiegazione: aveva tentato di sfuggire alla polizia per l'incendio del cassonetto, non per l'omicidio. «Posso tenerle?» domandò, sventolando le immagini stampate.

«Di cosa si tratta?» s'informò il direttore del negozio.

Wisting esitò a rispondere: non aveva voglia di scendere nei dettagli. «Stiamo ricostruendo una serie di eventi» disse. «Ci interessa qualsiasi elemento utile a determinare la tempistica dei fatti.»

L'uomo parve soddisfatto della spiegazione. «Le tenga pure» rispose, poi prese un biglietto da visita da un set che aveva sotto il monitor. «Se ha bisogno, mi chiami.»

60

Durante la loro assenza, la sala riunioni che avevano a disposizione alla centrale di polizia si era rinfrescata.

Wisting tirò fuori la cartella con le foto di Dan Roger Brodin scattate all'arresto e le confrontò con le stampe della videosorveglianza.

«Ho capito perché non si è preso la briga di allegarle alla denuncia» commentò Christine Thiis. «Queste immagini sono inutilizzabili.»

«Infatti. Non si riesce a vedere chi è» le diede ragione Wisting. «Però non si può neanche escludere che sia lui. Altezza e corporatura corrispondono, idem il vestiario.» Indicò la scritta bianca sulla maglia nella foto della polizia, poi spostò il dito sul fotogramma indistinto prelevato dalla telecamera. «Anche qui c'è del bianco.»

Christine prese la stampa.

«Non si può fare qualcosa per renderla più nitida?»

Wisting scosse la testa.

«Il file originale è stato cancellato» spiegò. «E, anche se avessimo a disposizione la versione digitale, non saremmo mai in grado di produrre un'immagine sufficientemente chiara da permettere l'identificazione.»

«E adesso che si fa?»

Wisting si sedette. «Bisogna riesaminare questa storia con occhi nuovi» disse, guardando le carte del fascicolo sul tavolo.

«Pensavo che gli occhi nuovi fossero i nostri» replicò Christine.

«Certo» concesse Wisting. «Ma fino a qualche ora fa credevamo anche noi che Brodin fosse il colpevole. E questa ipotesi presupponeva che Elise Kittelsen fosse la vittima casuale di una rapina andata storta. Però, se non è stato lui ad ammazzarla, può darsi che la ragazza fosse un bersaglio preciso.»

«Perché qualcuno avrebbe dovuto ucciderla?»

«Non lo so» ammise Wisting. «Ma il punto è proprio questo. Gli investigatori hanno fatto indagini approfondite su Brodin, disegnando il ritratto di un delinquente abituale e violento, mentre di Elise Kittelsen sappiamo poco a parte che andava all'università e voleva fare l'insegnante, lavorava nel negozio di scarpe dei genitori, era carina e benvoluta dagli amici.»

Wisting lanciò un'occhiata verso l'ufficio di fronte, dove Ivar Horne stava lavorando al computer.

«Questo è il ritratto di Elise Kittelsen che Harald Ryttingen vuole presentare in tribunale lunedì» proseguì. «Se grattiamo via la superficie, magari la vittima non riscuoterà più tante simpatie, ma al tempo stesso potremmo scoprire un movente.»

Si allungò sulla sedia mentre prendeva in considerazione il materiale d'indagine che avevano. In qualsiasi caso di omicidio sorgeva subito un interrogativo fondamentale: la vittima era stata uccisa perché era proprio lei, o al suo posto avrebbe potuto esserci una qualunque altra persona che si fosse trovata nel posto sbagliato al momento sbagliato? Nel delitto di Capodanno il presupposto era che Elise Kittelsen fosse una vittima casuale, e da quel presupposto erano partite tutte le indagini successive.

«Secondo suo fratello, Elise frequentava un brutto ambiente» rammentò Christine, cominciando a scartabellare nel faldone delle dichiarazioni rese da parenti e amici. «Tra l'altro, il suo ragazzo non gli piaceva.»

«Ha un alibi» commentò Wisting. «Era già alla festa dove stava andando Elise.»

Poi si alzò e, facendo il giro del tavolo, andò a mettersi alle spalle di Christine.

«Eccolo» disse lei. «Julian Broch.»

Lessero insieme la dichiarazione. Broch negava che lui ed Elise fossero fidanzati; a suo dire erano solo amici e si conoscevano da poco più di un anno. Lui aveva quasi sei anni più di lei e lavorava in una ditta di spedizioni. Nella deposizione dava conto dei propri spostamenti e illustrava i piani che avevano lui ed Elise per l'ultimo dell'anno. La festa a cui dovevano partecipare si teneva a casa di un amico di lui e gli invitati erano essenzialmente suoi vecchi amici.

«La gente che non piaceva al fratello di lei» ribadì Christine. «Parecchi di loro facevano uso di sostanze.»

«Abbiamo il tabulato telefonico di Elise?» chiese Wisting.

Christine si alzò per controllare in uno degli scatoloni sul tavolo.

«Ho visto un verbale che ricostruiva le ricerche del suo telefono» disse, e poco dopo tirò fuori il documento a cui si riferiva.

Wisting l'aveva letto: era tra quelli che aveva potuto visionare online nel suo ufficio. L'assassino si era impossessato del telefono di Elise, ma se n'era anche sbarazzato non appena si era reso conto che tramite quello poteva essere rintracciato. Il verbale si concludeva affermando che l'apparecchio non era più collegato alla rete telefonica.

Nel documento compariva un riepilogo dei contatti telefonici che Elise Kittelsen aveva avuto il giorno del delitto. Messaggi, brevi telefonate con le amiche, poi una conversazione più lunga con una cugina di Lyngdal, e infine il traffico dati per la navigazione su internet. Poco dopo le sette di sera Elise aveva inviato un messaggio a Julian Broch e lui le aveva risposto. Durante l'audizione del ragazzo avevano parlato anche di quello scambio. Broch aveva mostrato agli investigatori il messaggio che gli aveva mandato lei: «Sto uscendo. A prestissimo». Lui aveva risposto: «Ottimo. Non vedo l'ora». Entrambi i messaggi erano conditi di faccine sorridenti.

«Forse dovremmo sentire questo ragazzo, che dici?» propose lei.

Wisting concordò. «Domani. Per adesso direi di chiudere.»

Da uno scatolone prese un faldone che non aveva ancora controllato e se lo ficcò sotto il braccio per avere qualcosa su cui lavorare in albergo.

Christine mise ordine fra le carte sparse sul tavolo, poi infilò il laptop nella custodia e uscì dalla stanza dietro di lui. Ivar Horne si girò sulla poltroncina e allungò le braccia verso l'alto, facendo scrocchiare le articolazioni delle spalle.

«Scoperto qualcosa?» domandò con un sorriso.

Wisting non gli rispose; stava guardando la foto sullo schermo del suo computer, che ritraeva un uomo in giacca e cravatta nell'atto di salire su un'auto: capelli corti, fisico atletico. Sembrava un volto conosciuto.

«Chi è?» gli chiese.

Ivar Horne seguì il suo sguardo. «Questo qui?» chiese, tornando a concentrarsi sullo schermo. «Questo è Mister Nice Guy in persona.»

«Phillip Goldheim?»

«*Yes.*»

Wisting lo aveva visto nelle foto segnaletiche scattate in occasione del suo arresto, più di quindici anni addietro; ma all'epoca Goldheim era più in carne e portava i capelli raccolti in un codino.

«Hai altre foto?»

«A bizzeffe» rispose Horne aprendo una cartella.

Wisting si chinò sullo schermo e studiò le immagini; erano state scattate in situazioni diverse e da varie angolazioni.

«Mi puoi ingrandire questa?» chiese, indicando un'immagine in cui si vedeva Goldheim di spalle mentre parlava con due tizi più giovani.

Horne lo accontentò. «Li conosci?» chiese.

Wisting non rispose. «Da quanto tempo è che lo sorvegliate?»

«Lo stiamo controllando da tre settimane, ma nella fase attuale lo seguiamo solo saltuariamente.»

«Quando dici "controllando", intendi che intercettate le sue comunicazioni?»

«Sì. Ascolto e tracciamento telefonico» confermò Horne.

«E avete dati sul suo traffico per mercoledì della settimana scorsa?» domandò Wisting.

Horne si girò verso un altro schermo e agguantò il mouse.

«Si può sapere a che vi serve?» chiese, mentre cercava tra i file.

«Ho già visto questa schiena» rispose Wisting, indicando la foto del pedinamento. «In un campo fuori Larvik.»

Ivar Horne si voltò a guardarlo con aria interrogativa e Wisting gli raccontò del deposito sotterraneo nel campo dietro il fienile in cui era stato ritrovato il taxi di Jens Hummel, e dei dodici chili di anfetamine nascosti lì.

«Dopo l'arresto di Aron Heisel qualcuno è andato lì a vedere se avevamo scoperto la partita» ricapitolò Wisting. «Forse il tizio che ci è scappato era proprio Phillip Goldheim.»

Horne intanto aveva trovato il file di dati. «In effetti sembra possibile» commentò facendo scorrere sullo schermo un foglio Excel.

Nelle colonne erano segnati data e ora, nome della persona con cui Goldheim aveva comunicato via telefono o per messaggio e luogo in cui si trovava lui mentre usava il telefono. Videro che si era mosso da Kristiansand subito dopo mezzogiorno prendendo la E18 in direzione nord, aveva superato Grimstad all'una e mezza e Gjerstad un'ora più tardi. Alle 15:37 era a Larvik.

«Con chi ha parlato quando era a Larvik?» chiese Wisting, impaziente di saperne di più.

«Con la sua donna» rispose Horne. «Lei gli telefona o gli manda messaggi almeno una ventina di volte al giorno. Buon per noi, così sappiamo dov'è.»

«E dopo cos'ha fatto?» chiese Christine.

«Non si capisce bene» rispose Horne. «Sembra che abbia spento il telefono: è rimasto inattivo finché non è rientrato a Kristiansand, alle otto di sera. Purtroppo non avevamo piazzato la scatola, se no avremmo potuto seguirlo passo passo.»

«La scatola?» domandò Christine.

Wisting lasciò che fosse Horne a spiegare. «Piazzare la scatola» era un modo di dire che indicava la sorveglianza elettronica di un mezzo di locomozione; risaliva all'epoca in cui si usava allo scopo una grossa e pesante scatola, che andava fissata con potenti calamite al mezzo da sorvegliare. Si trattava di un'apparecchiatura costosa, con batterie di capacità limitata, e difficile da installare senza farsi notare. Ormai invece si usavano dispositivi grandi quanto un'unghia, che consumavano poca energia e consentivano una geolocalizzazione molto precisa.

Per darne una dimostrazione, Horne aprì un'app di navigazione: sullo schermo c'era un puntino rosso fermo in corrispondenza di un indirizzo di Andøya, a una decina scarsa di chilometri dal centro storico.

«Goldheim è a casa» annunciò.

«Che macchina ha?» chiese Wisting.

«Una Range Rover.»

«Allora quella volta non hanno usato la sua» commentò Wisting. «Hanno tagliato la corda su un'auto giapponese.»

«Noi abbiamo delle impronte plantari prelevate sul terreno del deposito, giusto?» intervenne Christine.

Wisting annuì.

«Materiale investigativo a cui si può accedere da qui?» volle sapere Horne.

«Certo» rispose Wisting. «Abbiamo un tizio in custodia cautelare che si rifiuta di parlare. Puoi inserire il nome nel vostro database: Aron Heisel.»

Horne digitò nel campo di ricerca della banca dati riservata per le operazioni di polizia. «Eccolo» annunciò, vedendo comparire un riscontro.

Era una nota risalente all'ottobre dell'anno prima, con oggetto: PHILLIP GOLDHEIM – CONTATTO IN SPAGNA. Wisting si sporse verso lo schermo. Il testo era di poche righe: «La fonte informa che Phillip Goldheim è tornato in Norvegia dopo un weekend a Marbella, dove ha incontrato un norvegese domiciliato lì da anni, Aron Heisel. Si ignora lo scopo dell'incontro. Heisel ha sulla fedina una condanna per contrabbando di alcolici».

Le informazioni erano classificate come altamente attendibili; ciò significava che venivano da qualcuno di collaudato e fidato, che aveva già fornito soffiate rivelatesi corrette.

«Da dove arriva la dritta?» chiese Wisting. «Può darsi che chi ve l'ha passata sappia qualcosa sul nostro caso.»

Horne cliccò per aprire la scheda con i dati relativi alla fonte: apparve un testo standard che invitava a contattare la persona tramite il poliziotto che aveva inserito le informazioni.

«Il collega è Robert Hansson» disse Horne. «Prima lavorava qui da noi. Quindi potrebbe trattarsi del nostro informatore principale, quello che ha interrotto i contatti. Il tramite era proprio Robert.»

«E dov'è adesso Robert Hansson?»

«A Haiti» rispose Horne. «Con un qualche progetto dell'ONU per dare supporto alla polizia del posto.»

«Ci puoi parlare?»

«Posso mandargli una mail» propose Horne.

In quel momento, dallo schermo con la mappa per la geolocalizzazione giunse un segnale: il puntino rosso che indicava l'auto di Phillip Goldheim stava lampeggiando. Allo stesso tempo si udì una voce alla radiotrasmittente poggiata sulla scrivania: «L'obiettivo è in movimento».

«Ricevuto» rispose qualcuno.

Ivar Horne prese la radio e si alzò.

«Stasera pensavamo di seguirlo» disse. «Ti va di venire?»

61

Mentre Christine Thiis tornava in albergo, Wisting salì sull'auto civetta per il pedinamento. Voleva vedere Phillip Goldheim di persona, verificare se fosse davvero il tizio scappato dal campo di Huken. Gli agenti addetti alla sorveglianza comunicarono che il soggetto stava andando verso il centro, ma si era fermato in una stazione di servizio.

Ivar Horne, alla guida, trafficava con un iPad. Aprì una cartina sullo schermo, le lanciò un'occhiata, poi allungò il dispositivo a Wisting. «Il vostro sequestro nel deposito sotterraneo combacia con le nostre informazioni: Goldheim ha subito una perdita ingente e dovrà fare qualcosa per risollevarsi. Sarà interessante scoprire chi incontra stasera.»

Wisting annuì. La sorveglianza elettronica era efficace ed economica, ma il lavoro sul campo rimaneva comunque necessario.

«Qualche contatto?» domandò Horne alla radio.

«Negativo» fu la risposta. «Sta mangiando un hamburger.»

«Finché resta lì non farà niente» osservò Wisting. «Non davanti alle telecamere di una stazione di servizio.»

«Hai ragione» rispose Horne. «Se viene verso il centro, possiamo raggiungerlo da qui.»

Imboccò uno svincolo, passò sotto il cavalcavia dell'autostrada e accostò in una piazzola lì sotto.

Wisting controllò lo schermo: il punto rosso era ancora fermo sulla regionale 456, in una località di nome Auglandsbukta. Un punto verde indicava invece la loro posizione e tre punti blu le altre unità.

«Come pensi siano collegati il nostro uomo e il tuo caso?» domandò Horne, facendo marcia indietro per nascondere la macchina dietro una barca su un rimorchio.

«Il denominatore comune è Frank Mandt» rispose Wisting. «L'arma di entrambi i delitti era nella sua cassaforte. Il taxi della nostra vittima è stato trovato in una fattoria che lui aveva preso in affitto e dove abitava Aron Heisel, che a sua volta è collegato alla partita di anfetamine nel deposito sotterraneo e che a ottobre ha incontrato Goldheim in Spagna. E Goldheim ha mandato dei fiori al funerale di Mandt.»

Horne spense il motore e abbassò il finestrino, una lieve brezza portò con sé l'odore della salsedine. Sopra di loro rimbombava il traffico dell'autostrada. «Mandt e Goldheim» disse, quasi assaporando quel binomio. «Collaboratori o concorrenti?»

«Magari entrambe le cose» replicò Wisting. «Nel loro ambiente ci si unisce quando fa comodo.»

«Riparte» li informò uno degli agenti appostati. «Prosegue verso Kristiansand.»

Wisting guardò lo schermo: il punto rosso si muoveva lampeggiando, seguito a qualche centinaio di metri da uno blu.

Ivar Horne afferrò il microfono. «Kilo 4-2, sei davanti?»

«Lo raggiungo alla rotatoria del centro commerciale di Vågsbygd» fu la risposta.

«Tieniti a distanza» lo ammonì Horne. «Tanto lo seguiamo sulla mappa.»

Wisting guardò il punto rosso muoversi sulla regionale in direzione nord. Dopo circa un chilometro prese uno svincolo.

«Va verso Slettheia» disse l'unità più vicina. «Qualcuno riesce a stargli dietro?»

Horne diede indicazioni a una vettura.

Wisting vide il punto rosso addentrarsi in una zona residenziale. «Løvsangerveien» lesse. «Ha contatti da quelle parti?»

«Probabilmente controlla se qualcuno lo segue» commentò Horne, riprendendo l'iPad. «Tenetevi a distanza» proseguì. «Procede a zig zag tra le case del quartiere.»

«Qui Kilo 4-2: lo mollo.»

Man mano che il puntino rosso si muoveva lungo le strade, Horne ne comunicava la posizione alla radio. Alla fine si arrestò in una via senza uscita.

«Si è fermato in fondo a Rødvingeveien.»

«Che facciamo?» chiese uno degli agenti.

«Kilo 4-1, prendi Gransangerveien e vedi se riesci a individuare l'obiettivo da lì.»

«Ricevuto.»

Un puntino blu si spostò da ovest sulla parallela alla strada in cui Goldheim si era fermato. Prima che l'auto arrivasse in posizione, il puntino rosso ricominciò a lampeggiare.

«Si sta muovendo» annunciò Horne, dando istruzioni alle altre unità.

Wisting seguì Goldheim sulla mappa: superò la fabbrica di gelati Hennig-Olsen e la raffineria Nikkelverk, passò sotto la E39, girò più volte intorno a una rotatoria e infine tornò verso il centro.

«Non farebbe così se non stesse andando a un appuntamento importante» disse Horne. «Vuole la certezza di non essere seguito.»

«Viene verso di noi» osservò Wisting, indicando lo schermo. Il punto rosso aveva accelerato e stava imboccando l'autostrada.

Horne accese il motore. Di lì a poco Goldheim prese la loro stessa uscita.

«Eccolo» disse Horne, fissando una Range Rover bianca che sfrecciò accanto a loro.

L'auto andava troppo veloce perché Wisting potesse vedere in faccia il guidatore.

«Lo seguiamo» annunciò Horne alle altre unità, dando direttive su come posizionarsi.

Lasciarono che l'obiettivo si allontanasse, affidandosi al solo dispositivo di tracciamento per seguirlo, poi presero Vestre Strandgata, svoltarono a sinistra su Dronningens gate e oltrepassarono il luogo dove era stata uccisa Elise Kittelsen. Si avvicinarono mentre il punto rosso era fermo a un semaforo, probabilmente in attesa del verde, e quando riprese a muoversi erano ormai a quattro auto di distanza dalla Range Rover.

Goldheim proseguì dritto, attraversò il ponte di Lundsbrua sul fiume Otra e svoltò a destra.

«Oggi sono passato di qui» disse Wisting, riconoscendo il posto in cui aveva mangiato un hot dog con Christine Thiis. «Eravamo venuti a parlare con Einar Gjessing, un testimone del delitto di Capodanno. Abita in un attico in riva al fiume.»

«Høivold brygge» confermò Horne, lasciando distanziare l'auto davanti. «Zona di lusso.»

Passarono per un quartiere residenziale: vecchie case di

legno con staccionate bianche su cui si curvavano degli alberi da frutto. Il punto rosso svoltò verso i caseggiati moderni lungo il fiume.

Horne afferrò il microfono della radio. «Si dirige verso Høivold brygge. Lo molliamo.»

Tirarono dritto all'incrocio dove Goldheim aveva girato, poi accostarono a bordo strada. Il punto rosso si fermò presso il fiume.

«C'è un binocolo nel vano portaoggetti» disse Horne. «Scendi e dà un'occhiata mentre io faccio inversione.»

Wisting andò a nascondersi dietro un albero, mise a fuoco e scrutò la strada in basso. Phillip Goldheim era sceso dall'auto e si era avviato lungo il molo. I palazzi bloccavano la visuale e Wisting dovette cambiare posizione, ma quando riportò il binocolo agli occhi l'uomo era sparito. Fece correre lo sguardo avanti e indietro: file di barche costose, un uomo a passeggio con un cane, uno stormo di gabbiani che si litigava l'immondizia intorno a un cassonetto... Goldheim non avrebbe avuto il tempo di entrare in un edificio, ma poteva essere salito su un'altra vettura.

Wisting abbassò il binocolo, poi notò un motoscafo aperto che partiva dal molo e lo riportò agli occhi. Goldheim era seduto a bordo, al timone c'era un uomo più giovane.

Ivar Horne lo raggiunse. «Lo vedi?»

Wisting gli porse il binocolo e indicò: «È su quel motoscafo».

Horne osservò la scena con la bocca semiaperta, poi annunciò alla radio: «L'obiettivo è a bordo di un day cruiser sull'Otra. Abbiamo un teleobiettivo per seguirne i movimenti?».

«Kilo 4-1» rispose un'unità via radio, per dare conferma.

Horne e Wisting rimasero a fissare l'imbarcazione che si

allontanava fino a sparire. Il sole era tramontato dietro la collina a ovest della città e stava calando il crepuscolo, caldo e vellutato.

«Hai riconosciuto l'altro uomo a bordo?» domandò Wisting.

Horne abbassò il binocolo e scosse il capo. «No, ma mi pare un po' tardi per una gita di piacere.»

«Secondo te cosa vogliono fare?»

«Parlare» rispose Horne, scrutando l'acqua scintillante. «Dove sono sicuri di non essere ascoltati.»

La radio della polizia gracchiò. «Ho fatto qualche foto» comunicò Kilo 4-1. «La targa è KAR247. Verifichiamo sul registro delle imbarcazioni.» Horne fece cenno a Wisting di tornare in macchina. Appena si furono seduti, la radio gracchiò di nuovo: «Registrata a nome di un certo Gerhard Broch, residente in Prestvikveien».

Horne fece spallucce: il nome non gli diceva nulla.

«L'uomo al timone avrà avuto vent'anni» disse Wisting.

«Età?» chiese Horne via radio.

La risposta giunse rapida: «Cinquantuno».

«Controllate le parentele.»

Mentre aspettavano, videro passare una donna su una bici elettrica.

«Un solo figlio» disse la voce. «Julian Broch.»

«Per la miseria» mormorò Wisting a labbra strette. Un muscolo gli pulsava sulla tempia.

«Lo conosci?» domandò Horne.

«Il delitto di Capodanno: Julian Broch era il fidanzato di Elise Kittelsen.»

62

Wisting rientrò in albergo a mezzanotte passata. La sua camera, piuttosto ampia, aveva la moquette e un balconcino che affacciava sulla strada. Posò la cartella portadocumenti e la valigia, si tolse le scarpe e si sedette sul letto: troppi pensieri per dormire. Sentiva che erano vicini a scoprire qualcosa; persone e avvenimenti si intrecciavano, e non avrebbe preso sonno se prima non avesse fatto ordine fra tutti gli elementi.

Si stese sul letto e chiuse gli occhi. Quel caso era diverso dagli altri di cui si era occupato; stavolta, per avvicinarsi a una soluzione doveva prima rivedere un'indagine considerata già chiusa. Era convinto che Harald Ryttingen e i suoi si fossero mossi nella direzione sbagliata: anziché provare ad accertare la verità, avevano cercato di consolidare le prove a carico di Dan Roger Brodin. E adesso stavano per commettere un errore giudiziario. Ma le sue obiezioni, pur di un certo peso, non bastavano a bloccare l'avvio del processo. Lunedì mattina la corte avrebbe dato inizio al procedimento e, se lui non fosse riuscito a indicare in tempo un altro colpevole, un uomo innocente sarebbe salito sul banco degli imputati. Riaprì gli occhi e fissò il soffitto. Una mosca volò via dalla presa d'aria, ronzò pigramente per la stanza e andò a posarsi sulla tenda.

Nel corso della giornata avevano appreso molte informazioni nuove; ma i denti delle ruote, per così dire, non ingranavano tra loro. Perché, se Brodin era innocente, chi era allora il colpevole? L'esperienza insegnava che, spesso, il movente di un omicidio andava ricercato nella cerchia della vittima, e che non di rado fra questa e l'assassino esisteva un rapporto. Ma nel delitto di Capodanno il presunto colpevole era stato preso in soli quattordici minuti, quindi non c'era stato bisogno di indagare sui contatti di Elise Kittelsen.

Julian Broch sarebbe stato la persona più interessante in questo senso. Sì, aveva fornito un alibi, ma non era stato verificato: nessuno aveva controllato se davvero fosse rimasto sempre alla festa. Wisting avrebbe voluto sentirlo l'indomani, ma poiché il giovane era spuntato all'improvviso durante un pedinamento, occorreva aspettare per non intralciare l'operazione.

La mosca volò via dalla tenda e ronzò per la stanza. Wisting provò a ricordare se nel materiale d'indagine avesse letto qualcosa che poteva suggerire un qualche conflitto nella vita di Elise Kittelsen. In effetti qualcosa c'era. Si alzò e prese il pacco di documenti.

Un'amica di Elise aveva detto di sfuggita che Julian Broch era geloso. Wisting ci mise quasi dieci minuti per trovare il paragrafo giusto. Guro Fjellborg conosceva Elise fin dai tempi della scuola materna; avevano fatto insieme le elementari e le altre scuole, e studiavano entrambe per diventare insegnanti.

«Elise ha conosciuto Julian Broch a Hovden, in settimana bianca» lesse Wisting. «Si sono messi insieme, ma non andava sempre tutto bene. Lui era geloso e lei ha dovuto bloccare il telefono con un pin per impedire che le leggesse i messaggi.»

Non c'era altro. Ma perché per Elise era importante che il fidanzato non leggesse i suoi messaggi? Aveva motivo Julian di essere geloso? Sul telefono di Elise c'era forse qualcosa che era importante tenere nascosto? Wisting alzò gli occhi dai fogli. E perché l'assassino si era portato via il telefono?

Gli interrogativi cominciavano ad accumularsi. Wisting si appuntò il nome dell'amica di Elise. E c'era anche un'altra possibilità: che Jens Hummel c'entrasse qualcosa con quel delitto.

Wisting si alzò e andò a prendere un sacchettino di arachidi nella ciotola sulla scrivania. Da qualche parte nell'albergo un bambino piangeva disperato. Lui si versò sul palmo una manciata di noccioline e se le gettò in bocca. Il bambino intanto sembrava inconsolabile; il pianto aumentava d'intensità, poi calava in un lungo lamento, poi ricominciava da capo. Possibile che fosse rimasto solo in camera, mentre i genitori erano giù al bar? Che si fosse svegliato e avesse paura?

Ingollando un'altra manciata di noccioline, Wisting calcolò quanti giorni mancavano alla scadenza del termine per Line. Diciassette. Ingrid aveva partorito i gemelli con undici giorni di ritardo. Lui era rimasto in corridoio, aspettando che finisse tutto prima di entrare; chissà se Line lo voleva presente al parto, o se anche stavolta poteva aspettare di fuori. Non aveva dubbi che sarebbe stata un'ottima madre; ma assumersi quella responsabilità da sola si preannunciava impegnativo.

Un elemento comune a molti degli assassini che aveva incontrato era che qualcosa era andato storto nel periodo della loro crescita. La mancanza d'amore, calore, sostegno e vicinanza li aveva segnati. Spesso si portavano dietro storie dolorose che non avevano mai raccontato e che gli altri non avevano intuito. O non avevano voluto intuire. Storie di delusioni, di traumi e rapporti rovinati. Le carceri erano piene di giovani i cui bisogni fondamentali nell'infanzia e nell'adolescenza erano stati trascurati o ignorati del tutto. Giovani venuti su senza un padre, com'era successo a Dan Roger Brodin. O come sarebbe successo alla creatura di Line.

Lanciò un'occhiata alla porta e, mentre si chiedeva se andare a controllare da dove arrivavano gli strilli, si rese conto che sarebbe toccato proprio a lui assumere una sorta di ruolo paterno, per dare alla creatura tutta la sicurezza di cui aveva bisogno.

Dal corridoio giunse il rumore di qualcuno che bussava su una parete; per un motivo o l'altro, i pianti cessarono.

Wisting si sedette alla scrivania, scansò la cartellina con le informazioni dell'albergo e si mise davanti il faldone preso in centrale che né lui né Christine Thiis avevano ancora sfogliato. Conteneva materiale d'appoggio e informazioni che la squadra investigativa aveva inglobato nei verbali, insieme a documenti non direttamente rilevanti per le indagini: elenchi di organici, richieste di rimborso, orari, copie di comunicati stampa. Ritenendolo materiale poco interessante, si limitò a sfogliarlo per puro senso del dovere.

Più o meno a metà trovò un allegato a una mail che il gestore telefonico di Elise Kittelsen aveva inviato alla polizia. Sembrava che lo scambio riguardasse il tracciamento del cellulare rubato. La stampata inserita nel faldone presentava un prospetto dei contatti avuti da Elise il giorno del delitto, in base al quale era stato redatto il verbale relativo; a rigor di logica avrebbe dovuto essere inclusa nel fascicolo come documento.

Wisting riconobbe il numero di Julian Broch, destinatario di un messaggio in cui Elise gli diceva che stava uscendo di casa. Broch era l'unico che lei aveva avvertito e non avrebbe avuto difficoltà a immaginare che percorso intendeva fare. A parte i familiari, era l'unico a sapere dove si sarebbe trovata quando alle 19:21 erano stati esplosi i colpi.

Wisting prese la cartina della città e calcolò la distanza tra il luogo del delitto e quello della festa: erano quattro isolati, al massimo cinque minuti a piedi. Se Broch si fosse assentato per qualche minuto, con tutto che era l'inizio della serata, Wisting dubitava che qualcuno se ne sarebbe accorto. Purtroppo quella domanda non era stata posta a nessuno e ben pochi ormai sarebbero stati in grado di ricordare un fatto accaduto così indietro nel tempo. Mancava persino un elenco completo dei presenti alla festa. Nelle indagini c'era un buco, ma non abbastanza grande da potercisi infilare.

Wisting stava per andare avanti, quando un altro sguardo alla stampata del gestore lo fece bloccare. Il prospetto sembrava più lungo di quanto ricostruito nel verbale.

Riaprì il faldone con la documentazione ufficiale delle indagini; i bordi dei fogli erano già un po' rovinati. Trovò quello che cercava nel sottoelenco dei verbali di polizia. Il prospetto cronologico dei contatti avuti da Elise Kittelsen nell'arco della giornata constava di diciassette righe; l'investigatore aveva rielaborato la lista in modo che, oltre all'ora e al numero telefonico, fossero riportati anche i nomi dei vari intestatari. Tra le persone con cui Elise aveva parlato quel giorno c'era anche Guro Fjellborg, l'amica che aveva definito geloso Julian Broch.

Wisting contò i contatti nel prospetto del gestore telefonico e arrivò a diciannove. Poi ricontò quelli della lista del verbale: sempre diciassette.

Il suo primo pensiero fu che l'investigatore avesse limitato la ricostruzione a partire da una certa ora, ad esempio da mezzogiorno, ma entrambe le liste iniziavano dalla prima telefonata del mattino, quella delle 10:32 a Runa Kittelsen, una cugina coetanea di Elise che abitava a Lyngdal.

Wisting controllò le due liste voce per voce. Alle ore 14:42 spuntò un cellulare che non compariva nel verbale di polizia: una chiamata in entrata di un numero che iniziava per 45. Wisting sapeva per esperienza che era di una scheda prepagata NetCom. La chiamata era durata quasi quattro minuti e lo stesso numero tornava più avanti, in una chiamata in uscita di otto minuti e mezzo. Neanche quella riportata nel verbale.

Tirò fuori il cellulare per cercare informazioni su quel numero e vide due messaggi non letti di Christine: un paio d'ore prima gli aveva chiesto se stesse dormendo; dopo un quarto d'ora gli aveva scritto proponendo di vedersi a colazione alle nove. Lui non aveva sentito le notifiche, e ormai era un po' tardi per rispondere, ma decise di confermare comunque la colazione alle nove. Dopodiché aprì l'app per la ricerca dei numeri telefonici. Digitò quello della stampata senza grandi aspettative, e invece la ricerca diede un riscontro: Jan Larsen, casella postale 502, 4605 Kristiansand. Non gli diceva niente. Sia il nome che il cognome erano comunissimi, ma lui era sicuro di non averli mai incontrati nei documenti del fascicolo.

Il verbale da cui risultava omesso il numero era stato redatto dell'agente Robert Hansson: lo stesso che figurava come contatto della fonte da cui erano arrivate le informazioni su Phillip Goldheim. Poteva essere quella la spiegazione? Jan Larsen era l'informatore, quindi l'investigatore aveva omesso dalla lista il suo nome e numero di telefono per non coinvolgerlo nel caso?

Per scoprire chi fosse questo Jan Larsen tramite una ricerca anagrafica c'era bisogno della data di nascita. Poteva darsi che il suo codice fiscale fosse registrato presso il gestore telefonico, pur trattandosi solo di una scheda prepagata. Anche la casella postale poteva risultare utile. Quello era un lavoro per Nils Hammer.

Senza più badare all'ora tarda, Wisting gli scrisse un messaggio in cui spiegava la questione. Poi con il cellulare scattò una foto del prospetto, per assicurarsi di averne una copia prima di dover riconsegnare il materiale. In sostanza quel verbale non era veritiero: avrebbe dovuto riportare l'insieme dei dati ricevuti dal gestore telefonico, ma ometteva uno dei numeri forniti. Era un grave atto di negligenza in servizio, che poteva avere ripercussioni tanto sull'autore del verbale quanto sul processo imminente. Grazie a quelle nuove informazioni, Dan Roger Brodin e il suo legale avrebbero potuto anche chiedere un rinvio.

Chiuse il fascicolo, si alzò e andò alla finestra. Dall'altro lato della strada un uomo su una scala stava incollando un manifesto pubblicitario. Passò una spazzatrice, che lasciò sull'asfalto due strisce bagnate. La città si preparava ad affrontare un nuovo giorno.

63

Wisting si svegliò al ronzio di una mosca che girava per la stanza. L'insetto si posò sul cuscino vuoto accanto a lui, ma volò subito via per atterrare da un'altra parte; pareva ansioso, quasi andasse di fretta.

L'orologio del televisore segnava le 8:43. Wisting ci aveva messo un po' a addormentarsi, ma per fortuna una volta preso sonno aveva dormito come un sasso.

Fece una doccia e lasciò scorrere l'acqua a lungo, ripensando alla scoperta fatta appena prima di mettersi a letto. In ogni indagine c'era qualcuno che aveva qualcosa da nascondere, ma stavolta a occultare informazioni era stata la polizia.

Quando scese a fare colazione trovò Christine Thiis seduta davanti a una pila di quotidiani. Si preparò un caffè e prese posto accanto a lei.

«Non mangi?» gli domandò Christine.

«Tra un attimo» rispose lui, poi abbassò la voce e le raccontò dell'inseguimento di Phillip Goldheim e del suo incontro con Julian Broch.

«Il fidanzato di Elise Kittelsen?»

«Al momento non possiamo interrogarlo» le disse Wisting, sorseggiando il caffè. «Il nome Guro Fjellborg ti dice qualcosa?»

Dalla sua espressione lui intuì che il nome le suonava familiare; ma Christine non ricordava dove l'avesse sentito.

«È un'amica di Elise Kittelsen» le spiegò. «Nel faldone c'è una sua breve dichiarazione, parla del rapporto tra Elise e Julian Broch: il ragazzo era geloso, e lei aveva dovuto proteggere il telefonino con un pin per non fargli leggere i messaggi.»

Christine lo guardò dubbiosa. «Un fidanzato geloso?»

«La domanda è piuttosto se aveva qualche motivo particolare per esserlo. Se Elise custodiva qualche segreto che non è emerso durante le indagini.»

«Dobbiamo parlare con l'amica.»

«Ma c'è dell'altro» aggiunse Wisting. Le spiegò l'incongruenza tra il verbale e il tabulato dell'azienda telefonica.

«Stai dicendo che hanno manomesso le prove?» Christine pareva perplessa.

Prima di rispondere, Wisting attese che un signore anziano si allontanasse dal loro tavolo. «Tecnicamente non si tratta di prove, ma di certo hanno occultato un'informazione importante.»

«Chi è questo Jan Larsen?»

«Ho incaricato Hammer di occuparsene» replicò Wisting. Poi andò al buffet e si servì uova, pancetta e due fette di pane integrale. «Dopo colazione chiamo l'amica» annunciò appena fu tornato al suo posto.

«Dobbiamo approfondire, sì.»

«In un modo o nell'altro» concordò Wisting, intuendo che anche lei aveva ormai rinunciato ad assecondare il prefetto. «Ma non credo che Ryttingen abbia intenzione di ascoltarci; non gli interessa più cos'è giusto e cos'è sbagliato, solo che il caso si risolva come vuole lui.»

«Dev'esserci qualcuno con cui possiamo parlare. Qualcuno più in alto… Magari il PM, o il prefetto?»

«Per il momento non abbiamo appigli concreti» rispose Wisting con la bocca piena. «Per andare avanti, dobbiamo continuare a scavare.»

«Ma il processo inizia domani» obiettò Christine, allungandogli l'edizione domenicale di «VG». In prima pagina c'era di nuovo la foto di Elise Kittelsen, proprio come aveva previsto Line. Wisting cercò il seguito dell'articolo all'interno, corredato di un altro scatto della vittima insieme a quello del luogo del delitto. C'era pure un'immagine del coordinatore delle indagini, Harald Ryttingen: si augurava di sentire, nel corso del processo imminente, una spiegazione esaustiva dei fatti da parte dell'imputato, per poter dare una risposta agli interrogativi che assillavano i familiari della ragazza.

Wisting scosse il capo: quello di Ryttingen era un modo per comunicare indirettamente all'opinione pubblica che la colpevolezza era già assodata. Le sue dichiarazioni contribuivano ad alimentare un'atmosfera che avrebbe influenzato anche la corte.

«Parlano anche della rivoltella» lo informò Christine Thiis, indicando in fondo alla pagina.

Secondo Ryttingen, il fatto che l'arma fosse collegata con un altro delitto non cambiava in alcun modo il quadro probatorio: «Ci aspettavamo che prima o poi l'arma saltasse fuori» aveva dichiarato. «Ma la circostanza non è rilevante per il nostro caso. Sappiamo chi ha sparato.»

«Sembra che abbia già emesso la sentenza» commentò Wisting.

Anche Olav Müller aveva rilasciato una breve dichiarazione ai giornalisti che gli avevano chiesto se il suo assistito si dichiarasse ancora innocente. L'avvocato praticante si era messo sulla difensiva ancor prima che iniziasse il processo, nemmeno lui sembrava credere al suo cliente; in tutta evidenza era troppo giovane e inesperto sia per trattare con i media sia per occuparsi di un processo per omicidio. Non bastava conoscere la legge, bisognava anche padroneggiare l'arte retorica: in un caso del genere la capacità di persuadere contava tanto quanto l'abilità di dimostrare, perché era fondamentale saper presentare le prove. Non vinceva per forza chi era dalla parte del giusto, ma chi sapeva argomentare meglio.

Prima di tornare in camera, Wisting si riempì di nuovo il piatto. Poi Christine Thiis lo seguì per vedere il tabulato con le telefonate mancanti.

«C'è una spiegazione possibile» le disse lui. «Jan Larsen potrebbe essere un informatore, nel qual caso il suo nome è stato omesso perché volevano proteggerlo.»

«Non torna. Perché per un informatore avrebbe dovuto essere rischioso far sapere che aveva contattato Elise Kittelsen?»

Wisting alzò le spalle, senza approfondire oltre il proprio ragionamento. Se il nome di Jan Larsen fosse comparso nei verbali, probabilmente quella pista sarebbe stata seguita. Certo, l'informatore non avrebbe corso pericoli se non aveva niente a che fare con il caso. Wisting, però, cercava un assassino che non fosse Dan Roger Brodin. E, se si trattava di Larsen, voleva dire che qualcuno della polizia l'aveva coperto per proteggere lui e l'operazione. Un'ipotesi che faceva quasi troppa paura.

«Comunque va contro le regole» proseguì Christine. «Non è ammissibile che un elemento del genere venga tenuto segreto persino all'interno della polizia.»

Wisting era d'accordo. Sfogliò gli appunti cercando i dati personali di Guro Fjellborg. La ragazza era coetanea di Elise Kittelsen: aveva compiuto ventidue anni nei mesi seguenti al delitto. Digitò il suo numero e si sedette sul letto. Il telefono squillò a lungo. Wisting era sul punto di attaccare, convinto fosse troppo presto, quando finalmente la ragazza rispose con voce allegra.

Wisting si presentò e spiegò il motivo della chiamata. «Hai tempo per scambiare due parole?» le domandò.

«Sì, certo» lo rassicurò lei, ma il buonumore era sparito dalla voce. «Ho appena fatto il check-in.»

«Sei in viaggio?»

«Sto tornando a casa da Londra.»

Wisting mise il vivavoce, in modo che anche Christine potesse ascoltare. «Volevo farti qualche domanda.»

«Di cosa si tratta?»

«Di Elise Kittelsen. Sto verificando alcuni dettagli.»

«Sì?»

«Dal verbale dell'audizione risulta che secondo te Julian Broch, il fidanzato, era geloso. Confermi?»

«Sì, non voleva che Elise si vedesse con altri ragazzi.»

«Perché, frequentava anche altri?»

«No, non in quel senso. Bastava parlasse un po' di più con qualcuno, e lui si arrabbiava.»

«Hai detto anche che Elise ha dovuto proteggere il telefonino con un pin per non fargli leggere i messaggi.»

«Si era ritrovata dei messaggi che risultavano visualizzati anche se non li aveva ancora letti. Quando se n'è accorta, ha capito che era stato lui a ficcare il naso.»

«C'era qualcosa che Elise non voleva fargli sapere?»

L'amica ebbe un attimo di esitazione. «Non credo. E comunque non è il modo di comportarsi: non si spia il telefono degli altri.»

«Elise ti confidava tutto?» la incalzò Wisting. «Eravate amiche intime, no?»

Guro esitò di nuovo. «Proprio tutto no...»

Lui tacque, in attesa che proseguisse.

«Certe volte, quando le squillava il telefono, usciva dalla stanza» spiegò l'amica. «Oppure si metteva a scrivere messaggi mentre parlavamo, senza dirmi a chi.»

«Conosci le persone con cui era in contatto?»

«No.»

«E conosci invece un certo Jan Larsen?»

«Jan Larsen? No. Chi è?»

«Un nome che è emerso nelle indagini» glissò Wisting. In quel momento sentì in sottofondo che veniva annunciato un volo. «Non ti trattengo oltre. Buon viaggio.» Chiuse la telefonata e si alzò. «Mettiamoci al lavoro» disse quindi, raccogliendo i documenti del fascicolo.

64

Lasciarono l'albergo, misero i bagagli in macchina e tornarono alla centrale. Mentre aspettavano che Horne scendesse ad accoglierli davanti all'entrata passò un pullman turistico, che accelerò sollevando un vortice d'aria calda e polverosa. Horne comparve sulla porta, l'aria stanca e sbattuta.

«Avete fatto tardi stanotte?» domandò Wisting.

«Tardi, ma non tardissimo» rispose Horne. «Mentre aspettavamo, siamo riusciti a montare sull'auto di Goldheim una scatola con le batterie nuove. Loro sono rientrati al molo che era già buio. Abbiamo seguito Broch, che è passato a casa e poi è uscito di nuovo.»

«E Goldheim?»

«Dritto a casa.» Horne gli tenne aperta la porta dell'ascensore. «Ho paura che non abbiate più molto da fare, qui» aggiunse.

«C'è ancora qualche raccoglitore da sfogliare» disse Wisting, sorridendo.

Horne scosse la testa, rassegnato. «Non più. Quando sono arrivato, un'ora fa, la sala riunioni era stata sgombrata. Due uomini del turno di notte hanno portato via tutti i documenti.»

«Perché?»

«Ordini di Ryttingen. Avete chiesto accesso al materiale delle indagini e l'avete ottenuto, ora ne ha bisogno lui. Il processo inizia domattina.»

«Ma non si era mai parlato di un limite di tempo» protestò Wisting.

L'ascensore era arrivato al piano. Horne allargò le braccia. «Mi dispiace.»

«Dove sono adesso i documenti?» domandò Christine Thiis.

«Chiusi a chiave nell'ufficio di Ryttingen.»

Horne li precedette in corridoio e raggiunse la sala che avevano usato il giorno prima. A parte una penna e un bloc-notes intonso, sul tavolo non c'era più niente.

Horne prese tre tazze nel cucinotto e le riempì di caffè ancora caldo. Wisting aprì la sua cartella e tirò fuori il raccoglitore che si era portato in albergo.

«Allora devi ridargli anche questo» disse.

Horne annuì porgendo una tazza a ciascuno.

«Sei riuscito a parlare con Robert Hansson?» domandò Wisting, sorseggiando il caffè.

«Gli ho inviato una mail, ma non mi ha ancora risposto.»

«C'è qualcun altro qui in centrale che conosce l'identità del suo informatore?»

Horne sorrise da dietro la tazza. «Ryttingen.»

Wisting sospirò.

«Come capo è in gamba» commentò Horne, con un vago sorriso che aleggiava ancora sulle labbra. «So che non andate d'accordo a livello professionale, ma è efficiente, si dà da fare. Dice quello che pensa senza menare il can per l'aia. E i risultati si vedono: abbiamo un'alta percentuale di casi risolti e la durata media delle indagini è bassa, il che crea fiducia tra i cittadini. Tutto grazie a lui.»

Il telefono nella tasca di Wisting squillò. Era Nils Hammer. Wisting andò verso la finestra e rispose.

«Volevi sapere vita, morte e miracoli di Jan Larsen?» esordì Hammer.

«Hai scoperto qualcosa?»

«Il numero che mi hai mandato è di una casella postale presso la sede dell'Ufficio lavoro e previdenza sociale.»

«Lavora lì?»

«Dubito, ma credo che sia un frequentatore assiduo.»

Wisting guardò fuori, senza osservare niente di preciso.

«Hai trovato il codice fiscale?»

«Certo, ma mi sono semplificato la vita e ho cercato il telefono nel nostro database. Dove il soggetto è citato a dovere.»

«Per cosa?»

«Violenze e stupefacenti. Sta scontando una condanna a undici anni per detenzione di eroina.»

«Undici anni?» ripeté Wisting.

«Così sta scritto sullo schermo che ho davanti. Gliene mancano ancora nove.»

Wisting lanciò un'occhiata a Christine e Horne. «Quindi sono due anni che è dentro?»

Hammer confermò e gli lesse i termini della pena.

«Dov'è recluso?» chiese Wisting, tornando a voltarsi verso la finestra.

«Nel carcere di Skien.»

Wisting lo ringraziò dei chiarimenti e lasciò sedimentare quelle informazioni. Fuori, il cielo appariva velato e opaco; gli uccellini in volo sembravano righe sottili, indistinte e tremule.

Con i telefoni era lo stesso che con le armi, pensò: fra i delinquenti passavano in fretta di mano in mano. Dietro quel numero poteva nascondersi chiunque. Rimase alla finestra ancora qualche istante, poi guardò Christine.

«Allora, che dici? Ce ne torniamo a casa?» le chiese con un sorriso.

«Prima che ve ne andiate, ho una cosa da darti» gli disse Horne anticipando Christine.

Entrò nel suo ufficio e tornò da loro con due lunghi fogli di plastica.

«Stanotte siamo saliti sulla barca di Broch» spiegò. «Sul ponte i ragazzi hanno trovato due impronte di suole.»

Horne porse i fogli a Wisting, che li esaminò in controluce.

«Ho già controllato» precisò poi. «Nessuna delle due impronte corrisponde a quelle che avete trovato nel deposito sotterraneo. Se il tizio scappato nel campo era Goldheim, evidentemente aveva ai piedi un altro paio di scarpe.»

65

Svegliarsi in quella casa le dava una bella sensazione. Line aprì piano gli occhi, poi li richiuse e li aprì di nuovo. Il sole penetrava dalle fessure lasciate scoperte dalla tenda a rullo, gettando lunghe lame di luce che si infrangevano sul bordo del letto e si riflettevano sul soffitto. Rimase in ascolto. Niente: il silenzio era interrotto solo dai gridi distanti dei gabbiani.

Quando l'aveva comprata, aveva avuto paura che in quel posto si avvertisse un'energia negativa, per via dei due morti; che potesse essere difficile viverci. Invece sentiva di aver fatto suo quello spazio. Ed era bello svegliarsi a casa propria.

Si tirò su e rimase un istante seduta, poi si infilò una vestaglia, andò in cucina e mise l'acqua a bollire. Da quando era rimasta incinta aveva sostituito il caffè della colazione con infusi alla frutta, seguendo uno dei tanti consigli che le avevano dato: la caffeina poteva provocare una perdita di peso alla nascitura.

Diede un'occhiata nel frigorifero. Adesso non mangiava più solo per saziarsi, e badava ad assumere la giusta dose di calorie e nutrienti. Prese una confezione di paté di fegato, che conteneva ferro, e uno yogurt per provvedere al fabbisogno di calcio. Mentre aspettava che l'infuso fosse pronto, spalmò il paté su una fetta croccante, poi si sedette al tavolo con l'iPad.

«VG» parlava del delitto di Capodanno, anche se l'articolo principale non conteneva niente di nuovo: era un semplice riassunto di fatti già noti. Gli inquirenti non sembravano dare peso al collegamento dell'arma con un altro omicidio.

Mentre beveva l'infuso, si domandò se il padre avesse fatto qualche scoperta e se fosse il caso di parlargli degli altri oggetti nella cassaforte: i quaderni, la contabilità, le foto, i ritagli di giornale e le minicassette. Lei non ci aveva trovato niente che potesse spiegare la provenienza della rivoltella e dubitava che potesse riuscirci lui. Si trattava perlopiù di vecchie carte.

Squillò il telefono: era Sofie. Ormai si sentivano tutti i giorni. In passato avrebbe trovato pesante un'amica che telefonava più volte al giorno; adesso invece le faceva piacere, visto che non aveva intorno a sé altre persone, nemmeno un collega con cui scambiare idee e opinioni.

«Puoi passare da me?» le chiese Sofie senza preamboli.

Sembrava agitata. Line non l'aveva mai sentita così.

«Cos'è successo?»

«Credo che qualcuno...» esordì Sofie, ma poi si interruppe. «Se vieni a vedere di persona è meglio. Ce la fai?»

Line guardò la mezza fetta di pane croccante sul piatto. «Dammi un'ora.»

«Vieni appena puoi» rispose Sofie, chiudendo la telefonata bruscamente come l'aveva iniziata.

Line rimise lo yogurt in frigo e finì di mangiare sparecchiando. Il tono di Sofie le aveva messo fretta. Fece una doccia veloce, lasciò perdere il trucco e nel giro di neanche mezz'ora era davanti alla grande villa di legno.

«Cos'è successo?» domandò di nuovo appena Sofie le aprì.

«Vieni» rispose l'amica, facendole cenno di seguirla.

Entrarono in cucina. Sofie le indicò delle carte e una scatola di lampadine sul tavolo.

«La lampada» disse, a mo' di spiegazione.

La grossa lampada a sospensione sembrava un po' fuori posto sopra il modesto tavolino con cui Sofie aveva arredato la cucina; probabilmente era più adatta ai mobili del nonno.

«Guardaci dentro.»

Line lanciò un'occhiata alla lampada, poi sollevò il paralume metallico e capì subito perché Sofie si era allarmata: accanto alla lampadina penzolava un piccolo microfono nero.

«Una microspia» disse Sofie.

Line la osservò meglio: era grande quanto un'unghia; sembrava vecchia, ma un tempo doveva essere stata un gioiello all'avanguardia. Ora pareva un po' ridicola.

«Mi sa che è qui da un sacco di tempo» concluse.

Sofie incrociò le braccia in silenzio. Il cavo nero a cui era attaccato il microfono scompariva oltre il portalampada e saliva al soffitto mimetizzandosi con il filo elettrico, che proseguiva fino alla parete; da qui scendeva dietro i pensili. Line tirò una sedia vicino al mobile della cucina e ci salì sopra.

«Sta' attenta!» la esortò Sofie.

La sedia traballò. Line allargò le braccia per mantenere l'equilibrio, poi aprì le ante di un pensile: l'interno era quasi vuoto; Sofie aveva messo solo qualche ciotola e caraffa di plastica sul primo ripiano. Si sollevò sulle punte dei piedi e, reggendosi all'anta, guardò sul ripiano più alto: un cavo nero scompariva nella parete.

«Esce dall'altra parte» disse, scendendo dalla sedia.

Sofie, già in corridoio, commentò: «L'armadio».

Dietro la parete della cucina c'era un ampio armadio a muro. Line l'aprì: da una parte c'erano dei ripiani, dall'altra si potevano appendere giacche e abiti, ma Sofie non l'aveva ancora riempito e al momento conteneva solo un paio di stivali di gomma. Sul fondo di un ripiano individuò il cavo nero: era solo un mozzicone di un centimetro con uno spinotto di connessione.

«Secondo me l'ha installato tuo nonno» disse. «Avrà nascosto un registratore dentro l'armadio.»

«Per quale motivo?»

«Non saprei. Sembra volesse registrare di nascosto delle conversazioni che si sono svolte in cucina.»

«Le cassette dentro la cassaforte: avrà usato quelle.»

Line era giunta alla stessa conclusione. «Se vuoi, lo elimino io» si offrì, avvicinandosi di nuovo alla lampada. «Basta tagliare il cavo.»

Ma, prima che Sofie potesse rispondere, Maja si mise a strillare in soggiorno. Andarono insieme dalla bambina e Sofie la fece uscire dal box.

«No, non importa» disse. «Tanto fra un po' dovrò ristrutturare la cucina.»

Si sedettero sul divano.

«Hai parlato con tuo padre? Della rivoltella?» domandò Sofie con la bambina sulle ginocchia.

«Questo weekend è a Kristiansand. Sta cercando un collegamento fra i due omicidi.»

«Ha scoperto qualcosa?»

Line scrollò le spalle. «Non l'ho ancora sentito.» Poi si sporse in avanti e fece il solletico a Maja, che attaccò a ridere a crepapelle.

«Sei pronta a tenermela martedì?» sorrise Sofie.

«Basta che mi spieghi cosa fare per la pappa e cose del genere.»

«Devo darle da mangiare tra poco, ti faccio vedere.»

Line annuì allegra. Intanto, aveva deciso di procurarsi un registratore per ascoltare le minicassette mentre Sofie era dall'avvocato a Oslo.

«Ho appuntamento alle nove, quindi dovrò uscire al massimo alle sette, se per te non è troppo presto» disse Sofie, come se le leggesse nel pensiero.

«Benissimo» la rassicurò Line.

«Ci metterò al massimo un paio d'ore, conto di essere a casa per le due.»

«Benissimo» ripeté Line, facendo ridere di nuovo Maja.

Sofie gliela mise sulle ginocchia. «Come ti senti a vivere da sola?» le domandò all'improvviso.

Line rifletté. Si sentiva bene, ma c'erano molti momenti di vuoto, perché non aveva nessuno con cui parlare. «Benissimo» ripeté ancora. «E tu?»

«Credevo di averne abbastanza degli uomini, ma questa casa è così grande...»

«Hai conosciuto qualcuno?»

Sofie scosse il capo. «No, però mi sono resa conto che non posso vivere da sola per sempre. Ho bisogno di qualcuno.»

Line annuì. Si rispecchiava nell'amica, ma era convinta che lei, invece, sarebbe rimasta sola a lungo. Nel frattempo Maja si era agitata e, per via del pancione, lei faticava a tenerla.

Sofie guardò l'ora, poi si alzò. «Mi sa che ha fame. Le facciamo da mangiare?»

Line portò la bambina in cucina e la mise sul seggiolone.

«Mangia la pappa ai cereali sia a pranzo che a cena» spiegò Sofie, aprendo uno sportello e allungando a Line un pacco di crema di cereali in polvere. «Basta mescolarla con un po' d'acqua tiepida.»

Line studiò la confezione. «Com'è il contenuto nutritivo?»

«Io compro quella senza olio di palma» rispose Sofie. «Che ha anche un sapore migliore.»

Line seguì le istruzioni sulla scatola, poi mise il piatto davanti a Maja e si sedette a tavola.

La bimba spalancò la bocca affamata, ma mentre Line si accingeva a darle la prima cucchiaiata affondò una mano nel piatto, schizzando pappa dappertutto. Poi lo rifece, tutta contenta. Line tirò il piatto verso di sé, allontanandolo dalla bambina.

«Errore da novellina» commentò Sofie divertita, accorrendo con una pezza. Mentre Line continuava a imboccarla, pulì le mani alla figlia, poi il tavolo. Appena ebbero finito, la misero a letto di sopra, poi andarono a sedersi in giardino portando con sé il baby monitor. Un grosso bombo peloso ronzava sul prato.

«Scusa se ti ho disturbata» disse Sofie. «Quando ho visto quel microfono sono rimasta di sasso. Era abbastanza inquietante.»

«Non c'è problema.»

«Tu hai molti parenti?»

Line scosse la testa e bevve dal bicchiere che l'amica le aveva offerto. «Quasi nessuno» rispose. «Solo papà, mio nonno e mio fratello.»

«Ma tuo padre ti darà una mano, se hai bisogno...»

«Mi accompagnerà lui in ospedale.»

«Davvero?»

«Non fino in sala parto» sorrise Line, «ma sarà rassicurante sapere che è lì fuori, in corridoio.»

Rimasero a chiacchierare fuori finché Maja non si svegliò. Line le cambiò il pannolino, poi si accomiatò. Passando davanti a casa sua, notò che l'automobile del padre era parcheggiata nel vialetto. Lo trovò seduto in cucina a studiare alcune carte.

«Già rientrato?» gli domandò.

Lui si alzò e andò ad abbracciarla. «Sì, ma devo tornare martedì.»

«Come mai?»

«Mi hanno chiamato a testimoniare al processo.»

«Per via della rivoltella?»

Il padre annuì.

Line si sedette e lanciò una rapida occhiata ai suoi appunti; vide una linea cronologica e un elenco numerato. «Hai scoperto qualcosa di nuovo?»

«Più che altro ho nuovi interrogativi.»

«Di che genere?»

Il padre rifletté. «Forse puoi aiutarmi a trovare qualche risposta...»

«Forse.»

«Hai il telefono con te?» le domandò.

Line lo tirò fuori.

«È protetto da un pin?»

«Sì.»

«Perché?»

«In caso di furto.»

«Hai qualcosa sul telefono che non vuoi far vedere ad altri?»

«Anche.»

«Cosa?»

Line ragionò un istante. Si era fotografata nuda davanti allo specchio nel corso della gravidanza, e non aveva intenzione di mostrare quelle foto a qualcuno. In effetti non aveva nemmeno voglia di parlarne. Anziché rispondere, domandò: «Perché vuoi saperlo?».

«Il cellulare della ragazza uccisa a Kristiansand non è mai stato ritrovato. Una sua amica mi ha detto che ogni tanto Elise si allontanava per rispondere al telefono e aveva paura che il fidanzato lo controllasse.»

Line non capiva dove volesse andare a parare. La situazione che il padre aveva descritto le pareva normalissima. «Che c'entra con il delitto?»

Lui non rispose, ma Line intuì che c'era dell'altro. Qualcosa che poteva far scalpore, ma che ancora non poteva svelarle. «Lascia perdere» le disse alla fine.

Ormai, però, si era incuriosita. «Aveva un amante?»

«Non lo so. Non hanno approfondito questo aspetto nelle indagini.»

Line sbirciò di nuovo i suoi appunti: date, nomi... Di colpo intuì di cosa si stava occupando. «Non indaghi sul caso Hummel, ma sul delitto di Capodanno.»

«I due casi sono collegati in qualche modo.»

Lei lo osservò: i piccoli muscoli intorno ai suoi occhi si contrassero, poi il padre distolse lo sguardo e si mise a giocherellare con la penna.

«Credi che il colpevole non sia lui?» chiese Line. «Credi che sia stato un altro a uccidere Elise Kittelsen? Forse la stessa persona che ha ucciso Jens Hummel?»

Il padre tentò di negare. «Non so più cosa credere» rispose infine.

66

Wisting prese la penna dal tavolo della cucina e se la rigirò fra le dita. Il suo sguardo era andato all'orologio a muro. Mancavano diciotto ore al momento in cui Brodin sarebbe salito sul banco degli imputati, e lui aveva sotto gli occhi gli elementi che confortavano la tesi della sua innocenza: non poteva non fare un tentativo per bloccare il processo. Prese il telefono e compose il numero di Harald Ryttingen.

Quello rispose rassegnato, ma fu comunque lui ad avviare la conversazione. «Sei soddisfatto?» gli chiese. «Hai controllato quello che volevi?»

«No, non tutto» rispose Wisting, senza commentare il modo in cui Ryttingen gli aveva impedito di completare il lavoro. «Però è stato utile. È per questo che chiamo.»

«Ah sì?»

Wisting raccolse le forze. «Devo chiedervi di rinviare il processo. Non sono sicuro che Dan Roger Brodin sia il colpevole.»

Dall'altro capo arrivò uno sbuffo ironico. «Torno adesso da una riunione con il procuratore. Gli ho esposto le obiezioni che avevi già avanzato, e sai come ha reagito?»

Wisting non rispose, si limitò ad aspettare che Ryttingen arrivasse al punto.

«Si è fatto una grassa risata. E me ne farei volentieri una anch'io. Non so che tipo di problema hai, se non sei in grado di leggere i documenti di un fascicolo o cos'altro, fatto sta che un caso così lampante capita di rado. Dico, abbiamo tre testimoni oculari!»

«I testimoni possono sbagliare.»

«Abbiamo le prove fornite dalla Scientifica, e un delinquente abituale sul banco degli imputati» tirò dritto Ryttingen. «Quindi, basta con questa storia.»

«Ho parlato con Brodin in carcere...»

«Sì, lo so. E ci hanno informato che sei stato citato come teste.»

«Mi ha raccontato cose interessanti» proseguì Wisting.

«Be', domani avrà modo di raccontarle anche in tribunale» tagliò corto Ryttingen. «Fine del discorso. Ci vediamo in aula. E non provare a far casino.»

67

Le ferie estive erano finite. Lunedì mattina c'erano più auto dirette in centro, e tanta gente che Wisting non vedeva da un pezzo era rientrata in sede. Alle nove convocò intorno al tavolo delle riunioni i suoi più stretti collaboratori: Borg, Hammer e Mortensen. Quando furono tutti seduti, andò a chiudere la porta e accese la luce rossa di fuori.

«Finora ci siamo chiesti innanzitutto come fosse possibile che l'arma di Kristiansand sia stata usata per uccidere Jens Hummel» disse, prendendo posto al tavolo. «Be', credo di aver trovato la risposta. Credo che chi ha ucciso Jens Hummel, nascosto il taxi nel fienile di Huken e occultato il cadavere nella fattoria di Brunla sia la stessa persona che ha ucciso Elise Kittelsen.» Wisting osservò i suoi investigatori e sui loro volti lesse dubbi e scetticismo.

Nils Hammer lo fermò alzando una mano. «Aspetta un attimo. Se non erro, il delitto di Kristiansand viene considerato un caso risolto. Ma, se è vero quel che dici, allora il tizio incriminato è innocente: quando è scomparso Jens Hummel lui era già in carcere.»

Wisting annuì.

«Ci sono tre testimoni oculari di quel delitto» intervenne Torunn Borg.

«Secondo me i testimoni erano quattro» disse Wisting. «Sappiamo che Jens Hummel si trovava a Kristiansand la sera dell'ultimo dell'anno, giusto? Io credo che fosse sulla scena del crimine e che abbia visto cos'è successo in realtà.»

«Se è così, potrebbe essere stato lui a chiamare la polizia di Kristiansand per dire che avevano preso l'uomo sbagliato» ipotizzò Hammer.

«Però quest'ipotesi non concorda con quanto hanno visto gli altri tre testimoni, che hanno riconosciuto l'autore del delitto» commentò Torunn Borg.

«C'erano di mezzo anche altri elementi» fece presente Espen Mortensen. «La polvere da sparo sulle mani, ad esempio.»

Wisting chiarì agli altri la faccenda dei testimoni oculari e dei fuochi d'artificio.

«Le hai dette queste cose ai colleghi di giù?» chiese Borg.

«Fanno orecchie da mercante» rispose Wisting, scaldandosi. «Per loro è troppo tardi, non possono tornare indietro. Perché il problema non è solo che hanno preso l'uomo sbagliato, ma anche che l'uomo giusto ha ucciso ancora. Se ammettessero l'errore, sarebbero costretti a riconoscere che è costato la vita a Jens Hummel. Secondo me è quello che temono davvero.»

«È più facile ritirare un'accusa che ribaltare una condanna» commentò Hammer.

«Brodin non è stato ancora condannato» ribatté Wisting. «Domani devo andare a testimoniare al processo. Nel frattempo, speriamo di mettere le mani su qualcosa di più concreto.»

Uno dopo l'altro, cancellò i punti all'ordine del giorno già trattati, indugiando sull'ultimo per qualche istante.

«C'è un'altra cosa» disse. «Sembrerebbe che la squadra

investigativa di Kristiansand abbia tentato di occultare informazioni sul caso.»

Mostrò le foto che aveva scattato e spiegò la storia del numero omesso dal tabulato telefonico di Elise Kittelsen.

«E Jan Larsen è dentro da quasi due anni» concluse. Poi si rivolse a Hammer. «Riusciresti a scoprire dov'è attualmente il telefono intestato a lui, e chi c'è sulla lista dei contatti?»

Hammer aveva conoscenze personali fra i gestori telefonici, persone che erano disposte a soprassedere sull'accordo di riservatezza se c'era in ballo una faccenda importante e urgente.

«Ci posso provare» rispose.

La riunione si avviava al termine.

«Un'ultima cosa» disse Torunn Borg, guardando Wisting. «Hai qualche ipotesi sull'identità dell'assassino?»

Wisting tentennò. «È ancora troppo presto per indicare un nome. Ma posso dire che Phillip Goldheim sta diventando un personaggio sempre più interessante.»

Illustrò i collegamenti fra Goldheim e il loro caso.

«La polizia di giù lo tiene sotto stretta sorveglianza» disse alla fine.

Poi dichiarò terminata la riunione e andò nel suo ufficio a chiamare Ivar Horne.

«Novità sul collega a Haiti?» domandò.

«Non è così semplice. A quanto pare Hansson è in ferie ed è andato in Florida, dove ha noleggiato una moto: in questo momento è in viaggio verso la California. Ho lasciato detto di contattarti, che è una questione importante, ma non so se ha ricevuto il messaggio.»

Wisting lo ringraziò. «Invece, novità su Mister Nice Guy?»

«No, continuiamo a tenerlo d'occhio. Si dà da fare, ma con estrema cautela.»

«Dovesse spostarsi da queste parti, fammelo sapere.»

«Sarai il primo che chiamerò» promise Horne.

Mentre Wisting chiudeva la telefonata, sulla porta comparve Hammer.

«Siamo spiacenti, il numero selezionato non è attivo» annunciò, facendo il verso al messaggio automatico della compagnia telefonica.

«Cioè?»

«Jan Larsen. Sono sei mesi che il suo telefono non viene usato. La cronologia più indietro di così non va.»

Wisting sospirò.

«Se vuoi sapere chi ha usato il telefono, ti toccherà parlare con lui» commentò Hammer.

«Con Jan Larsen?»

Hammer sorrise. «È detenuto giù a Skien, e di certo da lì non si muove» disse, uscendo dalla stanza.

Wisting annuì tra sé. Se nelle prossime ore non fosse saltato fuori niente di nuovo, nel pomeriggio avrebbe fatto una capatina da Larsen.

68

Era una vita che Line non metteva piede nella redazione del giornale locale. Ci aveva lavorato due anni prima di entrare a «VG», per una sostituzione; all'epoca era una redazione molto dinamica, ma adesso nella sala regnava il silenzio. La maggior parte delle scrivanie era vuota, e sembrava che parecchie fossero state sgombrate per sempre. Leggendo il giornale l'aveva intuito: le inserzioni pubblicitarie erano diminuite, i contenuti si erano ridotti. Stava andando così per tutte le testate locali.

Kristoffer Nybråthen sedeva in fondo al grande open space, i capelli un po' più radi dall'ultima volta. Le sorrise da dietro il monitor. Line si avvicinò e lui si alzò ad abbracciarla, commentando il pancione.

«Qui in redazione la notizia non era mica arrivata» disse, accostando una sedia alla scrivania. «Hai tempo per sederti un attimo?»

«Guarda che sono venuta proprio a trovare te» gli disse Line con un sorriso, accomodandosi.

Nybråthen ravviò i capelli che si erano spostati di lato e li riportò sul cocuzzolo calvo. Quel gesto automatico le richiamò alla mente una vecchia battuta: Nybråthen era in grado di coprire qualsiasi cosa meno che la pelata.

«Ci servirebbe proprio una bella dritta» disse lui, lanciando un'occhiata di traverso allo schermo.

Line seguì il suo sguardo e vide che stava scrivendo un articolo sui bambini che passavano gran parte dell'estate al doposcuola. «Purtroppo non è per questo che sono venuta» si scusò. «O almeno, non ancora.»

Nybråthen si tolse gli occhiali, un po' sporchi, e la guardò. «Cosa posso fare per te?»

«Quando lavoravo qui avevi un piccolo registratore...»

«È da un pezzo che non lo uso più» disse lui, aprendo un cassetto della scrivania. «Ma mi sa che è ancora qui da qualche parte.»

«Ho trovato delle minicassette, ma non ho un apparecchio per ascoltarle.»

«Posso prestarti il mio» le propose lui, una volta scovato il registratore.

«Puoi farne a meno fino a giovedì?»

Lui lo prese e glielo porse. «Non c'è problema.»

Line aprì lo sportelletto e tirò fuori la cassetta che c'era dentro, dello stesso tipo di quelle nella cassaforte di Sofie. La restituì a Nybråthen e lo ringraziò.

Prima di salutare non poté esimersi dal raccontare che era tornata a vivere nella città natale e che il padre della nascitura viveva invece negli Stati Uniti. Benché non fosse nulla di cui scrivere, Nybråthen avrebbe avuto perlomeno qualcosa di cui parlare con i colleghi della redazione.

69

Il carcere di Skien era un colosso di cemento piazzato come un corpo estraneo in mezzo a una zona paludosa a sud della città. All'interno delle mura, dove il vento non soffiava, l'aria era ferma e calda.

Jan Larsen era detenuto con sentenza definitiva. Nessuno chiese a Wisting il motivo della visita, e non era nemmeno detto che Larsen fosse stato avvertito. Wisting venne fatto accomodare in una stretta sala colloqui. Dopo una breve attesa, udì sbattere una porta in corridoio e vide entrare svogliatamente un uomo in tuta seguito da un agente.

«Jan Larsen?» domandò, alzandosi e porgendogli la mano.

L'altro annuì e ricambiò il saluto. Wisting si identificò e si sedette. L'agente uscì in corridoio e chiuse la porta a chiave.

«Di che si tratta?» domandò Larsen, sedendosi sull'orlo della sedia.

«Il tuo nome è venuto fuori in un'indagine a cui sto lavorando.»

L'uomo sospirò, rassegnato. «Mi hanno condannato a undici anni» disse stanco. «Non ti pare abbastanza?»

«Tu non c'entri» spiegò Wisting. «Credo che qualcuno abbia usato il tuo telefono mentre stavi dentro.»

«Il mio telefono?»

Wisting lesse il numero. «È il tuo, no? Una scheda prepagata NetCom.»

Larsen fece spallucce. «Può essere. Ho avuto vari numeri, mica me li ricordo tutti.»

«Quando l'hai registrato, hai indicato come recapito una casella postale dell'Ufficio lavoro e previdenza sociale» gli rammentò Wisting.

L'uomo fece una smorfia. «Allora direi che è mio.»

Wisting annuì soddisfatto e tornò alla questione principale. «Sai chi ha usato il tuo telefono mentre eri in carcere?»

Larsen scosse il capo. «Ci sarà un errore. Non vedo quel telefono dal giorno dell'arresto. L'hanno preso gli agenti.»

«Cioè?»

«C'è scritto perfino nella sentenza» spiegò Larsen. «Lo usavo per spacciare. Per quanto ne so, sarà ancora a Kristiansand, nel deposito della polizia.»

«Sei sicuro?»

Larsen si alzò e andò all'interfono appeso alla parete. Gli rispose un agente.

«Devo prendere delle carte in cella» disse. «Qualcuno mi può accompagnare?»

«Aspetta» rispose la guardia.

Subito dopo si udirono dei passi in corridoio, poi un tintinnio di chiavi e la porta si aprì.

Larsen si voltò verso Wisting. «Ci metto un attimo» disse, e seguì l'agente fuori.

Tornò nel giro di cinque minuti, con la sentenza della corte d'appello di Agder, e continuò a sfogliarla finché non trovò un punto sull'ultima pagina, che fece leggere a Wisting: «Jan Larsen è condannato a una sanzione di settantamila corone, da versare nelle casse dello Stato ai sensi dell'art. 34a del codice penale, e alla confisca di un'automobile Alfa Romeo e di un telefono Nokia, ai sensi dell'art. 35 comma 2 del medesimo codice».

Era una consuetudine sempre più diffusa. Siccome doveva essere chiaro che il crimine non pagava, oltre alla confisca dei proventi dell'attività illecita la polizia richiedeva anche quella di eventuali beni utilizzati per commettere il reato.

«Chi era il responsabile delle indagini sul tuo caso?» s'informò Wisting.

«Ryttingen» rispose Larsen. «Harald Ryttingen.»

L'ispettore, immerso nei propri ragionamenti, non commentò.

«Se qualcuno ha usato il mio telefono, dev'essere stato un poliziotto» aggiunse Larsen, come se gli avesse letto nel pensiero.

70

Wisting si inserì nella carreggiata, lasciandosi il carcere alle spalle, e il sole basso del pomeriggio lo abbagliò. Tirò giù il parasole, poi prese il telefono e chiamò Christine Thiis. Nel corso delle indagini aveva preso a confrontarsi sempre più spesso con lei; grazie all'esperienza di avvocata, gli offriva una prospettiva interessante sul suo lavoro, perché ne coglieva più rapidamente le implicazioni giuridiche.

«Sei a casa?» le chiese, dopo averle riferito cos'aveva scoperto durante la visita in carcere. «Non mi dispiacerebbe riesaminare l'intera vicenda prima di presentarmi in tribunale, domattina.»

«Sì, tanto i ragazzi tornano domani» rispose lei, invitandolo a passare.

Al suo arrivo, Christine aveva già apparecchiato in soggiorno: un'insalata, pollo e focaccia. Il televisore davanti alla tavola era acceso, con il volume al minimo.

«Volevo vedere se il telegiornale dava notizie sul processo» spiegò.

Attesero l'inizio della trasmissione riempiendosi i piatti e cominciando a mangiare.

In effetti il processo era uno dei titoli principali. Christine alzò il volume. Davanti al palazzo di giustizia un cronista con i capelli decolorati e una camicia un po' troppo attillata riepilogò la prima giornata: «L'imputato, un uomo di venticinque anni, è accusato dell'omicidio di Elise Kittelsen, uccisa per strada con un'arma da fuoco qui a Kristiansand la sera dell'ultimo dell'anno» disse, guardando dritto in telecamera.

Mentre il giornalista riassumeva i punti salienti del caso, sullo schermo comparvero alcune immagini d'archivio. Poi si vide Dan Roger Brodin con il viso oscurato che entrava nell'aula del tribunale. Sullo sfondo Wisting riconobbe Harald Ryttingen, in completo e cravatta.

«Interrogato dal giudice, il venticinquenne ha negato ogni coinvolgimento nel delitto» proseguì il cronista. «Dal canto suo, il PM ha fornito nel discorso introduttivo una breve descrizione del cospicuo quadro probatorio che sarà presentato nei giorni a venire. Il processo proseguirà nell'arco della settimana. Domani saranno ascoltati altri testimoni, mentre mercoledì verranno illustrati i risultati degli esami della Scientifica.»

Christine spense il televisore. «Cosa pensi di dire domani?»

«Riferirò le cose come stanno. Spero che basti a convincere il giudice della necessità di sospendere il processo e ordinare un approfondimento di indagine.»

«Il che creerà qualche problema» lo mise in guardia lei.

Wisting annuì. Era perfettamente consapevole delle complicazioni che sarebbero sorte, senza contare che persino il prefetto gli aveva intimato di non fare chiasso su quel caso. «Certo, non ho la verità in tasca» disse. «Ma non posso tacere quel che so.»

Durante la cena continuarono a discutere della vicenda, provando ad analizzarla da punti di vista diversi e cercando di capire se anche loro avessero seguito una falsa pista. Lo scopo non era giungere a conclusioni, ma indagare sui fatti.

«L'ipotesi più probabile è che il PM non abbia domande da farti» disse lei per esperienza. «Racconterà alla corte che non hai nulla di interessante da dire e declinerà l'invito a interrogarti.»

«D'altronde, fin dall'inizio non hanno fatto altro che ignorare tutto ciò che non combaciava con il quadro tratteggiato» concordò lui, alzandosi.

Lei lo accompagnò alla porta. «Quindi domattina non ti vedrò» gli disse. Parve esitare per un momento, poi si sporse avanti e lo abbracciò. «In bocca al lupo.»

Lui la ringraziò e indugiò ancora qualche istante, poi si sciolse dall'abbraccio e s'incamminò verso la macchina. Quando fu dietro al volante decise di fare un salto al maneggio di Brunla dove era stato trovato il cadavere di Jens Hummel.

Il caldo aveva seccato il terreno nello spiazzo davanti alla stalla, cotto e indurito. Wisting parcheggiò nello stesso posto dell'ultima volta e chiuse la portiera sbattendola. Alcune cornacchie si alzarono in volo gracchiando e si allontanarono svelte verso il cielo opaco della sera. Nell'erba secca cantavano i grilli.

Sulla rampa che portava alla stalla penzolavano ancora i resti del nastro usato dalla polizia per recintare l'area. Wisting li tolse. All'interno, un cavallo scalpitò irrequieto.

Di Jens Hummel sapevano solo che era stato ucciso con una rivoltella, ficcato nel bagagliaio del suo taxi e scaricato davanti a quella stalla. Il taxi era stato nascosto nel fienile di Frank Mandt; il luogo del delitto restava sconosciuto.

Si avvicinò al mucchio di segatura e letame sotto il quale era stato sepolto il cadavere: ricominciava a crescere e tutt'intorno ronzavano grosse mosche. In quel momento squillò il telefono. Un lungo numero estero. Wisting rispose e si presentò in norvegese.

«Sono Robert Hansson» disse la voce all'altro capo, dopo un leggero ritardo. «Mi hanno detto che mi stavi cercando. Sono in vacanza negli Stati Uniti, ma Ivar Horne mi ha lasciato intendere che era importante.»

«La faccio breve» disse Wisting, che si era già preparato il discorso. «Si tratta di un caso di detenzione di stupefacenti. Parliamo di dodici chili di anfetamine, per i quali Aron Heisel è finito in custodia cautelare.»

«Il nome non mi dice niente.»

«È citato in un tuo appunto di ottobre in merito a un colloquio con una fonte» continuò Wisting. «Riguardo a una visita che Phillip Goldheim ha fatto a Heisel in Spagna.» Un gatto bianco e nero passò furtivo lungo la parete del fienile. «Te lo ricordi? L'operazione si chiamava Mister Nice Guy.»

«Sì, può essere» rispose Hansson dopo un momento. «Avevo parecchio materiale su Goldheim all'epoca. Però non l'abbiamo preso.»

«Magari questa è la volta buona. Heisel potrebbe avere un ruolo centrale nel caso su cui stiamo indagando.»

«Be', pare interessante.»

«Mi chiedo se la tua fonte potrebbe saperne di più sui contatti tra Goldheim e la gente del suo giro dalle parti di Larvik e del Vestfold.»

All'altro capo calò di nuovo il silenzio. Una ragazzina uscì dalla stalla spingendo una carriola. Wisting la seguì con lo sguardo mentre aspettava che Hansson dicesse qualcosa. La carriola era piena di segatura e letame, che la ragazzina rovesciò giù da un lato della rampa, andando a ingrandire il mucchio sottostante prima di rientrare nella stalla.

«Da lì non arriveranno altre informazioni» disse infine Hansson.

«Non sei più in contatto?» chiese Wisting.

Hansson aspettò di nuovo a rispondere. Poi lasciò andare un sospiro, e fu come se aprisse una valvola rimasta chiusa da un pezzo. «La fonte non è più fra noi.»

71

Rimasta sola con Line, Maja fu inconsolabile per tutta la prima ora: a forza di strillare diventò così rossa che, a un certo punto, Line ebbe paura di vederla svenire. Alla fine però riuscì a distrarla dandole un po' di yogurt; dopodiché la mise nel box e, mentre la bambina era tutta presa da un sonaglio, si allontanò dal soggiorno.

Non sembrava che Sofie avesse riaperto la cassaforte da quando lei ne aveva esaminato il contenuto; raccoglitori, foto, quaderni e la busta con le minicassette erano ancora dove li aveva lasciati.

Le cassette avevano tutte l'indicazione di una data, che su alcune era stata cancellata e sostituita con una successiva. Molte registrazioni risalivano a parecchio tempo addietro, le più recenti a poco meno di due anni prima. Line le portò su in soggiorno, prese il registratore e si accomodò sul divano.

Maja gattonava nel box, lanciando gridolini gioiosi ogni volta che prendeva in mano un gioco nuovo. Line infilò nell'apparecchio l'ultima cassetta registrata e premette il tasto PLAY. Nulla. Riprovò, ma il nastro non girava. Tirò fuori la cassetta, l'agitò e la rinfilò nello scomparto. Nessun cambiamento. Allora tolse il coperchio del vano batterie e controllò: parevano vecchie e, a un esame più attento, vide che erano scadute da oltre un anno.

«Chissà se mamma ha delle pile nuove» disse a Maja, alzandosi a fatica dal divano.

«Ma-ma-ma?» ripeté Maja, guardandola mentre andava in cucina.

Aprì cassetti e armadietti, ma non trovò nulla. Cercò in altri posti possibili, ma alla fine dovette constatare che in casa non c'erano batterie. Tornò in soggiorno e prese Maja dal box. «Dobbiamo fare un salto al negozio» le disse sorridendo. La piccola emise un gorgoglio e farfugliò qualcosa che lei non capì, ma sembrava comunque soddisfatta.

Il negozio si trovava a qualche centinaio di metri di distanza sulla via. Line sistemò Maja sul passeggino e si incamminò. Non le capitava di spingerne uno da sola da quando, ragazzina, si guadagnava qualche soldo portando a spasso i bimbi del vicinato. Provò una bella sensazione, e gli sguardi di simpatia delle persone la fecero sentire bene.

Davanti agli scaffali delle batterie non riuscì a ricordare quale formato le serviva e finì per comprarne di due tipi. Prese anche una bottiglietta d'acqua per sé e un ghiacciolo per Maja. Un errore: il ghiacciolo si sciolse in mano alla piccola, le colò giù per le braccia e finì sui vestitini. A casa, Line la portò in bagno, la lavò e le infilò un cambio pulito. Quando finalmente riuscì a sedersi di nuovo con il registratore in mano, le sembrava che fosse già trascorsa mezza giornata.

Le batterie giuste erano le più piccole. Tolte le vecchie e inserite le nuove l'apparecchio si mise in funzione, ma dal piccolo altoparlante uscì solo un fruscio. Ci mise un attimo a realizzare che doveva riavvolgere il nastro. La cassetta conteneva una conversazione fra due uomini, apparentemente già in corso quand'era stata avviata la registrazione.

«Non sono condizioni allettanti» diceva uno.

«Come l'ultima volta» replicava l'altro. «E dipendiamo dai suoi per smaltire la merce.»

«Basta non fargli sapere che ci costa così poco...»

Il discorso proseguiva. Si capiva che stavano discutendo di un affare; e, anche se non chiarivano mai di che merce parlassero, era evidente che si trattava di roba illegale. A giudicare dalle voci, i due parevano relativamente giovani. Line non conosceva la voce del nonno di Sofie, ma in base alla data della registrazione doveva avere all'epoca settantasette anni: nessuno dei due sembrava così anziano. Lei si allungò sul divano e continuò ad ascoltare. I due parlavano di quanto gli avrebbe fruttato il piano.

«Così ci ritroviamo mezzo milione in tasca.»

«Bene. Anzi, benissimo.»

Risate, chiacchiere sull'auto che uno dei due voleva acquistare. Line se li immaginò seduti al tavolo, l'uno di fronte all'altro. Poi si apriva una porta e alla conversazione si univa una terza voce.

«Allora, vi siete messi d'accordo?»

Era più profonda, vagamente impostata. *Frank Mandt...*

«Sì, ci stiamo» rispondeva uno dei due uomini. «Facciamo come...»

La conversazione si interrompeva, sostituita da un fruscio e da una voce lontana, come se provenisse da una radio. Il seguito del discorso era stato cancellato da una nuova registrazione, ma la situazione era chiara: Frank Mandt aveva organizzato una riunione intorno al tavolo della sua cucina, offrendo poi ai due uomini la possibilità di parlare indisturbati. Li aveva lasciati soli, ma si era assicurato di poter ascoltare lo stesso quanto si dicevano, così da capire come muoversi senza farsi fregare e sapere cosa pretendere la volta seguente. Per anni aveva controllato i compari grazie ai documenti della polizia recuperati dai suoi legali, e non c'era da stupirsi che li avesse anche ascoltati di nascosto. Le registrazioni, tuttavia, avrebbero potuto metterlo nei guai. Allora perché non le aveva cancellate? Per avere una qualche garanzia, o per semplice imprudenza?

Line tirò fuori la cassetta dal registratore e ne scelse un'altra a caso. Stavolta il nastro iniziava con un urlo di dolore, intenso e straziante. Si affrettò a coprire l'altoparlante con la mano, per non far agitare Maja, e aspettò che l'urlo cessasse.

«Vogliamo solo che ci racconti com'è andata» diceva un uomo in tono tranquillo.

«Ma non lo so» protestava un altro, disperato.

Ancora un urlo.

«Va bene, va bene!» riprendeva il tizio in un gemito. «Siamo stati io e Lasse.»

Line abbassò il volume e ascoltò il racconto stentato dell'uomo, che insieme a un altro aveva rubato parte di un carico di anfetamine. La registrazione si interrompeva in modo brusco, senza rivelare che punizione gli avessero riservato. La voce di Frank Mandt non compariva. Doveva aver delegato il lavoro sporco ad altri, ma voleva comunque sentire come uno dei suoi l'aveva tradito.

Line lanciò un'occhiata verso la cucina in cui si era svolto tutto. Poi tirò fuori la cassetta e ne inserì un'altra.

72

Wisting era tornato a Kristiansand. Il sole era ancora alto nel cielo e faceva caldo quanto nei giorni precedenti.

Come l'ultima volta passò davanti al luogo del delitto, in Dronningens gate. Essendo in anticipo, ne approfittò per fermarsi a studiare il posto in cui erano stati sparati i colpi. Ciò che aveva scoperto nel corso della sera e della notte precedenti ribaltava la situazione. I denti delle ruote stavolta ingranavano: era tutto collegato.

Un furgone in corsa sollevò una nuvola di polvere e una cartaccia, che planò sull'asfalto finché un altro veicolo non la fece volare via.

Wisting ripassò a mente cosa dire; sapeva benissimo che per alcune persone la sua testimonianza sarebbe stata un duro colpo, e molti colleghi l'avrebbero vista come un atto sleale.

Squillò il telefono: era Ivar Horne. Wisting risalì in macchina e rispose.

«Forse ti interesserà sapere che stamattina Phillip Goldheim è partito da casa verso le nove e ha preso la E18 in direzione nord.»

Wisting mise in moto. «Quindi, probabilmente ci siamo incrociati. Sapete che intenzioni ha?»

«No, non avevamo abbastanza uomini per pedinarlo. Ci eravamo accordati con i colleghi di Oslo: dovevano seguirlo appena arrivava dalle loro parti. Ma pare che abbia svoltato prima.»

L'ultima parte della frase si perse mentre Wisting metteva il telefono in vivavoce.

«È per questo che ti ho chiamato» proseguì Horne. «Ha appena imboccato l'uscita per Larvik.»

73

Line prese una cassetta che era stata chiaramente usata più volte, perché riportava ben tre date. L'ultima era quella del 13 ottobre 2005.

Diverse voci – ma anche stavolta non riconobbe il timbro profondo di Frank Mandt – parlavano di automobili che bisognava dotare di targhe nuove, del percorso più sicuro, del punto in cui scambiare le auto e del tratto in cui era più probabile che si appostasse la polizia.

Line si raddrizzò. Quegli uomini discutevano di una rapina: stavano preparando il piano di fuga. Prese penna e taccuino dalla borsa.

«Konnerud va bene» diceva una voce. «Lì possiamo dividerci: una macchina torna indietro verso Mjøndalen e l'altra scende verso il Vestfold.»

Line annotò i nomi menzionati: Aron, Robin e un certo PG. Fermò il registratore per tornare all'inizio della cassetta, ma ebbe l'impressione di sentire un rumore indistinto provenire da fuori, davanti alla villa. Rimase ferma, in ascolto, ma non udì più niente. Fece comunque un giro di ispezione in cucina. Non c'era nessuno.

Si riempì un bicchiere d'acqua e tornò in soggiorno. Maja, in piedi nel box, la seguiva con gli occhi tenendosi alle sbarre.

Line si sedette ma, appena riprese in mano il registratore, sentì di nuovo qualcosa. Stavolta sembrava provenire dall'interno, come se fosse un cigolio del parquet in corridoio.

Maja guardava verso la porta con gli occhi sgranati e la bocca aperta. Line si raggelò. Probabilmente era solo uno scricchiolio di assestamento nel legno della vecchia villa, eppure la inquietava il pensiero che al di là del muro potesse esserci qualcuno.

Poi lo sentì ancora. Erano passi.

Maja guardò prima lei, poi di nuovo la porta. Line nascose il registratore e la busta con le cassette sotto un cuscino del divano. Poi cercò di alzarsi puntellandosi sul bracciolo, ma non fece in tempo a tirarsi su che la porta si aprì. Nella stanza entrò un uomo con un cappuccio nero sulla testa e una pistola in pugno.

74

L'imponente portone del palazzo di giustizia si richiuse alle sue spalle. Il rumore dei passi riecheggiò nell'atrio. Uno schermo appeso in cima alla parete lo informò che il processo a Dan Roger Brodin si svolgeva nell'aula numero 5.

Wisting si guardò intorno: il grande atrio da cui si accedeva alle varie aule era stranamente deserto e silenzioso. Niente lasciava pensare che dietro una di quelle porte si stesse tenendo il processo più discusso dell'anno.

L'aula 5 era nella parte più interna dell'edificio. Wisting attraversò l'atrio, salutando con un cenno un giudice togato che scendeva le scale.

Sul cellulare gli arrivò una notifica. Un messaggio di Espen Mortensen, che era stato incaricato del pedinamento: «Auto sotto sorveglianza. Ha parcheggiato davanti alla chiesa di Stavern. Lo tengo d'occhio. Horne avvisato».

Wisting aggrottò la fronte. Che ci faceva quello a Stavern? Aveva altri contatti nel giro di Frank Mandt?

Rispose che aveva letto e andò a cercarsi una panca. Appena si fu seduto, però, si rese conto di avere dormito troppo poco. Aveva usato le prime ore del mattino per ricomporre tutte le tessere del mosaico in suo possesso.

Sulla parete di fronte era appeso un dipinto astratto.

L'immagine gli sembrò ritrarre una piccola barca nera in mezzo a un immenso mare azzurro. Una targhetta attaccata alla cornice indicava che era un dono della sezione del Vest-Agder all'Associazione degli avvocati norvegesi.

Wisting piegò il capo e l'osservò meglio. Figure informi su ampie superfici vuote: potevano essere interpretate in molti modi. Un vantaggio nell'arte, rifletté, ma un bel problema quando si trattava invece di giustizia: quanto più la situazione era ambigua, tanto più diventava difficile arrivare a una sentenza corretta.

La porta si aprì e dall'aula uscì il teste principale dell'accusa, Einar Gjessing, che lo salutò con un breve cenno e poi lasciò il palazzo di giustizia.

Wisting era il teste successivo. Si alzò e cominciò a camminare avanti e indietro, in attesa di essere convocato.

75

L'uomo le puntò contro la pistola. Line inghiottì aria e sentì una fitta di dolore che dal petto scese rapida nella pancia.

«Non ti muovere» ordinò lui.

Line non fiatò. La minaccia non era diretta solo a lei, ma anche alla bimba che portava in grembo, e la paura che quella vita finisse prima ancora di iniziare la paralizzava. Avvertì una pressione crescente nel basso ventre. Si portò una mano sotto la pancia e sentì che quella stretta sconosciuta si diffondeva nelle reni. Sperò che dipendesse solo dallo spavento improvviso.

«Tranquilla» disse l'uomo, facendo un passo avanti. «Devo solo prendere della roba.»

Line tentò di controllare il respiro. Immobile, la mano destra sull'addome, cercava di capire se quella stretta fosse davvero l'utero che si contraeva. Aveva appena formulato il pensiero che una fitta lancinante le attraversò il corpo.

Oh no, non adesso. Adesso proprio no.

La fitta si attenuò. Nel tentativo di tranquillizzarsi, si disse che sicuramente non era una vera contrazione. Poteva essere uno spasmo casuale, una reazione di paura o una sorta di avvisaglia. Prese un respiro e si mosse verso il box dove Maja, gli occhi sgranati e le mani strette alle sbarre, guardava l'uomo vestito di nero. Line capì che stava per mettersi a piangere.

«Lascia stare la bambina» le intimò l'uomo, facendole segno con la pistola di allontanarsi.

Pronunciava le consonanti con suono dolce, notò lei, fissandolo negli occhi scuri che il passamontagna lasciava scoperti. Probabilmente era del Sørlandet.

«Che vuoi?» riuscì a chiedergli.

«Devo prendere i documenti di tuo nonno» rispose lui. «Quelli che teneva in cassaforte.»

Mi crede Sofie… «Giù, nel seminterrato» si limitò a dire, senza chiarire il malinteso.

«Prima tu» le ordinò l'uomo con un cenno della pistola.

Maja cominciò a piagnucolare con fare incerto.

Lui si fece da parte e le indicò di precederlo. «Vai!»

Line si avviò verso la porta con gesti lenti, come se ogni passo potesse darle uno scossone e innescare nuove contrazioni. La scala scricchiolava, e più scendevano più gli strilli di Maja si affievolivano. L'uomo le premette la canna della pistola contro la schiena.

«In fondo» disse lei, muovendosi con cautela mentre gli faceva strada.

Lui la spinse nella stanza e le ordinò di addossarsi al muro. Lo sportello della cassaforte era socchiuso. «È tutto?» volle sapere l'uomo, accovacciandosi lì davanti.

Line si chiese se dirgli delle minicassette rimaste al piano di sopra; ma sarebbe stato come ammettere che le aveva ascoltate, e visto che non erano destinate alle sue orecchie chissà come poteva andare a finire. Poiché l'uomo aveva parlato solo di documenti, Line ipotizzò che non sapesse cosa conteneva di preciso la cassaforte e decise di rischiare.

«Sì» gli assicurò.

Lui tirò fuori un raccoglitore e cominciò a sfogliarlo. Line si accorse che indossava dei guanti di lattice. Quello annuì soddisfatto, posò il raccoglitore e si guardò intorno.

«Aspetti qualcuno?» le chiese.

«In che senso?»

«Oggi viene qualcuno, qui?»

Line non capiva dove volesse andare a parare. «Un'amica...» rispose, pensando a Sofie.

«Quando?»

«Tra qualche ora.»

«Ok» disse l'uomo rialzandosi. «Vieni con me.» La condusse in quella che era stata la palestra e le indicò la spalliera. «Mettiti lì.»

Lei obbedì.

«Mani avanti!»

Controvoglia, Line tese avanti le mani e quello, recuperate dalla tasca delle fascette di plastica, le afferrò un braccio. Le sue intenzioni le furono subito chiare. «No!» protestò, cercando di divincolarsi. Ma lui la bloccò col peso del suo corpo e, spingendola contro la spalliera, le infilò un braccio fra due sbarre e lo fece uscire sotto quella in basso.

«No!» gridò lei. «Ti prego!»

Con gesti brutali lui le legò insieme le mani, immobilizzandola alla spalliera. La plastica dura delle fascette le segava i polsi. Line soffocò un grido di dolore e si concentrò per controllare il respiro; se quella di prima era stata davvero una contrazione e lei non riusciva a mantenere la calma, le probabilità che ne avesse altre aumentavano.

«Tanto la tua amica arriva fra poco» disse l'uomo, dirigendosi alla porta. «Tra un paio d'ore sei libera.» Sulla soglia si fermò e la guardò attentamente. «Tenete la bocca chiusa su questa faccenda. Tutte e due. Sennò potrebbe andarci di mezzo quella piagnucolona di tua figlia.» Con la pistola indicò il piano di sopra, dove Maja era nel box. «Capito?»

Line annuì. L'uomo uscì dalla stanza e si chiuse la porta alle spalle senza girarsi. Fra i pianti di Maja, Line lo udì svuotare la cassaforte nella stanza accanto.

Cercò di concentrarsi e si sforzò di rendere tranquillo e regolare il respiro, provando a scacciare tutto il resto dalla mente. Chiuse gli occhi.

In lontananza udì dei passi sulle scale e la porta di casa che si chiudeva sbattendo.

76

Con il passare dei minuti crebbe in Line la speranza che quella singola contrazione fosse stata una semplice reazione agli eventi e non l'inizio del travaglio. Il pensiero la tranquillizzò, ma durò poco: i dolori ricomparvero e si diffusero nella zona lombare come la prima volta, aumentando di intensità.

Al piano di sopra, Maja strillava senza tregua. Line prese fiato e provò a gridare aiuto, pur sapendo che difficilmente qualcuno l'avrebbe sentita oltre quelle spesse mura. Frank Mandt aveva torturato chissà quanta gente fra le pareti della sua cucina senza che nessuno si accorgesse delle grida; a lei non sarebbe andata meglio. Cercò di allentare le fascette che la tenevano legata alla spalliera per liberarsi, ma erano robuste come manette. Niente, doveva aspettare che Sofie rientrasse a casa. Ma quanto ci avrebbe messo? Due ore? Tre?

In lontananza udì squillare il proprio telefono, che aveva lasciato nella borsa accanto al divano. Maja smise di piangere per qualche istante, ma appena cessarono gli squilli ricominciò.

Line provò a convincersi che non c'era pericolo: Maja era nel box e lì dentro non c'era nulla con cui potesse farsi male. La bambina era spaventata, di certo cominciava anche ad avere fame, ma alla fine avrebbe ceduto alla stanchezza e si sarebbe addormentata.

Tre contrazioni la travolsero l'una dietro l'altra, a intervalli regolari di sei-sette minuti. Stessa durata, stessa intensità. Le ginocchia le cedettero e il suo corpo si accasciò a poco a poco, come se a ogni contrazione perdesse sempre più le forze, finché non si ritrovò raggomitolata sul pavimento con la testa sul petto.

Buona parte del corso preparto era stata dedicata agli esercizi di rilassamento e anche solo sapere di essersi allenata a calmarsi riuscì a mitigare la sua angoscia. Il respiro tornò regolare e il cuore cominciò a battere più lentamente. Se fosse riuscita a placare l'ansia e a riacquistare un maggior controllo, forse il travaglio sarebbe tornato a normalizzarsi. D'altronde, in genere per il primo parto durava anche più di dodici ore.

Le fascette le stavano ferendo i polsi. Si rialzò per attenuare il dolore bruciante, ma in quel momento i muscoli del ventre si contrassero di nuovo e tornarono le doglie. Respirava a bocca aperta, a intervalli brevi e concitati, senza riuscire a prendere aria come avrebbe voluto. Quando la contrazione passò, Line riempì a fondo i polmoni, ma a quel punto sentì la pressione nel ventre diminuire. La mano le corse automaticamente fra le gambe: si erano rotte le acque, e il liquido stava colando lungo l'interno delle cosce. Il parto era iniziato. D'ora in avanti le contrazioni sarebbero state più forti e ravvicinate.

Da quando aveva saputo di essere incinta, Line si era data alla lettura di libri e articoli sull'argomento. Leggendo, aveva cercato di allontanare almeno un po' la paura del parto; ma l'operazione non le era riuscita granché. Si era immaginata quel momento come un'esperienza unica, un ricordo indelebile, ma non voleva ricordarlo così. Comunque, quel che doveva succedere sarebbe successo: avrebbe partorito lì, sul pavimento, legata.

Stava arrivando una nuova contrazione, più forte delle altre, e provò a superarla affidandosi al respiro. Cercò intanto di calcolarne la durata, ma si perse.

Le successive furono ancora più ravvicinate, profonde e violente. Via via che si susseguivano, aumentarono anche i dolori alle reni e le sembrò di perdere la sensibilità alle mani.

Non si era accorta che al piano di sopra i pianti erano cessati; evidentemente Maja si era addormentata. Da quanto tempo era lì? Da un'ora? E quando sarebbe tornata Sofie?

Nel momento in cui formulava quel pensiero sentì aprirsi la porta d'ingresso. Se non era Sofie, magari il tizio con la pistola si era reso conto di non aver portato via tutto ed era tornato a prendere il resto. Line decise di rischiare.

«Aiuto!» gridò. E poi ancora, riempiendo di nuovo i polmoni: «Aiuto!».

Rumore di passi sulla scala.

«Line?» gridò Sofie.

«Quaggiù!» rispose lei.

La porta si aprì. Sofie entrò nella stanza e rimase di sasso, fissandola a occhi sgranati.

Sopraffatta dall'ennesima contrazione, stavolta Line liberò il dolore in un urlo.

«Slegami!» implorò a denti stretti.

Sofie accorse e la sollevò cingendola con le braccia.

«Sono cominciate da tanto?»

Line fece segno di sì.

«Quanto tempo fra l'una e l'altra?»

«Quattro o cinque minuti. E sono sempre più forti» aggiunse, con un groppo in gola. «Manca poco.»

77

Wisting rimase ad aspettare fuori dall'aula. Era facile ipotizzare che, prima di proseguire, una delle parti volesse discutere di alcuni aspetti pratici, come gli orari del giorno seguente o qualche cambio nella successione delle audizioni dei testi.

Arrivò un altro messaggio di Mortensen: Goldheim aveva infilato in macchina due buste strapiene di roba e si era messo alla guida.

Wisting udì dei passi veloci alle sue spalle: Harald Ryttingen stava attraversando deciso il grande atrio. Il collega gli passò accanto senza salutarlo ed entrò nell'aula. Subito dopo si affacciò fuori un usciere, che chiamò il suo nome; lui si identificò e lo seguì nell'aula piena di giornalisti e curiosi.

Ryttingen aveva preso posto accanto al PM; pareva rilassato e sicuro di sé. L'avvocata della parte lesa era seduta più avanti insieme ai genitori di Elise Kittelsen, mentre sul lato opposto c'era Olav Müller, l'avvocato praticante, con l'imputato Dan Roger Brodin.

Il giudice togato sedeva autorevole sul suo scranno dietro il banco sopraelevato, con le spalle alla parete e due giudici popolari ai fianchi: il primo era un signore in sovrappeso dall'espressione assonnata e distratta, la seconda una donna più giovane che sedeva dritta, i capelli raccolti in uno chignon sulla nuca.

Mentre Wisting si avvicinava al banco dei testimoni, il cellulare gli squillò, scatenando qualche risata fra i presenti. Era una chiamata di Line: lui la rifiutò, poi mise il telefono in modalità silenziosa e lo posò assieme al taccuino sul piccolo ripiano accanto alla sedia.

Rimase rispettosamente in piedi e si sistemò di fronte al giudice togato, che lo guardava con espressione un po' seccata e impaziente, come se avesse fretta di finire.

«Il suo nome completo?»

Wisting dichiarò nome, data di nascita, residenza e professione.

Sul ripiano il telefono si mise a vibrare, cosa che grazie al microfono si udì in tutta l'aula. Wisting lanciò un'occhiata fugace al messaggio apparso sul display: «Sto andando in ospedale. Travaglio iniziato, credo».

Il cuore gli balzò in gola. Aveva promesso alla figlia di starle vicino, di accompagnarla in ospedale... Sentì la bocca seccarsi; rigirò tra le guance la lingua asciutta, mentre nella testa gli frullava un turbinio di pensieri. Line stava andando in ospedale. Quindi qualcuno le aveva dato un passaggio, con ogni probabilità Sofie. Oppure guidava lei, cosa del tutto plausibile.

Comunque, poteva ancora fare in tempo. Wisting fu sul punto di rispondere per dirle almeno che aveva letto il messaggio, ma il giudice lo bloccò.

«Ha cose più importanti da fare che testimoniare davanti alla corte?»

Alcuni presenti ridacchiarono, compreso Ryttingen.

«Mi scusi» replicò Wisting, rialzando lo sguardo verso lo scranno.

«Ricominciamo» disse il giudice, accettando le scuse. «È imparentato o in qualche modo legato all'imputato?»

Wisting si schiarì la gola. «No.»

«E con la vittima?»

«No.»

Il giudice proseguì con le formalità e chiese a Wisting di dire tutta la verità e nient'altro che la verità, senza nascondere nulla. Lui giurò, lanciando un'occhiata a Ryttingen che lo guardava con un sorrisino beffardo.

«Ora può accomodarsi» disse il giudice.

Lui si sedette. In aula faceva caldo e si pentì di non essersi tolto la giacca prima di entrare. Dopo una breve introduzione, Olav Müller iniziò a interrogarlo, chiedendogli di spiegare il proprio ruolo di coordinatore delle indagini sulla morte di Jens Hummel.

«Ci parli dell'arma del delitto» proseguì quindi Müller.

«È una rivoltella Nagant 7,5 millimetri, trovata fra gli effetti personali di Frank Mandt, residente a Stavern e morto il 10 gennaio scorso.» Mandt, aggiunse, era stato un personaggio di spicco di una rete criminale.

«Com'è finita l'arma in possesso della polizia?»

«Dopo la morte di Mandt è rimasta chiusa nella cassaforte di casa sua fino al 24 luglio, quando ci è stata consegnata per farla rottamare.»

«E voi cosa ne avete fatto?»

«Come da prassi, l'abbiamo inviata al Kripos, che l'ha sottoposta all'esame balistico.»

«Cosa ne è risultato?»

«In estrema sintesi, che l'arma aveva ucciso sia Elise Kittelsen sia Jens Hummel.»

Il PM si alzò tossicchiando e si rivolse al giudice. «Faccio osservare che non contestiamo il fatto che si tratti della medesima arma, quindi non occorre perdere tempo su questo argomento, a meno che la corte non sia interessata a dettagli che non rilevano ai fini del procedimento in corso.»

Il giudice annuì soddisfatto. «La consideriamo un'informazione di contesto» osservò, poi si rivolse al difensore. «Concentriamoci sui fatti qui in esame.»

Müller assentì e tornò a interrogare Wisting. «Lei cosa pensa a proposito di questo caso?»

«Penso che l'arma colleghi i due omicidi» rispose l'ispettore. Per poi approfondire: «In Norvegia il rischio di essere uccisi non è alto. Statisticamente è più probabile che ciò avvenga in ambiente domestico, e comunque spesso c'è una relazione tra la vittima e il suo assassino. Meno di un decimo degli omicidi viene commesso per strada, pertanto è inverosimile che due assassini ignoti abbiano usato la stessa arma per uccidere due vittime casuali. Per non menzionare il fatto che i due delitti sono avvenuti a breve distanza l'uno dall'altro».

Wisting notò che Ryttingen era smanioso di controargomentare, con spiegazioni plausibili sul motivo per cui l'arma era stata usata due volte, ma la procedura lo costringeva ad aspettare.

Müller proseguì. «Nel corso delle sue indagini, lei ha esaminato anche il fascicolo relativo al mio assistito. A quali conclusioni è pervenuto?»

Wisting si sporse verso il microfono. «Che l'assassino è uno solo.»

L'affermazione suscitò reazioni sia nell'aula sia tra la corte. Il giudice assonnato si raddrizzò e avvicinò la sedia al banco. L'avvocato difensore lasciò quelle parole sospese nell'aria e attese che il mormorio scemasse. Poi chiese a Wisting, con simulata meraviglia, se non sapesse che il suo cliente era in custodia cautelare quando era stato ucciso Hummel.

«Certo che lo so» confermò Wisting.

«Dunque ritiene Dan Roger Brodin innocente?»

Wisting si voltò verso i genitori di Elise Kittelsen: la madre teneva lo sguardo basso, ma il padre lo fissò dritto negli occhi. Sapeva che la risposta li avrebbe sconvolti, ma non c'era altro modo. «Sì» disse, guardando il giudice. «Secondo me non è stato Brodin a sparare.»

La madre di Elise Kittelsen emise un gemito, soffocato dal vocio esploso nell'aula. Il PM si alzò, rivolgendosi alla corte.

«Oggi abbiamo sentito tre testimoni oculari: tutti loro hanno riconosciuto l'imputato, fornendo la stessa versione dei fatti» osservò. «Se il testimone non ha altro da dire, a parte offrire statistiche e supposizioni, non vedo perché la corte debba perdere tempo ad ascoltare le sue congetture.»

Il giudice annuì, ma sembrava più interessato al racconto di Wisting. «Sono solo supposizioni?»

«Ho parlato personalmente con i testimoni» rispose Wisting, e spiegò che l'identikit dei due amici si era basato sulla descrizione data dal terzo teste e diffusa tramite la radio della polizia. «Dunque, in realtà non si tratta di una testimonianza diretta dei due soggetti» aggiunse. «Quando ci ho parlato, entrambi hanno ammesso di non aver propriamente riconosciuto Brodin come autore del delitto, ma di aver dato per scontato che fosse lui perché la polizia l'aveva già ammanettato e caricato su una volante.» Sfogliò il taccuino e citò la dichiarazione di Terje Moseid: «"Succede solo nei film che la polizia arresti la persona sbagliata"».

Il PM si alzò di nuovo. «Oggi i tre testimoni hanno deposto di fronte alla corte. Chiedo che si tenga conto delle loro dichiarazioni e non delle interpretazioni del signor Wisting.»

Il giudice annuì, ma non spiegò come avrebbe valutato le affermazioni dell'ispettore.

Müller proseguì. «E i reperti della Scientifica? Li ha esaminati?»

«L'elemento principale è la polvere da sparo rilevata sulla mano destra dell'imputato. Non so cosa abbia detto l'interessato alla corte, ma quando ci ho parlato in carcere tre giorni fa mi ha fornito nuove informazioni sui suoi spostamenti la sera del delitto e sul motivo che l'ha indotto a scappare dalla polizia.»

Müller sorrise. «La corte ha sentito che è scappato perché era sotto l'effetto di sostanze e aveva infranto le regole della libertà vigilata.»

«Aveva anche un altro motivo per darsi alla fuga. Qualcosa che non voleva rivelare alla polizia.»

Il difensore gli fece cenno di continuare.

«Tra Natale e Capodanno, Brodin aveva rubato dei fuochi d'artificio su commissione. Un intero container di merce, per un valore di oltre centomila corone. Si è tenuto una parte del bottino, che ha un po' venduto e un po' usato per divertirsi. Il 31 dicembre, quando si è imbattuto nella polizia, aveva appena fatto esplodere un cassonetto davanti a un supermercato Kiwi del centro. Quindi è fuggito per non essere accusato di furto e atti vandalici. Al momento dell'arresto aveva sì della polvere da sparo sulle mani, ma era quella dei fuochi d'artificio.»

Il PM protestò: «Perché queste cose non ce le ha raccontate l'imputato?».

«Adesso sul banco dei testimoni non c'è l'imputato» obiettò il giudice, «ma magari possiamo comunque chiedergli se conferma.»

Dan Roger Brodin sollevò lo sguardo.

«Quanto affermato corrisponde a verità?» gli domandò il giudice.

«È come dice lui» rispose Brodin, spaesato, indicando Wisting. «La storia dei fuochi... è andata proprio così.»

Mentre il giudice poneva qualche domanda di verifica a Brodin, il telefono di Wisting ricominciò a vibrare. Stavolta, almeno, era lontano dal microfono. La risposta che attendeva da Nils Hammer: «Ok».

Il messaggio gli fece tornare in mente Line, ma si impose di non pensarci. Non era ancora giunto alla parte principale della sua deposizione.

Harald Ryttingen prese la parola per la prima volta. «È tutta una montatura, un modo per dissimulare i fatti. Perché non ce l'hanno detto prima, di quei fuochi?»

«Sono andato in quel negozio Kiwi lo scorso weekend» intervenne Wisting, senza aspettare che il giudice gli desse la parola. «E ho scoperto che il giorno successivo al delitto è stata sporta denuncia per atti vandalici. Un evento che era stato anche filmato.» Tirò fuori le stampate che aveva ripiegato nel taccuino. «Il caso in sé è stato archiviato dopo poco, ma ho portato una copia delle foto. Sono di scarsa qualità e non consentono di riconoscere l'autore del reato, però provano che quella sera sono stati fatti esplodere dei fuochi d'artificio nel cassonetto davanti al Kiwi.»

Ryttingen sussurrò qualcosa al PM, il quale si alzò di nuovo e obiettò: «Non è una prova acquisita dalla corte».

«Non ancora, ma l'acquisirò» ribatté pronto il giudice. Poi, con un gesto, invitò l'usciere a portargli le foto.

«Ho fatto delle copie anche per le altre parti in causa» disse Wisting, consegnando i fogli.

Ryttingen si accasciò sulla sedia, rosso in viso. La polvere da sparo era uno dei pilastri portanti dell'accusa, e lui sapeva benissimo che se un pilastro cedeva, rischiava di crollare tutta la struttura.

«Non si fa così» mormorò.

«Desidera che la sua dichiarazione sia messa a verbale?» gli domandò il giudice.

Ryttingen scrollò il capo, poi i suoi occhi si illuminarono. «No, signor giudice» rispose, alzandosi in piedi. «Però, dato che secondo Wisting abbiamo incriminato la persona sbagliata, forse potremmo chiedergli se nutre sospetti su qualcun altro.»

Il giudice annuì. «Ha qualche sospetto?» domandò a Wisting.

Ryttingen tornò a sedersi, si appoggiò allo schienale e incrociò le braccia.

«Sì» rispose Wisting, allungando una mano verso il telefono. «Ho appena ricevuto la comunicazione che i miei uomini hanno fermato un uomo per l'omicidio di Jens Hummel. Sospettiamo che sia responsabile anche della morte di Elise Kittelsen.»

Il mormorio si propagò come un'onda nell'aula. Il giudice ordinò di fare silenzio, battendo il martello. «Di chi si tratta?» chiese.

«Della persona che è comparsa a testimoniare prima di me. Einar Gjessing, il teste principale dell'accusa.»

La risposta provocò una nuova reazione nell'aula. Il giudice lasciò tanto all'accusa quanto al pubblico il tempo per metabolizzare la notizia, poi impose il silenzio. Il brusio si smorzò, ma Wisting sentì i giornalisti picchiettare a tutto spiano sulle tastiere.

«Sono costretto a chiederle di spiegarsi meglio» disse il giudice.

Wisting drizzò le spalle. «Come già detto, ho studiato

non solo la documentazione del fascicolo ma anche il materiale investigativo d'appoggio. E ho individuato una pista cieca.»

Il giudice prese nota. «Una pista cieca?»

«È un concetto investigativo» precisò Wisting. «Si riferisce a un approccio trascurato dagli inquirenti oppure, come in questo caso, a una pista che i responsabili delle indagini non hanno voluto vedere. Che, più o meno consapevolmente, hanno deciso di ignorare. Aver individuato Dan Roger Brodin come colpevole prima ancora che iniziassero le indagini li ha resi ciechi a ogni altra possibilità, e al tempo stesso li ha messi in una situazione molto comoda. Partendo dall'arresto, hanno ricostruito un quadro della vicenda che non corrispondeva alla realtà, e che al contempo li dispensava dall'indagare su un eventuale ruolo della stessa polizia nell'omicidio di Elise Kittelsen.»

Ryttingen sussurrò qualcosa nell'orecchio del PM, il quale annuì e chiese una pausa alla corte.

«Prima voglio sentire tutto ciò che ha da dire il teste» obiettò il giudice. «Voglio sapere che ruolo poteva avere la polizia nell'omicidio.»

Nell'aula il silenzio si fece assordante.

«Elise Kittelsen era un'informatrice» spiegò Wisting. «Ricopriva una posizione chiave in una rete di narcotrafficanti che la polizia cercava di smantellare da anni. Quando è stata uccisa stavano per arrivare a una svolta: grazie ai suoi contatti, la ragazza sapeva dove e quando sarebbe stata consegnata la prossima partita di droga, informazioni preziose per la polizia, ma pericolosissime per lei. Elise sapeva troppo e qualcuno aveva capito che faceva la spia.»

Il PM tentò di nuovo un'obiezione: «Questo genere di informazioni non va discusso in pubblico».

Olav Müller non diede al giudice il tempo di rispondere: «Queste informazioni sono fondamentali per il mio assistito, ma la polizia ce le ha tenute nascoste, pur essendone stata al corrente fin dall'inizio».

Il giudice guardò Wisting, poi si voltò verso l'accusa. «È così?»

Ryttingen era diventato grigio in volto, sembrava invecchiato di colpo. «Non ha alcuna attinenza con il caso» rispose, glissando.

Il giudice si rivolse di nuovo a Wisting. «Com'è venuto in possesso di queste informazioni? E che rilevanza hanno per il caso?»

Lui si riempì d'acqua il bicchiere che aveva davanti. «Einar Gjessing, l'uomo che abbiamo arrestato, è coinvolto nella rete criminale. Come anche Julian Broch, il fidanzato di Elise Kittelsen. La vittima si procurava le informazioni soprattutto tramite lui.» Bevve e si schiarì la gola secca. Intanto notò che la madre di Elise stava stringendo la mano del marito. «Quando la polizia ha cominciato a indagare sul giro di droga è partita dai margini, come si fa di solito, avvicinandosi pian piano al centro. Si inizia dal fondo di una specie di catena alimentare, chiedendo a un tossicodipendente chi gli ha venduto la roba; poi dallo spacciatore si risale al fornitore e via via fino in cima alla scala gerarchica. Elise Kittelsen si trovava ai margini di questa rete ed è stata avvicinata dai poliziotti una mattina che usciva dalla casa del fidanzato per andare a lezione. Le hanno trovato addosso qualche grammo di hashish che aveva promesso a un'amica, e ne è saltato fuori un altro po' nell'armadietto dell'università: una cosa da poco, ma a lei è sembrato che tutto il suo futuro rischiasse di andare in frantumi. Una condanna per droga le avrebbe reso impossibile la carriera di insegnante, coprendo di vergogna sia lei sia i genitori. I poliziotti le hanno offerto una via d'uscita, proponendole di archiviare tutta la faccenda in cambio di informazioni. Un bel dilemma, ma Elise ha deciso di tradire il fidanzato e gli amici per salvare se stessa.»

Ryttingen non aveva ancora rinunciato al tentativo di far tacere Wisting. «Il testimone non ha una conoscenza diretta dei fatti» obiettò. «Non era presente agli eventi: le sue sono mere congetture.»

Il giudice si voltò a guardarlo con la stessa espressione seccata che aveva riservato a Wisting all'inizio. «Nega che Elise Kittelsen fosse un'informatrice di polizia?»

Ryttingen scosse il capo. «No, però...»

Il giudice lo interruppe rivolgendosi a Wisting. «Continui!»

«L'agente che era in contatto con Elise Kittelsen è attualmente in servizio all'estero, ma ci ho parlato al telefono nella tarda serata di ieri. Mi ha spiegato che hanno usato la fonte per cercare di arrivare al capo della rete, che la polizia aveva soprannominato Mister Nice Guy. Nel corso dell'operazione, però, Elise ha cominciato a innervosirsi: temeva di essere stata scoperta dal fidanzato. Per coprire il canale aperto con la polizia, il suo agente di contatto comunicava con lei tramite un telefono anonimo... ovvero un telefono preso a caso da un nostro deposito. Però Elise continuava a non sentirsi al sicuro. L'ultima volta che l'agente ci ha parlato al telefono è stato poche ore prima della sua morte, e lei gli ha detto di aver paura di cosa poteva succedere.»

«Non può essere» lo interruppe Olav Müller, mettendosi a sfogliare le proprie carte. «Dai tabulati del cellulare di Elise Kittelsen in nostro possesso non risulta nessuna telefonata compatibile il giorno del delitto.»

«Il dato è stato occultato per ordine del coordinatore delle indagini, per non fare chiasso inutile intorno al caso» spiegò Wisting. «Perché nessuno aprisse la porta della pista cieca.»

«Chi coordinava le indagini?» domandò Müller.

«Harald Ryttingen.»

Alle spalle di Wisting si udì un *clic*. Uno dei fotoreporter presenti in aula aveva ignorato il divieto scattando una foto a Ryttingen, affranto sulla sedia. Altri lo imitarono. Il PM si spostò leggermente, come per prendere le distanze dal suo vicino.

«Ci serve un quadro più completo della sua ricostruzione dei fatti dell'ultimo dell'anno» disse il giudice.

«In parte si tratta di ipotesi» precisò Wisting, annuendo, «ma Elise Kittelsen era diventata una seria minaccia per gli attori centrali del narcotraffico. Dovevano sbarazzarsene. Julian Broch aveva le mani legate: anche se l'anello debole era lui, se fosse successo qualcosa alla ragazza i sospetti sarebbero subito ricaduti sul suo fidanzato, che quindi aveva bisogno di un alibi. Così l'incarico è stato affidato a Einar Gjessing, che era già in debito con Mister Nice Guy: quest'ultimo aveva perso un investimento dopo la bancarotta di Gjessing, come risulta dalle carte.»

Il telefono di Wisting ricominciò a vibrare sul ripiano. Un altro messaggio di Line: «Dove sei?». Lui dovette fare un grande sforzo per non perdere la concentrazione. «L'omicidio di Elise Kittelsen è stato la causa della morte di Jens Hummel» proseguì, «che faceva il corriere per i narcotrafficanti, trasportando col suo taxi grosse partite di droga tra l'Østlandet e il Sørlandet, da Frank Mandt a Mister Nice Guy. La mia ipotesi è dunque che l'ultimo dell'anno Hummel abbia fatto una consegna al suo contatto fisso, cioè Einar Gjessing. Ma quella sera è successo dell'altro. Gjessing ha chiesto a Hummel di accompagnarlo: doveva andare a liquidare Elise Kittelsen mentre questa si recava alla festa. Il suo piano era di scappare con il taxi che lo aspettava dietro l'angolo. L'uomo che gli altri due testimoni hanno visto fuggire dal luogo del delitto, insomma, non è Dan Roger Brodin ma Einar Gjessing.»

Wisting lanciò un'occhiata fugace al banco della difesa. Brodin pareva confuso, come se non capisse cosa stava succedendo intorno a sé. «Ma quando Gjessing è tornato al taxi, si è trovato costretto a cambiare in tutta fretta il piano: il suo compito non era solo tappare la bocca a Elise Kittelsen, ma anche scoprire quanto sapeva. Quindi doveva tornare indietro a prendere il telefono della ragazza. Prima ha lasciato l'arma a Hummel, poi si è ripresentato sul luogo del delitto e ha raccontato di aver cercato invano di inseguire l'assassino. Così, approfittando del caos che si era creato durante i tentativi di rianimare la ragazza, si è impadronito del suo cellulare e, quando è arrivata la polizia e gli ha chiesto l'identikit dell'assassino, lui ha descritto un tizio a caso visto quella sera: Dan Roger Brodin.»

Ormai cominciava a scalpitare. Avendo fretta di finire, smise di esprimersi in maniera precisa e circostanziata. «Per molti versi Jens Hummel è stato coinvolto in questa storia suo malgrado. Avrebbe potuto senz'altro tenere la bocca chiusa, lasciando che l'assassino di Elise Kittelsen restasse libero, ma evidentemente non sopportava l'idea che fosse condannato un innocente. Ha chiamato la polizia per avvertire che avevano arrestato l'uomo sbagliato, ma non è stato dato seguito alla segnalazione anonima. Per Gjessing e gli altri, Hummel era ormai diventato un fattore di rischio. Non sappiamo ancora di preciso cos'abbia portato al suo omicidio, ma Gjessing è stato tra gli ultimi a salire sul taxi: sul tetto dell'auto sono state trovate tracce delle sue impronte digitali che avevano resistito alle intemperie; erano troppo frammentate per una ricerca automatica nel database, ma il raffronto manuale non lascia dubbi sulla loro provenienza.»

Wisting si avviava alla conclusione, cioè la parte con più buchi e interrogativi irrisolti. «Forse Gjessing ha incontrato Hummel con la scusa di riprendersi la rivoltella che gli aveva lasciato a Kristiansand?» proseguì allargando le braccia, come a dire che al momento stava soltanto avanzando ipotesi nell'ambito di un'indagine in corso. «Forse Hummel ha chiesto soldi in cambio del silenzio? Di una sola cosa siamo certi: non ha avuto modo di raccontare ciò che sapeva sull'omicidio di Elise Kittelsen. È stato ucciso con quella stessa arma, che poi è finita nella cassaforte di Frank Mandt.»

Wisting sapeva bene che c'erano ancora molte domande aperte e che l'indagine non sarebbe stata semplice, ma il suo compito nell'aula giudiziaria era terminato: aveva fornito una spiegazione alternativa.

«La difesa ha altre domande per il teste?» chiese il giudice.

«Per il momento no» replicò Olav Müller, che pareva sorpreso, «ma mi riservo di convocarlo di nuovo all'occorrenza.»

Il giudice annuì e si rivolse all'altra parte. «E l'accusa?»

Il PM scosse il capo.

«Bene» concluse il giudice. «Allora vi concedo la pausa richiesta. La seduta è sospesa fino a domani mattina alle dieci. Nel frattempo, il pubblico ministero dovrà decidere se andare avanti col procedimento.»

Poi batté il martello, si alzò e imboccò l'uscita laterale, seguito dai due giudici popolari. Appena la porta si richiuse alle loro spalle, si scatenò il caos: i giornalisti si accalcarono dividendosi in due gruppi, uno intorno all'accusa e l'altro intorno a Wisting.

Lui afferrò il telefono, si fece largo tra la folla e si diresse il più in fretta possibile verso l'uscita, senza rispondere alle domande. Dalla soglia lanciò un'ultima occhiata all'aula e notò che anche Ryttingen cercava di andarsene, ma era bloccato dai cronisti che non avevano intenzione di lasciarselo sfuggire. Gli fece pena. Anche se non era la prima volta che gli capitava, era sempre terribile vedere un collega varcare quella sottile linea blu che lo portava a commettere un'ingiustizia.

78

Il telefono cominciò a squillare prima che Wisting raggiungesse la macchina. Numeri sconosciuti, probabilmente di varie redazioni giornalistiche. Lui rifiutò le chiamate e selezionò il contatto di Line.

Lasciò suonare a lungo, però lei non rispose. Allora le scrisse un messaggio spiegando che era stato trattenuto in tribunale, ma adesso stava arrivando. Mentre faceva manovra, gli venne in mente che non sapeva in quale ospedale fosse: Line aveva parlato sia di Tønsberg sia di Skien, e gli sembrava che alla fine avesse optato per quest'ultimo. In tutti i casi era l'ospedale più vicino, anche se distava come minimo due ore e mezza di auto.

Imboccò l'autostrada e si spostò subito sulla corsia di sinistra, chiedendosi se accendere il lampeggiante blu; ma c'era poco traffico, per cui lasciò perdere e accese invece la radio di servizio, per sapere se più avanti avrebbe incontrato qualche posto di blocco.

Mentre attraversava il ponte Varoddbrua telefonò a Ivar Horne.

«Che casino!» commentò il collega. «Sono tutti sottosopra. Cavolo, hai fatto saltare una delle nostre indagini più grosse durante un'udienza pubblica!»

«Lo so, mi dispiace. Ma non potevo fare altrimenti.»

«Tutta la verità, nient'altro che la verità, eh? Be', almeno me lo potevi anticipare.»

«Novità su Goldheim?» chiese lui, sorvolando sul discorso.

«Sta tornando a casa, ma è stato informato. Aveva mandato qualcuno in aula. Il suo telefono dev'essere rovente.»

«Di che parlano?»

«Lui mantiene la calma, non ha detto nulla che possa tradirlo e sostiene di avere risolto i problemi.»

Wisting rifletté. Goldheim era stato a Stavern. C'era andato per sistemare quei problemi? «Adesso dov'è?» chiese, lanciando un'occhiata verso la carreggiata opposta.

«Ha superato l'uscita di Kragerø. Gli saremo dietro prima che rientri in città.»

Wisting immaginò il punto rosso del localizzatore. Se Goldheim era dalle parti di Kragerø, significava che nel giro di tre quarti d'ora l'avrebbe incrociato. «Mi tieni aggiornato?» chiese.

«Ci provo» rispose Horne senza fare promesse.

Wisting chiuse la telefonata e richiamò Line, che neanche stavolta rispose. Allora telefonò a Hammer. «È andata bene?» domandò.

«Sicuramente l'abbiamo colto di sorpresa. Lo stanno portando in cella di sicurezza, mentre io e Torunn andiamo a perquisirgli casa. Vieni?»

«No, dovrai occupartene tu. Io sto andando in ospedale.»

«Che è successo?»

Sulle labbra di Wisting comparve un sorriso. «Mi sa che sto per diventare nonno.»

79

Line era da sola in sala parto. Sofie l'aveva accompagnata in macchina, con Maja che piagnucolava sul seggiolino, e non erano nemmeno passate da casa a prendere un cambio o il nécessaire. Un po' alla volta, a pezzi, lei le aveva raccontato cos'era successo e, arrivate in ospedale, Sofie aveva preferito restare, sia per darle sostegno, sia per non rientrare nella casa in cui poco prima si era introdotto un malvivente. Probabilmente adesso era nel bar dell'ospedale, insieme alla figlia.

Line era stata portata subito in una sala visite per monitorare il battito della bimba. L'ostetrica aveva annotato durata e intensità delle contrazioni e misurato la dilatazione, che era di quattro centimetri. Le avevano anche chiesto un campione di urine per le analisi, dopodiché le avevano dato un camice da ospedale, invitandola a cambiarsi. Ora si sentiva sola e impaurita, e non sapeva che fine avessero fatto la borsa e le sue cose. L'irritazione dovuta al fatto che il padre non le avesse risposto stava per trasformarsi in rabbia; ma dietro quella rabbia si celava un terrore che non aveva mai provato prima.

Arrivò un'altra ostetrica che le chiese come procedeva. Line riuscì solo a rispondere che andava tutto bene. Lei e la bimba erano in buone mani, certo; ma l'idea che fosse circondata da sconosciuti la metteva in agitazione.

«Cerca di rilassarti» la esortò l'ostetrica. «Vedrai che te la caverai benissimo.»

Poi dal corridoio arrivò il suono di un campanello di chiamata e Line si ritrovò nuovamente sola. Fino a quel momento, dopo ogni contrazione si era sentita più in forze; aveva sempre avuto una scorta di energie a cui attingere. Ma le doglie adesso erano diventate indicibilmente lunghe e pesanti, e ogni volta il dolore aumentava. Sentendone arrivare un'altra, si afferrò al lenzuolo e strinse i pugni. Sperava che finisse tutto al più presto. E che suo padre riuscisse ad arrivare in tempo.

80

La strada si era ridotta a una sola corsia per carreggiata. Wisting, al volante della quinta macchina dietro un autotreno rispettoso del limite di velocità, allungò una mano verso l'interruttore dei lampeggianti blu posti ai lati del radiatore. Ma non fece in tempo ad accenderli che sulla radio di servizio arrivò una segnalazione per la centrale da una pattuglia della Stradale; in sottofondo si sentiva il lamento di una sirena.

Un operatore rispose subito.

«Sto seguendo una Range Rover bianca che ha aggirato un controllo» segnalò l'agente della Stradale. «Si dirige verso sud sulla E18 e sta imboccando ora la galleria Sørlandsporten. Hai qualche unità che possa assisterci?»

«Aspetta» rispose l'operatore.

Come accadeva di solito quando si segnalava via radio un inseguimento, varie pattuglie si offrirono di dare una mano. Tra tutti, Wisting era quello nella posizione migliore: avrebbe incrociato Phillip Goldheim e la pattuglia che gli stava alle costole entro una decina di minuti circa. Un lasso di tempo più che sufficiente per fermare un autotreno e organizzare un blocco stradale. L'operatore diede alcuni ordini alla radio. Wisting aveva ancora la mano sull'interruttore dei lampeggianti, ma alla fine decise di lasciare il testimone: non poteva perdere altro tempo.

L'agente alla guida dell'auto che tallonava Goldheim comunicò la posizione; altre unità si stavano piazzando in punti strategici. La distanza che separava Wisting dalle vetture all'inseguimento continuava a diminuire.

Squillò il telefono. Era Horne. «Stanno inseguendo Goldheim» disse conciso.

«Sì, ho sentito» rispose Wisting. «Fra poco li incrocio.»

«Avevamo provato a organizzare un controllo di routine, per vedere cos'aveva preso lì a Stavern, ma quando gli hanno fatto segno di accostare ha dato gas ed è scappato.»

«Sapete altro su cos'era andato a fare?»

«No, solo che è tornato alla macchina con due buste piene di roba.»

Davanti a sé, in fondo a un rettilineo, Wisting scorse delle luci lampeggianti blu. «Eccoli, li vedo.»

Le auto in fila davanti alla sua si spostarono di lato. La Range Rover bianca arrivava a tutta velocità. All'avvicinarsi delle pattuglie lo raggiunse anche il suono delle sirene. La Range Rover correva a cavallo della linea gialla di mezzeria. Rallentando, Wisting si accostò al ciglio della strada; un istante dopo, la sua macchina fu investita dallo spostamento d'aria delle auto in corsa. Fece in tempo a vedere che Goldheim era solo e aveva un'espressione furente.

«Devo riattaccare» gli disse Horne, terminando la chiamata.

Il traffico riprese a muoversi normalmente e Wisting si accodò. Le segnalazioni sul canale radio si susseguivano rapide; altre unità risposero all'appello. A quanto pareva, qualche chilometro più avanti stavano stendendo una striscia chiodata sulla carreggiata.

Ascoltò gli scambi concentrato, proseguendo il viaggio verso nord. La pattuglia in testa all'inseguimento comunicava regolarmente velocità di marcia e uscite autostradali via via superate. All'improvviso, a metà di una frase, l'agente imprecò.

«È finito fuori strada!» esclamò, per poi ripetere la segnalazione. «Si richiede un'ambulanza» e fornì le coordinate.

Wisting strinse il volante: poteva solo ascoltare in silenzio il dramma che si stava svolgendo. In un attimo gli scambi sul canale radio si trasformarono in quelli di un'operazione di soccorso. Da quanto Wisting riuscì a capire, l'auto si era capovolta e Goldheim era rimasto incastrato nell'abitacolo. Quando varcò il confine regionale tra Aust-Agder e Telemark, i vigili del fuoco lo avevano già estratto dalla carcassa: era in condizioni gravi, ma stabili. Poi il segnale sparì e Wisting non ebbe più notizie di quel che accadeva.

81

Provò quattro volte a chiamare Line, anche se non ce ne sarebbe stato bisogno: sapeva che, se avesse potuto, la figlia lo avrebbe ricontattato.

Trovò un posto libero davanti all'ospedale e, pur non sapendo quanto sarebbe rimasto, inserì nel parcometro tutti gli spiccioli che aveva in tasca, con la sensazione di star perdendo tempo. Mentre tornava alla macchina con il biglietto gli squillò il telefono. Era Christine Thiis.

«A leggere in rete le cronache dall'aula, è stato un colpo di scena non da poco» esordì lei.

«È stato quel che è stato» rispose Wisting, mettendo il biglietto sul cruscotto.

«Il prefetto vuole parlare con te. Sarà qui a momenti.»

«Allora gli toccherà aspettare» replicò lui, spiegando dove si trovava. «Non so quanto resterò.»

Finito di parlare, indugiò qualche istante davanti alla portiera socchiusa, poi si allungò dentro l'abitacolo e lasciò il telefono nel vano portaoggetti. Chiuse a chiave e si diresse verso l'ingresso principale.

Arrivava tardi: l'ospedale era quello giusto, ma quando al reparto chiese di lei gli dissero che Line aveva già partorito. Era diventato nonno di una bambina. Poi gli indicarono la stanza in cui la figlia stava riposando. Quando aprì la porta, vide che Line dormiva con la piccola sul petto. Entrò cercando di non far rumore, ma il cigolio della porta che si richiudeva alle sue spalle la svegliò. La bimba le stava distesa sul petto, con i piccoli pugni stretti sotto il mento.

«Come ti senti?» le chiese.

Line sorrise e abbassò lo sguardo sulla neonata. «Benissimo.»

Wisting si chinò e, sfiorandole una tempia con la fronte, le diede un bacio sulla guancia. «Mi dispiace tanto di non aver fatto in tempo.»

«È andato tutto bene» lo rassicurò Line. «Mi ha accompagnata Sofie. Non l'hai vista, giù al bar?»

Wisting scosse la testa. «Sono venuto subito su.»

La bimba era avvolta in una copertina pelosa; sembrava sana e forte. Line si tirò su e quella tentò di alzare la testa, sollevandosi leggermente dal suo petto, tutta tremante per lo sforzo.

Nella stanza entrò un'ostetrica. «Tutto bene?» chiese in tono cordiale.

Line rispose di sì e Wisting salutò, presentandosi come il nonno.

«Vuole tenerla?» gli propose l'ostetrica.

Lui guardò Line. «Non saprei… Magari dopo.»

Ma l'ostetrica non sentì ragioni: prese la bimba e gliela mise in braccio. Wisting sentì sulla guancia la peluria soffice della testolina, e fu avvolto da un silenzio carico d'amore. Era da tanto che non teneva in braccio una creatura, ma la sensazione gli sembrò subito naturale.

L'ostetrica li lasciò soli. Wisting sfiorò con un dito il visetto grinzoso della bimba; aveva la pelle quasi appiccicosa e nello stesso tempo un po' secca e come rigida. A un tratto le palpebre batterono e due grandi occhi blu lo fissarono, curiosamente fiduciosi.

«Si chiamerà Ingrid» disse Line, «come mamma.»

Wisting annuì mentre le lacrime gli rigavano il viso e una gran malinconia si impossessava di lui. Anche Line era stata una neonata. Ripensò a tutti gli anni che erano passati, a tutte le cose avvenute mentre lui non c'era. Alla velocità con cui la figlia era cresciuta e si era fatta grande. E adesso questo momento cruciale, di cui sua madre non aveva potuto essere partecipe.

«Com'è andata in tribunale?» volle sapere Line.

Wisting le restituì la bimba con delicatezza. «Bene» rispose. «C'è voluto tempo, ma ho detto quello che dovevo. Ho avuto fortuna con il giudice, che me l'ha consentito.»

Line sistemò meglio la piccola, che si stava dimenando, e solo allora Wisting notò che aveva l'avambraccio destro fasciato.

«Che ti è successo?» le chiese, prendendole la mano.

Lei non rispose, cercando di nascondere l'altro braccio sotto il piumino, ma lui glielo scoprì e vide i segni rossi intorno al polso.

«Non so se mi va di dirtelo proprio adesso» rispose lei, posando la testa sul cuscino.

Wisting non le diede ascolto. «Come te le sei fatte queste ferite?» domandò, sedendosi sull'orlo del letto.

Line chiuse gli occhi per qualche istante, poi li riaprì e cominciò a raccontare cos'era accaduto mentre badava a Maja.

82

Il biglietto del parcheggio non era ancora scaduto, ma Wisting stava già tornando alla macchina. S'infilò dietro al volante e frugò svelto nel vano portaoggetti alla ricerca del cellulare, con un turbinio di pensieri nella testa.

Sul telefono c'era una lunga serie di chiamate senza risposta, che lui ignorò per selezionare il numero di Ivar Horne.

«Come vanno le cose con Goldheim?»

«Se la caverà» lo rassicurò Horne. «Pare che abbia subito lesioni gravi, ma non tali da impedirgli di rimettersi in piedi e andare dritto in galera. Anche se dovrà farlo con un altro paio di scarpe: le suole di quelle che indossava corrispondono alle impronte che avete rilevato voi nel deposito sotterraneo.»

Wisting afferrò a malapena quello che Horne gli riferiva. «Le buste che ha preso a Stavern contengono l'archivio personale di Frank Mandt» lo informò.

«E tu come fai a...»

«Le avete trovate?» lo interruppe Wisting.

«Abbiamo recuperato quasi tutto il contenuto, sì. La macchina si è ribaltata un paio di volte e c'erano fogli ovunque, ma la situazione è sotto controllo.»

«Voglio quel materiale qui. Domani vengo a prenderlo. Non sta a me decidere, ma in qualche modo bisognerà che ci coordiniamo su come portare avanti le indagini. Come minimo il vostro omicidio si inserisce nel nostro caso di narcotraffico.» Wisting mise in moto e riferì al collega quello che aveva saputo da Line.

«Nell'auto sono stati rinvenuti sia l'arma sia il passamontagna» confermò Horne. «E voi troverete senz'altro le impronte delle scarpe in casa Mandt.»

«Voglio tutto qui» ripeté Wisting. «Compreso Phillip Goldheim.»

«Non sarà facile» lo avvertì Horne.

«Ryttingen non mi preoccupa.»

«Sì, questo l'ho capito. Solo che un'ora fa abbiamo arrestato Julian Broch. Rientrava in porto sulla barca del padre con venti chili di anfetamine prese in Danimarca. Ha già chiamato in causa Goldheim. Dovremo senz'altro provare a collaborare, ma dopo quello che ha fatto oggi Broch non è sicuro che tu e il tuo distretto possiate gestire le indagini a suo carico.»

Wisting dovette dargli ragione.

«Comunque, una cosa è certa» aggiunse Horne. «Mister Nice Guy ha finito di fare danni.»

83

Appena tornato in centrale, Wisting radunò la squadra investigativa in sala riunioni. Durante la giornata era successo di tutto e c'era bisogno di fare il punto.

«Gjessing che dice?» domandò dando la parola a Nils Hammer, appena tornato da Kristiansand.

«Abbiamo parlato solo del caso Hummel. Ha fornito una breve spiegazione preliminare e nega ogni responsabilità.»

«E le impronte sul taxi?» intervenne Mortensen.

«Non gli sono state contestate, ma ha riferito spontaneamente che, appena prima del delitto, ha cercato di prendere un taxi proveniente da un'altra città. Dice di essere salito a bordo e di essere sceso subito. Mi sa che aveva già riferito questo dettaglio alla polizia.»

Wisting annuì: coincideva con le dichiarazioni rilasciate da Gjessing quando erano andati a trovarlo nel suo attico, il weekend precedente.

«Cos'altro abbiamo su di lui?» s'informò Torunn Borg. «Siamo riusciti a collegarlo a Frank Mandt?»

«Non ancora» rispose Wisting. «Ma magari troveremo qualcosa nell'archivio privato di Mandt.»

«Non scordiamoci che potrebbe innescarsi una reazione

a catena» osservò Hammer. «Se è implicato nel delitto di Capodanno, sarà implicato anche nel nostro caso.»

La porta si aprì ed entrò Ivan Sundt, seguito da Christine Thiis. Il prefetto lasciò correre lo sguardo sul gruppo dei presenti, fermandolo poi su Wisting.

«Ti avevo chiesto di incontrarci. Mi aspettavo di vederti appena fossi tornato» gli disse.

«Mi dispiace» rispose Wisting, allargando le braccia. «Avevamo bisogno di fare il punto della situazione.»

«Anch'io» commentò asciutto il prefetto.

«Possiamo parlarne tra dieci minuti?»

«Ne parliamo adesso» rispose quello, mettendosi a sedere.

Gli altri investigatori si alzarono e Christine si fece da parte per lasciarli passare.

«Tu resta qui» le ordinò il prefetto, facendole cenno di avvicinarsi.

Lei si sedette accanto a Wisting.

Il prefetto andò dritto al dunque: «Che prove hai?».

Wisting riepilogò la situazione e, man mano che procedeva, si rese conto di avere elementi più che sufficienti a instillare il dubbio che Dan Roger Brodin fosse innocente. L'accusa contro di lui era crollata come un castello di carte. Ma da lì a poter incriminare Einar Gjessing la strada era ancora lunga.

Il prefetto era della stessa opinione. «Non è sufficiente» concluse. «Avrai pure grande esperienza come investigatore, ma la mia esperienza di giudice non è da meno. Gli elementi raccolti non bastano nemmeno per richiedere una custodia cautelare. Hai agito in maniera affrettata» aggiunse, alzandosi in piedi. Poi si rivolse a Christine. «Avete trasgredito al mio ordine di tenervi alla larga dal delitto di Capodanno, e l'unico risultato che avete ottenuto è far scoppiare uno scandalo.»

Wisting non intendeva mettersi a discutere.

Sulla porta, il prefetto si fermò e gli disse: «Se non hai altro in mano, dovrai rilasciarlo prima che ricominci il processo a Kristiansand, domattina».

84

Erano quasi le otto di sera quando Wisting tornò da Line in ospedale. Dopo il colloquio con il prefetto era rimasto in centrale: ore vuote in cui era riuscito a pensare a poco altro che a tenere di nuovo in braccio la piccola Ingrid. Poi era andato a casa di Line per prenderle un po' di vestiti e il nécessaire: gran parte dell'occorrente era pronto. Sofie e Maja si erano trasferite da lei mentre la Scientifica raccoglieva le tracce di Phillip Goldheim nella villa.

Quando entrò nella stanza, Line aveva appena finito di allattare. Wisting posò la borsa e gli venne in mente che non avrebbe dovuto presentarsi a mani vuote: poteva prendere dei fiori, cioccolatini, un orsacchiotto... Si scusò, promettendo di portare un regalo a entrambe il giorno seguente.

Line rise e gli passò la bambina. Lui si mise seduto e la tenne in braccio, toccandole delicatamente la piccola mano. I ditini gli strinsero d'istinto l'indice ruvido, con una forza sorprendente.

«Come vanno le indagini?» s'informò Line.

Lui le raccontò gli sviluppi in tutta calma, continuando a osservare il visetto della piccola.

«Dovrete rilasciarlo?»

Lui sorrise, rendendosi conto che, stranamente, quella prospettiva non lo turbava affatto.

«È meglio lasciare liberi dieci colpevoli che condannare un solo innocente» commentò pensando a Dan Roger Brodin, ancora rinchiuso in una cella all'ultimo piano del palazzo di giustizia di Kristiansand.

«Hai guardato il materiale della cassaforte?» domandò Line.

«Non ancora.»

«Comunque, il tizio non ha preso tutto» aggiunse lei, raccontandogli delle cassette rimaste sotto un cuscino del divano. «Frank Mandt aveva un microfono nascosto in cucina con cui registrava le conversazioni. C'è un nastro in cui si sente che pianificano una rapina a un trasporto valori. Magari potete analizzare le voci per capire chi parla.»

«Buona idea» commentò Wisting, senza particolare entusiasmo.

Continuarono a parlare del più e del meno, di quando Line sarebbe tornata a casa e di come avrebbe arredato la camera da letto. Lui le disse di aver avvertito Thomas: il fratello sarebbe passato a trovarla il giorno seguente.

«Tu hai avvisato John?» le domandò, distogliendo lo sguardo dal faccino della piccola.

Parlavano raramente del padre della bambina, ma Wisting sapeva che lui e Line si erano sentiti ogni tanto durante la gravidanza.

«Non ancora. Domani gli mando una foto.»

Poi parlarono d'altro, e infine tornarono sull'omicidio.

«Secondo te è morto di morte naturale?» domandò Line.

«Chi?» chiese Wisting con aria distratta, spostando la bambina sull'altro braccio.

«Frank Mandt. Secondo te è caduto o l'hanno spinto?»

Wisting ripensò a ciò che aveva letto nel verbale sul ritrovamento del cadavere di Mandt, in fondo alle scale del seminterrato. «Non c'erano indizi che facessero supporre altrimenti.»

«Ma cosa ci andava a fare là sotto? C'erano solo una vecchia palestra e la cassaforte, e non mi pare fosse vestito per fare ginnastica, giusto?»

«Evidentemente stava andando ad aprire la cassaforte.»

«Può essere. Però mi pare una coincidenza così strana... Caduto dalla scala proprio quando tutta la rete che ruotava intorno a lui stava crollando...»

Wisting si alzò e le restituì la piccola Ingrid. La bambina sbatté le palpebre e fece qualche rumorino.

Le parole di Line gli avevano instillato un dubbio, e d'un tratto non voleva perdere tempo. Si chinò sul letto, abbracciò la figlia e le promise di tornare a trovarla l'indomani. Poi si diresse a passi rapidi verso la porta.

85

Il lampione accanto al vialetto d'accesso della vecchia unifamiliare era circondato da un alone opaco di luce velata. Wisting si trattenne davanti alla macchina ad ascoltare i grilli che frinivano tra gli alberi, i cespugli e l'erba.

Klaus Wahl aveva trovato Frank Mandt ai piedi della scala nel seminterrato all'inizio di gennaio. Una tragedia di ordinaria quotidianità: Mandt, settantanove anni, era malato di diabete, soffriva di capogiri ed era malfermo sui piedi. Wahl aveva fornito una deposizione concisa. Ma non gli erano state fatte tutte le domande.

Wisting suonò il campanello e il vecchio ci mise un po' prima di aprire. Portava la stessa tenuta dell'ultima volta: calzoncini blu e camicia a scacchi.

«Eccoti qua» borbottò il vecchio facendosi da parte, come se lo stesse aspettando.

Si sedettero al tavolo della cucina.

«Abbiamo arrestato un tizio per l'omicidio di Jens Hummel» gli disse Wisting.

Klaus Wahl annuì: l'aveva saputo dal telegiornale.

«Il nome Einar Gjessing le dice qualcosa?»

«Non lo conosco» rispose Wahl.

«Potrebbe essere una delle ultime persone che hanno

fatto visita a Mandt» continuò Wisting. «Fra l'altro, credo che gli abbia consegnato l'arma del delitto.»

«Non ho mai frequentato molto casa di Frank» precisò Wahl, mettendosi ad armeggiare con un pacchetto di tabacco. «Più che altro ci vedevamo al caffè e in posti del genere.»

Wisting lo scrutò con attenzione. «Lei era forse la persona che lo conosceva meglio. A suo parere, cos'è successo veramente? Mandt teneva sotto scacco parecchia gente, la sua morte avrebbe fatto comodo a tanti. Secondo lei è caduto o è stato spinto?»

Klaus Wahl raccolse con la mano le foglioline di tabacco sparse sulla tovaglia incerata e le rificcò nel pacchetto.

«È caduto» rispose convinto. «È stata una disgrazia.»

«La sua sembra una certezza…»

Wahl si alzò e andò ad aprire un cassetto del mobile della cucina. Poi, risedendosi, mise sul tavolo un quaderno nero e un piccolo registratore.

«È caduto» ripeté. «Perché, se qualcuno l'avesse spinto, si sarebbe preso questi.»

Wisting avvicinò il quaderno e lo aprì su una pagina a caso. C'erano annotati sopra nomi, date, somme e altre voci.

«Era vicino a lui, in fondo alla scala» spiegò Wahl. «Evidentemente Mandt stava scendendo per metterlo in cassaforte. L'ho preso pensando che era meglio se la polizia non lo trovava. Ora la penso in maniera diversa.»

«Come mai?»

Il vecchio si ficcò una sigaretta fra le labbra e, mentre l'accendeva, scosse leggermente la testa. «Su quell'aggeggio si sente parlare un certo Einar» disse, indicando il registratore. «E un tizio che chiamano PG. Tra l'altro, parlano di Jens Hummel.» Wahl inspirò una boccata e lasciò uscire il fumo dalle narici. «È così che Mandt ha consolidato la sua posizione nell'ambiente: aveva qualcosa su tutti, e riusciva a far parlare la gente alle spalle degli altri.»

Wisting prese il registratore e avviò il nastro, che partì nel mezzo di una conversazione.

«Tu sta' a sentire Einar» diceva uno.

«Il nostro Jens è diventato un po' una rogna» commentava un altro. Non c'era bisogno dell'analisi vocale per riconoscere la parlata meridionale di Einar Gjessing.

«Ci sarà qualche modo per risolvere il problema, no?» interveniva un terzo.

«Frank Mandt» precisò Wahl, indicando con la sigaretta l'altoparlante da cui arrivava la voce.

«Per risolverlo una volta per tutte, il modo è uno solo» replicava la voce di Gjessing.

«Corriamo un rischio troppo alto a lasciarlo in giro.»

«*Tu* corri un rischio troppo alto» lo correggeva Mandt. «Se non avessero preso un innocente, non sarebbe un problema.»

«E chi sarebbe l'innocente?» interveniva la voce non identificata, che Wisting ipotizzò fosse di Goldheim. «Magari non è stato lui, ma non è mica innocente. Nessuno è innocente.»

«Il problema è che se quello comincia a parlare, chissà cosa gli esce» proseguiva Gjessing. «Può diventare un pericolo per tutti quanti.»

«È uno dei miei» interveniva Mandt. «Per me è prezioso.»

«Ovviamente verrai ricompensato, e ti troveremo un rimpiazzo. Comunque, a parte tutto, Einar è disposto a toglierci di mezzo un elemento di rischio. Sarà...»

La voce si interrompeva. Non era difficile cogliere l'argomento della discussione, ma non si trattava di una prova schiacciante. Il discorso poteva essere interpretato in vari modi, travisandone il contenuto.

Wisting lasciò andare avanti il nastro e la registrazione mutò ancora: adesso si sentivano delle voci lontane che a poco a poco si avvicinavano alla posizione del microfono.

«Ti presenti qui adesso?» diceva Frank Mandt, palesemente irritato.

«Volevo solo dirti che il problema è risolto» annunciava Einar Gjessing. A quelle parole seguiva il rumore di un oggetto metallico che veniva appoggiato su una superficie.

«Ma porca miseria!» protestava Mandt. «Me la porti qui?»

«È tua, no?»

«Ora come ora non c'è ferro che scotta di più!»

«Io ho risolto il problema, tu pensa a sbarazzarti di questa.»

Ancora un rumore: un oggetto che strusciava sul tavolo.

«Non voglio sapere altro» avvertiva Mandt.

«No, una cosa la devi sapere. Ho dovuto mettere il taxi nel fienile.»

«Il *mio* fienile?»

«Tanto non lo usi. Poi lo sposterò da qualche altra parte. Ma più tempo passa prima che qualcuno lo trovi, meglio è.»

«E il corpo?»

«No, tranquillo, non è lì.»

«Lo scopriranno?»

«Non subito.»

«Cioè?»

«Forse a primavera, quando si sparge il letame sui campi» rispondeva Gjessing, senza scendere nel dettaglio.

«Comunque non saresti dovuto venire qui. Non ora.» Dal tono, Mandt sembrava rassegnato.

Strusciare di sedie sul pavimento.

«Pensavo volessi saperlo.»

«Di questa faccenda voglio saperne il meno possibile.»

Le voci cominciavano ad allontanarsi.

«Fai presente a PG che, d'ora in poi, deve trovarci qualcuno che venga a prelevare.»

Il tono irritato continuava fino alla fine della conversazione. Passò qualche istante, poi l'audio si interruppe.

Il fumo della sigaretta che Wahl teneva fra le dita gli saliva davanti al viso, velandolo di volute grigie. «Ho pensato che potesse interessarti» disse.

86

L'agente di custodia gli allungò una tazza di caffè, e solo in quel momento Wisting si rese conto di quant'era spossato. Bevve un sorso e cercò di scrollarsi di dosso la stanchezza per raccogliere le idee. Davanti alla parete dei monitor nella sala di controllo individuò l'immagine di Gjessing: camminava avanti e indietro nella cella, con gli stessi abiti di quando era uscito dall'aula del tribunale qualche ora prima. Tutt'a un tratto sembrava passata un'infinità di tempo.

«L'avvocato è stato qui un paio d'ore fa» lo informò l'agente che gli aveva offerto il caffè. «Gli hanno detto che prima di domani non ci sarebbero stati altri interrogatori.»

«Devo solo scambiarci due chiacchiere.»

«Non credo che muoia dalla voglia di parlare.»

L'uomo della cella 3 si era seduto sul letto. Wisting restò davanti ai monitor ancora qualche istante; finì il caffè, posò la tazza, poi si avviò nel corridoio delle celle.

Einar Gjessing alzò lo sguardo. Wisting portò dentro una sedia e, quando la porta della cella fu richiusa, si sforzò di nascondere la propria insicurezza. Sentiva benissimo l'avversione dell'altro. La sua tensione e l'agitazione.

«Non ho niente da dire» esordì Gjessing.

«Ma io ti ho già sentito parlare» disse Wisting, accomodandosi. Tirò fuori il piccolo registratore dalla cartella e avviò il nastro dal momento in cui Gjessing diceva di aver messo il taxi nel fienile. Fra le pareti della cella le voci risuonavano con un'eco metallica. Nell'uomo che gli sedeva davanti ci fu un cambiamento evidente: il viso divenne cinereo, il corpo si afflosciò come un pallone bucato. Wisting fermò il nastro. «Sapevi che Frank Mandt registrava tutte le conversazioni che si tenevano in casa sua?»

Gjessing restò in silenzio. Wisting riaprì la cartella e ne estrasse una busta di plastica con delle minicassette. «Non ho ancora ascoltato tutto» disse. «Ma presumo che in molti casi si parli delle stesse cose che Mandt annotava sui suoi quaderni, anche se non ho esaminato neanche quelli.»

Gjessing fece per dire qualcosa, poi ci ripensò.

«Per te non conta poi tanto» proseguì Wisting. «È difficile che ti diano una pena molto più lunga di quella che dovrai scontare comunque per i due omicidi. Però puoi risparmiartene altre.»

«Cioè?»

«Non ho bisogno di ascoltare questi nastri o di leggere i quaderni. A me serve la tua confessione.» Si alzò. «Per come la vedo io, avresti tutto da guadagnare. Sarebbe l'unico elemento che potrebbe portare a una riduzione di pena. Domattina attacco a lavorare alle sette» disse, andando alla porta. «L'offerta vale fino a quell'ora.»

Gjessing restò seduto sull'orlo del letto mentre la porta della cella si richiudeva. Wisting s'incamminò adagio lungo il corridoio e rientrò nella sala controllo. Dalla scrivania dell'agente di custodia prese un post-it giallo e scrisse il numero di telefono di Nils Hammer.

«Se vuole parlare con qualcuno, può chiamare qui» disse all'agente. «A qualsiasi ora.»

87

Alle sette la confessione lo aspettava sulla scrivania. La stesura del verbale era iniziata alle tre e un quarto, alle sei meno dieci erano state apposte le firme di Einar Gjessing e Nils Hammer. Otto pagine contenenti i dettagli più salienti della vicenda.

Leggendo, Wisting sentì la tensione allentarsi a poco a poco. Nelle dichiarazioni di Gjessing non trovò sorprese: alcuni vuoti venivano colmati, ma non c'erano particolari che non concordassero con la loro ricostruzione dei fatti.

Portò il documento a Christine, che trovò provata dagli eventi degli ultimi giorni. Per molti versi la sua era una posizione difficile, presa com'era tra due fuochi: una squadra investigativa scrupolosa da un lato e una dirigenza pragmatica dall'altro. Le erano venute le occhiaie e sembrava invecchiata.

«Così è finita» disse, mettendole davanti la confessione.

Mentre Christine leggeva, Wisting restò ad aspettare. Quel documento parve avere un effetto liberatorio anche su di lei.

«Dovrai informare il PM e il prefetto» le disse, andando alla porta.

Lei annuì. La sua espressione si era addolcita. Wisting

capì che non vedeva l'ora di portare a termine l'incarico che le aveva affidato.

«Adesso dove vai?» gli chiese lei.

Lui controllò l'orologio.

«Torno a Kristiansand. Ci sono alcuni aspetti pratici da sistemare con i colleghi di giù. Poi c'è l'udienza, che inizia alle dieci. E quella non voglio proprio perdermela.»

88

Quando Wisting arrivò al palazzo di giustizia, poco prima delle dieci, l'aula 5 era piena. C'erano perfino curiosi e giornalisti rimasti fuori, che si accalcavano intorno alla porta. L'usciere di guardia scorse Wisting e gli fece cenno di entrare; lui si fece largo tra la gente e trovò posto appena oltre la soglia.

Al banco della difesa c'era l'avvocato praticante, Olav Müller, in compagnia del suo capo, Gisle Kvammen; dall'altra parte il pubblico ministero, da solo, e a qualche metro di distanza l'avvocata della parte lesa. Non erano presenti né Ryttingen né i genitori di Elise Kittelsen.

La porta dietro lo scranno si aprì alle dieci esatte e tutti gli astanti si alzarono in piedi. Il giudice togato entrò seguito dai due giudici popolari e, appena ebbero preso posto, invitò i presenti a fare lo stesso, poi dichiarò aperta l'udienza con un colpo di martello.

«Secondo il programma, oggi dovremmo continuare con le audizioni dei testi» esordì. «Qualcuna delle parti ha commenti da fare prima di procedere?»

Il PM si alzò piano. «Sulla base delle nuove informazioni emerse, la pubblica accusa rinuncia a produrre ulteriori elementi di prova e chiede il proscioglimento dell'imputato.»

Il giudice lo fissò. «Secondo quale formula?»

Il PM si schiarì la gola e rispose asciutto: «L'imputato non ha commesso il fatto».

Un brusio stupito si diffuse nella sala.

«Oltre a quanto emerso dal dibattimento di ieri, ci sono altri elementi alla base di questa richiesta?» domandò il giudice.

«Abbiamo ricevuto informazioni aggiuntive nell'arco della mattinata» rispose il PM.

Il giudice tacque in attesa che proseguisse.

«Un'altra persona ha confessato di avere ucciso Elise Kittelsen» disse infine il PM.

Dai banchi del pubblico salirono nuovi mormorii, che attraversarono la sala e rimbalzarono sulle pareti, placandosi tuttavia appena il giudice sollevò il martello.

«È una confessione che considerate attendibile?» chiese quello.

Il PM annuì, ma per il giudice non era sufficiente.

«È attendibile?» domandò di nuovo.

«Sì» confermò il PM.

«Grazie.»

Il giudice prese nota in tutta calma, poi sollevò lo sguardo sull'avvocata della parte lesa. «I familiari hanno commenti da fare sugli ultimi sviluppi?»

La donna si alzò in piedi. «Molti, signor giudice» rispose, guardando in tralice il PM. «Ma non in merito al proscioglimento.» Poi si sedette.

Il giudice si rivolse al praticante Olav Müller. «E la difesa?»

Fu Kvammen a prendere la parola. «Chiediamo il proscioglimento dell'imputato» confermò.

Dan Roger Brodin pareva disorientato.

«L'imputato ha qualcosa da aggiungere?»

In aula calò il silenzio. Brodin si chinò sul microfono. «Non sono stato io.»

«Ormai non c'è più nessuno che lo pensi» rispose il giudice, tornando a guardare il PM. «La sentenza sarà emanata entro le tre del pomeriggio» disse, poi chiuse la seduta con un colpo di martello.

Wisting si appoggiò alla parete. In pratica, Brodin sarebbe tornato libero quella sera stessa.

89

Wisting teneva in braccio la bambina di cinque giorni, seduto vicino alla finestra. Quasi trent'anni prima aveva tenuto Line nella stessa maniera. Era una bella sensazione, che lo riempiva di ricordi e speranze per il futuro.

Fuori pioveva, proprio come la prima estate di Line. Aveva cominciato alle cinque del mattino e aveva continuato tutto il giorno. Una pioggia grigia che cadeva obliqua da un cielo plumbeo.

Guardò la testolina nera: gli occhi erano chiusi, le guance colorite e paffute, la bocca minuta, rosea e morbida. *Ingrid.* A ogni respiro il suo visetto si muoveva quasi impercettibilmente.

Line arrivò dall'ingresso portando un pacco dal nastro rosa, seguita da Sofie con Maja in braccio. Wisting le salutò sorridendo. Sofie accarezzò la neonata sulla guancia, poi si accomodò.

Line aprì il regalo: una tutina rosa e altri vestitini. Non fece nemmeno in tempo a guardarli per bene che suonò di nuovo il campanello. Andò ad aprire e tornò con Nils Hammer, Torunn Borg, Espen Mortensen e Christine Thiis. Hammer portava dei palloncini e un orsacchiotto gigante che piazzò su una sedia, mentre Christine le aveva preso un tappeto-gioco musicale che suonava pigiando sulle varie figure.

Furono messi in tavola dolci e caffè. Ingrid sbatteva le palpebre come se fosse sul punto di scoppiare in lacrime, ma poi fece un'espressione che assomigliava a un sorriso.

«Posso tenerla?» chiese Hammer.

«Un attimo, che faccio una foto» rispose Line, agguantando la fotocamera.

Si accovacciò davanti al padre mentre Hammer, alle sue spalle, faceva buffi versi nel tentativo di attirare l'attenzione di Ingrid.

«Fanne una anche con il mio telefono» disse Wisting, tirandolo fuori adagio dalla tasca.

In quell'istante il cellulare squillò, Ingrid scoppiò a piangere e Line gliela prese dalle braccia e la diede a Hammer.

Wisting andò a rispondere sulla soglia della cucina tra le risate in sottofondo.

«Sono Olav Müller» disse la voce del giovane avvocato praticante. «Disturbo?»

«Non si preoccupi» lo rassicurò Wisting. «Di cosa si tratta?»

In soggiorno, Hammer faceva la trombetta. Ridevano tutti tranne Ingrid.

«Di Dan Roger» rispose Müller.

«Cos'è successo?»

«È morto.»

Wisting si allontanò, entrando in cucina.

«Cosa?»

«Di overdose, stanotte» spiegò Müller. «Pensavo volesse saperlo.»

Wisting dovette sedersi. La notizia era stata così improvvisa che ebbe un capogiro. Non era strano che Brodin fosse morto in quel modo, eppure il fatto l'aveva colto di sorpresa. Era una possibilità che non aveva proprio considerato.

Gli frullavano in testa tante domande, ma riuscì solo a ringraziare l'avvocato per averlo avvertito. Rimase un istante in cucina, per riprendersi e metabolizzare l'idea che, se fosse rimasto in prigione, Brodin sarebbe stato ancora vivo.

Un'esplosione di risate in soggiorno lo distolse da quel pensiero triste.

«Nonno!» gridò Hammer. «C'è un pannolino da cambiare!»

Wisting lasciò il telefono sul tavolo della cucina.

«Arrivo!» disse con un sorriso. E raggiunse gli altri.

Finito di stampare nel mese di febbraio 2024 presso
Grafica Veneta - via Malcanton, 2 - Trebaseleghe (PD)

Printed in Italy